Histoire générale
du XXᵉ siècle

Bernard Droz/Anthony Rowley

Histoire générale du XXᵉ siècle

Jusqu'en 1949

TOME II
La naissance du monde contemporain

Éditions du Seuil

Histoire générale du XXᵉ siècle (en 4 tomes)

Jusqu'en 1949 (t. I et II)
1. *Déclins européens*
2. *La naissance du monde contemporain*

Depuis 1950 (t. III et IV)
3. *Expansions*
4. *Le temps des crises*

EN COUVERTURE : Paris, 1930, file de chômeurs et
de clochards à la soupe populaire. Archives Keystone.

ISBN 2-02-009113-5 (édition complète).
ISBN 2-02-009103-8 (vol. II).

© ÉDITIONS DU SEUIL, FÉVRIER 1986.

4

La faillite
de la sécurité collective

1

Les illusions de l'esprit de Genève

L'occupation de la Ruhr avait porté à l'extrême la tension européenne, qui résultait de l'appréciation divergente des anciens Alliés dans l'application des réparations allemandes. La politique française de fermeté, dont on a dit qu'elle se fondait autant, sinon plus, sur une stratégie d'affaiblissement industriel de la puissance rhénane que sur les vieux réflexes du nationalisme et du juridisme, s'était heurtée à la résistance du peuple allemand, ainsi qu'à l'hostilité non déguisée du gouvernement britannique. La crise du franc, entretenue par la spéculation allemande et tacitement encouragée par la finance anglo-saxonne, était venue rappeler que la France n'avait pas les moyens financiers de sa politique étrangère, alors qu'elle n'était parvenue à susciter en Rhénanie aucun mouvement séparatiste, ni même autonomiste, de grande envergure. La gigantesque vague d'inflation de l'année 1923, si elle aboutissait à paralyser effectivement la vie économique allemande, prouvait aussi par l'absurde l'inviabilité du système des Réparations. L'occupation de la Ruhr avait dès lors pour mérite de vider l'abcès, et d'obliger partenaires et adversaires à une concertation générale sur des bases renouvelées. Ce fut le mérite de Poincaré de s'y prêter, alors que se nouait un fructueux dialogue entre le Dr Schacht et la banque d'Angleterre en vue de préparer le redressement monétaire de l'Allemagne. La conférence de Londres et l'adoption du plan Dawes (été 1924) vont être le couronnement de cette négociation. Si pénible qu'il ait été pour la France de passer sous les fourches caudines des conditions britanniques, cet accord ouvre une période nouvelle des relations internationales. Le rapprochement franco-allemand, l'harmonisation des positions franco-britanniques, la normalisation des relations avec l'URSS semblent liquider les séquelles de l'après-guerre et tracer de brillantes perspectives dans l'organisation de la sécurité collective. Devenue le carrefour de la diplomatie mondiale, la Société des Nations va symboliser pour un temps cette espérance placée dans un ordre pacifié dont il faudra pourtant, et dès avant le tournant des années trente, souligner la fragilité.

Le nouveau contexte international

Dans la consolidation de la détente intervenue en 1924, les données économiques et financières méritent une attention particulière. Une fois surmontée la crise de 1921 et achevée l'étape de la reconstruction, le monde capitaliste traverse entre 1924 et 1929 l'une de ses plus belles phases de prospérité. La mondialisation de l'économie, amorcée dans la seconde moitié du XIXe siècle, connaît une accélération rapide. On en voudra pour preuve la multiplication des accords de cartel [1] et l'intensification du commerce mondial, qui passe de 210 milliards de francs-or en 1913 à 355 milliards en 1929, ce qui en francs constants représente une progression de l'ordre de 50 %. Essor d'autant plus remarquable qu'il s'effectue dans un cadre résolument protectionniste, malgré les recommandations libre-échangistes des experts réunis en juin 1927 à la conférence économique de Genève et des plaidoyers américains en faveur du multilatéralisme [2]. De façon plus nette, l'intervention active des banques étrangères dans les redressements financiers opérés de 1924 à 1926, puis le rôle déterminant des capitaux américains dans le financement de la croissance européenne nouent de nouvelles solidarités qui sont aussi politiques [3]. La reconstruction financière de l'Autriche s'est effectuée sous

1. Des cartels internationaux sont constitués pour l'aluminium (1923), le cuivre (1926), la potasse (1926), le pétrole (1928), l'azote (1929).
2. Il s'agit d'un prolongement de la doctrine de la «porte ouverte», qui récuse, au nom des intérêts américains et de la prospérité mondiale, les accords de réciprocité et la constitution de zones commerciales restreintes.
3. Cf. R. Girault, «Économie et politique internationale : diplomatie et banque entre les deux guerres», *Relations internationales*, n° 21, 1980, p. 7-22.

l'égide de la SDN et avec le soutien de la Banque d'Angleterre, autant pour assainir une situation catastrophique que pour désamorcer la tentation de l'Anschluss. Le redressement français de mars 1924 doit beaucoup aux crédits de la banque Morgan et de la banque Lazard de Londres. Surtout, la renaissance monétaire et la reprise économique de l'Allemagne, au début de 1924, n'ont été possibles que grâce à des crédits britanniques qui, sous l'impulsion du gouverneur de la Banque d'Angleterre Montaigu Norman, ont relayé les banques allemandes défaillantes dans leur fonction d'escompte et assuré à l'industrie la « transfusion sanguine » (J. Bariéty) dont elle avait besoin. Il est clair que ces deux stabilisations constituaient le préalable à la résorption du contentieux franco-allemand. Par la suite, l'afflux des crédits américains en Europe, et tout particulièrement en Allemagne [1], procède évidemment de la recherche d'un taux élevé de profit, mais qui n'exclut pas les finalités politiques. Là où Wilson avait échoué dans le dessein millénariste d'un monde vivifié par le commerce américain et pacifié par la SDN, ses successeurs vont tenter de réussir grâce à l'abondance et à la disponibilité des capitaux. Par un strict contrôle des placements et leur orientation privilégiée vers l'Allemagne, l'administration républicaine assure à la fois l'acquittement des Réparations à la France et le recouvrement, à son profit, des dettes interalliées. La pacification politique procédant de la complémentarité des intérêts, la participation décisive des financiers américains à l'élaboration des plans Dawes et Young trouvera ses prolongements dans la détente franco-allemande. L'impérialisme américain peut ainsi se déployer dans la bonne conscience d'une démarche sincèrement pacifiste [2].

Le contexte économique ainsi créé n'implique pas pour autant, ou du moins pas encore, l'entière subordination des hommes d'État européens aux *policy-makers* d'outre-Atlantique. La détente internationale procède aussi d'une volonté politique. A cet égard, l'avènement à peu près concomitant,

1. Les capitaux engagés en Allemagne entre 1924 et 1930 sont estimés à 25 milliards de marks-or, dont 10 sont des prêts à court terme.
2. Cf. la mise au point de D. Artaud, « L'impérialisme américain en Europe au lendemain de la Première Guerre mondiale », *Relations internationales*, n° 8, 1976, p. 323-341.

dans les années 1923-1925, de Gustav Stresemann en Allemagne, des travaillistes en Angleterre, du Cartel des gauches puis de Briand en France s'est révélé décisif. Non qu'il faille s'en remettre à des appréciations trop tranchées : l'opposition classique d'un Poincaré, partisan de la stricte exécution des traités, et d'un Briand, acquis aux concessions nécessaires, ne résiste pas à l'examen. On sait mieux aujourd'hui [1] que Briand participa aux plans préparatoires à l'occupation de la Ruhr et que, avant sa chute, Poincaré se prêta à une négociation d'ensemble sur le problème des Réparations et même, par la suite, au rapprochement avec l'Allemagne. De plus, il n'y a pas de divergence essentielle dans les options des cabinets anglais, qui partagent une même conception d'ensemble de la défense des intérêts britanniques, répudient toute hégémonie sur le continent européen et répugnent par principe de s'y lier les mains. Mais il est vrai que, en se posant en arbitre du contentieux franco-allemand, Ramsay MacDonald travailla au rapprochement des deux pays et qu'il manifesta à l'égard de l'institution genevoise une déférence nouvelle. Son pacifisme n'était pas celui des dirigeants conservateurs, revenus au pouvoir à la fin de 1924, mais ceux-ci, notamment avec Austen Chamberlain, bien disposé à l'égard de la France et de la SDN, se prêtèrent à divers projets de détente.

Dans la recherche d'une construction durable de la paix, le rapprochement franco-allemand constitue à la fois le préalable et la clef de voûte d'un nouvel ordre international. D'où l'importance de la relève opérée en août 1923 en Allemagne et en juin 1924 en France. Parvenu à la chancellerie au moment où l'Allemagne affrontait les pires difficultés, puis ministre des Affaires étrangères jusqu'à sa mort en octobre 1929, Stresemann a donné lieu aux jugements les plus contradictoires. Instrument docile des intérêts capitalistes pour les uns, reniement des aspirations supérieures de son peuple pour les autres, sa politique n'a été que tardivement comprise tant elle a dû se dissimuler parfois dans la tactique manœuvrière et le sous-entendu. Il est vrai que rien ne prédisposait Stresemann à être un artisan de la détente et l'homme du rapprochement

---

1. J. Bariéty, *les Relations franco-allemandes après la Première Guerre mondiale*, Paris, Pedone, 1977.

avec la France. Proche des milieux pangermanistes, il s'était montré pendant la guerre un annexionniste impénitent, et encore à une date où l'Allemagne ne pouvait plus se montrer très exigeante. Il s'est rallié à la république en 1920, date à laquelle s'est aussi précisée sa position à l'égard de la France : la détente plutôt que l'affrontement, mais au service d'un révisionnisme insistant que la puissance économique allemande et des relations privilégiées avec les pays anglo-saxons sauront monnayer. Politique réaliste, qui n'exclut ni les petits moyens ni le double jeu, mais qui a su aussi faire preuve d'imagination et qui procédait d'une orientation foncièrement pacifique de la diplomatie allemande.

Du côté français, la majorité cartelliste dirigée par Édouard Herriot n'avait pas de programme précis, et encore moins unifié. Les socialistes restaient fidèles au pacifisme de la IIe Internationale et fondaient leurs espoirs sur l'influence modératrice de la social-démocratie. Héritiers de la tradition jacobine, les radicaux, dont beaucoup avaient approuvé l'occupation de la Ruhr, ne nourrissaient aucune tendresse particulière à l'égard de l'Allemagne, même républicaine. Herriot, bon connaisseur et admirateur de la culture germanique, éprouvait une solide méfiance du militarisme allemand [1] et redoutait la puissance industrielle d'outre-Rhin. De plus, sa conception de la paix faisait peu de place à l'Allemagne, bien davantage à la réconciliation franco-soviétique et à la sécurité collective par la SDN. Mais il devait composer avec l'opinion, qu'il savait lasse des tensions et inquiète de l'isolement de la France. L'échec de la politique poincariste, la détermination britannique à arbitrer le contentieux franco-allemand firent le reste. De sorte qu'Herriot devint l'initiateur d'une détente qu'il n'avait ni prévue ni fondamentalement souhaitée.

Ministre des Affaires étrangères de 1925 à 1932, bien secondé par Philippe Berthelot [2], Aristide Briand va s'employer

---

1. D'où le choix, comme ministre de la Guerre de son gouvernement de 1924, du général Nollet, président de la Commission militaire interalliée, qui, à ce titre, connaissait bien les manquements de l'Allemagne à son désarmement.

2. Secrétaire général du Quai d'Orsay durant toute cette période, Berthelot apportait, en particulier, la connaissance technique des dossiers qui faisait totalement défaut à Briand.

à consolider le rapprochement esquissé en 1924. Cette tâche répondait moins à un programme, encore moins à une doctrine, qu'à un tempérament naturel de conciliateur qui s'était déjà exprimé en d'autres occasions. Pour être servi par une éloquence un peu creuse, son pacifisme n'impliquait en rien la perte de vue des intérêts permanents de la France [1]. Ne nourrissant aucune illusion sur les hommes ni sur les principes, il entendait conduire la seule politique extérieure qu'il jugeait compatible avec l'affaiblissement démographique et économique de la France. Cette nécessaire adaptation aux circonstances obligeait à des concessions en faveur de l'Allemagne et à la recherche permanente d'un compromis acceptable pour tous. Dénoncé par les nationalistes comme le saboteur de la victoire, Briand a néanmoins reçu l'adhésion d'une large majorité de l'opinion française qui, restée méfiante à l'égard de l'Allemagne, n'en souhaitait pas moins la résorption pacifique de toutes les tensions [2].

Si Paris, Londres et Berlin restent, tout au long des années vingt, les centres moteurs de la diplomatie européenne, la SDN, installée à Genève depuis 1920, va connaître à partir de 1924 un lustre nouveau [3]. Affaiblie d'emblée par l'absence des États-Unis et par le peu de considération que lui portaient Lloyd George ou Poincaré, ses débuts avaient été modestes. Le problème des Réparations de même que l'essentiel des tensions entre les anciens Alliés lui avaient échappé. Sous l'impulsion discrète de son secrétaire général, sir Eric Drummond, elle s'était néanmoins appliquée à résoudre les questions laissées en suspens par les traités de paix ; l'organisation

1. En matière de désarmement, par exemple, Briand ne s'est jamais aligné sur les positions britanniques du désarmement immédiat, mais a toujours défendu les thèses de la « sécurité d'abord » et du primat de l'arbitrage.
2. Le revirement de l'opinion catholique à l'égard de celui qui avait été le rapporteur de la loi de Séparation est caractéristique. La condamnation pontificale de l'Action française, en 1926, procède pour une large part d'une volonté d'encourager cette mutation. Cf. R. Rémond, *les Catholiques, les Communistes et les Crises,* Paris, Colin, coll. « Kiosque », 1960.
3. Sur la SDN, le meilleur ouvrage est celui de P. Gerbet, V.-Y. Ghebali et M.-R. Mouton, *Société des Nations et Organisation des Nations Unies,* Paris, Éd. Richelieu, 1973.

de l'administration sarroise et de Danzig, le partage de la Haute-Silésie entre l'Allemagne et la Pologne (octobre 1921) et l'attribution du territoire de Memel à la Lituanie (janvier 1923). Un rôle important lui fut aussi dévolu dans la protection des réfugiés, russes en particulier, mais aussi des Grecs chassés d'Asie Mineure après la guerre gréco-turque. Elle s'était également essayée à régler pacifiquement certains conflits secondaires, mais son impuissance avait éclaté lors de l'affaire de Vilna (1920) entre la Pologne et la Lituanie et, plus nettement encore, lors de celle de Corfou (1923) qui opposa l'Italie à la Grèce. Sans compter diverses rebuffades en Amérique latine, où la SDN se garda bien d'indisposer les États-Unis par une intervention trop active.

A partir de 1924, le prestige de l'organisation grandit. Dans le sillage des hommes d'État qui lui marquent une déférence nouvelle, les sessions de l'Assemblée attirent désormais diplomates, journalistes, importants et importuns, tous avides de jouer un rôle dans l'élaboration de cette nouvelle « diplomatie des palaces ». Si l'abandon du protocole de Genève lui porte un coup très rude, elle sort fortifiée par l'admission de l'Allemagne en septembre 1926. Elle est aussi parvenue à résoudre pacifiquement, en 1925, un conflit gréco-bulgare qui dégénérait en guerre à propos de la Macédoine, et les travaux de la commission préparatoire du Désarmement, entamés en 1926 avec la participation de représentants américains et soviétiques, permettent tous les espoirs. Ainsi se forme cet « esprit de Genève » épris de paix et de coopération qui, autour des grandes puissances, regroupe de nombreux dirigeants des petits États intéressés à la consolidation du *statu quo* : le Tchèque Bénès, le Roumain Titulescu, le Polonais Zalewski, le Grec Politis. Genève, pour un temps, semble être devenu le lieu géométrique de la diplomatie mondiale.

Les promesses de l'esprit de Genève

Les solutions du problème allemand.

Un an après l'occupation de la Ruhr, il apparaissait que la détente franco-allemande passait prioritairement par un règlement du problème des Réparations. Le comité d'experts présidé par le général et financier américain Charles G. Dawes avait remis son rapport en avril 1924. Il avait été accepté dans ses grandes lignes par Poincaré (le montant global des Réparations restant théoriquement inchangé) et par Stresemann, malgré de vives résistances initiales. Le changement de majorité intervenu en France n'avait en rien entamé la détermination de MacDonald à arbitrer le contentieux franco-allemand dans un sens nettement favorable à l'Allemagne. L'inutile entrevue des Chequers (22 juin 1924), où Herriot, mal informé et mal préparé, avait proposé sans succès une nouvelle Entente cordiale face aux problèmes des Réparations et des dettes interalliées, avait révélé en fait la précarité des positions françaises. Très irrité par le déploiement du militarisme français sur le Rhin, impressionné, à l'inverse, par les plaidoyers de Stresemann en faveur d'une Allemagne démocratique et prospère, MacDonald va donc, lors de la conférence internationale de Londres (juillet-août 1924), dicter à Paris les termes très durs de la *pax britannica,* qui est aussi celle des financiers américains : l'aménagement des Réparations subordonné à la promesse d'une évacuation de la Ruhr, au démantèlement des infrastructures mises en place par la France depuis 1920 [1], et à l'abandon du projet de banque rhénane. Si Herriot arrache le maintien de la commission des Réparations et de ses pouvoirs de contrôle, il n'obtient aucune révision du montant des dettes contractées par la France durant la guerre. Cette politique de concessions unilatérales, vivement combattue par la droite française, se justifie, dans l'esprit d'Herriot, par le souci de conserver l'appui anglais dans ce qui lui tient le plus à cœur : l'organisation de la sécurité collective par un renforcement des pouvoirs de la SDN. Le retour des conservateurs, en novembre 1924, va faire rapidement sombrer cet espoir. De plus, la France doit consentir à évacuer ses troupes de la rive droite du Rhin sans avoir obtenu des garanties satisfaisantes dans le contrôle du désarmement allemand [2].

---

1. En particulier la MICUM (Mission interalliée de contrôle des usines et des mines), dont les contrats de livraison signés entre les industriels de la Ruhr et la France inquiétaient vivement les dirigeants britanniques.
2. La Ruhr est évacuée à partir de juillet 1925 ; Duisbourg, Düsseldorf et Ruhrort, en août ; la zone de Cologne, en février 1926.

Du moins le dispositif financier adopté à Londres le 17 août 1924 peut-il être considéré comme acceptable pour tous et constituer la base d'une détente. Le plan Dawes est un plan transitoire de cinq ans fixant, au titre des réparations allemandes, des annuités progressives de 1 à 2,5 milliards de marks-or, les versements étant effectués sous le contrôle d'un « agent général des Réparations », le financier américain Parker Gilbert. Les ressources proviendraient d'un prélèvement sur certains impôts indirects et, surtout, d'une hypothèque sur les chemins de fer et la grande industrie par émission ou souscription obligatoire d'obligations, dont l'intérêt serait versé à la commission des Réparations. Le versement de la première annuité serait facilité par un crédit international de 800 millions de marks [1], étant entendu qu'il ne serait que le premier du genre. A court terme, le plan revenait donc à une diminution notable des débours allemands ; à plus long terme, il ouvrait aux capitaux américains de mirifiques possibilités de placement.

L'échec du protocole de Genève en mars 1925 obligeait Londres à faire un nouveau geste dans le sens du rapprochement franco-allemand, c'est-à-dire à prolonger l'accord réalisé dans le domaine des Réparations par de nouvelles propositions sur la sécurité européenne. L'Angleterre y était intéressée au même titre que la France, la première en espérant ainsi détacher l'Allemagne de l'attraction soviétique, la seconde dans la mesure où elle constatait les manquements nombreux au désarmement allemand. Lord d'Abernon, le très actif ambassadeur d'Angleterre à Berlin, suggéra donc à Stresemann un projet visant à une reconnaissance et à une garantie des frontières franco-allemandes. Briand, devenu ministre des Affaires étrangères en avril 1925, aurait souhaité que les frontières méridionales et orientales de l'Allemagne soient également prises en compte, mais, devant le refus de Stresemann, n'obtient que la garantie des frontières belges. L'Italie adhérant au projet, une conférence à cinq se réunit à Locarno, du 5 au 16 octobre 1925, et aboutit à la signature d'un certain nombre de traités regroupés sous le nom de « pacte de Locarno » : recon-

---

1. La tranche américaine de l'emprunt, soit plus de la moitié, fut couverte en un quart d'heure… ; cf. J. Bariéty, *op. cit.*, p. 739.

naissance mutuelle des frontières franco-allemandes et germa-
no-belges, promesses de non-agression, conventions d'arbitrage, garanties anglaise et italienne en cas de violation par
l'une ou l'autre partie ou en cas de remilitarisation de la rive
gauche du Rhin par l'Allemagne. Pour calmer les appréhen-
sions de la Pologne et de la Tchécoslovaquie, dont les frontières avec l'Allemagne ne sont ni reconnues ni garanties, le
Pacte rhénan est complété par des conventions d'arbitrage,
une promesse d'assistance militaire de la France à la Tchécoslovaquie et un renforcement de l'alliance franco-polonaise
de 1921.

Plus que l'accueil mitigé qui lui a été fait en France et
surtout en Allemagne, c'est l'ambiguïté profonde de ce dispositif extrêmement complexe qui retient aujourd'hui l'attention [1]. Comme l'a écrit plaisamment un diplomate français, il
y a eu « le *Locarno spirit,* l'esprit de Locarno et le *Locarno-
geist* ». Pour Austen Chamberlain, il s'agissait surtout de re-
centrer l'Allemagne dans l'orbite des puissances occidentales,
au prix d'une garantie plus ou moins contraignante pour l'Angleterre de la frontière rhénane. Pour Stresemann, même s'il
ne pouvait le dire ouvertement, Locarno confirmait l'apaisement franco-allemand nécessaire à l'afflux des capitaux américains, sans engager en rien l'Allemagne dans la reconnaissance de ses frontières orientales. Briand était bien conscient
que le pacte n'enterrait pas les revendications révisionnistes
allemandes, mais il estimait que l'entrée prochaine de l'Allemagne à la SDN l'obligerait, à tout le moins, à une attitude de
concertation. A bien des égards, Locarno était un pari sur
l'avenir.

Vivement souhaitée par la France, cette admission de l'Allemagne à la SDN va être un moment retardée par d'assez
âpres discussions avec la Pologne [2]. Elle devient effective le
10 septembre 1926, avec siège permanent au Conseil, et
donne lieu à d'émouvantes envolées oratoires. Elle trouve

    1. Cf. J. Jacobson, *Locarno Diplomacy : Germany and the West 1925-
1929,* Princeton, New Jersey, 1972.
    2. Celle-ci réclamait, pour des raisons évidentes, un siège permanent au
Conseil au même titre que l'Allemagne. On transigea par l'instauration de
sièges « semi-permanents » qui reviendraient par rotation à la Pologne et à
d'autres puissances moyennes.

aussi un prolongement, le 17 septembre, dans l'entrevue de Stresemann et de Briand à Thoiry, où le ministre français développe devant son interlocuteur d'amples perspectives d'avenir : évacuation anticipée de la rive gauche du Rhin, restitution de la Sarre, fin du contrôle militaire interallié en échange d'un versement accéléré des réparations allemandes, rendu possible par l'afflux des capitaux américains, et qui pour la France faciliterait le redressement de sa monnaie. Bien accueilli par Stresemann, ce projet se heurte aux réticences du gouvernement Poincaré, qui redoute les réactions de l'opinion française et qui, de toute façon, ne juge pas utile de troquer des concessions militaires contre des facilités financières au moment où la stabilisation du franc, amorcée en juillet 1926, donne ses pleins effets à la fin de l'année. Malgré les insistances de Stresemann, la politique de Thoiry est donc abandonnée [1].

Cet échec ne compromet pourtant pas la détente. 1926 et 1927 sont, au contraire, les belles années du rapprochement franco-allemand, et dans les domaines les plus divers. Des relations se nouent entre mouvements de jeunesse et d'étudiants des deux pays, des rencontres ont lieu entre catholiques, socialistes, associations d'anciens combattants. Les milieux intellectuels, avec André Gide et l'équipe de la NRF, avec Thomas Mann et E. R. Curtius, multiplient les échanges et les projets, qu'orchestrent diverses revues comme *l'Europe nouvelle, Pax, Germania, Nord und Süd...* [2]. La personnalité centrale de cette démarche réconciliatrice est sans doute l'industriel luxembourgeois Émile Mayrisch, fondateur d'un « comité franco-allemand d'Information et de Documentation » et initiateur d'une « Entente internationale de l'acier » qui met fin à une guerre tarifaire sans merci entre sidérurgistes français et allemands [3]. Briand marque son approbation et encourage, en 1927, la signature d'un traité de commerce.

1. Sur Thoiry, cf. H. O. Sieburg, « Les entretiens de Thoiry », *Revue d'Allemagne,* juill.-sept. 1972, p. 520-546.

2. Analyse détaillée in F. L'Huillier, *Dialogues franco-allemands,* Public. de l'univ. de Strasbourg, 1971.

3. Il s'agit d'un accord de cartel répartissant la production à raison de 43,2 % pour l'Allemagne, 31,2 % pour la France, le reste réparti entre la Belgique, le Luxembourg et la Sarre.

Mais Stresemann entend pousser plus loin l'avantage. S'il a obtenu de la SDN le rappel de la Commission militaire de contrôle, il réclame avec insistance l'évacuation des troupes françaises de la rive gauche du Rhin, normalement prévue en 1935 par le traité de Versailles. L'adhésion de l'Allemagne au pacte Briand-Kellogg (août 1928) n'est pour lui qu'un geste de bonne volonté préludant à une négociation plus générale. Poincaré y souscrit à condition de subordonner l'évacuation à un règlement définitif des Réparations. A cette fin, un comité d'experts se réunit à Paris, présidé par Owen Young, directeur de la General Electric, qui avait déjà participé à l'élaboration du plan Dawes. Son rapport est remis le 7 juin 1929 et adopté à la conférence de La Haye, le 31 août. Le plan Young évalue la dette restante de l'Allemagne à 110 milliards de marks-or, payables jusqu'en 1988. Mais le plan prévoit en fait deux séries de paiements : la première, étalée sur trente-six ans, se décompose en annuités « non différables » de 660 millions de marks et en annuités « différables », au cas où l'Allemagne éprouverait des difficultés financières, de 1 à 1,8 milliard ; la seconde série, de vingt-trois ans, comprend des annuités de 1,650 milliard qui, tout comme les fractions différables, pourraient être annulées au cas où les États-Unis renonceraient à exiger le remboursement des dettes interalliées [1]. Par ailleurs, la commission des Réparations et l'agent général des Réparations disparaissent. Les versements allemands en devises transiteront par une Banque des règlements internationaux installée à Bâle. Par ce biais, l'Allemagne retrouve sa souveraineté financière. En outre, conformément aux promesses françaises, la conférence de La Haye accorde à l'Allemagne l'évacuation anticipée de la Rhénanie. Commencée en septembre 1929, elle est achevée en juin 1930. Entre-temps Stresemann est mort, le 3 octobre 1929. Il a indéniablement, et avec brio, conduit le jeu diplomatique depuis 1923. S'il n'a pu

1. La date de 1988 était celle-là même retenue par les accords Mellon-Béranger, signés en 1926 entre la France et les États-Unis, relatifs aux dettes françaises contractées pendant la guerre. Le lien entre Réparations et dettes de guerre était enfin établi, conformément aux thèses permanentes de la France ; mais Poincaré ne put obtenir la fameuse « clause de sauvegarde » par laquelle une défaillance des réparations allemandes suspendrait les remboursements français.

obtenir satisfaction sur le problème des armements et sur les frontières orientales de l'Allemagne, du moins a-t-il su lui restituer sa place internationale et inspirer à ses principaux partenaires cette confiance sans laquelle il ne pouvait y avoir de détente durable.

La recherche de la sécurité collective.

Dès avant la mise en œuvre du rapprochement franco-alle-mand s'était posé le problème de la sécurité collective. Il s'agissait d'instaurer les mécanismes juridiques ou, mieux encore, le désarmement qui interdiraient à l'avenir tout risque d'affrontement ou de conflagration. Théoriquement, le Pacte de la SDN semblait y pourvoir. Par l'article 10, en effet, les membres de la Société s'engageaient à respecter l'intégrité territoriale et l'indépendance politique des États membres ; l'article 12 prévoyait qu'en cas de différend susceptible d'en-traîner une rupture, ils se soumettraient soit à une procédure d'arbitrage, soit à l'examen de la question en litige par le Conseil. L'article 16, enfin, exposait un État agresseur aux sanctions commerciales, financières et même militaires des États membres telles qu'elles seraient recommandées par le Conseil. Ces dispositions semblaient pourtant peu crédibles dans la mesure où, d'une part, divers États et non des moin-dres ne faisaient pas partie de la SDN [1] et où, d'autre part, les décisions du Conseil devaient être prises à l'unanimité (art. 5). Les intentions pacifiques du Pacte devaient donc être complétées.

Pourtant, une approche divergente du problème de la part de la France et de l'Angleterre signifiait que la tâche serait rude. L'Angleterre, que son insularité et la puissance de sa flotte prémunissaient de toute agression directe, était favorable à un désarmement immédiat. Elle y voyait la seule garantie d'une paix durable et il avait en outre, à ses yeux, le mérite d'affai-blir militairement la France, suspecte d'hégémonisme sur le continent. Beaucoup plus exposée, celle-ci redoutait, au contraire, l'esprit de revanche de l'Allemagne et la puissance

---

1. Même si l'article 17 reconnaissait au Conseil le droit de formuler des recommandations en cas de différends provoqués par un État non membre.

économique intacte qui sous-tendait ses possibilités de réarmement. La France considérait donc que sa supériorité militaire actuelle était le meilleur gage de paix et ne concevait le désarmement que comme une étape ultime, sa sécurité étant préalablement garantie par un renforcement des moyens juridiques et militaires de la SDN.

De 1920 à 1924, cette dernière piétina à vouloir trouver un terrain de conciliation. Une « résolution XIV », votée en septembre 1922, donna plutôt raison aux positions françaises : le désarmement devait être précédé de pactes défensifs obligeant les pays signataires à porter assistance immédiate à un État agressé. Mais fallait-il une multiplication d'accords bilatéraux (thèse française) ou un traité général de garantie mutuelle n'entrant en vigueur qu'après une réduction des armements (thèse anglaise) ? On en était là quand l'Assemblée de 1924 se saisit d'un projet présenté par Politis et Bénès, qui introduisait un mécanisme nouveau, vivement souhaité par la France : l'arbitrage obligatoire. Conformément à l'article 12 du Pacte, tout différend serait obligatoirement porté devant la Cour permanente de La Haye ou bien, au cas où un pays en guerre se refuserait à cette procédure, soumis à l'arbitrage du Conseil de la SDN. Celui-ci, en cas d'agression ou de présomption d'agression, pourrait ordonner (et non plus recommander) les divers types de sanctions à la majorité qualifiée des deux tiers (et non plus à l'unanimité). Ce « protocole de Genève », qui donnait raison aux positions françaises (arbitrage, sécurité, désarmement), fut accepté par MacDonald dans la mesure où les États signataires s'engageaient *ipso facto* à négocier une diminution des armements ; dans la mesure, aussi, où il avait estimé équitable de dédommager la France après lui avoir quelque peu forcé la main lors des négociations préalables à l'adoption du plan Dawes. Mais la défaite des travaillistes, en novembre, remit tout en question. Sensibles aux réticences exprimées par les dominions, ainsi qu'aux critiques ouvertes de l'Italie, les dirigeants conservateurs redoutaient aussi que le protocole obligeât l'Angleterre à jouer en permanence un rôle de gendarme international à travers le monde. L'opposition britannique, annoncée à Genève par Austen Chamberlain lors de la session de mars 1925, rendait évidemment le projet caduc.

Il fallut trouver autre chose. Ce fut d'abord le pacte de Locarno, dont on a dit qu'il devait beaucoup à l'initiative anglaise. La somme arithmétique des promesses de non-agression, des conventions d'arbitrage et des garanties d'application pouvait, à tout prendre, en faire une amorce de sécurité collective. Ce fut ensuite l'ouverture, en décembre 1925, d'une commission préparatoire à la Conférence du désarmement. Il s'agissait de satisfaire tout à la fois aux obligations formulées par le traité de Versailles, qui justifiait le désarmement imposé à l'Allemagne comme le prélude à un désarmement général, et à l'article 8 du Pacte de la SDN, qui, tout en écartant le désarmement complet, imposait la réduction des armements « au minimum compatible avec la sécurité nationale ». Or, si elle pouvait enregistrer comme un succès la participation, à titre officieux, des États-Unis et de l'URSS à ses travaux, la commission allait se heurter à des obstacles redoutables qui tenaient autant à l'ampleur de ses investigations qu'à l'incompatibilité des thèses en présence. La France en effet s'opposait à l'Allemagne, dans la mesure où elle entendait prendre en compte non seulement les stocks d'armes mais aussi la capacité industrielle d'armement ; elle s'opposait également à l'Angleterre en souhaitant confier la mise en œuvre du désarmement à une instance internationale plutôt que de la laisser à la bonne volonté des États. Il était donc clair que la tâche serait ardue. En outre, le refus exprimé en 1927 par la France et l'Italie de participer à une conférence navale sur le désarmement laissait mal augurer de l'avenir.

Pourtant, en ces années 1926-1928, l'optimisme prévaut. La bonne conjoncture économique aidant, l'idéal pacifiste s'affirme, en particulier aux États-Unis où se multiplient organismes et fondations en faveur de la paix universelle, voire de la SDN. Briand va tenter d'utiliser ce courant, à la fois pour resserrer les relations franco-américaines, quelque peu distendues par le problème des dettes interalliées, et pour introduire les États-Unis dans sa politique de sécurité collective. Tel est le sens de son message très flatteur du 6 avril 1927, adressé au peuple américain à l'occasion du dixième anniversaire de l'entrée en guerre des États-Unis. Au départ, il ne s'agissait que de flatter le pacifisme américain par un engagement mutuel de renonciation à la guerre. Mais, peu soucieux d'un

accord bilatéral qui affaiblirait la position américaine dans le
problème aigu des dettes interalliées, le secrétaire d'État Kel-
logg y répondit par la suggestion d'un pacte général qui
mettrait, selon l'expression chère aux pacifistes américains,
«la guerre hors la loi». Ne pouvant désavouer ce projet,
Briand s'exécuta de bonne grâce, au prix d'une modification
exigée par le Pacte de la SDN: la guerre ne serait pas mise
hors la loi, mais les pays signataires s'engageraient solennellement à ne pas y recourir. Signé à Paris le 27 août 1928, le
pacte Briand-Kellogg reçut l'adhésion de la quasi-totalité des
États, parmi lesquels l'Allemagne, l'URSS et le Japon. Accueilli avec enthousiasme aux États-Unis, avec plus de scepticisme en Europe, il ne peut pourtant faire illusion quant à sa
portée réelle. Sur le fond, il n'élucide pas la distinction,
admise par le Pacte de la SDN, entre légitime défense et
guerre d'agression, et s'en tient à une formulation très vague
de la condamnation de la guerre comme mode de règlement
des conflits. Surtout, la signature de nombreux États doit plus
au souci de satisfaire l'opinion publique ou de s'aligner sur les
engouements du moment, qu'à un ralliement convaincu aux
thèmes pacifistes et à une volonté d'engagement précis de
leurs dirigeants.

Sans doute Briand en est-il conscient, qui va tenter l'année
suivante d'améliorer la sécurité collective en suggérant la
formation d'une Fédération européenne. L'heure semble favorable tant l'idée d'Europe, que le XIXe siècle avait déjà
agitée selon des options très diverses, connaît dans les années
vingt un regain d'intérêt dans les milieux politiques et intellectuels [1]. La vitalité du mouvement s'exprime par une floraison de revues et d'essais, ainsi que par l'activité militante de
divers organismes. Le plus important et le plus structuré est
indéniablement l'Union paneuropéenne créée par le comte
Coudenhove-Kalergi. Cet aristocrate autrichien, d'une ascen-
dance très cosmopolite, a publié en 1923 *Pan Europe,* un
ouvrage où il a exprimé ses craintes devant la double menace
de la conquête bolchevique et de la domination américaine, et
plaidé en faveur d'une organisation de l'Europe qui, dans le

---

1. Cf. J.-B. Duroselle, *l'Idée d'Europe dans l'histoire,* Paris, Denoël,
1965, p. 272-290.

cadre de la SDN, défendrait les intérêts communs sans aliéner la souveraineté des États. Son mouvement, qui siège à Vienne, mais qui dispose de sections nationales, a su toucher des hommes politiques comme Herriot, Loucheur, Blum, Bénès, Mgr Seipel et le bourgmestre de Cologne Konrad Adenauer, ainsi que des écrivains comme Valéry, Claudel, Rilke et Unamuno. Nourrissant des objectifs plus limités, une Union économique et douanière européenne a été fondée en 1926 par l'économiste Charles Gide et le sénateur Yves Le Trocquer.

Président d'honneur de Paneurope depuis 1927, Briand observe ce courant avec sympathie. Non par subite conversion, mais parce qu'il y voit le moyen d'étendre à l'ensemble des pays européens les garanties de frontières reconnues à Locarno, et de détourner ainsi l'Allemagne de ses revendications territoriales à l'est. Telle est bien la signification implicite de son discours à la SDN du 5 septembre 1929, où il préconise l'établissement entre les pays d'Europe d'une « sorte de lien fédéral » qui laisserait intacte la souveraineté des nations. Le mémorandum du 1er mai 1930, dû à Alexis Léger, tente de préciser le contenu d'un projet initialement très flou en fondant la nouvelle solidarité européenne sur une garantie réciproque de frontières et en esquissant des structures institutionnelles élémentaires. Si timoré soit-il, ce texte suscite les vives réticences de l'Allemagne et de l'Italie, hostiles au *statu quo* territorial, de l'Angleterre, qui met en avant son appartenance au Commonwealth naissant, et de l'URSS, qui ne veut voir dans le projet qu'une machination antisoviétique. Une commission spécialisée va fonctionner sous la présidence de Briand durant l'année 1931, mais il est clair que, dans le contexte de la crise grandissante, la coopération politique marque le pas. La Conférence du désarmement qui s'ouvre l'année suivante ne va pas tarder à en administrer la preuve.

La fragilité du système

L'amélioration générale des relations internationales tout au long des années vingt n'est pas niable. Mais les espoirs placés dans une paix durable relevaient largement d'une illusion entretenue par les déclarations d'intention et la pactomanie des hommes d'État. Un examen attentif des diverses composantes de l'équilibre patiemment échafaudé depuis 1924 fait apparaître bien des ambiguïtés et des incertitudes.

S'agissant du rapprochement franco-allemand, qui du reste s'essouffle manifestement à partir de 1928, celui-ci se heurte à de multiples entraves. De part et d'autre, une fraction de l'opinion publique, minoritaire certes mais agissante, reste rétive, voire délibérément hostile. Outre les partis communistes, dont l'opposition est sporadique, les forces du nationalisme ne désarment pas. Affaiblie sans doute par la condamnation pontificale de 1926, l'Action française, et avec elle toute une presse de droite ainsi que les premières ligues antiparlementaires, attaque violemment Briand et sa politique d'abandon du traité de Versailles suspecte de trahison. En Allemagne, où les Casques d'Acier ont fait campagne contre l'adoption du plan Dawes, la protestation s'amplifie en 1929 à l'occasion du plan Young. Dans un climat de surenchère nationaliste avivée par le ralentissement de la croissance et la montée du chômage [1], Hitler va prendre la tête d'un vaste mouvement d'opinion contre les Réparations. Au mépris de toute bonne foi, et oubliant de reconnaître que le plan Young a considérablement allégé le montant des Réparations et rendu à l'Allemagne sa souveraineté financière, il accuse l'accord de réduire le peuple allemand en esclavage pour plusieurs générations et oblige le gouvernement à recourir à un referendum. Celui-ci échoue d'ailleurs, la proposition de rejet n'obtenant que 14 % des suffrages, mais l'affaire a mis en lumière la puissance du courant nationaliste, qui s'exprime aussi par de bruyantes manifestations lors de l'évacuation de la rive gauche du Rhin par les troupes françaises ; elle a également érigé le nazisme en force politique majeure, comme le révéleront moins d'un an plus tard les élections de septembre 1930.

Sur le plan gouvernemental, l'attachement commun à la détente ne saurait être mis en doute, mais il n'exclut pas, çà et là, quelques initiatives contradictoires. Le gouvernement français ne peut ignorer que Stresemann dispense son aide au mouvement autonomiste alsacien, qu'il négocie en sous-main

---

1. En octobre 1929, l'Allemagne compte déjà plus de 1 700 000 chômeurs.

avec la Belgique le retour à l'Allemagne d'Eupen et de Mal-
médy, et qu'il finance, lors des élections de 1928, une campagne de presse antipoincariste. Gestes sans lendemain, mais qui
accréditent le sentiment d'une duplicité au moins partielle.
Plus gravement, il est clair que le rapprochement franco-allemand est diversement entendu de part et d'autre du Rhin. Pour
la France, il est une finalité. Locarno et l'entrée de l'Allemagne à la SDN ont vocation à la détourner du tête-à-tête soviétique et de ses ambitions orientales en l'intégrant à la sécurité
collective. Pour l'Allemagne, le rapprochement n'est qu'un
moyen tactique permettant d'obtenir aux moindres frais une
révision avantageuse du traité de Versailles, tout en lui laissant les mains libres dans l'affirmation de ses revendications
orientales. A cet égard, le vague extrême des conventions
d'arbitrage qu'elle a conclues avec la Pologne et la Tchécoslovaquie, l'insistance avec laquelle Stresemann réclame une
révision du statut de Danzig et de la Haute-Silésie, la fin de
non-recevoir apportée au projet d'Union européenne, qui aurait pour effet de geler les frontières issues des traités de paix,
sont autant d'indices de la permanence des buts révisionnistes
de l'Allemagne weimarienne en Europe centrale.

Or, dans la concurrence qui l'oppose ici à la France, il n'est
pas sûr que cette dernière détienne les meilleures cartes. La
France a certes déployé depuis 1920 une diplomatie active. Il
s'agissait de rapprocher des pays qu'unissait une commune
aversion contre toute tentative de restauration habsbourgeoise
et contre le révisionnisme hongrois, mais que divisaient aussi
certains contentieux territoriaux. La France est ainsi parvenue
à placer la Pologne et les pays de la Petite Entente (Tchécoslovaquie, Roumanie, Yougoslavie) dans son sillage sous la
forme de traités d'alliance [1], prolongés à Locarno par une
promesse d'assistance militaire à la Pologne et à la Tchécoslovaquie en cas d'agression allemande. C'est le fameux système
des «alliances de revers» qui, comme autrefois l'alliance
russe, doit garantir à la France sa sécurité à l'est. Que vaut-il
en réalité et la France a-t-elle bien les moyens de sa politique

---

1. Traités franco-polonais de janvier 1921, franco-tchécoslovaque de février 1924, franco-roumain de juin 1926 et franco-yougoslave de novembre 1927.

orientale ? L'assistance militaire à la Pologne et plus encore à la Tchécoslovaquie reste subordonnée à une hypothétique traversée du territoire allemand, et cette stratégie offensive cadre mal avec le choix d'assurer la sécurité de la France par une ligne fortifiée dont le caractère défensif est évident. Sur le plan économique, le gouvernement français a encouragé depuis la fin de la guerre une pénétration financière et commerciale dont les résultats ne sont pas dérisoires. C'est ainsi que Schneider a racheté progressivement les actions de Skoda en Tchécoslovaquie, que la Société générale a acquis la moitié du capital de la Banque de crédit de Prague, que les capitaux français sont actifs en Pologne (port de Gdynia, filatures de Zycasdow) et représentent, en 1931, 26 % du capital étranger investi. Mais cette politique manque d'ampleur. Elle se heurte à l'étroitesse du marché financier français, très sollicité par la reconstruction et par les emprunts intérieurs, ainsi qu'à la volonté du Quai d'Orsay de ménager l'Angleterre sur ce terrain. L'Allemagne, terre d'accueil de capitaux étrangers, compense sa relative faiblesse financière par une politique commerciale très active. Dès 1920, des traités de commerce ont réintroduit partout les produits de son industrie [1]. L'impérialisme mercantile de l'époque wilhelmienne revit, vivement encouragé par Stresemann qui l'intègre à son révisionnisme.

La remilitarisation de l'Allemagne entretient également entre les deux pays un climat permanent de défiance [2]. Amorcée en 1924 par le général von Seeckt, chef de la *Heeresleitung*, c'est-à-dire en fait de la Reichswehr, elle bénéficie à la fois de la complicité du pouvoir politique et de l'aide intéressée du gouvernement soviétique. Par tout un ensemble de subterfuges, le réarmement allemand va transformer une armée réduite à un rôle de police par le traité de Versailles en une « armée d'attente » rajeunie et modernisée. Dans ce but, le Grand

---

1. En 1929, la part de la France dans les importations tchécoslovaques est de 3,8 % et de 7 % dans les importations polonaises, contre respectivement 25 et 27 % pour l'Allemagne. Sur l'ensemble de la question, cf. G. Soutou, « L'impérialisme du pauvre : la politique économique du gouvernement français en Europe centrale et occidentale de 1918 à 1929 », *Relations internationales*, n° 7, 1976, p. 219-239.

2. Cf. G. Castellan, *le Réarmement clandestin du Reich, 1930-1935*, Paris, Plon, 1954.

État-Major est reconstitué sous l'appellation anodine de *Truppenamt*, les sept divisions d'infanterie autorisées sont démultipliées par le recours aux associations de réservistes et autres sociétés de gymnastique, la défense de la frontière orientale assurée par l'embrigadement des formations paramilitaires, en particulier des Casques d'Acier. De même, des pilotes sont entraînés sur des appareils camouflés en avions civils et des stocks d'armes sont constitués. Par la suite, le général Groener, ministre de la Guerre de 1928 à 1932, et le général von Schleicher, chef du Ministeramt, poursuivent dans cette voie malgré la crise économique, et préparent la transformation (*Umbau*) de l'armée de von Seeckt en une grande armée nationale.

Ce réarmement clandestin n'a pas échappé à la Commission militaire interalliée de contrôle, puis, après sa disparition en 1927, au IIe bureau de l'Armée, et oblige la France à la vigilance. La réduction du service militaire à un an, adoptée en 1927, peut apparaître comme une victoire de l'optimisme pacifiste. Dès 1928, pourtant, sont entrepris les travaux de ce qui va devenir la ligne Maginot, définitivement organisée par la loi du 14 janvier 1930, et qui doit en principe dissuader toute velléité d'agression allemande. Grâce à des crédits considérables, sa conception d'ensemble en fait pour l'époque une remarquable réussite technique. Mais, au terme d'un débat qui a donné l'avantage aux thèses de Pétain sur les vues de Foch, la ligne Maginot va figer la doctrine militaire française dans le dogme de l'invulnérabilité du territoire et ôter beaucoup de leur crédibilité aux obligations d'intervention souscrites dans le cadre des alliances de revers.

Au total, le dialogue amorcé en 1925 a bien créé un état d'esprit nouveau, propre à éloigner la France d'une politique de sujétion et l'Allemagne de la tentation d'une revanche. Mais la détente n'est pas parvenue à lever les antagonismes fondamentaux, qu'ils soient diplomatiques, économiques ou militaires. La mort de Stresemann en octobre 1929, le raidissement opéré par ses successeurs, la disparition de Briand en 1932 révéleront le caractère fragile et fragmentaire du rapprochement.

Au regard de la sécurité collective, le bilan paraît plus mince encore. Le rejet du protocole de Genève a différé tout renforcement des pouvoirs d'arbitrage de la SDN. Après cinq années de travaux, la commission préparatoire à la Conférence du désarmement a remis un premier rapport, en décembre 1930. Or, celui-ci n'est qu'un cadre très général dénué de toute référence chiffrée, et qui se borne à poser quelques questions sur les modalités et le contrôle d'une limitation des armements. De cet immobilisme, la SDN ne sort pas grandie et son audience réelle n'égale pas la déférence dont elle est l'objet. L'adhésion de l'Allemagne n'a pas suffi à combler cette lacune majeure de l'institution genevoise d'être, sous couvert d'universalisme, l'instrument d'une perpétuation de l'ordre européen issu des traités de paix conformément aux vues d'un directoire franco-britannique, avec le soutien intéressé des uns et la résignation provisoire des autres.

Car la détente internationale ne saurait masquer l'ampleur des aspirations révisionnistes qui s'expriment dans divers États, et que ni la France ni l'Angleterre n'entendent satisfaire de façon significative. Outre le révisionnisme allemand, dont il a été fait mention, il faut compter avec le mécontentement affiché des pays vaincus de 1918, même s'il entre beaucoup de nuances dans la virulence de leur protestation. Ainsi, le révisionnisme autrichien, qui s'était essentiellement exprimé en 1920-1921 par des plébiscites spontanés en faveur de l'Anschluss, s'est progressivement atténué avec le redressement intérieur opéré par Mgr Seipel et par l'affirmation de mouvements favorables à l'indépendance nationale. De même, l'irrédentisme bulgare en Macédoine et en Thrace orientale s'est affaibli à partir de 1925. Mais, en Hongrie, le révisionnisme jouit d'une vaste audience grâce à un réseau d'organisations nationalistes, dont la plus importante est le «Réveil des Hongrois», et grâce à des sympathies extérieures. Le soutien le plus actif vient de l'Italie, mais ce courant trouve aussi une large adhésion dans les rangs de l'aristocratie britannique [1] et chez des hommes politiques prestigieux comme Lloyd George ou le sénateur américain Borah. De 1921 à 1931, le ministère

---

1. En juin 1927, Lord Rothermere, propriétaire du *Daily Mail,* lance une campagne d'opinion en faveur d'une révision du traité de Trianon.

Bethlen conduit une politique d'alliances prudente, mais le révisionnisme hongrois peut aussi prendre la forme de véritables complots, comme la fabrication de faux billets de banque français ou l'importation clandestine d'armements.

Pour justifier l'outrance de son nationalisme et conforter à bon compte son statut de grande puissance, l'Italie fasciste va naturellement s'employer à regrouper autour d'elle ces mécontentements. Encore cette démarche est-elle relativement tardive. Néophyte en politique étrangère et bien conseillé par le secrétaire général du palais Chigi, Salvatore Contarini, Mussolini maintient jusqu'en 1926 les grandes lignes de la diplomatie héritée de la monarchie libérale. Politique de bon voisinage et de bonne entente, qui conduit à la reconnaissance de l'URSS en 1924, à la signature des accords de Locarno et à la conclusion d'un traité d'amitié avec la Yougoslavie procédant à un règlement avantageux de la question dalmate [1]. De même, la recherche de relations privilégiées avec l'Angleterre permet à l'Italie d'obtenir quelques satisfactions à la frontière égypto-libyenne et en Afrique orientale. Mais la consolidation du régime opérée après l'adoption des lois « fascistissimes », le caractère même de Mussolini, naturellement porté aux déclarations fracassantes et aux initiatives spectaculaires, ouvrent la voie à un changement de cap. C'est en 1926 que s'affirme dans la presse et la propagande officielle la rhétorique d'une division de l'Europe en nations satisfaites et non satisfaites par la guerre et les traités de paix. L'Italie, qui ne peut oublier la victoire mutilée de 1919, va prendre la tête de ces dernières. Dans l'affirmation de son révisionnisme, Mussolini conserve pourtant une certaine prudence. Sa méfiance à l'égard des visées allemandes le conduit à se poser en garant de l'indépendance de l'Autriche et à financer les mouvements nationalistes autrichiens. De même entend-il conserver de bonnes relations avec l'Angleterre, en plein accord avec les dirigeants conservateurs, qui voient dans l'Italie un utile contrepoids au rapprochement franco-allemand et un rempart contre la menace de subversion bolchevique qui les obsède. C'est donc contre

---

1. Le traité de Rome de janvier 1924 et les accords de Nettuno de juillet 1925 reconnaissent la souveraineté italienne sur la ville de Fiume et règlent la situation des Italiens dans la région de Zara.

l'influence française que va se tourner l'agressivité italienne, non sans hésitation dans les modalités de la confrontation. L'affirmation de la concurrence navale en Méditerranée est nette, mais ne trouve pas, malgré une vigoureuse propagande en ce sens, un prolongement satisfaisant dans l'impérialisme colonial, les revendications italiennes en Syrie et en Tunisie se heurtant à une ferme riposte française. Plus efficace est la pénétration en Europe centrale, où l'Italie s'applique à isoler la Yougoslavie par un resserrement de ses liens avec l'Albanie, et à affaiblir la Petite Entente par la conclusion de traités avec la Bulgarie et surtout la Hongrie. Le traité italo-hongrois d'avril 1927 traduit l'ampleur de la mutation révisionniste opérée par Mussolini. Politique d'une relative inocuité tant qu'elle ne se départit pas des bons rapports avec l'Angleterre, mais qui, ajoutée à un mépris à peine voilé à l'égard de la SDN et à la signature réticente du pacte Briand-Kellogg, augure mal de l'avenir.

Par ailleurs, l'universalisme auquel prétend la Société des Nations est profondément affecté par l'absence de l'URSS et des États-Unis, dont la politique étrangère, sans contrevenir ouvertement aux principes de la sécurité collective, n'en demeure pas moins très individualiste.

Après avoir cédé, au lendemain de la révolution de 1917, à l'utopie d'une politique extérieure dictée par les impératifs d'une stratégie révolutionnaire, la diplomatie soviétique s'est orientée, à partir de 1921, vers une normalisation conforme aux intérêts du pays et de la détente internationale. Politique de coexistence pacifique (l'expression est de Lénine), propre à garantir la sécurité de l'État russe et à consolider son relèvement par la reprise des échanges économiques, et qui a rencontré en Europe un écho favorable. Cette rentrée dans le concert des nations a en effet été sollicitée par les puissances européennes plus que par la Russie elle-même, chaque État ayant quelque motif particulier à l'encourager : l'Angleterre pour des raisons commerciales, la France pour obtenir la reconnaissance des dettes tsaristes [1], l'Allemagne pour briser son isolement. De plus, si la Russie soviétique a rompu avec la

_____

1. Estimées à 9,2 milliards de francs-or, et souscrites par plus de 1 600 000 porteurs.

démarche idéologique qui avait jusqu'alors animé sa politique extérieure, son réalisme se veut sélectif. Il n'implique aucun ralliement systématique à l'ordre international dicté par les grandes puissances, ni un abandon des activités révolutionnaires du Komintern.

Il résulte de ces choix des relations particulièrement complexes avec la France et l'Angleterre, où les liens avec l'URSS sont largement commandés par les fluctuations de la politique intérieure. Malgré la signature d'un traité de commerce avec l'Angleterre en mars 1921, le début des années vingt reste peu favorable au rapprochement. L'intransigeance de Poincaré et l'antisoviétisme de Lloyd George condamnent à l'échec la conférence de Gênes (avril-mai 1922), qui devait régler le problème des dettes tsaristes et des avoirs étrangers en Russie. La véritable détente ne survient qu'en 1924, à la faveur d'un ministère travailliste à Londres et d'un ministère cartelliste à Paris, qui opèrent la reconnaissance *de jure* de l'URSS, imités par l'Italie la même année et par le Japon un an plus tard. Encore est-elle de courte durée car le retour des conservateurs, à la fin de 1924, et de Poincaré, en 1926, introduit une nouvelle phase de tension. Le gouvernement Baldwin, ayant dénoncé le soutien du Komintern lors des grèves de 1926 et accusé d'espionnage la mission commerciale soviétique, opère la rupture des relations diplomatiques avec l'URSS en mai 1927. Elles ne seront rétablies qu'en 1929, lors de la formation du deuxième ministère MacDonald. De même, les pourparlers financiers franco-soviétiques sont rompus en 1926 et l'ambassadeur est expulsé de France l'année suivante. Sans être sciemment provoquée par l'URSS, cette tension est habilement récupérée par Staline, qui exagère à dessein l'isolement soviétique pour justifier contre Trotski sa thèse du socialisme dans un seul pays. L'adoption en 1928 de la tactique classe contre classe n'est que l'application d'une stratégie visant à opposer le pacifisme du communisme mondial aux desseins belliqueux des puissances impérialistes [1]. Dans ce contexte délibérément dramatisé, la SDN est dénoncée comme le voile hypocrite derrière lequel sont conduits les préparatifs

---

1. « Thèses sur la lutte contre la guerre impérialiste et la tâche des communistes », VIe Congrès du Komintern, 17 juill.-1er sept. 1928.

de guerre contre l'URSS. Quant au pacte Briand-Kellogg, après l'avoir violemment critiqué, l'URSS finit par s'y rallier sur les instances allemandes, mais seulement après avoir signé à Moscou le « protocole Litvinov » avec la plupart de ses pays frontaliers.

Car c'est avec l'Allemagne que les relations vont se révéler les plus constantes et les plus solides. Outre qu'il leur permettait de sortir de leur isolement respectif, le rapprochement offrait aux deux pays des avantages considérables, et pas seulement de nature économique. Pour l'Allemagne, la carte soviétique constituait une excellente monnaie d'échange contre les exigences françaises et britanniques ; pour l'URSS, l'alliance allemande ne pouvait que diviser et affaiblir les puissances européennes et les rendre, par là, moins menaçantes. Le traité de Rapallo, signé en marge de la conférence de Gênes le 16 avril 1922, a non seulement résolu par l'annulation le problème des dettes et des dommages civils et militaires, mais il a également permis de renouer les relations diplomatiques et commerciales. Dès avant sa signature, une coopération militaire s'était esquissée en 1920 et 1921, malgré les réticences de Rathenau mais avec l'autorisation du chancelier Wirth. Un moment estompé lors de la signature du pacte de Locarno, qui inquiète vivement les Soviétiques, l'esprit de Rapallo se confirme avec le traité de Berlin du 24 avril 1926, pacte de non-agression pour cinq ans, mais surtout véritable traité de contre-assurance qui traduit la persistance de la tradition bismarckienne dans la diplomatie allemande. Mais c'est dans le domaine de la coopération militaire que durant toute une décennie se manifestent le mieux les liens privilégiés entre les deux pays. Longtemps niée par l'historiographie communiste, elle est aujourd'hui parfaitement établie dans son ampleur et ses modalités [1]. Pour l'essentiel, elle se résume à divers échanges d'officiers et de techniciens, et surtout à la mise à la disposition de l'Allemagne de camps d'entraînement et d'expérimentation pour les armements interdits par le traité de Versailles : avions,

1. Cf. la thèse déjà citée de G. Castellan et surtout son article, « Reichswehr et Armée rouge, 1920-1939 », in *les Relations germano-soviétiques de 1933 à 1939,* Paris, Colin, Cahiers de la FNSP, nº 58, 1954, p. 137-271.

chars et gaz de combat. Politique dangereuse, dont l'URSS aura l'occasion plus tard de faire les frais. A plus court terme, l'adoption de la tactique classe contre classe va avoir indirectement pour effet de ruiner le fragile édifice de la sécurité collective, en interdisant tout barrage efficace à la montée du national-socialisme en Allemagne.

La problématique traditionnelle de la politique extérieure des États-Unis dans les années vingt, celle de l'isolationnisme américain et de ses implications, est aujourd'hui largement dépassée [1]. Tout dépend en effet de l'acception d'un concept au demeurant relativement tardif, et qui n'apparaît pas dans le vocabulaire politique de l'époque. Au sens étroit du terme, la réponse est indéniablement positive, en ce sens que, conformément à une exigence très largement répandue dans l'opinion, les États-Unis se sont systématiquement refusés à tout engagement politique contraignant hors du continent américain, soit par des traités bilatéraux, soit dans le cadre plus général de la Société des Nations. Non que des pressions ne se soient exercées en ce sens. Dans la vogue extraordinaire que connaît l'idéal pacifiste outre-Atlantique, certaines associations comme la Carnegie Endowment ou la World Peace Foundation se sont montrées favorables à la SDN, ce qui rejoignait d'ailleurs les vœux du secrétaire d'État Hughes. Mais le pacifisme américain peut aussi se parer d'un discret sentiment de supériorité et s'en tenir à l'exemplarité d'une croisade purement morale en faveur du désarmement général et de la mise hors la loi de la guerre. Telle est bien la démarche qui l'a emporté, et le pacte Briand-Kellogg a donné la mesure des limites au-delà desquelles les États-Unis entendent ne pas s'engager.

Cette volonté d'indépendance et de liberté de manœuvre ne signifie pas, en revanche, un désintérêt à l'égard de l'Europe ni une abstention dans les litiges qui la traversent. Certes,

1. Cf. J.-B. Duroselle, *De Wilson à Roosevelt, Politique extérieure des États-Unis, 1913-1945,* Paris, Colin, 1960, p. 149-171, et la mise au point d'Y.-H. Nouailhat, « Les Américains ont-ils été isolationnistes entre les deux guerres mondiales ? », *Relations internationales,* n° 22, 1980, p. 125-140.

l'intervention reste sélective, puisque les États-Unis s'obstinent à ignorer diplomatiquement l'URSS [1] et que la sollicitation américaine ne va pas sans une défiance certaine, dont témoignent les lois sur les quotas d'immigration de 1921 et de 1924. Mais, pour des raisons commerciales et financières que l'on a déjà relevées, les États-Unis se sont appliqués à réconcilier vainqueurs et vaincus en vue de reconstruire l'équilibre européen nécessaire au déploiement de leurs intérêts. C'est donc moins dans ses intentions, indéniablement pacifiques, que sur son efficacité que cette politique pose certains problèmes. Le premier est lié aux dettes de guerre, c'est-à-dire aux emprunts émis par le Trésor américain et souscrits entre 1917 et 1919 par les pays de l'Entente. Le montant en est estimé à plus de 10 milliards de dollars, et leur remboursement est réclamé par les États-Unis avec une intransigeance qui s'explique autant par la thèse officielle du caractère « sacré » des contrats que par les répercussions intérieures que produirait le non-remboursement des dettes. A cela, l'Europe peut faire valoir que les États-Unis ont tiré assez grand profit de la période de la guerre et que le sacrifice des soldats anglais ou français à la cause de la démocratie mériterait un geste de leur part. Elle serait également fondée à invoquer l'impossibilité d'un remboursement aussi longtemps que les États-Unis maintiendront un tarif douanier aussi délibérément protectionniste. Peine perdue. Par l'accord Baldwin-Mellon de 1923 et l'accord Mellon-Béranger de 1926, les États-Unis accordent quelques concessions sur les intérêts (très bas) et sur l'échelonnement de la dette (très long), mais restent intraitables sur le remboursement du capital. Le refus de prendre en considération la revendication de la « clause de sauvegarde », qui lierait les versements français à celui des réparations allemandes, entraîne la non-ratification des accords Mellon-Béranger jusqu'à la signature du plan Young, et entretient méfiance et animosité entre la France et les États-Unis.

A l'égard de l'Allemagne, la politique américaine est plus généreuse, mais elle n'est guère plus conséquente. Alors qu'un accord officieux signé en 1921 entre l'État fédéral et la

---

1. La reconnaissance de l'URSS n'interviendra qu'au début du premier mandat de Roosevelt, en novembre 1933.

banque américaine a décidé de ne pas prêter d'argent aux pays étrangers n'ayant pas remboursé leurs dettes aux États-Unis, l'Allemagne va bénéficier de 1924 à 1929 de la manne apparemment inépuisable des capitaux américains. Il s'agit de placements très diversifiés, constitués majoritairement d'investissements directs par implantation de sociétés ou de filiales, ou indirects sous forme de participations en capital; mais on y trouve aussi une part notable de prêts à court terme, sous forme de lignes de crédits avancés généralement de six mois à un an par les banques américaines aux banques allemandes ou aux collectivités publiques. Politique de facilité, qui va asseoir la prospérité allemande sur les bases fallacieuses d'une richesse empruntée; et politique dangereuse puisque les banques allemandes transforment les prêts américains en obligations ou en crédits à long terme, donc sans possibilité de mobilisation rapide en cas de rapatriement des créances américaines, et que les collectivités publiques, Länder et municipalités, s'endettent très au-delà de leur capacité de remboursement. Des voix autorisées, celle de Schacht ou de l'Américain Parker Gilbert, se sont bien élevées pour dénoncer les dangers d'un mécanisme aussi spéculatif de financement de la croissance. Mais elles ont pesé bien peu au regard des encouragements de Stresemann, de l'engouement du public américain pour ce type de placement et des intérêts à court terme du *business*. Telle est pourtant bien la cause fondamentale de la fragilité du système de relations internationales des années vingt : de faire reposer la détente et la sécurité collective moins sur une négociation d'ensemble des facteurs de tension que sur l'illusion d'une croissance économique artificiellement entretenue.

La dégradation
du milieu international

L'historiographie a longtemps fait de l'arrivée d'Hitler au pouvoir, le 30 janvier 1933, la date charnière des relations internationales entre les deux guerres. Sans minimiser la portée de cette date, il est établi aujourd'hui que la crise économique mondiale a engendré, dès avant 1933, de profondes perturbations. En accélérant le paupérisme du monde colonial, elle a amplifié une protestation nationaliste jusqu'alors circonscrite aux élites. En incitant les États à une défense égoïste de leurs intérêts nationaux, elle a miné le fragile édifice de la sécurité collective et relancé les révisionnismes. A partir de 1935, les initiatives des puissances fascistes ouvrent une période de crises à répétition qui, malgré les efforts d'apaisement déployés par les démocraties, aboutissent au déclenchement de la Seconde Guerre mondiale.

Les incertitudes coloniales

Problèmes généraux.

Période décisive dans la relation qui unit l'Europe aux peuples dominés, l'entre-deux-guerres voit contradictoirement coïncider l'apogée du fait colonial et une vigoureuse poussée des nationalismes indigènes. C'est dans les années trente, en effet, que la dilatation de l'espace colonial atteint son amplitude maximale. Outre les entreprises japonaises et italiennes [1],

1. Sur l'impérialisme japonais, cf. *infra*. L'impérialisme italien ne se réduit pas à la conquête de l'Éthiopie, en 1935-1936. Il prend en compte les vastes opérations conduites en Tripolitaine et en Cyrénaïque durant la pre-

cette extension résulte du vaste transfert des dépouilles allemandes et ottomanes opéré au lendemain de la guerre par le
traité de Versailles et la conférence de San Remo (avril 1920).
Aiguisé par la fabuleuse richesse pétrolière du Moyen-Orient,
l'appétit impérialiste des grandes puissances s'était crûment
manifesté. Mais, compte tenu des promesses d'émancipation
faites ici ou là, et à l'heure des principes wilsoniens, l'annexion pure et simple au patrimoine colonial était inoppor-
tune. Le Premier ministre sud-africain Smuts trouva la formule des « mandats ». Celle-ci revenait à conférer une sorte de
tutelle transitoire sur des territoires qui, selon leur degré
d'évolution, seraient à plus ou moins long terme acheminés
vers leur indépendance par la puissance mandataire. Dans
cette entreprise, le contrôle de la SDN se révéla à peu près
inexistant et la consultation prévue des populations, totalement nulle. C'est donc bien en termes de conquête et d'annexion coloniales qu'il faut entendre cette redistribution [1].

L'extension géographique se double d'un renforcement de
la complémentarité économique qui lie les colonies à leur
métropole. Accélérée durant les années vingt par le développement des activités extractives et des cultures spéculatives
nécessaires à la croissance occidentale, cette interdépendance
s'affirme dans le contexte dépressif et protectionniste de la
crise de 1929. Les accords d'Ottawa (août 1932) ont ainsi
permis à l'Angleterre de maintenir ses courants d'échanges
avec l'Empire et de pallier le rétrécissement de ses horizons
commerciaux avec le reste du monde. Une telle évolution est
également perceptible dans la structure des échanges néerlan-
dais et français [2]. Ce resserrement des liens économiques,

---

mière décennie du fascisme. Cf. J.-L. Miège, *l'Impérialisme colonial italien
de 1870 à nos jours,* Paris, SEDES, 1968.

1. Ont ainsi été érigés en mandats de type A la Syrie et le Liban, confiés à
la France, l'Irak et la Palestine, confiés à la Grande-Bretagne. Les mandats de
type B et C, c'est-à-dire les anciennes colonies allemandes d'Afrique et du
Pacifique, ont été répartis entre la France (Togo, Cameroun), la Grande-Bretagne, la Belgique, l'Afrique du Sud et le Japon. Tableau complet in H. Grimal, *la Décolonisation, 1919-1963,* Paris, Colin, coll. « U », 1965, p. 18.

2. En 1938, l'Empire concourt à 43 % des importations et 70 % des
exportations britanniques, contre respectivement 30 et 50 % en 1929. De
même, l'Empire, qui constituait 13 % du commerce français en 1927, en
réalise 34 % en 1936.

visible aussi à travers les mouvements de capitaux, expliquerait à lui seul le renforcement de l'attachement que les gouvernements et l'opinion manifestent pour leur empire. L'apogée du fait colonial est aussi celle du sentiment colonial, sur lequel il y aura lieu de revenir.

Parallèlement, la poussée des nationalismes coloniaux obéit à des facteurs renouvelés. Hormis le cas des dépendances de l'Empire ottoman, cette poussée doit relativement peu à la guerre. A quelques troubles ou mutineries près, en Indochine ou en Algérie par exemple, les peuples colonisés se sont révélés d'une remarquable loyauté durant le conflit. La France et l'Angleterre ont pu lever d'importants contingents indigènes [1] et se sont plu à souligner leur contribution à la victoire alliée. C'est au lendemain de la guerre que surgissent les nouveaux facteurs politiques d'une remise en question de la domination européenne : les principes wilsoniens et le communisme soviétique.

Le cinquième des Quatorze Points énoncés par Wilson en janvier 1918 concernait les possessions coloniales. Alambiquée à souhait, sa rédaction ne faisait aucun sort au droit des peuples à disposer d'eux-mêmes. Dans l'esprit du président américain, il ne s'agissait nullement de promouvoir l'émancipation, mais d'organiser un *trusteeship* de la future SDN sur les possessions turques et allemandes, formule qui garantirait aux États-Unis des droits égaux de pénétration à ceux des puissances coloniales. C'est pourtant bien dans son sens le plus extensif, celui de la libre détermination des peuples colonisés, que le cinquième point fut entendu en Tunisie par le parti « Jeune Tunisien [2] », au Proche-Orient par Fayçal, qui porta la question arabe à la Conférence de la paix, et dans une certaine mesure par le Wafd, qui tenta en vain de négocier à Londres les conditions de l'indépendance égyptienne. Dans l'immédiat, ce fut un échec général. Trop ambigu et trop intéressé, le message wilsonien n'est parvenu nulle part à lever un courant nationaliste original capable de s'imposer. Il n'a été, pour l'essentiel, qu'une caution prestigieuse à un type de

---

1. De l'ordre de 500 000 pour la France. Pour l'Angleterre, les dominions ont fourni 800 000 combattants, l'Inde plus d'un million.

2. Fondé en 1907, le parti Jeune Tunisien devient parti tunisien au lendemain de la guerre, puis parti du Destour (Constitution) en 1920.

revendication qui s'était exprimé antérieurement au premier conflit mondial.

L'influence de la révolution soviétique est d'une autre ampleur. A l'anticolonialisme hésitant de la IIᵉ Internationale, Lénine avait substitué une condamnation sans appel de l'impérialisme et souligné très tôt le rôle essentiel des peuples colonisés dans le renversement de l'ordre capitaliste. Lors de la réunion du IIᵉ Congrès de l'Internationale communiste (juillet 1920), outre l'adoption des vingt et une conditions, dont la huitième concerne la lutte anticoloniale [1], il fut décidé de convoquer un Congrès des peuples de l'Orient, qui se tint en septembre de la même année. Aux thèses maximalistes du communiste indien N. N. Roy, visant à transférer à l'Est l'axe d'une révolution mondiale qui piétinait à l'Ouest et à refuser par principe toute alliance avec la bourgeoisie, Lénine fit préférer la formule plus réaliste du « front unique anti-impérialiste » qui, à l'image du Guomindang chinois, devait allier communisme et bourgeoisie nationale. L'échec de cette politique, patent en Chine quand Chiang Kai-chek rompt en 1927 avec les communistes, restitue à ces derniers le monopole de la lutte anticolonialiste. Pour peu de temps, car le revirement opéré en 1934 en faveur des regroupements antifascistes conduit tout à la fois à une atténuation de la propagande anticoloniale et à une préférence marquée pour l'émancipation sociale dans le cadre des structures existantes.

Ces variations, pour ne pas dire ces volte-face, dans l'attitude du Komintern n'ont pas empêché une pénétration substantielle du marxisme dans le monde colonial grâce à un soutien aux mouvements nationalistes épousant les formes les plus diverses, depuis la formation de leaders révolutionnaires dans les universités ou académies soviétiques, jusqu'à la fourniture de moyens financiers ou militaires aux mouvements en lutte. Pénétration au demeurant inégale : très modeste dans le Moyen-Orient arabe, où elle se heurte autant à l'incompréhension mutuelle du matérialisme historique et de l'islam qu'à l'arriération des structures sociales [2] ; infiniment plus forte en

---

1. « Soutien non en paroles mais en action à tout mouvement d'émancipation dans les colonies. »

2. Cf. M. Rodinson, *Marxisme et Monde musulman*, Paris, Éd. du Seuil, 1972, en part. p. 130-180, et, de manière plus abordable, R. Galissot, « Le

Asie, où elle s'appuie sur une longue tradition de luttes sociales et sur des bases théoriques, du reste largement indifférentes au legs de l'analyse marxiste [1].

Les principes émancipateurs du wilsonisme et du communisme n'auraient pas suffi à provoquer l'essor des nationalismes si ceux-ci n'avaient trouvé dans les réalités économiques un levier à la diffusion de leurs revendications. A cet égard, les deux phases de la conjoncture mondiale ont joué de façon cumulative. Le boom colonial des années vingt, s'il assure au monde développé une croissance rapide et une relative paix sociale, multiplie les effets pervers chez les peuples colonisés. L'essor des cultures spéculatives s'accompagne d'une diminution relative des cultures vivrières et du cheptel au moment où, par le recul de la mortalité, la population s'accroît de façon inquiétante. Victimes de la dépossession de l'espace foncier, de la hausse des prix et des fermages, de l'impôt et de l'usure, les sociétés coloniales connaissent une paupérisation à laquelle n'échappe qu'une frange de grands propriétaires, de capitalistes et de notables. Le renversement de la conjoncture en 1930 amplifie dramatiquement ce mouvement, s'agissant d'économies rendues nécessairement fragiles par le développement excessif des produits d'exportation sans contrepartie suffisante dans l'industrialisation. L'effondrement des cours entraîne celui des salaires, le marasme mondial entretient la mévente et le chômage. Alors que l'étau du prélèvement fiscal ou usuraire ne se desserre pas, la crise débouche un peu partout sur une nouvelle vague d'aliénation foncière et provoque l'entassement d'une population famélique à la périphérie des villes.

L'audience des mouvements nationalistes va s'en trouver renforcée. La crise dément en effet l'affirmation rituelle des puissances coloniales à assurer le progrès et le bien-être des colonisés. De cette démystification découlent à la fois un élargissement des bases sociales du nationalisme indigène et une radicalisation de son discours. La crise va permettre à une génération de leaders généralement formés par l'Occident de retourner contre ce dernier les principes libéraux qui les ont

socialisme dans le domaine arabe », in *Histoire générale du socialisme,* Paris, PUF, 1977, t. III, p. 545-605.

1. Cf. J. Chesneaux, *l'Asie orientale aux XIXe et XXe siècles,* Paris, PUF, coll. « Nouvelle Clio », 1973.

éduqués, et d'opérer une mobilisation populaire autour du terme magique d'indépendance. La chronologie est à cet égard éloquente, qui fait apparaître au plus fort de la crise, entre 1930 et 1934, la relance de la désobéissance civile en Inde, la création des partis communistes indochinois, malais et philippin, la Fédération des oulémas d'Algérie, la naissance des Jeunes Marocains et du Néo-Destour tunisien. La reprise économique et quelques gestes de détente politique ont pu, à partir de 1935, amorcer une décrue. La crise de 1929 n'en a pas moins structuré le nationalisme des peuples colonisés en lui conférant, de façon quasi définitive, la teneur de sa revendication, ses personnalités charismatiques et ses assises sociales.

S'il obéit aux mêmes moteurs, au point de faire apparaître d'étonnants synchronismes, le mouvement d'émancipation n'est pas uniforme dans son développement géographique. Habituellement présentée comme rebelle au sentiment national en raison de sa configuration tribale et de l'arbitraire de son découpage, l'Afrique noire n'a méconnu pourtant ni les tensions sociales entre colonisateurs et colonisés, ni l'émergence d'un sentiment d'appartenance. Le développement du commerce et des infrastructures, les progrès de l'urbanisation ont ébauché une société détribalisée où se dessinent des clivages de classes. La mise en place d'un système scolaire, l'accession d'une minorité à l'enseignement secondaire et supérieur ont assuré la promotion d'une élite intellectuelle occidentalisée, au moment où les progrès de l'ethnologie sortent de l'oubli le passé glorieux des États constitués de l'Afrique précoloniale. Parallèlement, le retour sur le continent africain de nombreux combattants de la Grande Guerre, même si la plupart sont habilement canalisés par l'administration, constitue un ferment de revendications diverses, généralement de plus en plus radicales [1]. On ne saurait négliger non plus les échos d'un panafricanisme qui, dans le sillage de l'Américain Du Bois et du Jamaïcain Marcus Garvey, affirme la solidarité interconti-

---

1. Par exemple, le Malgache Jean Ralaimongo et le Congolais André Matsoua, tous deux anciens combattants de 1914-1918, se sont orientés vers le sécessionnisme après avoir réclamé en vain la citoyenneté française.

nentale du monde noir et ses droits à l'émancipation. Si un Jean Price-Mars et son cadet Léopold Sédar Senghor [1] s'en tiennent à une exaltation purement culturelle de la négritude, la protestation est plus nettement politique chez un Nkrumah ou un Kenyatta. Pour autant, et compte tenu de la loyauté des chefferies locales, véritable pivot de l'ordre colonial africain, la quiétude des autorités n'en est guère troublée. Le véritable éveil de l'Afrique noire au nationalisme ne s'opérera qu'après 1945.

Le souvenir très vivant d'une souveraineté nationale déchue, ou au moins d'une âpre résistance à la conquête européenne, les exemples contagieux de la victoire japonaise de 1905 et de la révolution chinoise de 1911 confèrent aux mouvements asiatiques une antériorité et une maturité indiscutables dans la lutte engagée contre le colonialisme. Mais, à l'image d'une configuration sociale plus diversifiée qu'ailleurs, c'est de l'extrême diversité de leur inspiration que va pâtir ici le nationalisme, laissant ainsi aux puissances coloniales tout loisir de s'appuyer sur les plus modérés d'entre eux pour ne rien concéder d'essentiel.

Au prix d'un certain schématisme, on retiendra trois composantes majeures. La première est d'inspiration nettement religieuse, qui valorise l'appartenance nationale par la fidélité à la religion traditionnelle par définition étrangère à celle du colonisateur. Elle nourrit par là la nostalgie d'un âge d'or brutalement interrompu par la conquête, et avec lequel il ne sera renoué qu'une fois le colonisateur évincé. Courant traditionaliste évidemment, mais qui, soutenu par la crédulité des foules ou pris en main par une personnalité d'exception, peut receler de grandes potentialités émancipatrices. Cette démarche a été dans une certaine mesure celle de Gandhi [2], mais elle anime surtout les sectes bouddhiques de Birmanie ou du Cambodge, ainsi que le caodaïsme vietnamien [3]. Dans le cas du

---

1. Agrégé de grammaire en 1935, Senghor s'est lié à Paris avec de jeunes Antillais, tel André Césaire, avec lesquels il a fondé la revue *l'Étudiant noir*.
2. Dans une certaine mesure seulement, car l'hindouisme est loin d'être la seule référence religieuse de sa pensée ; d'autre part, Gandhi n'a jamais cessé de prôner l'intégration de la minorité musulmane dans le nationalisme indien.
3. Religion fondée en 1919 par Ngô Van Chieu et qui, à partir du bouddhisme, combine un vague syncrétisme et le culte des grands hommes. Son

Sarekat Islam indonésien, elle peut d'ailleurs combiner l'intégrisme islamique à des vues résolument démocratiques. Un second courant procède, au contraire, de la modernisation économique des colonies asiatiques et de la promotion d'une classe moyenne ou supérieure. Souvent influencé par le Meiji japonais ou par le triple démisme de Sun Yat-sen, il prône un nationalisme à la fois inspiré de l'Occident et dressé contre lui. Son attractivité est indéniable mais, pour ne rien dire des vagues de répression dont il a été l'objet, il peut s'épuiser parfois à trouver sa voie entre l'action légale et la violence, et souffrir aussi des divisions chroniques entre conservateurs et progressistes. Le Congrès indien, le parti nationaliste indonésien de Sukarno, le VNQDD [1] n'ont pas été à l'abri de ces contradictions.

Le mouvement communiste, dont on a dit l'importance, va tenter d'encadrer l'action jusqu'alors désordonnée des masses populaires et de conférer, avec l'aide d'une fraction de l'intelligentsia moderniste, une signification nationale à la protestation sociale. La greffe marxiste n'est nulle part négligeable mais elle est inégalement efficiente. Après avoir réalisé une certaine percée, notamment dans le syndicalisme, le communisme indien ne peut résister ni à la répression britannique, ni à la puissance d'organisation du Congrès, ni surtout au prestige de Gandhi. De même, le communisme indonésien échoue en 1926 dans sa tentative insurrectionnelle et se trouve par la suite décimé par la répression. L'influence communiste va être plus féconde en Indochine, où la création du PCI, en février 1930, a révélé les qualités d'arbitre et de chef de Nguyen Ai Quoc [2]. L'échec d'une tentative de soviets paysans dans le Nghe An ayant contraint ce dernier à l'exil en Chine, ses jeunes lieutenants Pham Van Dong et Vô Nguyen Giap vont s'attacher à ancrer le communisme dans les couches les plus

influence fut considérable sur la paysannerie et une partie de la bourgeoisie. Politiquement, sa collusion avec le Japon est évidente.

1. Il s'agit du parti national vietnamien, fondé en 1927 sur le modèle du Guomindang chinois.

2. Né en 1890 dans un milieu de lettrés très pauvres, Nguyen Ai Quoc s'est installé à Paris en 1917. Inscrit à la SFIO, il rejoint au Congrès de Tours la fraction prosoviétique. Chargé de diverses missions en Asie par le Komintern, il est passé par l'Académie militaire de Wampoa.

diverses de la société par un réseau compliqué de syndicats, d'amicales et d'associations diverses. Comme en Chine, mais selon un cheminement quelque peu différent, la guerre achèvera de réaliser l'osmose du nationalisme et du communisme.

Face à l'essor des nationalismes, les puissances coloniales vont se montrer bien timorées. Rassurées par le loyalisme des peuples dominés lors du premier conflit mondial, confortées par une opinion publique très largement acquise au fait colonial et peu soucieuse de modifier les règles du jeu, elles restent plus que jamais pénétrées de leur mission civilisatrice et de la légitimité de leur domination. En dénonçant les leaders nationalistes comme une poignée de perturbateurs ou de mystiques privés de tout enracinement populaire, et en réprimant en conséquence les manifestations contestataires, les dirigeants européens conservent jusqu'à la guerre la maîtrise du *statu quo,* mais s'engourdissent dans la bonne conscience et, inégalement il est vrai, dans l'immobilisme politique. Le poids des lobbies coloniaux, très agissants sur place comme en métropole, joue évidemment en ce sens, mais aussi la conviction très largement répandue que les masses coloniales sont incapables pour longtemps de prendre en main leur destinée et que, privées du pouvoir arbitral de la métropole, elles sombreraient inmanquablement dans l'anarchie. La crise de 1929, puis les menaces de guerre qui se précisent à partir de 1936 contribuent au repli impérial des grandes puissances et à l'affirmation de l'indissolubilité des liens tissés entre la métropole et l'Empire. A cet égard, les expériences de gauche tentées en France et en Grande-Bretagne n'ont en rien dérogé au conformisme ambiant. Elles ont pu introduire d'utiles réformes de détail et amorcer un dialogue avec les nationalistes, sans opérer pour autant une révision en profondeur des mécanismes de la domination coloniale, au prix parfois d'un véritable reniement des postulats anticolonialistes antérieurs [1].

Cette crispation sur l'acquis colonial n'étonne pas s'agissant

1. C'est particulièrement vrai pour les deux gouvernements travaillistes de 1923 et de 1929-1931, durant lesquels les ministres des Colonies J. H. Thomas et Sidney Webb pratiquèrent une gestion des plus classiques, remettant en particulier à plus tard le slogan favori « l'Inde aux Indiens ».

de pays comme la Grande-Bretagne ou les Pays-Bas, convaincus depuis longtemps des bienfaits de l'impérialisme. Elle surprend davantage en France où a longtemps prévalu à l'égard de l'Empire un sentiment fait d'ignorance et d'indifférence. L'entre-deux-guerres y est marqué par une promotion remarquable des « colonies » dans les représentations collectives, jusqu'à l'exaltation fervente, dans les années trente, de la plus grande France [1]. La participation au premier conflit mondial de près d'un million d'hommes des troupes coloniales y est pour beaucoup, qui a intégré le tirailleur algérien, annamite ou sénégalais dans l'épopée de la Grande Guerre. De même qu'on ne saurait nier l'impact qu'a exercé sur la jeunesse et dans les rangs nationalistes la figure exceptionnelle du maréchal Lyautey. Dans le sillage des expositions coloniales de Marseille en 1922 et de Paris en 1931, une documentation émanant des milieux coloniaux est largement répandue, que répercutent à leur tour la presse et les manuels scolaires. Même s'il entre beaucoup de partialité dans la présentation de l'œuvre colonisatrice, il est certain que la connaissance du monde colonial est bien supérieure à celle de l'avant-guerre. Parallèlement, la publicité, la chanson, le cinéma s'emparent de l'Empire et contribuent à façonner un légendaire colonial où la nostalgie de l'évasion le dispute à la sourde inquiétude d'une grandeur menacée. Car l'exaltation de l'Empire n'est pas désintéressée. Pour être indéniable, l'œuvre civilisatrice de la France peut être aussi l'alibi d'une conception égoïstement hexagonale de la grandeur nationale, à l'heure où celle-ci est entamée dans ses forces propres et par la montée de puissances menaçantes.

Dans ce contexte, l'anticolonialisme européen reste un courant très marginal et au demeurant divisé. Entre la répudiation de principe de l'impérialisme colonial, qui fut l'orientation du Komintern jusqu'en 1935, et le réformisme modéré qui anime divers courants socialistes ou chrétiens, s'échelonnent diverses options plus ou moins émancipatrices, qui n'ont pas toujours résisté à l'épreuve du pouvoir. On citera pour

---

1. Cf. les développements remarquables de R. Girardet, in *l'Idée coloniale en France de 1871 à 1962*, Paris, Le Livre de poche, coll. « Pluriel », en part. p. 175-273.

mémoire la Ligue mondiale contre l'impérialisme, fondée à Bruxelles en 1927, dirigée par un aréopage prestigieux où figuraient Einstein, Romain Rolland et la veuve de Sun Yat-sen. Elle a pu constituer un utile relais entre les leaders nationalistes et l'intelligentsia occidentale, sans influencer en rien la marche des événements. La seule campagne anticolonialiste d'envergure fut, en fait, celle conduite en 1925 par le parti communiste français contre la guerre du Rif [1] et remarquablement orchestrée par le député Jacques Doriot. Pour le reste, l'existence d'une minorité anticolonialiste à la gauche du Labour (Lansbury) ou de la SFIO (Zyromski, Marceau-Pivert) n'a guère valeur que de témoignage. D'une audience très restreinte, mais sans doute plus féconde, la dénonciation des abus du colonialisme gagne certains milieux littéraires et journalistiques, au moment où les progrès de l'ethnologie, de l'histoire et de la sociologie coloniales jettent les bases d'une critique scientifique des modes de conquête et de domination des peuples indigènes [2].

La montée du nationalisme arabe.

La création la plus remarquable de l'entre-deux-guerres est sans doute l'affirmation du nationalisme arabe, qui, un demi-siècle plus tard, n'a pas fini de troubler l'ordre international. Il procède à la fois du grand réveil islamique de la fin du XIXe siècle et d'une série de réactions des populations arabes contre le centralisme turc, le choc des impérialismes européens et la greffe sioniste. Ses manifestations, longtemps décevantes et souvent désordonnées, suffisent à désigner, dès les années vingt, le Proche-Orient comme l'une des zones les plus turbulentes de la planète.

On désigne communément sous le nom de proto-nationalisme musulman le courant intellectuel et religieux (la *nahda*) qui, en Égypte et dans le Croissant fertile, a préparé l'éclosion

1. Cf. *infra*, p. 75-76.
2. A cet égard, la célébrité des deux opuscules d'André Gide, *Voyage au Congo* (1927) et *Retour du Tchad* (1928), ne doit pas faire oublier la qualité documentaire et le dessein critique plus affirmé d'enquêtes journalistiques comme *Viet-Nam, la Tragédie indochinoise* (1931), de Louis Roubaud, et *SOS Indochine* (1935), d'Andrée Viollis.

d'un véritable nationalisme arabe. Au départ, il ne s'agit que d'un réformisme religieux. L'initiateur en est le Persan Dje-mal al-Din, dit al-Afghani (1839-1897), qui, en dénonçant dans l'impérialisme européen le ferment de la décadence des peuples musulmans, prône leur régénérescence par le retour au Coran et à la ferveur religieuse qui avait fait la grandeur de leur civilisation. Cette pensée va s'amplifier tout en prenant plusieurs directions complémentaires. Le disciple favori d'al-Afghani, Mohammed Abdou, issu de la paysannerie du Delta, va tenter de concilier sa fidélité à l'islam et la rigueur de l'esprit scientifique occidental, et inspirer par ailleurs un na-tionalisme strictement égyptien qu'il n'estime pas contradic-toire avec l'universalisme islamique. Parallèlement, l'incurie et la brutalité de l'administration turque sur les populations du Croissant fertile vont inspirer aux penseurs syriens Abd ar-Rahman al-Kawakibi (mort en 1903), puis Mohammed Rida et Nagib Azouri, les thèses d'une « nation » arabe affranchie du joug ottoman [1]. Les bases sont ainsi jetées d'un nationalisme à deux dimensions. Le premier, antibritannique et circonscrit à l'Égypte, ne cesse de s'affirmer depuis l'occupation anglaise de 1882 [2]. L'autre, encore mal formulé dans son contenu et dans son cadre géographique, exprime l'hostilité des élites arabes du Croissant au centralisme autoritaire des Jeunes Turcs. D'où la diversité d'inspiration des groupements natio-nalistes qui se multiplient entre 1909 et 1914. Certains, comme Al Fatat, n'hésitent pas à exiger l'indépendance arabe, alors que d'autres, comme le « parti ottoman de la décentrali-

1. Exilé en Égypte, Kawakibi y publia *Omm al-Qora* (« la Mère des cités », c'est-à-dire La Mecque) en 1901, premier ouvrage explicite et influent du nationalisme arabe. Ami d'Abdou, Mohammed Rida s'est voué comme lui à la défense d'un islam originel lavé des impuretés ottomanes, mais s'est davantage tourné vers l'action politique. Nagib Azouri était un maronite libanais, fondateur d'une squelettique « Ligue de la patrie arabe » à Paris en 1905. Sur cette fermentation intellectuelle, les tendances et les mouvements qui en découlent, cf. la synthèse commode de M. Rodinson, *les Arabes*, Paris, PUF, 1977, et l'ouvrage plus développé de Ch. Rizk, *Entre l'islam et l'arabisme, les Arabes jusqu'en 1945*, Paris, Albin Michel, 1983.

2. Primitivement islamique, chauvin et xénophobe, dominé par les puis-santes personnalités d'Abdallah al-Nadim et Mostafa Kamil, réorganisateur du parti national, le nationalisme égyptien a progressivement évolué dans un sens laïcisant et occidentaliste sous l'impulsion de la nouvelle bourgeoisie d'affaires née de la modernisation du pays.

sation », s'en tiennent à la revendication d'une reconnaissance de la personnalité arabe dans le cadre de l'Empire ottoman. C'est au reste cette ligne modérée qui l'emporte lors du Congrès arabe tenu à Paris en juin 1913.

La guerre et le ralliement de la Turquie aux Empires centraux vont imprimer un changement radical. L'officialisation du protectorat en Égypte (décembre 1914), la déposition du khédive jugé trop favorable à l'opposition nationaliste, le poids de l'occupation militaire et les charges très lourdes qui en découlent renforcent dans le pays les aspirations à l'indépendance. Au Moyen-Orient, l'Angleterre abandonne sa politique traditionnelle de soutien à l'intégrité de l'Empire ottoman et va jouer délibérément la carte arabe pour assurer, prioritairement, la sécurité de la route des Indes et renforcer à plus long terme son influence et ses intérêts dans la région. Elle est aidée dans sa démarche par la répression brutale déclenchée, en 1915 et 1916, par Djemal pacha, l'un des triumvirs d'Istamboul, contre certains dirigeants des organisations réformistes arabes dont le loyalisme lui semblait suspect. L'ampleur des exécutions, des arrestations et des déportations frappa d'indignation l'opinion arabe [1] et délia de leur fidélité au califat d'Istamboul certaines grandes familles féodales. Parmi elles, Hussein, chérif du Hedjaz et chérif de La Mecque depuis 1908, poussé par ses fils qu'anime la haine des Jeunes Turcs. L'Angleterre va donc proposer son aide à Hussein, qui charge son fils Fayçal (adhérent à l'association réformiste « Jeune Arabie » de Damas) de lever une armée organisée et commandée en fait par le colonel Lawrence, agent de la section orientale du Foreign Office. Au terme d'une campagne, au reste assez mollement conduite, Fayçal fait son entrée solennelle à Damas, le 1er octobre 1918.

Que l'on veuille y voir la marque d'un cynisme délibéré ou celle de l'improvisation, la turbulence nationaliste du Moyen-Orient arabe va devoir désormais beaucoup aux engagements contradictoires souscrits par le gouvernement britannique pendant la guerre. Il y eut d'abord les accords Hussein-Mac

1. Cette répression ne saurait faire oublier le génocide perpétré en 1915 par le gouvernement turc contre la population arménienne, coupable de sympathies pro-alliées, et qui fit entre un million et un million et demi de victimes.

Mahon de 1915, réalisés par un échange de lettres entre le chérif et le haut-commissaire britannique en Égypte [1]. Pour prix de sa révolte et la levée d'une armée, Hussein obtient la promesse d'une indépendance arabe, sous réserve des intérêts français en Syrie et britanniques sur la Basse-Mésopotamie, sans qu'aucune mention soit faite du cas de la Palestine. D'emblée le malentendu s'installe quand Hussein, en octobre 1916, se proclame roi des Arabes, titre que les Alliés refusent de lui reconnaître. Car, entre-temps, des négociations engagées entre Londres, Paris et Petrograd ont abouti, le 9 mars 1916, à la signature de l'accord dit Sykes-Picot, qui, complété en avril 1917 par l'accord de Saint-Jean-de Maurienne avec l'Italie, procède à un démembrement des possessions de l'Empire turc au profit des Alliés, la Palestine devant recevoir, en raison des lieux saints, une administration internationale. Or, dans le but d'obtenir le soutien des banques juives et surtout l'appui des milieux juifs influents dans l'entourage de Wilson [2], le ministre Balfour promet, dans une lettre du 2 novembre 1917 à Lord Rothschild, président de la Fédération sioniste de Grande-Bretagne, la création d'un Foyer national juif en Palestine.

Le double, ou plutôt le triple langage britannique éclate après la guerre quand, après le refus de prendre en considération les revendications de Fayçal au nom des accords Hussein-Mac Mahon, et à la suite des accords Lloyd George-Clemenceau [3], la conférence de San Remo (avril 1920) officialise, sous la forme édulcorée des mandats, l'impérialisme des puissances alliées. Les troubles déclenchés en 1919 et surtout en 1920 vont traduire l'ampleur de la frustration arabe. En

---

1. Mac Mahon ne fut que l'exécutant d'une politique décidée par les « impérialistes » du cabinet britannique, Curzon, Milner et Kitchener.

2. En particulier Louis Brandeis, juge à la Cour suprême et ami personnel de Wilson, chef de file des sionistes américains. La déclaration Balfour, postérieure à l'entrée en guerre des États-Unis, fut approuvée par le président Wilson.

3. Un marchandage assez peu honorable aux termes duquel la France abandonne à l'Angleterre la région pétrolière de Mossoul (qui lui était réservée par les accords Sykes-Picot) contre une reconnaissance de son influence en Syrie. Un dédommagement pétrolier lui sera consenti, qui prendra forme avec l'accord du 31 juillet 1928 réservant à la CFP 23,75 % du capital de l'Irak Petroleum.

Égypte, les nationalistes dirigés par Saad Zaghlul forment une «délégation» *(Wafd)* chargée de négocier à Londres les conditions de l'indépendance. Mais le gouvernement anglais refuse de les recevoir, et fait arrêter Zaghlul et les siens, déclenchant ainsi en 1919 un véritable soulèvement populaire avec grève générale et attaques de postes britanniques. En Irak, l'annonce du mandat britannique provoque, à l'appel de la société El Ahd, une insurrection générale qui dure de juillet à octobre 1920, et qui se prolongera même jusqu'en 1925 dans les tribus nomades du désert. Des troubles surgissent aussi en Palestine entre Arabes et Anglais, particulièrement à Jaffa et à Jérusalem, puis en Transjordanie en réaction à la «trahison» de l'émir Abdallah, frère de Fayçal, qui venait d'accepter de l'Angleterre la couronne d'Amman. Mais c'est à Damas que va s'évanouir le rêve d'une grande royauté arabe indépendante. A Damas, où Fayçal a réuni un Congrès national syrien qui a affirmé les aspirations de la Grande Syrie à l'unité et à l'indépendance. Mais, circonvenu par Clemenceau, Fayçal a accepté de troquer l'abandon du Liban contre de vagues promesses sur la Syrie intérieure. La colère populaire conduit le Congrès à brusquer les choses et à proclamer l'indépendance totale de la Grande Syrie avec Fayçal comme roi (17 mars 1920), lequel forme un gouvernement ouvert aux nationalistes les plus résolus. Mais, la conférence de San Remo ayant attribué à la France un mandat sur le Liban et la Syrie, le général Gouraud, déjà maître de Beyrouth, lui adresse un ultimatum et engage les hostilités en juillet 1920. Les défenses arabes ayant été forcées à Khan Meisloun, les troupes françaises entrent à Damas le 25 juillet. Expulsé de Syrie, Fayçal est récupéré par les Anglais qui lui confèrent la royauté irakienne. A défaut de l'indépendance arabe, la dynastie hachémite devra se contenter de deux trônes étroitement surveillés. Comble d'humiliation pour Hussein, l'Angleterre ne fait rien pour s'opposer à la conquête du Hedjaz, berceau de la dynastie, par les forces d'Ibn Seoud, émir du Nedjd. Ainsi se forme en 1926 le royaume d'Arabie Séoudite. Ses immenses ressources, tirées du pèlerinage de La Mecque et des gisements pétroliers du désert arabique, vont permettre d'entreprendre la modernisation accélérée d'un État resté féodal et théocratique.

La disproportion du rapport de forces et le machiavélisme britannique ont donc infligé au nationalisme arabe son premier grand échec. Dès lors, les grandes révoltes armées, celle des Druzes ou celle d'Abd el-Krim, seront rares et étroitement circonscrites. Non que l'aspiration à l'indépendance ou les passions nationalistes soient éteintes. Relayées au besoin par des influences étrangères, celle, très modeste, du communisme kominternien, et celle, beaucoup plus active, des régimes fascistes après 1933, elles s'exprimeront par une suite ininterrompue de grèves ou d'émeutes, dirigées tout à la fois contre l'occupant et ses trop dociles exécutants indigènes. Face à quoi, la France et l'Angleterre, par un dosage de répression et de concessions pouvant aller jusqu'à l'octroi d'une pseudo-indépendance, sauront rester maîtresses de la situation jusqu'à la guerre. De même, la segmentation du nationalisme arabe en de multiples particularismes locaux a condamné à une durable impuissance le projet de l'unité arabe. Celle-ci a pourtant eu des théoriciens de talent, dont le plus éminent est Sati al-Housari [1], d'actifs propagandistes, tel l'émir druze Chakib Arslan, animateur du Comité syro-palestinien, avocat à Genève de la cause de la « Nation arabe ». Mais, si elle a bénéficié de l'adhésion verbale des élites politiques, l'unité arabe a dû plier devant l'ampleur des tendances centrifuges. Paradoxalement, c'est l'occupant britannique qui, à la suite de la déclaration Eden du 29 mai 1941, patronnera la création en mars 1945 de la Ligue arabe.

L'Empire britannique.

La principale originalité, et le grand mérite, de la politique coloniale britannique résident dans le fait de n'avoir tenu aucune situation comme définitive. Très en vogue à la fin du siècle dernier, l'idée d'une Fédération impériale qui aurait durablement figé les relations entre la métropole et ses dépendances a beaucoup perdu de son crédit, obligeant la Grande-Bretagne à se rallier à une conception évolutive au reste conforme à sa propre philosophie de l'histoire. Fermement convaincue de l'excellence de ses institutions, elle aura pour

1. Cf. Ch. Rizk, *op. cit.*, p. 293-302.

ambition déclarée de les introduire dans les diverses parties de l'Empire, reconnaissant ainsi le *self-government* comme le terme normal de l'entreprise coloniale. Mais il est certains principes sur lesquels le gouvernement de Londres entend ne pas transiger. Ainsi, le processus émancipateur doit respecter les intérêts économiques et stratégiques de la métropole, de même que l'accession à l'autonomie ou à l'indépendance ne saurait signifier la rupture des liens essentiels. Au nom d'un darwinisme tenace, les dirigeants britanniques affirment également devoir tenir compte du degré de maturité politique des peuples dont ils ont la charge, et rester seuls juges des étapes et des modalités de l'évolution. Se posant tout à la fois en missionnaire de la promotion politique et humaine de ses peuples et en arbitre des conflits raciaux ou religieux qui menacent leur cohésion, la puissance coloniale peut prendre le visage le plus répressif dès lors que ses postulats lui semblent transgressés et ses intérêts menacés.

De cette orientation pragmatique, où la traditionnelle souplesse empirique des solutions s'allie à un certain pharisaïsme, découle une politique empreinte d'une grande diversité de comportements dont les deux extrêmes sont, en quelque sorte, les possessions d'Afrique noire et les dominions à population blanche dominante. Dans le premier cas [1], l'Angleterre combina le traditionnel *indirect rule,* c'est-à-dire l'appui sur les chefferies traditionnelles discrètement contrôlées par des fonctionnaires britanniques, et l'embryon d'un gouvernement représentatif capable de canaliser la promotion des citadins «évolués» et leur aspiration à gérer les affaires publiques. A cet égard, la création de conseils législatifs, la reconnaissance très libérale du droit syndical, la multiplication d'associations de jeunes et d'étudiants ont permis, sans heurts majeurs, la gestation d'une élite politique capable d'assurer la relève du colonialisme [2].

---

1. Il s'agit essentiellement de l'Afrique occidentale (Nigeria, Gold Coast, Sierra Leone), de l'Ouganda et du Tanganyika. La Rhodésie constitue un cas à part, compte tenu de l'importance de sa population blanche. L'Angleterre y mit en place une sorte de régime «dyarchique», les colons accédant au *self-government,* les Noirs relevant des fonctionnaires britanniques.

2. Parmi les noms les plus significatifs, on retiendra l'instituteur ghanéen Kwame Nkrumah, très influencé par le panafricanisme de Garvey; le journa-

S'agissant des dominions [1], leur importante contribution à la guerre en hommes et en fournitures diverses ne pouvait différer longtemps la transformation institutionnelle de leurs relations avec la métropole. Plus précisément, leur participation à l'Imperial War Cabinet et aux délibérations à la Conférence de la paix, leur admission à la SDN et l'érection de certains d'entre eux au rang de puissance mandataire [2] ne permettaient plus de maintenir la fiction de l'unité diplomatique de l'Empire britannique. Des nuances existent certes dans cette revendication d'indépendance, plus fermement énoncée en Afrique du Sud et au Canada qu'en Australie et en Nouvelle-Zélande, inquiètes du voisinage de l'Asie surpeuplée et de la puissance militaire du Japon. Mais, en diverses circonstances, lors de la menace d'un conflit anglo-turc en 1922 et lors des accords de Locarno, les dominions exprimèrent leur refus de s'aligner sur les entreprises britanniques. La Conférence impériale de 1926 prit acte de ces nouvelles dispositions et adopta, sur rapport du ministre Balfour, la formule du « British Commonwealth of Nations », qui substituait à la subordination antérieure la libre association de nations pleinement souveraines mais unies par une commune allégeance à la Couronne. Après examen par les parlements des dominions, la proposition fut définitivement adoptée en 1930 et votée par le Parlement britannique le 11 décembre 1931 sous le nom de « Statut de Westminster ». Celui-ci abolissait définitivement la loi de 1865, qui soumettait les dominions à un régime de validation législative par le Parlement de Londres, et leur conférait pleine indépendance en matière de diplomatie et de défense. Preuve de l'extrême flexibilité du système, les accords d'Ottawa compensent, l'année suivante, le relâchement des liens politiques par la préférence impériale en matière douanière.

300 millions d'habitants au début des années vingt, onze

---

liste nigérian Nuamdi Azikiwe. Le cas de Jomo Kenyatta, futur leader du Kenya, est un peu différent dans une colonie où l'Angleterre différa sciemment toute évolution politique bien au-delà de la Seconde Guerre mondiale.

1. Le Canada, devenu dominion en 1867, l'Australie en 1901, la Nouvelle-Zélande en 1907 et l'Afrique du Sud en 1910.

2. L'Afrique du Sud avait reçu en mandat le Sud-Ouest africain, l'Australie la Nouvelle-Guinée orientale, la Nouvelle-Zélande les Samoa occidentales.

provinces relevant de l'Indian Office et du vice-roi, 567 États princiers conservent une ombre d'autonomie, un dixième environ des exportations et des placements extérieurs britanniques, l'Inde est assurément la pièce maîtresse de l'Empire, le principal sujet de fierté de l'Angleterre et une source essentielle de sa prospérité.

Jusqu'à la guerre de 1914, l'Inde n'a pas suscité de difficultés majeures. Facilité par le triple développement de l'éducation, des voies de communication et d'une presse très libre, l'éveil au nationalisme a emprunté les voies les plus modérées. Fondé en décembre 1885 par des *educated natives* soutenus par quelques libéraux anglais, l'Indian National Congress s'est longtemps limité à la revendication d'une meilleure intégration des élites indiennes dans les structures existantes. L'immobilisme britannique, la morgue du Civil Service [1], l'audience de certains événements extérieurs — les difficultés anglaises en Afrique du Sud et surtout la victoire japonaise de 1905 — ont conduit, sous l'impulsion du brahmane Tilak, à une radicalisation du mouvement accompagnée, en 1907 et 1908, de troubles violents. Sans être unanimement partagée, le *self-government* est devenu la revendication officielle du Congrès. C'est pour y faire face que le vice-roi Minto et le secrétaire à l'Inde Morley présentent un plan de réformes. L'Indian Councils Act de 1909 crée des conseils législatifs à l'échelle des provinces, dotés de droits budgétaires et législatifs. Mais le suffrage était indirect, et réduit à une oligarchie de possédants ; de plus, les décisions des conseils restaient soumises à l'approbation du vice-roi. Les réformes Morley-Minto étaient donc loin de satisfaire la fraction la plus avancée du Congrès et les aspirations populaires. Pourtant, le mouvement contestataire était provisoirement désamorcé. En s'appuyant sur la fraction conservatrice du nationalisme indien et sur les princes, en utilisant les différences ethniques, linguistiques et surtout religieuses [2] de sa colonie, l'Angleterre pouvait

1. En 1915, le Civil Service ne compte que 5 % de fonctionnaires indiens, généralement subalternes.
2. Encouragé par les Britanniques, le séparatisme musulman s'affirme dès 1906 avec la création de la Ligue musulmane. Les India Acts de 1909, 1919 et 1935 ont tous prévu une représentation séparée pour les musulmans ; de fait, ceux-ci se sont abstenus de participer aux actions non violentes de Gandhi.

envisager sereinement l'avenir. Le somptueux durbar tenu à Delhi par George V en 1911 prouvait l'allégeance des populations indiennes à la Couronne.

Ce loyalisme ne fut pas entamé par la guerre de 1914. Les éléments les plus engagés du nationalisme offrirent leurs services, alors que l'Angleterre levait en Inde plus d'un million d'hommes qui furent répartis sur différents fronts. Ce sursaut de patriotisme doit beaucoup à l'habileté du vice-roi Harding, mais aussi à l'espoir que la contribution indienne porterait ses fruits. Hindous et musulmans surent provisoirement faire taire leurs rivalités en signant, en 1916, le pacte unitaire de Lucknow revendiquant l'égalité de traitement avec les dominions. Londres y souscrit dans une certaine mesure en associant l'Inde à l'Imperial War Cabinet et en obtenant pour elle un siège à la SDN. Mieux encore, conformément à la déclaration du secrétaire à l'Inde Montagu devant les Communes le 20 août 1917 promettant «un développement graduel des institutions du *self-government*», un projet de statut est préparé par le vice-roi Chelmsford en liaison avec les éléments les plus modérés du Congrès. Ce fut l'India Act de 1919, ou réformes Montagu-Chelmsford, qui instaurait un système dyarchique opérant une répartition entre les affaires qui pouvaient être dévolues à des autorités indiennes responsables et celles qui continueraient de relever des gouverneurs ou du vice-roi. A cet effet, les provinces se voyaient dotées de gouvernements représentatifs et responsables devant les conseils provinciaux, alors qu'une assemblée législative centrale, majoritairement élue mais sans pouvoir réel, était mise en place auprès du vice-roi. Implicitement, il était admis que le *responsible government* ne pourrait être étendu à l'échelon national qu'après avoir fait ses preuves au niveau local. Une commission devrait, dans un délai de dix ans, juger le fonctionnement du système et examiner les perspectives d'avenir.

Les réformes Montagu-Chelmsford auraient sans doute été accueillies favorablement avant la guerre. Il en fut tout autrement en 1919. Le massacre d'Amritsar, au Penjab, qui fit près de 400 morts en avril 1919 dans une foule désarmée, sa bruyante approbation par les éléments les plus conservateurs de l'opinion britannique soulevèrent l'indignation populaire et introduisirent des doutes sérieux sur la bonne volonté de l'Angleterre à appliquer ses réformes. Parallèlement, la déposition du sultan, entérinée par la Grande-Bretagne par le traité de Lausanne de 1923, inquiétait la minorité musulmane. D'une façon plus générale, la guerre a précipité certaines évolutions qui s'esquissaient au début du siècle et qui vont jouer dans le sens d'une amplification du nationalisme. Le ralentissement des relations commerciales avec la métropole a accéléré l'industrialisation de l'Inde, en particulier dans le secteur textile. A côté d'une société rurale dont l'équilibre est de plus en plus compromis par les progrès du landlordisme, le fléau de l'endettement et la poussée démographique [1], le développement de la classe ouvrière et de la catégorie des employés subalternes attise les conflits sociaux. Outre le parti communiste, dont l'audience n'est pas négligeable dans les syndicats ou les organisations paysannes, la gauche du Congrès s'organise autour d'intellectuels radicaux comme Jawaharlal Nehru ou Chandra Bose, se proclame ouvertement socialiste et ne sépare pas la libération nationale de l'émancipation sociale.

Inspirateur des décisions du Congrès plus que leader politique, extraordinaire mobilisateur des foules, chef spirituel et réformateur social, Gandhi domine indéniablement la période qui s'ouvre au lendemain du premier conflit mondial [2]. Acquis au départ, et en particulier pendant la guerre, à une coopération loyale avec les Britanniques, il s'en détache au lendemain des événements d'Amritsar pour lancer, l'année suivante, le premier grand mouvement de désobéissance civile. Son système de pensée, conçu pendant la période sud-africaine de sa vie (1893-1914), réalise la synthèse d'éléments très divers. La *satyagraha* (étreinte de la vérité) et son corollaire l'*ahimsa* (le refus de nuire) constituent les termes essentiels de son action, et seront transposés sur le plan politique. La conquête de l'indépendance *(Svaraj)* se fera donc par les voies de la non-coopération et de la non-violence, qui pourront épouser les

---

1. La population indienne passe de 290 à 350 millions entre les deux guerres. Encore cet accroissement vertigineux est-il diminué par les ponctions qu'opèrent épidémies et famines. Aux deux extrémités de la période, l'épidémie d'influenza de 1918 fit 8 millions de victimes, les famines de 1943-1944, 3 millions.
2. Sur Gandhi, cf. C. Drevet, *Gandhi et l'Inde nouvelle*, Paris, 1959.

formes les plus diverses : boycott des produits britanniques [1], des écoles et de la justice coloniale, refus de l'impôt, grève, désertion militaire, marches de protestation... Quelle que soit l'intransigeance de son nationalisme, Gandhi récuse tout fanatisme. Accessible au compromis avec l'Angleterre, il refuse de suivre les extrémistes du Congrès dans la voie du séparatisme et prône un *partnership* librement négocié. De même, il a payé de sa vie son action inlassable en faveur de l'intégration des musulmans dans le nationalisme indien et le refus d'une partition qui signifiait pour lui une « vivisection » de l'Inde. D'autres aspects de l'inspiration du *mahatma* sont plus discutés, en particulier ceux qui relèvent de son réformisme social. On peut rester sceptique sur l'efficacité à long terme du mouvement *svadeshi*, qui heurtait la sensibilité moderniste de Nehru et de la bourgeoisie évoluée. Cette relance de l'artisanat local a pu gêner l'Angleterre au début des années trente et contribuer au renforcement de la solidarité des populations urbaines et rurales. Érigée en système, elle laisse planer des doutes sérieux sur la viabilité de l'Inde, une fois conquise son indépendance. On a souligné aussi les contradictions d'un populisme qui, tout en prenant la défense des déshérités et des intouchables, n'entendait pas remettre en question le système des castes ni s'en prendre sérieusement aux abus des *zamindar*.

Lancé en août 1920, et approuvé par le Congrès, le mouvement de désobéissance civile gêne suffisamment l'administration et les intérêts britanniques pour qu'il soit procédé, en 1922, à l'arrestation de Gandhi, libéré deux ans plus tard pour raison de santé. Entre-temps le mouvement s'est essoufflé et les années qui suivent sont fort confuses. Face au *mahatma* qui prêche la patience et la modération, les svarajistes les plus radicaux s'attachent à bloquer le fonctionnement des conseils provinciaux mais ne parviennent pas à empêcher la fraction modérée, animée par Motilal Nehru [2], de jouer le jeu institutionnel. Au terme d'une enquête commencée à la fin de 1927 et qui est boycottée par le Congrès, la commission Simon

---

1. Inspiré du mouvement nationaliste irlandais et déjà prôné par Tilak avant la guerre.
2. Il s'agit du père de Jawaharlal Nehru, animateur à partir de 1923 du Svaraj Party, issu de la droite du Congrès.

remet son rapport en mai 1930. Celui-ci est une grande déception pour les nationalistes. Ignorant délibérément l'annonce d'un statut de dominion faite antérieurement par le vice-roi Lord Irwin, il se borne à de vagues allusions fédéralistes. La campagne de désobéissance civile reprend donc, avec des formes nouvelles (la marche du sel) mais accompagnée aussi d'actions terroristes auxquelles répondent la répression et la violence organisée des colons. Les conférences de la Table ronde tenues à Londres, la première en 1930, la seconde en 1931 en présence de Gandhi, ne parviennent à dégager aucun terrain d'entente. De guerre lasse, le gouvernement conservateur promulgue unilatéralement en 1935 un nouvel India Act élargissant considérablement le corps électoral, accroissant l'autonomie des provinces et amorçant un système de gouvernement responsable au niveau fédéral. Le vice-roi conservant certaines tâches essentielles et la subordination à Londres restant totale en matière de politique étrangère et de défense, on est évidemment loin du statut de dominion. Comme tel, l'India Act est rejeté par le parti du Congrès, qui accepte néanmoins, avec l'approbation de Gandhi, de jouer le jeu des élections de 1937 pour prouver sa représentativité. Avec la majorité absolue conquise dans sept provinces sur onze, c'est assurément un succès. Mais, s'il s'emploie à bloquer le fonctionnement du système, le Congrès ne peut empêcher les tendances séparatistes musulmanes de s'affirmer quand la Ligue musulmane du Dr Jinnah adopte à Lahore, en 1940, la «Pakistan Resolution» réclamant la sécession des provinces à majorité musulmane. Provisoirement, l'Angleterre reste maîtresse de la situation, mais la Seconde Guerre mondiale va provoquer une nouvelle surchauffe des esprits bien différente de la vague de loyalisme qui avait caractérisé la première.

L'implantation britannique au Moyen-Orient avait répondu à deux objectifs essentiels. Le premier, de nature stratégique, visait à établir de la Méditerranée au golfe Persique une continuité de possessions propre à garantir la sécurité des relations avec l'Inde et l'Extrême-Orient. Il s'agissait, en second lieu, d'assurer à l'Angleterre une place de choix dans l'exploitation de l'or noir, de façon à pourvoir aux besoins du pays et à colmater les déficits croissants de la balance commerciale par le revenu des placements pétroliers.

Il n'est pas exagéré d'affirmer que, au prix d'efforts coûteux, ces objectifs ont été largement atteints. Objet de soins attentifs, la route des Indes s'est trouvée jalonnée d'escales britanniques. Un peu partout, aménagements routiers, construction de bases navales et d'aérodromes ont été entrepris, qui se sont révélés d'une grande utilité durant la Seconde Guerre mondiale. Dans le domaine pétrolier, l'Angleterre a certes dû dédommager la France de la perte de la région de Mossoul, et elle s'est inévitablement heurtée à la concurrence américaine, particulièrement active en Arabie Séoudite. Mais les compagnies britanniques contrôlent une bonne part du capital de l'Irak Petroleum, la moitié de la production du Koweit et l'essentiel de celle du Bahreïn. Si l'on ajoute ses intérêts déjà anciens implantés en Iran [1], c'est environ 40 % du marché pétrolier mondial que s'assure la Grande-Bretagne avant la guerre [2]. Bénéficiant, du fait même de son implantation politique, de conditions très favorables de prospection et d'extraction, elle tire le plus grand profit de ce pactole, réalisant ici plus de la moitié du revenu de ses placements extérieurs. La sécurité de ses approvisionnements est assurée, dans le golfe Persique, par la mainmise sur l'Irak, un contrôle vigilant de la politique extérieure de l'Iran et par divers protectorats, réels ou déguisés, sur les émirats.

Politiquement, la démarche britannique est tout entière subordonnée au maintien de ces intérêts essentiels. Mais, face à un nationalisme arabe dont elle a sciemment sapé les rêves unitaires, elle est diposée à transiger, n'ayant ni le goût ni les moyens d'une administration directe. Excellant dans l'art d'exploiter l'inexpérience ou la corruption des uns, les divisions de tous, elle parvient jusqu'à la guerre à maintenir

1. L'Anglo-Persian remonte à 1909. Le coup d'État de Reza khan, fondateur de la dynastie des Pahlavi, oblige à la négociation, en 1933, d'un nouveau traité plus avantageux pour les finances iraniennes, mais qui renouvelle la concession de l'Anglo-Persian, devenue Anglo-Iranian, pour soixante ans.

2. Cf. A. Nouschi, *Luttes pétrolières au Proche-Orient*, Paris, Flammarion, 1970.

intactes ses positions, tout en affirmant assurer l'émancipation progressive des peuples dont elle a la charge. Le déroulement de cette savante stratégie n'est pourtant pas uniforme. Car, si l'Angleterre trouve dans la docilité de la dynastie hachémite les fondements d'une évolution pacifique de l'Irak et de la Transjordanie, les équivoques de sa politique cristallisent contre elle des ressentiments durables en Égypte et en Palestine.

L'évolution de l'Irak est apparemment la plus conforme à la lettre et à l'esprit du mandat tels qu'ils ont été définis par la SDN. En excellents termes avec Fayçal, le haut-commissaire britannique sir Percy Cox est parvenu à fixer les frontières du nouvel État et à le doter d'institutions stables. La Constitution adoptée en 1925 a créé les apparences d'une monarchie parlementaire et une loi de 1927 a jeté les bases d'une administration moderne [1]. Habilement, Fayçal demande davantage sous prétexte de rallier les opposants à la puissance mandataire. Après avoir réglé au mieux de ses intérêts le partage des concessions pétrolières, l'Angleterre y consent et signe le traité du 30 juin 1930 qui reconnaît l'indépendance de l'Irak, préalable à son entrée à la SDN deux ans plus tard. En fait, les prérogatives britanniques sont sauves, car le traité ménage d'importantes concessions militaires. L'Angleterre s'emploie en outre à détourner Fayçal de toute vocation au *leadership* arabe pour orienter sa diplomatie vers la Turquie et l'Iran. La revendication de l'indépendance totale et l'affirmation de la solidarité arabe vont donc désormais agiter les milieux nationalistes. La mort de Fayçal en 1933 et le règne de son fils Ghazi — dépourvu de la même autorité mais en même temps soucieux de s'émanciper de la tutelle britannique — amorcent une détérioration de la vie politique irakienne, marquée par une succession de crises ministérielles, d'assassinats et de complots militaires auxquels les agents de l'Allemagne ne sont pas étrangers. La ligne anglaise l'emporte néanmoins avec le Premier ministre Nouri Saïd, un ancien compagnon d'armes du colonel Lawrence, et désormais l'un des plus dociles

---

1. La réalité est bien différente. La quasi-permanence de la loi martiale vide la Constitution de son contenu. La monarchie irakienne est en fait demeurée un régime autoritaire et féodal, appuyé sur l'oligarchie terrienne.

clients de Londres au Proche-Orient. De fait, le coup d'État pro-hitlérien d'Ali Rachid en avril 1941 sera aisément maîtrisé. Mais l'imprégnation de tendances nationalistes et socialisantes, en particulier dans l'armée, constitue une menace à long terme. Tel n'est pas le cas de la Transjordanie, qui, détachée de la Palestine et érigée en mandat en 1923, fait preuve d'une docilité parfaite. Les « traités » de 1928 et de 1934 ont fait de l'émir Abdallah, autre fils d'Hussein, le souverain sans pouvoir d'un État fantôme, où toute latitude est laissée aux fonctionnaires britanniques d'organiser l'administration et les forces de défense, en particulier la célèbre Légion arabe de Glubb pacha.

Les difficultés viennent d'ailleurs, et d'abord de l'Égypte, où l'agitation nationaliste, qui a culminé entre 1919 et 1921, a fini par avoir raison de l'entêtement de Lloyd George à prolonger le régime du protectorat. Pressé de transiger par Lord Milner et Allenby, il consent, par la déclaration du 21 février 1922, à restituer sa souveraineté à l'Égypte moyennant le maintien d'importantes prérogatives, notamment militaires. Celles-ci sont jugées trop attentatoires à la dignité nationale par le Wafd, qui refuse de cautionner une indépendance aussi illusoire. Il est vrai que, malgré l'adoption d'une Constitution parlementaire en 1923, le haut-commissaire britannique reste tout-puissant, d'autant plus qu'il trouve dans le roi Fouad (1923-1936) un auxiliaire précieux. La vie politique égyptienne va désormais se réduire à l'opposition de deux forces. Le Wafd incarne les aspirations d'une bourgeoisie socialement et politiquement hétérogène, mais que l'enrichissement matériel et le remarquable niveau culturel désignent comme le vecteur privilégié d'un mouvement national qui trouve aussi un large écho dans les couches populaires. A l'opposé, Fouad, jaloux de son autorité, hostile à l'intransigeance et au populisme du Wafd, ménage l'Angleterre pour protéger son trône, malmène la Constitution et gouverne par féodaux interposés, encourage par l'intrigue et le favoritisme les scissions dans les rangs nationalistes. De cette longue guerre d'usure il sort indéniablement vainqueur. Mais les élections du 2 mai 1936, intervenues quelques jours après sa mort, sont un triomphe pour le Wafd. Ayant constitué un gouvernement de coalition nationale, Nahas pacha négocie avec Londres le traité du 26 août 1936, qui reconnaît enfin l'entière souveraineté de l'Égypte [1]. Mais, en raison de la menace que l'Italie fait peser sur le pays par sa conquête récente de l'Éthiopie, les troupes britanniques sont maintenues dans la zone du canal de Suez, avec liberté d'occupation totale en cas de guerre. Ce traité est assurément le triomphe posthume de Saad Zaghlul et la victoire du Wafd tout entier, mais il amorce aussi la dégénérescence d'un parti dénué de programme social, désormais acquis aux compromissions et aux prébendes du pouvoir, ainsi que, par un étonnant renversement des alliances, aux bienfaits de l'amitié britannique. Les années d'avant-guerre sont marquées par une aggravation des tensions sociales et par la poussée d'un nationalisme qui, sous l'impulsion de jeunes officiers menés par le général Aziz el-Masri, va exprimer dans des contacts étroits avec les pays de l'Axe la permanence de son anglophobie.

L'histoire mouvementée de la Palestine entre les deux guerres [2] n'est pas due à une hostilité fondamentale entre Juifs et Arabes, mais au caractère profondément contradictoire des deux engagements souscrits par la Grande-Bretagne pendant et au lendemain de la Première Guerre mondiale. Le premier réside dans la déclaration Balfour, visant à ériger en Palestine un Foyer national juif, et qui a été confirmé en juillet 1922 par Winston Churchill, alors secrétaire d'État aux Colonies, au nom de son gouvernement. Le second découle de l'institution d'un mandat britannique sur la Palestine, officiellement reconnu en juillet 1922 par la Société des Nations, à charge pour l'Angleterre de conduire à l'indépendance un territoire majoritairement peuplé d'Arabes. De cette contradiction est né l'affrontement croissant de deux communautés qui avaient jusqu'à la guerre vécu en assez bonne intelligence. Non que des efforts n'aient été tentés en vue d'une coexistence qui aurait pu déboucher un jour sur une structure fédérale. Si les accords Fayçal-Weizmann, signés en 1919 grâce à l'habileté

1. Celle-ci entre à la SDN en 1937 et obtient la même année, à la conférence de Montreux, l'abolition progressive du régime des Capitulations, qui soustrayait les ressortissants étrangers aux juridictions égyptiennes.
2. Sur l'ensemble de la question, cf. J.-P. Allem, *Juifs et Arabes, 3 000 ans d'histoire*, Paris, Grasset, 1968.

du colonel Lawrence, tombèrent vite dans l'oubli[1], le « Palestine Order in Council » d'août 1922 tenta de créer un conseil législatif représentatif de la diversité des communautés du pays et dont les décisions auraient été soumises à l'approbation du haut-commissaire. Il eût été possible de parvenir ainsi à la constitution d'une citoyenneté palestinienne et de concilier les deux objectifs du mandat. Accepté avec réticence par les Juifs, ce projet se heurta à l'opposition résolue des Arabes, qui firent preuve en l'espèce d'un manque total de réalisme politique en sous-estimant la force du sionisme et la détermination britannique à réaliser la promesse de la déclaration Balfour.

Pendant la première décennie du mandat, l'Angleterre va donc appuyer la structuration de la communauté juive dans un sens de plus en plus nettement étatique. Bien soutenue sur place par le haut-commissaire sir Herbert Samuel, l'un des artisans de la déclaration Balfour, la cause sioniste est représentée en Palestine par une délégation de l'Exécutif sioniste, devenu en 1929 Agence juive, qui négocie officiellement sa coopération avec la puissance mandataire. Son rôle est essentiel pour l'établissement des nouveaux venus et l'achat des terres par le biais du Fonds national juif[2]. Une Assemblée générale élue fait office d'instance législative et un Conseil national, chargé de lever les impôts et de gérer les services publics, opèrent à la manière d'un gouvernement. Une vie politique intense se développe, avec une presse très diverse et une vingtaine de partis. Parallèlement s'affirment certains traits originaux de la communauté juive : la puissance de l'Histadrouth, syndicat mais aussi organe d'entraide et gestionnaire de multiples entreprises coopératives ; l'éclosion d'un système d'enseignement très complet, couronné en 1925 par la fondation de l'université hébraïque de Jérusalem ; la multiplication des kibboutzim, villages communautaires, uni-

1. Ces accords prévoyaient une Palestine séparée de l' « État arabe » promis à Hussein (et qui ne vit jamais le jour) ainsi qu'une reconnaissance de la libre immigration des Juifs. Jugé trop favorable au sionisme, ce texte ne fut pas ratifié par le Congrès national syrien.
2. La population juive passe de 85 000 personnes en 1920 à 125 000 en 1925 et à 175 000 en 1931, soit de 11 à 17 % de la population palestinienne totale. On estime à 61 000 hectares les terres achetées par les Juifs entre les deux guerres.

tés de production et postes militaires tout à la fois, qui vont
jouer un rôle essentiel dans l'élaboration d'une conscience
nationale. Mais cette communauté de plus en plus charpentée
pratique à l'égard de la population arabe une ségrégation de
fait qui légitime à bien des égards l'accusation de colonialisme
qui a été portée contre elle. L'achat de terres aux grandes
familles arabes — les *effendi* — revient à évincer nombre de
petits métayers et constitue de ce fait une véritable spoliation,
que rejoint l'interdiction faite au capital juif d'employer de la
main-d'œuvre arabe. Jusqu'à l'arrogance des nouveaux venus
et leur vêtement occidental, qui choquent les sentiments élémentaires de justice ou le puritanisme islamique de la communauté arabe.

Celle-ci, pourtant, après divers affrontements entre 1920 et
1922, réagit passivement. Il est vrai que sa structure sociale ne
se prête guère qu'à des manifestations sporadiques et non à
l'éclosion d'une solidarité nationale. La féodalité dominante
des grandes familles terriennes tire tout bénéfice de la colonisation juive, grâce à la réévaluation considérable de la valeur
du sol qui en découle, tout en pratiquant un antisionisme qui se
fonde surtout sur le rejet implicite des structures démocratiques en vigueur dans la communauté juive. Une classe
moyenne, relativement instruite et nombreuse, n'a trouvé ni
les moyens ni l'unité de vues nécessaires à la formation d'une
solidarité nationale. Ce n'est qu'en 1932 qu'apparaissent les
premiers partis politiques, vite ravagés par le clientélisme, et
ce n'est qu'en 1936 que se constitue un Haut Comité arabe
présidé par le mufti de Jérusalem Hadj Amine el-Husseini.
Entre-temps, les manifestations antijuives se sont durcies,
marquées en particulier par les émeutes sanglantes
d'août 1929 et d'octobre 1933, durement réprimées par les
Britanniques.

L'hostilité de plus en plus affichée de la communauté arabe
aux installations juives conduit pourtant la Grande-Bretagne à
réviser sa politique. L'enquête de la commission Shaw puis le
rapport de l'expert sir John Hope Simpson débouchent sur le
Livre blanc de 1930, qui conclut à une limitation de l'immigration conforme aux capacités d'absorption du pays. En fait,
soumis à la pression sioniste, MacDonald désavoua implicitement le Livre blanc et laissa se développer une immigration

qui comprenait, à partir de 1933, un nombre croissant de Juifs allemands porteurs d'une culture et de capitaux propres à vivifier toutes les activités du Foyer national [1]. A l'appel d'Hadj Amine, la révolte arabe éclate en 1936, avec son cortège désormais traditionnel de grèves, d'émeutes et de répression. Mais à l'heure où se précisent les ambitions impérialistes des dictatures fascistes, l'Angleterre doit donner des gages de ses sympathies arabes pour ne pas s'aliéner des États nouvellement indépendants comme l'Irak ou l'Égypte. Remarquable par la qualité de son observation et son objectivité, le rapport de la commission Peel, publié en juillet 1937, conclut à la nécessité d'un partage entre un État juif et un État arabe intégré à la Transjordanie, les lieux saints conservant le statut de mandat britannique. Mais ce plan, s'il est soutenu par la SDN, se heurte aux résistances juives relatives au tracé frontalier et au refus unanime des Arabes, qui peuvent légitimement dénoncer la perte de toute ouverture sur la Méditerranée et la véritable déportation que constituerait le transfert de 200 000 des leurs d'un État à l'autre. Après l'échec d'une conférence judéo-arabe ouverte à grand-peine par Neville Chamberlain, les Britanniques promulguent unilatéralement le fameux Livre blanc du 17 mai 1939. Abandonnant l'idée d'un partage, celui-ci affirme l'intention du gouvernement britannique de promouvoir l'indépendance de la Palestine dans un délai de dix ans. Pendant cinq années, l'immigration serait limitée à 75 000 Juifs, et, au terme de cette période, elle serait subordonnée à l'accord arabe. Projet évidemment favorable aux Arabes puisqu'il vise à maintenir durablement leur supériorité numérique tout en restreignant considérablement les ventes de terres. Il est pourtant rejeté, non sans inconséquence, par la plupart des dirigeants arabes, et suscite chez les Juifs une protestation véhémente. Il s'ensuit une vague de violences réciproques alimentées par les extrémistes des deux bords [2], et un développement de l'immigration clandestine

1. De 9 500 entrées en 1932, l'immigration juive monte à 30 000 en 1933, 42 000 en 1934, 62 000 en 1935. La population juive atteint environ 450 000 personnes à la veille de la guerre, soit près du tiers de la population palestinienne totale.

2. C'est dans ce contexte que sont nées, dans les rangs sionistes, les formations terroristes de l'Irgoun, en 1937, et du goupe Stern, en 1940.

ouvertement favorisée par les instances officielles du Foyer
national pour parvenir au plus vite à la parité numérique avec
les Arabes. En raison du génocide juif perpétré par l'Allemagne hitlérienne, la guerre va évidemment renouveler le problème palestinien. Mais elle n'en a pas modifié les données
essentielles, qui sont celles de la coexistence de deux communautés sur une terre trop de fois promise.

L'Empire français.

L'opposition classique entre la conception évolutive de
l'Empire colonial britannique et le statisme de la politique
française ne peut recevoir qu'un agrément partiel. Certes, le
poids du lobby colonial, les pesanteurs bureaucratiques et
l'attachement de l'opinion au *statu quo* ont permis de différer
toute réforme politique d'envergure. Mais la France n'a pas
méconnu les exigences d'une certaine évolution, à tout le
moins d'un certain réformisme. Pour ne rien dire d'une œuvre
considérable accomplie dans les domaines sanitaire ou éduca-
tif, dont témoigne une somme injustement oubliée de dé-
vouements obscurs, l'entre-deux-guerres est marqué par une
certaine restructuration de l'espace colonial. Sans qu'il soit
mis fin à l'absurde partage des centres de décision qui fait
relever l'Algérie du ministère de l'Intérieur, les protectorats et
les mandats des Affaires étrangères et le reste du ministère des
Colonies, les conférences économiques qui se tiennent dans le
sillage de l'exposition de 1931, la création en 1935 d'un Haut
Comité méditerranéen et de l'Afrique du Nord, doté l'année
suivante d'un secrétariat très actif, traduisent un souci nouveau de coordination. L'ampleur même de la crise des années
trente a conduit la métropole à un interventionnisme accru et,
par le biais du crédit ou de la régulation des prix, à assurer une
meilleure protection de l'économie indigène. Sans accéder aux
vues très amples exprimées par Albert Sarraut [1], préconisant
une révision de la doctrine coloniale française par la substitution de l'association à l'administration directe, le développement des instances consultatives ou délibératives traduit un
certain renouvellement des méthodes. A cet égard, les expé-

---

1. En particulier dans *la Mise en valeur des colonies françaises*, paru en
1923.

riences du Cartel et du Front populaire, si elles ont échoué dans leurs projets politiques, ont fait œuvre utile dans le domaine social et administratif. Il convient également de ne pas exagérer l'audience des mouvements nationalistes, qui n'a atteint nulle part celle qu'a pu avoir en Inde le parti du Congrès. Une confiance durable dans les vertus de l'assimilation sur la base des principes égalitaires de la république a retardé le développement des nationalismes indigènes, tout comme ceux-ci ont été affaiblis par une concurrence redevable à leur diversité d'inspiration. L'épreuve de la Seconde Guerre mondiale est significative qui, du loyalisme à l'égard de Vichy au ralliement à la France libre, n'a vu s'opérer, sauf dans le cas indochinois, aucun mouvement centrifuge d'envergure. Et c'est précisément de ce loyalisme de l'Empire qu'est venu, après la défaite, l'essentiel du redressement politique et militaire de la France.

Mais, en laissant se perpétuer sur place de nombreux abus [1], en imprimant à ses réformes le caractère de concessions à la fois tardives et réticentes, en n'opposant à la revendication nationaliste, si balbutiante soit-elle, que l'indifférence ou la répression, la métropole a laissé passer les chances d'un dialogue fructueux. Par la promotion effective des élites indigènes, la France s'est dotée des moyens d'une politique d'association sans consentir à en aménager réellement les structures, rejetant ainsi dans la revendication de l'indépendance ce qui n'était au départ qu'une requête d'intégration ou de retour aux sources du protectorat. Cette politique à courte vue porte en germe les affres d'une décolonisation mal conduite après l'affaiblissement de la France consécutif à la Seconde Guerre mondiale.

C'est en Indochine, et plus spécialement au Vietnam [2], que le nationalisme s'est exprimé avec le plus de précocité et de

1. En particulier le code de l'indigénat et le travail forcé, qui, progressivement abolis dans les textes, n'ont pas toujours disparu dans les faits.
2. La Fédération indochinoise se compose de cinq entités : les protectorats du Cambodge et du Laos (parfaitement dociles) et les trois provinces du Tonkin, d'Annam et de Cochinchine, dont la division ne répond à aucune réalité historique. Si le protectorat d'Annam jouit, grâce à ses fonctionnaires autochtones, d'un semblant d'autonomie, le Tonkin et la Cochinchine sont traités en colonies.

vigueur. Bien des faits y concourent, et d'abord le souvenir d'une histoire nationale et d'une civilisation plusieurs fois millénaire, nullement inférieure à celle de l'Occident. Le respect atavique des populations pour l'autorité ne peut empêcher celles-ci de considérer le colonisateur comme un étranger et un occupant. Or, la rigueur de la colonisation ne s'est guère atténuée depuis le proconsulat de Paul Doumer (1897-1902), qu'il s'agisse de la fiscalité inique, du coût humain très élevé de la modernisation économique, de la dépossession de terres ou de pouvoirs dont sont victimes la paysannerie et la classe des mandarins. La proximité du Japon et de la Chine nationaliste a tout naturellement inspiré les premiers mouvements d'émancipation, actifs dans la bourgeoisie au lendemain de la victoire japonaise de 1905.

De vagues promesses ayant été faites pendant la guerre par Albert Sarraut, le mouvement national tente de s'y préparer par la formation en Cochinchine d'un parti constitutionnaliste, fondé en 1923 et dont les revendications demeurent très modérées. Envoyé par le Cartel, le gouverneur général Alexandre Varenne entreprend une œuvre remarquable de démocratisation administrative et sociale mais qui, dressant contre lui le lobby colonial, suffit à provoquer son rappel en 1928. De même, la tentative entreprise par le jeune empereur d'Annam Bao Dai d'instaurer une monarchie constitutionnelle et de faire appel à de jeunes mandarins réformistes, tel Ngo Dinh Diem, se heurte au mauvais vouloir de l'administration française. Ces déboires, conjugués aux effets de la crise économique, particulièrement sévères au Vietnam, provoquent la radicalisation des mouvements nationalistes dont trois vont peser durablement sur l'histoire de l'Indochine : la secte politico-religieuse du caodaïsme, dont on a dit les liens avec le Japon, le parti national vietnamien [1], fondé en 1927 par des instituteurs et des journalistes formés à la pensée de Sun Yat-sen, et l'Association de la jeunesse révolutionnaire, fondée en 1925 à Canton par Nguyen Ai Quoc, qui devient en 1930 le parti communiste indochinois. Une flambée antifrançaise éclate entre 1930 et 1933, dont le caractère populaire et révolutionnaire est indéniable. Déclenché par le VNQDD, le soulève-

1. Il s'agit du VNQDD, Viet Nam Quoc Dan Dong.

ment des troupes annamites de la garnison de Yen Bay, en
février 1930, se solde par un échec et une répression démesurée. Le parti communiste prend le relais, multipliant les grèves, les actions contre l'impôt, les marches de la faim, tentant
même une expérience de soviets ruraux dans le Nghe An. La
brutalité de la répression, qui va jusqu'à émouvoir certains
secteurs de l'opinion française, ne peut empêcher une rapide
extension de l'influence du mouvement communiste, en particulier au Tonkin. Avec le Front populaire, le ministre des
Colonies Marius Moutet charge le gouverneur général Brévié
de promouvoir une détente politique et d'introduire des réformes sociales. Parmi elles, la journée de 9 heures est adoptée,
le droit syndical reconnu, un salaire minimal instauré. Si le
calme revient, ces mesures ne suffisent pas à affaiblir le
mouvement nationaliste, mais indisposent assez le colonat
pour que s'agitent des projets séparatistes.

Libérés de la souveraineté ottomane, les territoires du Levant sont passés sous la tutelle française. Aux termes du
mandat confié par la SDN, la France doit élaborer, en accord
avec les populations, un statut organique préludant à leur
indépendance. Cette tâche ne s'est pas heurtée au Liban à des
difficultés majeures. Façonné par une adjonction assez arbitraire de territoires arabes au noyau de la Montagne de Beyrouth, le nouvel État compte une légère majorité de chrétiens
dans l'ensemble favorables à la France. L'adoption d'une
Constitution en 1926 aurait dû normalement acheminer la
République libanaise vers l'indépendance, mais, comme en
Syrie, les accords Viénot ne furent pas appliqués. Malgré
l'âpreté des joutes politiques et la fragilité de l'édifice institutionnel, le crédit de la France reste grand.

Il n'en va pas de même en Syrie, où elle a dû s'imposer par
la force [1] et où la séparation du Liban a été mal acceptée par la
bourgeoisie de Damas. Justifiée par l'état d'agitation endémique régnant dans le pays (insurrection du djebel Alaouite,
soulèvement du Hauran), la nomination de militaires comme

1. Cf. *supra*, p. 52.

hauts-commissaires donnait à la population le sentiment de vivre en pays occupé. La mise en place d'un fédéralisme progressif par le général Gouraud fut remise en question par son successeur, le général Weygand. Ce fut ensuite le général Sarrail qui crut bon d'appliquer à la fois les recettes de l'anti-cléricalisme radical et d'une administration coloniale autoritaire. L'arrestation de notables druzes venus protester à Damas contre les brutalités du gouverneur français déclenche, en juillet 1925, l'insurrection du djebel Druze. Celle-ci, soutenue par les nationalistes syriens et, indirectement, par l'Angleterre, va tenir pendant un an contre les forces considérables du général Gamelin, qui finirent par l'emporter. Le rappel de Sarrail, la nomination d'un haut-commissaire civil amorcent une détente, concrétisée par l'élection d'une Assemblée constituante et l'adoption d'une Constitution en 1930. Mais le haut-commissaire Ponsot s'attacha à vider ce texte de son contenu en refusant l'application des dispositions jugées contraires aux responsabilités de la puissance mandataire. Les années suivantes sont une succession lassante d'élections manipulées, de gouvernements fabriqués et de projets avortés. L'avènement du Front populaire rend espoir aux nationalistes. Pierre Viénot, secrétaire d'État aux Affaires étrangères du ministère Blum, signe le 9 septembre 1936 un accord très inspiré du traité anglo-irakien de 1930, qui reconnaît la Syrie comme nation indépendante et souveraine moyennant une période probatoire de trois ans et la concession de diverses facilités militaires à la France. Accueilli avec enthousiasme en Syrie, le traité se heurte à Paris à de multiples résistances et le nouveau haut-commissaire, Gabriel Puaux, affirme en janvier 1939 vouloir « s'en tenir au mandat ». La colère populaire, encore aggravée par la cession du sandjak d'Alexandrette à la Turquie, prend parfois un tour insurrectionnel, mais il est clair qu'à cette date le renversement de majorité intervenu en France et les menaces de guerre interdisent toute évolution. Et c'est après avoir été, en 1941, l'enjeu sanglant de la rivalité entre Vichy et la France libre que la pression anglaise et l'opportunité politique conduiront le général de Gaulle à reconnaître en 1943 l'indépendance syrienne.

L'unité géographique et, dans une moindre mesure, ethnique de l'Afrique du Nord n'a engendré ni véritable synchronisme ni intensité similaire des manifestations du nationalisme indigène [1]. Cette disparité tient à l'échelonnement dans le temps de l'occupation française et à la différence de traitement qui faisait de la Tunisie et du Maroc des protectorats théoriquement respectueux de leur identité nationale, et de l'Algérie un groupe de départements en principe assimilés à la France. Elle tient aussi à une configuration sociale différente qui, au regard notamment du développement des élites bourgeoises, plaçait l'Algérie en nette infériorité par rapport aux protectorats. Les voies divergentes empruntées par ces nationalismes, incarnés en Tunisie par un leader prestigieux, au Maroc par la dynastie chérifienne et en Algérie par une pluralité de mouvements concurrents, ont également empêché, au moins jusqu'en 1947 [2], l'expression d'une quelconque solidarité. Certains facteurs communs ont néanmoins encouragé leur développement parallèle. Les uns relèvent des faits et des méfaits de la colonisation et ne se séparent pas d'un modèle général déjà esquissé, à cette particularité près que l'ampleur de la dépossession foncière et la prolifération des petits Blancs aux postes d'exécution ont pu, plus qu'ailleurs, multiplier mécontentements et frustrations. Les autres relèvent de l'appartenance du Maghreb à l'islam et à l'arabisme dont les réveils successifs n'ont pas épargné l'Afrique du Nord. A cet égard, les centres religieux de Tunis et de Fès, la prédication des oulémas ont joué un rôle essentiel dans l'éclosion des nationalismes maghrébins, tout comme les relations suivies avec les chefs de file du panarabisme, tel l'émir Chakib Arslan, ont encouragé leur développement.

C'est en Tunisie que le sentiment national s'est manifesté le premier. Au début du siècle, une génération de bourgeois aisés qui n'avait pas connu les vices de l'administration beylicale

---

1. Sur le sujet, les deux ouvrages classiques de Ch.-A. Julien, *l'Afrique du Nord en marche,* Paris, Julliard, 1972, et de R. Le Tourneau, *Évolution politique de l'Afrique du Nord musulmane, 1920-1961,* Paris, Colin, 1962, restent parfaitement valables.
2. Date de la création au Caire d'un Comité de libération du Maghreb arabe, placé sous la direction du prestigieux Abd el-Krim, mais qui resta bien formel.

antérieure à l'occupation française, s'irrite de la dénaturation du traité de protectorat aboutissant à l'effacement complet du bey devant le résident général et à la multiplication des fonctionnaires français. Ainsi se fonde le parti Jeune Tunisien, qui déclenche en novembre 1911 des manifestations anti-européennes lors de la guerre italo-turque. Agitation sans lendemain, mais qui montrait qu'il était possible de mobiliser la population par des mots d'ordre nationalistes. Issu des Jeunes Tunisiens, le parti du Destour (Constitution) est fondé au printemps 1920 par quelques notables et intellectuels, comme Abdelaziz Thaalbi. Se situant dans le sillage des principes wilsoniens, il présente aux autorités françaises un programme de démocratie politique en huit points qui reçoit la caution du bey Naceur. Le résident général Lucien Saint parvient, en 1922, à démobiliser le mouvement par quelques concessions (assemblées régionales, création d'un Grand Conseil à vocation essentiellement budgétaire), qui satisfont les membres les plus modérés du Destour. L'excellente conjoncture aidant, celui-ci entre jusqu'au début des années trente dans une longue léthargie. Mais la crise économique, particulièrement dramatique pour la paysannerie du Sahel et le salariat urbain, relance l'agitation. Le Destour se réveille sous l'impulsion d'éléments plus jeunes comme le Dr Mahmoud Materi et surtout l'avocat Habib Bourguiba, issus de milieux provinciaux et plus modestes que leurs devanciers, sensibles aussi aux exemples contagieux de l'Irak, de l'Égypte et de la Turquie, ainsi qu'à la propagande arabe. Signe de cette radicalisation, le congrès du Destour tenu en mai 1933 revendique un parlement élu au suffrage universel et, à terme, l'indépendance tunisienne complétée par un traité d'amitié avec la France. Dans l'immédiat, des grèves éclatent alors que s'amplifie une campagne de boycott des produits européens. Les temporisations du vieil état-major du Destour, satisfait en fait du protectorat, débouchent sur la scission de mars 1934 quand, au congrès de Ksar Hellal, Bourguiba et Materi créent le Néo-Destour, formation solidement structurée et d'emblée représentative de la petite classe moyenne et des couches populaires. L'essor rapide du parti, les débordements auxquels donne lieu une agitation endémique déclenchent une première vague de répression ordonnée par le résident général Peyrouton. Là comme ailleurs, le

Front populaire amorce une détente. Le diplomate Armand Guillon succède à Peyrouton, et Pierre Viénot, après s'être déclaré favorable à une libre association des deux peuples, annonce un vaste programme de réformes. Mais la pression des « Prépondérants », les hésitations gouvernementales et les menaces italiennes sur la Tunisie ont raison de ces intentions libérales. La détérioration rapide de la situation aboutit aux émeutes du 9 avril 1938, qui, à Tunis, font vingt-six morts et une centaine de blessés. La dissolution du Néo-Destour et l'arrestation de ses principaux chefs décapitent le mouvement national tunisien. Celui-ci renaîtra à la faveur de la guerre, pour se centrer provisoirement autour du bey Moncef.

Depuis le traité de Fès du 30 mars 1912, le protectorat marocain s'est incarné dans la forte personnalité de Lyautey. Très hostile à la politique dite d'assimilation appliquée en Algérie, il entend s'appuyer sur le sultan et les autorités traditionnelles pour conserver la personnalité marocaine, tout en lui superposant une colonisation de grande ampleur néanmoins respectueuse des équilibres de l'économie indigène. A bien des égards, la réussite est réelle, qu'il s'agisse de la pacification menée avec beaucoup de doigté, ou du respect scrupuleux des institutions chérifiennes et de la promotion des nouvelles élites formées par l'Institut des hautes études marocaines. Mais, à la faveur du boom marocain des années vingt, Lyautey ne sut empêcher le développement vertigineux d'une colonisation abusive et d'une économie européenne tentaculaire, qui laissait en quelques années l'économie traditionnelle désorganisée et anémiée.

La guerre du Rif va naître pour une part de cette situation, pour une autre du comportement brutal et maladroit des autorités espagnoles dans cette zone qui leur avait été reconnue en 1912. Abd el-Krim, un cadi lettré appartenant à la puissante tribu des Beni Ouriaghel, inflige aux Espagnols une cuisante défaite à Anoual en août 1921 et constitue une République rifaine, le 1er février 1922 [1]. L'extension de la révolte mena-

---

1. Si l'on s'accorde à reconnaître dans Abd el-Krim un précurseur des guerres de libération nationale, l'historiographie reste divisée sur la signification de sa révolte et la nature de son programme : adepte d'un Maroc traditionnel et tribal, ou « Mustapha Kemal du Maghreb » acquis au modernisme et à la démocratie ? Son éphémère gouvernement présente les deux aspects.

çant les frontières du protectorat français, Lyautey réclame d'importants renforts pour faire face à une attaque prévue au printemps 1925. Mais le Cartel des gauches n'aime pas Lyautey, dont le seul tort est de ne pas être radical-socialiste. En conséquence, les renforts demandés sont trop chichement mesurés pour être opérants. Le commandement militaire lui est donc retiré au profit de Pétain, prélude à une démission acceptée avec empressement le 20 septembre 1925. Théodore Steeg lui succède, et avec lui prévalent les déplorables méthodes de l'Algérie et de la Tunisie : vigoureux essor de la colonisation officielle et augmentation considérable du nombre des fonctionnaires français, qui fait tomber peu à peu le protectorat dans l'administration directe. L'implantation rapide de l'économie capitaliste sous l'égide de l'omniprésente banque de Paris et des Pays-Bas puis, à partir de 1930, la chute des prix et la mévente désorganisent les circuits traditionnels, paupérisent l'artisanat et la paysannerie. Diverses maladresses vont précipiter la crise, telle cette étonnante obstination à promouvoir au Maroc les résidents généraux qui ont échoué en Tunisie (Lucien Saint, Peyrouton), ou le fameux dahir berbère du 16 mars 1930 qui, en jouant délibérément la carte de la spécificité berbère, rompt de façon ostentatoire l'unité religieuse et morale du peuple marocain.

Dès 1926, une opposition de notables s'est constituée. Il s'agit de cercles intellectuels dominés par Allal el-Fassi et Ahmed Balafrej, le premier animé de préoccupations surtout religieuses, le second ouvert à une conception plus laïque et plus moderne de la société marocaine. Après avoir mené campagne contre le dahir berbère, ils s'attachent à diffuser leur protestation par l'édition de revues (*Maghreb* en métropole, *l'Action du peuple* au Maroc) et présentent en 1934 un plan de réformes visant à démocratiser profondément le protectorat. Peu auparavant, les leaders nationalistes, regroupés en un Comité d'action marocaine, ont suscité de bruyantes manifestations à Fès en faveur du jeune sultan Sidi Mohammed ben Youssef. Le mouvement national marocain va désormais sceller, et pour longtemps, l'alliance du trône chérifien et des éléments les plus dynamiques de la bourgeoisie urbaine.

Là comme ailleurs, le Front populaire a suscité de grands

espoirs, mais ils furent aussi les plus vite déçus. Formé à l'école de Lucien Saint bien plus qu'à celle de Lyautey, le nouveau résident, le général Noguès, n'était pas l'homme du dialogue, alors qu'à Paris Pierre Viénot éconduit les leaders du Comité d'action. Décidés à passer aux actes et à prouver l'audience du mouvement, ceux-ci tiennent en octobre 1936 un tumultueux congrès à Fès, suivi de manifestations dans diverses villes. Une première vague de répression déclenche une scission du Comité, entre les tenants de la pondération (el-Ouezzani) et ceux, bien plus nombreux, de l'action de masse (el-Fassi et Balafrej). Le Comité d'action est dissous mais Allal el-Fassi le remplace par un « parti national pour le triomphe des réformes », qui déclenche de nouveaux troubles durant l'automne 1937 à Meknès, Casablanca et Marrakech. La brutalité de la répression et le bannissement d'el-Fassi au Gabon décapitent le mouvement nationaliste, mais, comme en Tunisie, l'épreuve de la guerre lui donnera un nouvel élan.

L'immobilisme de la politique coloniale française est plus manifeste encore en Algérie [1]. Situation apparemment paradoxale dans la mesure où la doctrine officielle de l'assimilation aurait dû ouvrir la voie à une égalisation progressive de la condition juridique des deux communautés dans le respect de leurs particularismes, religieux et culturels. Il n'en a rien été. Menée parallèlement à une vaste dépossession foncière, qui revenait à réserver à un colonat européen très minoritaire jusqu'au quart des terres cultivées, l'assimilation s'est révélée en fait une œuvre de ségrégation privant l'immense majorité de la population indigène de ses droits civiques et sociaux. Aux problèmes de la terre, du niveau de vie et de l'emploi, rendus plus aigus entre les deux guerres par l'explosion de la démographie musulmane [2] et par les retombées de la crise économique, va donc s'ajouter la revendication plus impatiente d'une révision du *statu quo* politique. Le risque était

---

1. Sur l'Algérie, la bibliographie est dominée par la magistrale *Histoire de l'Algérie contemporaine, 1871-1954,* de Ch.-R. Ageron, Paris, PUF, 1979.
2. Alors que, faute d'immigration, la population européenne plafonne de 800 000 à 900 000 habitants, la population musulmane passe de 5 à 7 millions entre 1920 et 1940.

évidemment de heurter de front le puissant lobby algérien, prépondérant à Alger dans les délégations financières et actif à Paris dans les ministères autant qu'au Parlement. Pour avoir osé l'affronter, deux gouverneurs généraux animés de velléités réformatrices, Charles Jonnart et Maurice Viollette, furent renvoyés, le premier en 1919, le second en 1927. C'est donc dans la bonne conscience de l'œuvre, il est vrai considérable, accomplie depuis un siècle, et dans la soumission apparente des masses musulmanes, que furent célébrés en 1930 les fastes du centenaire de la conquête d'Alger.

Car, quelle que soit l'ampleur des problèmes non résolus, l'Algérie s'éveille tardivement au nationalisme. Cette carence s'explique triplement par l'inexistence d'un État algérien antérieur à la conquête, par la faiblesse numérique de la bourgeoisie musulmane et par l'adhésion persistante de la fraction la plus évoluée de celle-ci aux mythes égalitaires de l'assimilation dans le cadre de la République indivisible. Telle est la démarche du mouvement Jeune Algérien puis de la Fédération des élus qui, dans les années trente, s'engage auprès de Ferhat Abbas et du Dr Bendjelloul dans un combat méritoire, et mal payé de retour, en faveur d'une assimilation digne de ce nom. Mais, au même moment, d'autres voies s'esquissent, autrement plus prometteuses. Dans le sillage de la *nahda* arabo-islamique, les oulémas (docteurs de la Loi) se fédèrent en 1931 sous l'impulsion du cheikh Ben Badis, pour jeter les bases historiques et culturelles d'un nationalisme algérien qui entend prolonger le retour à la pureté de la foi musulmane par une répudiation du colonialisme étranger. Parallèlement s'affirme le charisme de Messali Hadj qui, après s'être rallié à l'Étoile nord-africaine, une organisation créée en 1926 dans l'orbite du PCF, s'est détaché par la suite de l'emprise communiste pour professer un nationalisme islamique et populaire acquis d'emblée à l'indépendance algérienne. La création en 1937 du parti du peuple algérien (PPA), en remplacement de l'Étoile interdite par les autorités, va donner au nationalisme son premier parti et tremper une génération de militants.

Si l'on ajoute à ces diverses formations le parti communiste qui, au moins jusqu'en 1935, a soutenu une ligne franchement indépendantiste, on ne peut que constater, et pour certains déplorer, les divisions du nationalisme algérien. Pourtant, le

Congrès musulman tenu à Alger en juin 1936 sut gommer provisoirement les divergences et parvint à élaborer une charte qui faisait la part belle aux revendications assimilationnistes. Le gouvernement de Léon Blum confia alors au ministre d'État Maurice Viollette le soin de préparer un projet conférant la qualité d'électeur à part entière à une minorité de musulmans, premier pas vers une assimilation plus complète. En retenant un chiffre de 25 000 électeurs environ, sur la base de critères variés, le projet Blum-Viollette ne brillait pas par une audace particulière et, s'il suscita de grands espoirs dans l'élite algérienne, il fut rejeté par Messali Hadj au nom de l'indivisibilité de la société algérienne. Le projet fut néanmoins fort mal accueilli par les élus français d'Algérie, qui déployèrent en métropole d'infatigables efforts pour empêcher son adoption et firent peser sur l'administration la menace d'une démission collective. Cette campagne d'intimidation porta ses fruits et le texte ne parvint jamais à dépasser le stade des débats en commission. L'abandon définitif du projet fit la joie du colonat européen et de l'administration, qui en tirèrent, non sans légèreté, la conclusion qu'une attitude de fermeté suffisait à garantir la docilité du peuple algérien et la pérennité de l'ordre colonial.

La fin de la sécurité collective

Les implications internationales de la crise économique.

Au regard des relations internationales, la crise de 1929 signifie d'abord le triomphe d'une ligne étroitement nationale dans le domaine commercial et financier. Dès les premiers symptômes de récession, le relèvement des droits de douane est général et immédiat, pour atteindre parfois un niveau prohibitif. Il affecte aussi bien des pays de forte tradition protectionniste comme les États-Unis (tarif Howley-Smoot de juin 1930) ou la France (tarifs de 1931 à 1934), qu'un pays de forte tradition libre-échangiste comme l'Angleterre, qui, après l'Abnormal Importations Act de 1931, franchit définitivement le pas avec l'Import Duties Act de février 1932. Le protectionnisme douanier peut aussi s'accompagner de limitations

quantitatives, comme en France où jusqu'à 65 % des marchandises importées finissent par être contingentées, ou de
pratiques franchement déloyales qui, par compression des
coûts et manipulation des taux de change, aboutissent à un
véritable dumping. Parallèlement, le resserrement des espaces
commerciaux va de pair avec la contraction des échanges, soit
par les mécanismes de la préférence impériale, soit par
constitution de zones plus ou moins autarciques. Le désordre
international est également accru par la multiplication des
dévaluations qui s'opèrent entre 1931 et 1936 par abandon,
provisoire ou définitif, de la convertibilité des monnaies en or,
ou par réajustement des taux de change par rapport aux monnaies de réserve. La constitution d'un bloc-or, théoriquement
protégé des turbulences monétaires par un régime de parités
fixes, ne résiste pas aux dévaluations française et italienne
d'octobre 1936. Un peu partout, l'instauration du contrôle des
changes tente de réduire les hémorragies d'or et de devises,
sans parvenir toujours à enrayer les mouvements erratiques de
capitaux. Un autre palliatif réside enfin dans le réarmement,
entrepris très tôt en Allemagne et au Japon. Comme l'autarcie,
il constitue autant une réponse économique à la crise qu'un
choix politique d'avenir, d'autant plus dangereux que les
grandes démocraties européennes pratiquent, au moins
jusqu'en 1935, une déflation des crédits militaires.

En sapant les notions de dialogue et de coopération qui
avaient présidé, durant les années vingt, à la reconstruction
financière de l'Europe et encouragé le développement des
échanges, les conséquences de ce nationalisme à courte vue
vont se révéler désastreuses. S'il est normal que chaque État
tente de se prémunir au mieux de ses intérêts contre les effets
de la crise, il est regrettable que chacune de ses décisions
suscite la méfiance systématique de ses partenaires. Les
exemples se succèdent de ce climat de suspicion qui s'instaure
à partir de 1930 et qui aboutit à torpiller tout projet concerté de
relance. C'est ainsi que le protocole signé à Berlin le
14 mars 1931 entre le ministre Curtius, successeur de Stresemann, et le chancelier autrichien Schober va se heurter à des
réactions unanimement défavorables. Il s'agissait de supprimer entre les deux pays toute barrière douanière et d'harmoni-
ser leurs tarifs à l'égard des pays tiers. Il est vrai que le projet

était maladroitement présenté et que, suivi en juin et en juillet par la signature de traités de commerce préférentiel avec la Roumanie et la Hongrie, il accréditait l'idée d'une poussée impérialiste de l'Allemagne en Europe centrale. Le traité Curtius-Schober ne méritait pourtant pas le tollé qu'il suscita, en France particulièrement, où Herriot mobilisa inopportunément sa vaste culture historique pour rappeler que, dans un contexte à vrai dire totalement différent, l'unité douanière de l'Allemagne avait été le préalable à son unité politique. Le procès d'intention était évident, car rien ne permet d'affirmer que l'Anschluss entrait dans les vues des signataires du texte [1]. Mais les protestations française et italienne, les réticences anglaises et la condamnation de la Cour permanente de La Haye eurent raison du projet.

La faillite de la Kreditanstalt de Vienne en mai 1931, la chute des prix agricoles et l'effondrement des exportations révèlent pourtant l'acuité de la crise que traversent les pays d'Europe centrale. Paris et Londres encouragent alors une large négociation visant à établir une sorte de marché commun des cinq États danubiens [2] dont les plus éprouvés pourraient bénéficier d'une aide financière des deux grandes puissances. Mais il apparaît très vite que l'Angleterre, très affaiblie par la crise de la livre et qui a choisi le Commonwealth bien plus que l'Europe, entend ne pas s'engager en vue d'un soutien financier, et que le désarmement douanier se heurte à l'hostilité résolue de l'Allemagne et de l'Italie, soucieuses à la fois d'écouler leurs propres produits et de ne pas accroître l'influence française dans le bassin danubien. C'est cette addition d'égoïsmes qui explique l'échec de la conférence tenue à Stresa en septembre 1932, l'absence d'une solution d'ensemble laissant évidemment le champ libre à la pénétration en force de l'influence allemande à partir de 1934 [3].

D'une audience plus large, la conférence commerciale et financière réunie à Londres en juin 1933 va connaître le même

1. Cf. H. Brüning, *Mémoires (1918-1934)*, Paris, Gallimard, 1974, p. 188-193.
2. Autriche, Tchécoslovaquie, Hongrie, Roumanie, Yougoslavie.
3. Sur le sujet, cf. R. Girault, « Crise économique et protectionnisme, hier et aujourd'hui », *Relations internationales*, n° 16, 1978, p. 370-377.

sort. Il s'agissait, conformément aux recommandations de la SDN, de rechercher les moyens commerciaux (baisse des droits de douane) et monétaires (stabilité des changes) propres à relancer le commerce international. Cette négociation avait joui des encouragements de Hoover, tardivement converti aux solutions internationalistes, et bénéficiait des bonnes dispositions de MacDonald, partagées en l'occurrence par le secrétaire d'État américain Cordell Hull. Mais celui-ci n'avait pas l'appui du *Brain Trust* présidentiel, acquis en majorité à la spécificité du New Deal et désireux de tenter l'expérience du redressement en toute indépendance. Roosevelt, qui vient de procéder en avril à la dévaluation de fait du dollar par suspension de sa convertibilité en or, va trancher dans ce sens nationaliste, restreignant considérablement la liberté d'action de Cordell Hull. L'abstention américaine prenant la forme d'un véritable torpillage, la conférence se sépare en juillet sur un échec total.

Il va de soi que le régime des réparations allemandes mis en place par le plan Young ne pouvait sortir indemne de la crise. Dans ce domaine, il est vrai, une concertation réelle s'est ébauchée, mais avec des résultats si boiteux que le climat international s'en trouva une nouvelle fois altéré. La crise du système bancaire allemand qui éclate en juin 1931 conduit le président Hindenbourg à se tourner vers les États-Unis. C'est le mérite d'Hoover d'avoir accédé à cette demande et proposé un moratoire d'un an des Réparations et des dettes à compter du 1er juillet. C'est aussi le mérite de la France, il est vrai moins atteinte que d'autres par la crise, de s'être ralliée à cette proposition qui, compte tenu de la différence entre le montant annuel des Réparations et des dettes, signifiait pour elle une perte sèche de l'ordre de 2 milliards de francs. Mais la suite de la négociation ne permit pas de maintenir cette identité de vues. La prolongation de la crise accréditant, en particulier en Angleterre et en Italie, la thèse d'un abandon définitif des réparations allemandes, le président du Conseil, Pierre Laval, se rendit aux États-Unis pour obtenir, mais en vain, une abolition subséquente des dettes interalliées. A la conférence de Lausanne ouverte en juin 1932, la France est isolée. Herriot, soucieux de sauver, si faire se peut, la république de Weimar, se résigne à un abandon des Réparations moyennant un solde de 3 milliards de marks, qui ne sera jamais versé [1]. Restait le problème des dettes auquel l'application de l'accord de Lausanne était d'ailleurs subordonné. Le secrétaire d'État Stimson était favorable à leur annulation, mais il se heurta à l'opinion américaine, au Congrès et au refus du président Hoover. Dès lors les décisions unilatérales vont se succéder. L'Angleterre et l'Italie s'en tinrent en 1932 à des paiements partiels et en 1933 à des versements purement symboliques. En France, le gouvernement Herriot, fidèle à la parole donnée, se prononça pour l'acquittement des dettes mais fut renversé par la Chambre en décembre 1932. En 1934, les versements européens avaient totalement cessé, malgré les rappels insistants du Congrès et de l'exécutif américains. La thèse française de la « clause de sauvegarde » avait donc triomphé dans les faits, mais de façon purement unilatérale et dans le mécontentement général. La fin des Réparations encourageait l'Allemagne dans ses plans révisionnistes, à la Conférence du désarmement en particulier, et l'abandon des dettes interalliées laissait aux États-Unis le goût amer d'une immense rancune à l'égard de l'Europe. La sécurité collective n'allait pas tarder à en faire les frais.

Les déboires de la SDN.

Chronologiquement, c'est le Japon qui va contrevenir le premier aux principes de la sécurité collective en s'orientant, à partir de 1931, vers une politique d'agression. Jusqu'alors la diplomatie nippone avait été prudente. Une fois emmagasinés les profits d'une participation toute théorique au premier conflit mondial, un coup d'arrêt avait été donné aux appétits japonais lors de la conférence tenue à Washington de novembre 1921 à février 1922. Diplomatiquement isolé, et confronté à la récession de 1921, le Japon avait dû se résigner à céder aux pressions américaines. Outre une limitation du nombre de ses cuirassés, il se vit imposer la rétrocession du Changtoung à

---

1. D'après E. Weill-Raynal, auteur d'une monumentale étude sur *les Réparations allemandes et la France,* Paris, Nouvelles Éditions latines, 1948, 3 vol., l'Allemagne a acquitté moins de 23 milliards de marks-or, dont 9,5 à la France, sur les 132 milliards fixés en 1921.

la Chine et, d'une façon plus générale, la suppression des zones d'influence et la reconnaissance du *statu quo* territorial dans le Pacifique.

Paradoxalement, cet indéniable recul ouvrit la voie à une réelle détente en Extrême-Orient. Sous l'impulsion du baron Shidehara, ministre des Affaires étrangères de 1924 à 1927, puis de 1929 à 1931, le Japon se conforma durant les années vingt aux principes d'une politique pacifique, qui impliquait essentiellement le maintien de l'amitié américaine et le respect de la souveraineté chinoise. Elle avait la faveur des *zaibatsu,* car cette détente n'excluait pas une pénétration des exportations et des investissements japonais en Chine, et elle maintenait avec les États-Unis les bonnes relations nécessaires à des échanges qui s'accroissaient sans cesse. En conséquence, le budget de l'armée fut réduit, passant de 42 à 27 % des dépenses publiques, et les effectifs furent diminués de cinq divisions. Cette orientation ne faisait pourtant pas l'unanimité, ni dans les partis, ni dans l'opinion, ni surtout dans l'armée. Un courant nationaliste n'a cessé de s'affirmer contre la timide démocratisation esquissée à l'intérieur et contre une politique extérieure jugée trop conciliante. La formation, en 1927, d'un cabinet présidé par le général Tanaka amorce d'ailleurs une évolution. Le « mémorandum » qui porte son nom, même s'il est d'une authenticité douteuse, n'en traduit pas moins correctement les idées d'une partie de la caste militaire en faveur d'une « politique positive » en Mandchourie. A toutes fins utiles, Tanaka envoie en 1928 des forces dans le Changtoung pour enrayer la marche de Tchiang Kai-chek contre le seigneur de la guerre Tchiang Tso-lin, qui gouverne en Mandchourie dans un sens favorable aux intérêts japonais. Mais l'heure n'est pas encore à une politique de force. Quand Tchiang Tso-lin est assassiné en juin 1928 par des officiers japonais de l'armée du Kouantoung, dans le but évident de provoquer une intervention militaire du Japon, Tanaka, qui d'ailleurs n'avait pas commandité l'opération, est contraint de remettre sa démission.

A partir de 1930, divers éléments vont contribuer à remettre en question la politique pacifique menée jusque-là et à opérer une vigoureuse relance de l'impérialisme nippon. Mais, plus qu'un prolongement de l'impérialisme traditionnel amorcé à la fin du XIXᵉ siècle, celui des années trente opère une mutation fondamentale dans sa signification comme dans sa portée. La constitution d'un glacis protecteur de l'archipel, l'accès aux matières premières et aux marchés étrangers étant réalisés pour l'essentiel, l'impérialisme d'agression qui va se déployer à partir de 1931 ne peut être compris que sur la base de données nouvelles. Ses causes sont à rechercher moins dans les effets directs de la crise économique que dans une médiation politique de la crise. Pays surpeuplé et pays dépendant, le Japon l'est indéniablement. Mais la surpopulation semble avoir été une justification bien plus qu'un moteur de l'impérialisme [1]. De même, la dépendance des marchés extérieurs, la contraction des ventes à l'étranger due à l'effondrement des commandes américaines et au réflexe protectionniste généralisé ne justifient pas le recours à une politique de conquête, comme le montre la vigoureuse reprise des exportations à partir de 1931. La recrudescence et la spécificité de l'impérialisme japonais sont avant tout le produit d'un climat expansionniste nourri par le militarisme ambiant et d'une pluralité convergente de centres de décision. Étroitement liée à la tradition militariste léguée par le Meiji, l'idéologie impérialiste repose sur une exaltation des vertus guerrières et de la grandeur nationale. Ses théoriciens [2] assignent au « Dai Nippon » une mission à la fois dominatrice et protectrice de l'Asie face aux menées de l'impérialisme blanc et du communisme soviétique. Forgée avant ou au lendemain de la Première Guerre mondiale, cette idéologie a reçu de longue date la caution de militaires et d'universitaires ; mais elle connaît une extension de son audience à la faveur de la crise économique, en particulier dans le monde rural et chez les jeunes officiers, qui en sont de plus en plus largement issus. Certaines initiatives étrangères, comme la décision américaine d'avril 1924 de fermer totalement les États-Unis à l'immigration japonaise, ou

---

1. La croissance de la population japonaise est exceptionnellement rapide entre les deux guerres : 50 millions d'habitants en 1914, 60 en 1925, 65 en 1930, 70 en 1935 et 73 en 1940. Mais en 1931 il n'existait que 1 500 familles de paysans en Mandchourie, où de larges possibilités d'installation étaient offertes. Cf. J. Lequiller, *le Japon*, Paris, Sirey, 1966, p. 286.

2. Gondo Seikyo et surtout Kita Ikki, auteur d'un « Projet de reconstruction du Japon » paru en 1919.

comme les conclusions de la conférence navale de Londres en 1930 [1], ont également contribué à accroître la xénophobie et à populariser les thèmes de l'espace vital. La multiplication des sectes nationalistes, qui, à quelques nuances près, communient dans ce programme expansionniste, est caractéristique de la période qui s'ouvre en 1931. Sur 235 sociétés de ce type existant en 1936, 19 sont antérieures à 1930, 42 sont nées en 1931, 58 en 1932, etc. [2].

Comme il est de tradition au Japon, la structure autoritaire du pouvoir résulte d'un équilibre fragile entre ses diverses composantes. Or, celui-ci penche de plus en plus nettement en faveur des tenants d'un impérialisme agressif dans la mesure où la classe politique, elle-même liée aux *zaibatsu*, s'efface progressivement devant les militaires. Encore ceux-ci sont-ils divisés. Les plus ardents sont les jeunes officiers de l'armée du Kouantoung qui s'irritent de la pénétration chinoise en Mandchourie et se sont convertis, surtout après l'échec du complot de mars 1931, à la nécessité d'une épreuve de force. Leurs vues rejoignent, sans les recouvrir exactement, celles de nombreux officiers du ministère de la Guerre ou de l'État-Major, pour lesquels l'annexion d'une base continentale industrialisée en Mandchourie conditionne la préparation d'une guerre totale. Les desseins sont ici d'une autre ampleur et l'autarcie est perçue comme la condition économique d'un impérialisme de grande envergure. Une minorité d'officiers fanatiques, étroitement liés aux sectes nationalistes, va donc dicter sa loi aux tenants d'une politique moins délibérément agressive : les *zaibatsu*, d'une part, le pouvoir civil, de l'autre. Mais l'intérêt bien compris des premiers et la pusillanimité du second les ont conduits à entériner, au nom de l'unité nationale, la politique du fait accompli.

La Mandchourie est tout naturellement désignée pour être la première victime de cet impérialisme. Les droits japonais, qui

1. Cette conférence prolongeait celle de Washington et limitait le tonnage des croiseurs. Ce traité, bien que ratifié par le Conseil privé, suscita dans l'armée et dans l'opinion une violente réaction nationaliste. Car, si la Marine pouvait avec ce qui lui était concédé protéger efficacement l'archipel, elle demeurait incapable de se lancer dans de grandes expéditions en Asie.

2. J. Lequiller, *op. cit.*, p. 293. On trouvera une analyse détaillée de ces sectes et de leur programme p. 288-296.

remontent au traité de Portsmouth de 1905, y sont pourtant déjà considérables. Outre la cession à bail de la presqu'île du Liao-toung, le Japon contrôle l'essentiel des richesses du pays et des circuits d'échanges. Une armée de 25 000 à 30 000 hommes, dite armée du Kouantoung, y protège les ressortissants et les intérêts japonais. Or, celle-ci, commandée par des officiers ultra-nationalistes, comme les colonels Itagaki ou Ishihara, s'irrite des progrès de l'influence chinoise : immigration massive au rythme d'un million d'entrées en moyenne entre 1926 et 1930, affirmation d'une infrastructure capitaliste dans les chemins de fer et dans les mines, développement de la propagande nationaliste avec l'ouverture en mars 1931 d'un bureau du Guomindang à Moukden, ralliement en 1930 du fils de Tchiang Tso-lin à l'autorité de Tchiang Kai-chek. Dans ce contexte, l' «incident de Mandchourie» du 18 septembre 1931 est le prétexte, monté de toutes pièces par quelques officiers japonais, d'une intervention militaire. La temporisation du gouvernement de Tokyo, qui condamne l'entreprise sans pour autant donner les ordres correspondants, permet à l'armée du Kouantoung de s'emparer en quelques mois de toute la Mandchourie, tandis que la marine monte en janvier 1932 une opération de diversion sur Shanghai. En fait, le Japon transforme rapidement l'occupation en annexion. Celle-ci est précédée par la création d'un mouvement autonomiste mandchou et la proclamation, en mars 1932, d'un État de Mandchoukouo, confié à la régence de l'ex-empereur de Chine Pou-Yi. La signature en septembre d'un « accord » remettant au Japon la défense et l'essentiel de l'administration transforme le nouvel État en protectorat.

Tchiang Kai-chek, tout à sa lutte contre les bases communistes, n'avait pas jugé bon d'opposer au Japon une résistance sérieuse. Il préféra s'en remettre à la SDN, qui, sans déclarer le Japon coupable d'agression, multiplia les appels au retrait de ses forces. Cette prudence s'explique par les réticences anglaises à engager, en pleine période de crise, les hostilités contre un pays dont on se plaisait à reconnaître un rôle essentiel dans la stabilité de l'Extrême-Orient, ainsi que par l'attentisme américain, le secrétaire d'État Stimson faisant confiance à Shidehara pour ramener l'affaire sur le terrain diplomatique. L'inanité de cette démarche conduit la Chine à une nouvelle requête et à la formation d'une commission d'enquête de cinq membres présidée par Lord Lytton. Son rapport, remis en septembre 1932, est assez ferme dans ses conclusions. Sans condamner le Japon pour agression au titre de l'article 16 du Pacte (qui obligerait à recourir aux sanctions), il dénonce le caractère artificiel de l'État de Mandchoukouo et recommande la formation d'une Mandchourie autonome dans le cadre de la souveraineté chinoise. Sur ces bases claires, la Chine et le Japon pourraient alors négocier un traité qui maintiendrait les droits de ce dernier dans la région. A quelques nuances près, qui vont d'ailleurs dans le sens d'une sévérité accrue de la condamnation, ce rapport est adopté par l'Assemblée, le 24 février 1933, à l'unanimité moins la voix japonaise. Le délégué Matsuoka fait alors savoir le retrait de son pays de la SDN, portant un coup décisif à l'institution internationale. Celle-ci semble en effet privée de réactions. Malgré les efforts de Stimson, en fait mal soutenu par le président Hoover, aucune suite n'est donnée au rapport Lytton. La SDN s'est inclinée devant les militaires du Kouantoung.

L'impérialisme japonais ne s'arrête pas là. Encouragée par ses propres succès, par la passivité militaire de Tchiang Kaïchek et par l'absence de réactions internationales, l'armée entreprend le « grignotage » de la Chine du Nord (Jehol, Hebei, Tchachar) qui la conduit aux portes de Pékin. Sans avoir été délibérément provoqué, l'incident du pont Marco-Polo, dans la nuit du 7 juillet 1937, transforme un combat fortuit en conflit généralisé. L'agression japonaise contre la Chine, perpétrée sans déclaration de guerre, va se heurter, si l'on peut dire, aux mêmes protestations dérisoires de la SDN que cinq ans plus tôt. En fait, les débuts d'endiguement de l'impérialisme nippon viennent d'ailleurs. Ils résident dans l'aide que Staline prodigue au Guomindang et aux communistes chinois provisoirement réconciliés, et dans une tardive prise de conscience américaine qui permet au président Roosevelt de tourner habilement les lois de neutralité par un soutien discret aux forces chinoises.

L'affaire de Mandchourie a ouvert une première brèche dans l'autorité et le prestige de la SDN ; l'échec de la Conférence du désarmement et le retrait de l'Allemagne vont en ouvrir une seconde.

Quand cette conférence s'ouvre, en 1932 [1], la cause du désarmement n'a fait de progrès que dans le domaine naval. La conférence de Washington (novembre 1921-février 1922) et celle de Londres (janvier-avril 1930) sont parvenues à fixer des plafonds au tonnage d'un certain nombre d'unités et à établir une hiérarchie entre les principales puissances navales. Encore s'agit-il bien plus d'une consolidation de leur suprématie que d'un désarmement. Pour le reste, les travaux de la Conférence préparatoire du désarmement, commencés en 1926, ont débouché sur un quasi-constat de carence. Outre des problèmes techniques très réels, comme le recensement des effectifs et des armes, ou la distinction entre armements offensifs et défensifs, la commission s'est heurtée en permanence au différend franco-britannique déjà signalé, l'Angleterre prônant le désarmement immédiat, la France, le préalable de la sécurité. D'où la modestie du projet de convention remis en décembre 1930, un canevas très général qui pose bien plus de questions qu'il n'apporte de réponses. A cette date le relais est d'ailleurs pris par l'affirmation d'un autre contentieux, franco-allemand celui-là. Les successeurs de Stresemann s'emploient en effet à exploiter la crise économique pour satisfaire deux revendications essentielles : l'annulation des Réparations et la reconnaissance de l'égalité des droits en matière d'armements. La première, on le sait, leur a été accordée à la conférence de Lausanne, la seconde le sera à Genève. Elle se fonde sur une argumentation juridique apparemment impeccable, fournie par le préambule de la partie V du traité de Versailles, qui spécifiait que les limites numériques et quantitatives apportées à l'armée allemande devaient être le prélude à une limitation générale des armements de toutes les nations. L'Allemagne est dès lors fondée à exiger le désarmement des autres, faute de quoi elle devra être autorisée à réarmer. Mais sa position est affaiblie par la politique de réarmement clandestin conduite depuis 1920 et qui tend, à partir de 1930, à s'évader de plus en plus ouvertement du système de Versailles. A cet égard, le

1. Sur l'ensemble de la question, cf. la thèse de M. Vaïsse, *Sécurité d'abord : la politique française en matière de désarmement, 1930-1934*, Paris, Pedone, 1981.

lancement en mai 1931 du croiseur *Deutschland,* sans être en infraction ouverte par rapport aux clauses navales du traité de Versailles, laisse planer les plus grands doutes sur la bonne volonté allemande.

Cela étant, la Conférence du désarmement s'est ouverte le 2 février 1932, dans une atmosphère « millénariste [1] ». Elle réunit, sous la présidence du travailliste anglais Henderson, soixante-deux pays, parmi lesquels les États-Unis et l'URSS. Très vite il apparaît toutefois que la France est isolée. Outre le différend franco-britannique et le prévisible affrontement franco-allemand, un contentieux naval empoisonne également les relations franco-italiennes, tandis que le président Hoover nourrit irritation et animosité à l'égard d'un pays qui, croit-il, freine le rétablissement de l'économie mondiale par le poids de ses dépenses militaires. C'est dans ce climat peu amène que le délégué français André Tardieu va d'emblée présenter un plan dont la hardiesse surprend. Il s'agit tout à la fois de créer une police internationale, de rendre l'arbitrage obligatoire et surtout de remettre à la SDN les armements les plus puissants (cuirassés, aviation de bombardement, artillerie lourde) tout en les laissant à la disposition des États pour se défendre en cas d'agression dûment constatée.

En fait, ce coup de poker ressemble beaucoup à un coup de bluff. Inspiré par l'État-Major français, avant tout désireux de ne pas désarmer du tout, le plan Tardieu se heurte à des réactions diverses mais généralement négatives. Soutenue par l'Italie, l'Allemagne a beau jeu de le dénoncer comme une manœuvre destinée à perpétuer, au nom de la sécurité, la prépondérance française. Fidèle au principe de l'égalité des droits, Brüning propose la réduction des effectifs et des armements au niveau reconnu à l'Allemagne par le traité de Versailles, puis à un niveau supérieur, les progrès des nationaux-socialistes obligeant la délégation allemande à la surenchère. Von Papen va même jusqu'à proposer un rapprochement franco-allemand qui échangerait la reconnaissance de l'égalité des droits contre une entente militaire entre les deux pays [2]. Un

1. M. Vaïsse, *op. cit.* ; cf. en part. p. 155-167.
2. Cf. J. Bariéty et Ch. Bloch, « Une tentative de réconciliation franco-allemande en 1932-1933 et son échec », *Revue d'histoire moderne et contemporaine,* juill.-sept. 1968, p. 433-465.

moment tenté, Herriot laisse passer l'occasion, et, le 16 septembre 1932, l'Allemagne quitte la Conférence du désarmement.

Entre-temps les plans se succèdent : plan Hoover (juin 1932), refusé par la France au nom de sa sécurité et par l'Angleterre pour ses clauses navales; plan Herriot (novembre 1932), d'une effroyable complexité technique, et bientôt plan MacDonald (mars 1933), plus simple mais aussi plus vague. L'essentiel n'est pas là. Cédant une fois de plus à la pression britannique et soucieux, comme dans le domaine des Réparations, de sauver la république de Weimar, Herriot se résout en décembre 1932 à reconnaître à l'Allemagne la fameuse égalité des droits. Peine perdue car son «plan constructif», plaidé par Paul-Boncour, est torpillé par toutes les grandes puissances, et, le 30 janvier 1933, Hitler devient chancelier du Reich. Le projet MacDonald semble, lui, devoir connaître un sort meilleur. Plus réaliste que les précédents, il propose de fixer les effectifs des principaux pays à 200 000 hommes et de réduire progressivement l'aviation militaire, remettant à plus tard le problème des armements navals. Après maintes arguties, Hitler affirme en mai 1933 se rallier à ce plan. Mais le déchaînement de l'antisémitisme allemand rend l'Angleterre méfiante, et la France parvient à faire porter de cinq à huit années le délai au terme duquel l'Allemagne bénéficierait de l'égalité des droits. Les relations se tendent également à propos du contrôle international sur l'effectivité du désarmement, que l'Allemagne entend retarder au maximum. Dans ce contexte, la décision allemande de se retirer de la conférence, signifiée à Henderson le 14 octobre, et suivie, le 19, du retrait de la SDN, inquiète mais ne surprend pas. Non qu'elle interrompe totalement les négociations, qui vont se poursuivre quelques mois en marge de la conférence, sur la base de propositions et de contre-propositions françaises et allemandes. Mais il est clair que personne n'y croit. Hitler veut réarmer et entend tout au plus laisser à la France l'initiative d'une rupture. C'est chose faite quand le gouvernement Doumergue publie, le 17 avril 1934, une note affirmant que la France assurera désormais sa sécurité par ses propres moyens.

La Conférence du désarmement s'est donc soldée par un

échec lamentable. Ouverte trop tardivement, à une date où la crise économique avait déjà réveillé rivalités et convoitises, elle a mis en lumière les contradictions britanniques, le double jeu allemand, l'isolement français et, plus que tout, l'impuissance de la SDN à trouver un terrain d'entente. Les propositions tapageuses n'ont pas manqué, mais leur irréalisme même les a condamnées. Le seul résultat de la conférence aura été, paradoxalement, la reconnaissance au moins théorique de l'Allemagne à réarmer. En fait de désarmement, il n'y a guère eu que celui imposé aux grandes démocraties par la déflation budgétaire des années de crise, et qui a manqué de peu les emporter quelques années plus tard.

L'avènement d'Hitler à la chancellerie du Reich, le 30 janvier 1933, n'opère dans l'immédiat aucun bouleversement dans les orientations de la diplomatie allemande [1]. Le choix de von Neurath comme ministre des Affaires étrangères et le maintien du secrétaire d'État von Bülow illustrent la continuité d'une politique qui hérite du révisionnisme weimarien et n'entend pas rompre avec lui. La révision des clauses militaires et financières du traité de Versailles, ainsi que du tracé des frontières orientales (Haute-Silésie, Danzig), avait été de Stresemann à von Papen l'une des constantes de la politique allemande. En ce sens, Hitler n'entreprend que de mener à son terme l'œuvre entreprise par ses prédécesseurs [2]. Cette continuité ne doit pourtant pas être systématisée, car elle se double d'une méthode à la fois agressive et précipitée qui s'oppose à la démarche prudente et conciliatrice de la république de Weimar. Surtout, s'il est vrai que la libération des entraves imposées par le *diktat* de Versailles a bien constitué l'objectif premier de la politique d'Hitler, ses plans sont sans commune mesure avec ceux du régime antérieur. Son programme, ex-

1. Sur la politique étrangère du national-socialisme, l'ouvrage le plus complet et le plus récent est celui de K. Hildebrand, *Deutsche Aussenpolitik, 1933-1945, Kalkül oder Dogma?*, Stuttgart, 1973.
2. La permanence des objectifs révisionnistes d'un régime à l'autre est bien mise en valeur par G. Wollstein, *Von Weimarer Revisionismus zu Hitler*, Bonn, 1973.

posé pour l'essentiel dans *Mein Kampf* et dans les entretiens privés avec Hermann Rauschning [1], est fondamentalement impérialiste et hégémonique. Il assigne à l'Allemagne la mission de réunir dans un même Reich l'ensemble des populations germaniques et de leur assurer à l'Est l'espace vital dévolu à la race supérieure. La haine conjuguée des Slaves, des Juifs et du communisme désigne donc l'URSS à l'anéantissement et à la servitude. La réalisation de l'espace vital ne sera possible qu'une fois levée l'hypothèque française. « Ennemi irréconciliable et mortel » de l'Allemagne, la France est promise à une guerre préventive qui la mettra définitivement hors jeu. Il conviendra dans cette perspective de neutraliser la Grande-Bretagne, dont Hitler se plaît à souligner le caractère « aryen » et la fonction stabilisatrice de l'Empire, démarche qui n'exclut pas à long terme des visées impérialistes allemandes outre-mer dans la tradition de la *Weltpolitik* wilhelmienne.

Ces objectifs ont pu ne pas être exactement partagés par l'ensemble des dirigeants du IIIe Reich. Des études récentes ont mis en valeur la diversité des courants de la politique extérieure nazie : à l'impérialisme modéré de la fraction conservatrice (Göring, Schacht), qui se serait contentée d'une hégémonie essentiellement économique sur l'Europe centrale, se serait opposé un courant extrémiste (Ribbentrop, Rosenberg), acquis à de vastes conquêtes fondées sur l'idéologie raciste. L'essentiel n'est pas là, pas plus que dans l'apparente dispersion des centres de décision qui aurait dépossédé l'Auswärtiges Amt au profit de diverses officines émanant du parti ou du ministère de la Propagande. Dans un système aussi centralisé, l'unité de conception et d'exécution est entière, même si quelques flottements ont pu être décelés, avant et après 1933, dans l'élaboration de la politique étrangère d'Hitler. L'essentiel réside plutôt dans l'extraordinaire capacité de ce dernier à utiliser sa politique impérialiste comme moyen d'intégration des masses allemandes, à mobiliser son peuple autour des thèmes du nationalisme et de l'antisémitisme, et à le détourner par là de toute revendication d'ordre intérieur. Il convient aussi de souligner l'habileté consommée d'une di-

---

1. Cf. H. Rauschning, *Hitler m'a dit,* Paris, Le Livre de poche, coll. « Pluriel », 1979, introd. et notes de R. Girardet.

plomatie qui sait efficacement alterner les menaces et les protestations pacifiques, invoquer le principe des nationalités pour justifier les annexions et l'égalité des droits pour préparer la guerre, et qui, d'une façon plus générale, a su jouer à merveille de l'opportunité du moment comme des hésitations ou des divisions des grandes puissances.

De fait, dans ces années 1933-1935 où s'ébauche le programme hitlérien, seule la tentative d'Anschluss de juillet 1934 constitue un indéniable échec. Insuffisamment préparée sur place, l'annexion s'est heurtée à la fermeté des autorités autrichiennes, que le chancelier Dollfuss a payée de sa vie, et surtout à la détermination de l'Italie, directement visée dans son influence danubienne. Pour le reste, les autres décisions peuvent être considérées comme autant de succès. Le retrait de la Conférence du désarmement, en octobre 1933, ouvre la voie à un réarmement de grande envergure qui, compte tenu de la reconnaissance de l'égalité des droits un an plus tôt, ne peut être sérieusement contesté par aucune puissance. Le pacte de non-agression signé en janvier 1934 entre l'Allemagne et la Pologne porte un coup sévère au système français des alliances de revers. Le plébiscite sarrois de janvier 1935 est, grâce à l'obligeance de Laval, un franc succès pour le régime hitlérien. Et, si le rétablissement du service militaire obligatoire, le 16 mars 1935, se heurte le mois suivant à la formation du « front de Stresa » associant la France, la Grande-Bretagne et l'Italie, celui-ci se révèle rapidement trop fragile pour inquiéter sérieusement l'Allemagne. Ayant ainsi testé la désunion des grandes puissances, Hitler peut envisager un coup de force de plus grande ampleur avec la remilitarisation de la Rhénanie.

L'avènement d'Hitler coïncidant avec le paroxysme de la crise économique mondiale, ses premières initiatives sont en effet encouragées par le repli diplomatique de certains États. Ainsi en est-il des États-Unis, qui voient déferler, précisément en 1933, une vague isolationniste sans précédent. Le sentiment, certes, n'est pas nouveau, mais il s'exprime avec une vigueur accrue. Ce regain est lié évidemment à l'ampleur même de la crise économique, qui centre le débat politique sur les vertus ou les vices du New Deal, mais il s'explique aussi par les désillusions qu'entretient en 1933-1934 la cessation unilatérale du remboursement des dettes interalliées. Au même moment, et cette corrélation n'est évidemment pas fortuite, diverses publications accréditent la thèse de la responsabilité du *big business* dans l'entrée en guerre des États-Unis en avril 1917. Accusation bien légère au regard des impératifs qui ont commandé la décision de Wilson, mais dont le succès est encore conforté par les conclusions de la commission présidée par le sénateur Nye, qui, primitivement chargée d'enquêter sur les bénéfices réalisés par les industries d'armement, élargit son rôle en attribuant aux crédits et aux exportations vers les Alliés, et partant aux banquiers et aux industriels, la responsabilité de l'entrée en guerre. De ces rancœurs et désillusions, habilement exploitées par la classe politique, découle un sentiment à peu près unanime qui, au nom des intérêts supérieurs et de la liberté d'action des États-Unis, transcende les particularismes et les clivages traditionnels, même si cette unanimité ne gomme pas totalement certaines différences d'inspiration [1].

L'administration démocrate ne peut se tenir à l'écart de ce courant. Favorable en son temps à l'entrée des États-Unis à la SDN, le président Roosevelt a épousé volontiers les sentiments dominants de l'opinion. Élu en 1932 et en 1936 sur des thèmes isolationnistes, il a mené une politique globalement isolationniste. La reconnaissance *de jure* de l'URSS, en septembre 1933, est un geste qui engage peu les États-Unis dans la mesure où le problème des dettes russes interdit tout rapprochement effectif. Bien plus, Roosevelt fait échouer sciemment la conférence de Londres sur les problèmes monétaires et douaniers [2], et assiste sans réaction outre que verbale aux agressions italienne en Éthiopie et japonaise en Chine, ainsi

1. On a ainsi relevé la détermination particulière de certains groupes ethniques (Irlandais, Allemands, Italiens) dans leur affirmation d'un isolationnisme avant tout soucieux d'affaiblir la Grande-Bretagne et, d'une façon plus générale, les démocraties face aux dictatures. On a également observé que les fondements de l'isolationnisme différaient entre tenants et adversaires du New Deal : les premiers considérant que l'isolement était la meilleure garantie de réussite de l'expérience, les seconds redoutant dans l'engagement américain en Europe les risques d'une intervention accrue de l'État et de troubles sociaux.

2. Cf. *supra,* p. 82.

qu'aux premières initiatives hitlériennes. S'il s'oppose énergiquement à la proposition d'amendement du représentant démocrate de l'Indiana Louis Ludlow [1], il n'entrave pas l'adoption par le Congrès, entre 1935 et 1937, des lois de neutralité [2] qui lui laissent une large liberté d'appréciation. Il est certain que le discours de la «Quarantaine», prononcé à Chicago le 15 octobre 1937, amorce un raidissement à l'égard des dictatures, mais ses traductions concrètes restent infiniment prudentes.

A l'opposé, l'URSS a pris conscience, non sans retard, de l'ampleur du danger allemand, et accessoirement japonais. La stratégie gauchiste du Komintern n'a servi qu'à contribuer, même indirectement, à l'accession au pouvoir d'Hitler. Si Staline a longtemps sous-estimé l'inspiration antisoviétique de *Mein Kampf,* de même que la capacité de durer du régime national-socialiste, du moins ne pouvait-il assister sans réagir aux premières initiatives hitlériennes. Le retrait de la Conférence du désarmement et la rapidité du réarmement allemand constituent une menace pour la sécurité soviétique, tout comme le pacte germano-polonais du 26 janvier 1934, qui risque de réveiller les visées irrédentistes de la Pologne sur l'Ukraine. Aussi a-t-il mis fin dès 1933 aux accords de coopération avec la Reichswehr et amorcé, l'année suivante, une révision en profondeur de la diplomatie soviétique. L'heure n'est plus aux attaques en règle contre le traité de Versailles et la SDN qui avaient prévalu jusque-là, mais à l'exaltation de la sécurité collective et à la défense de l'ordre international menacé par l'agressivité des régimes autoritaires. Successeur de Tchitchérine depuis 1930, Litvinov va être l'artisan de cette nouvelle orientation, que le VIIe (et dernier) Congrès du Komintern avalise en 1935 en lui donnant pour pendant la politi-

1. Il s'agissait de soumettre toute déclaration de guerre, sauf en cas d'invasion du territoire américain, à l'approbation d'un referendum populaire avant d'être soumise au Sénat. Cet amendement fut repoussé faute d'avoir atteint la majorité des deux tiers.
2. Lois du 31 août 1935, du 20 février 1936, du 8 janvier 1937 et du 1er mai 1937, cette dernière ayant une valeur permanente, qui obligent le président à décréter en cas de guerre l'embargo sur les armes destinées aux belligérants. La quatrième introduit pour les autres produits la clause *cash and carry.*

que des fronts populaires en vue d'enrayer la progression du fascisme.

Sincèrement acquis à la nouvelle orientation, actif et inventif, Litvinov va pourtant essuyer bien des déboires. Car, si l'URSS sort indéniablement de son isolement, elle ne parvient à mener à bien aucune de ses initiatives successives. Il fut d'abord question d'un « Locarno oriental » par lequel l'indépendance des petits États aurait été garantie par l'URSS, la France et si possible l'Allemagne. Le ministre français Barthou y était ouvertement favorable, mais le projet se heurta aux refus allemand et polonais[1]. Entre-temps, et grâce au soutien français, l'URSS était entrée à la SDN avec siège permanent au Conseil. C'était parvenir enfin à la respectabilité d'une grande puissance à part entière, mais l'URSS ne peut oublier que sa présence ne comble pas le vide laissé par les retraits du Japon et de l'Allemagne, et surtout que la SDN, comme va le révéler l'affaire éthiopienne, n'est plus à même d'arbitrer les tensions internationales. Reste donc l'alliance privilégiée avec la France, que Barthou avait au reste préparée, et à laquelle souscrit son successeur Laval sous la forme d'un pacte d'assistance mutuelle signé à Paris, le 2 mai 1935. Pourtant, l'application du pacte est subordonnée, en cas d'agression allemande contre la France, à l'assentiment des puissances garantes du pacte de Locarno de 1925 (l'Angleterre et l'Italie), ce qui réduit évidemment la portée de l'assistance. En outre, Laval ne manifesta aucune hâte à le faire ratifier par le Parlement français et se déroba à la conclusion d'une convention militaire solide. Tant de réticences expliquent que Staline, obsédé par la sécurité de l'URSS, n'ait pas coupé les ponts avec l'Allemagne nazie. Outre la poursuite d'une coopération économique, qui culmine avec l'accord commercial et financier du 9 avril 1935, les conversations germano-soviétiques ne furent jamais interrompues sur le terrain politique[2]. Elles avaient d'ailleurs, en Allemagne, le préjugé favorable des diplomates de tradition bismarckienne. Ni l'af-

1. Le projet Barthou du 2 juin 1934 prévoyait un traité A comprenant le pacte oriental, un traité B d'assistance mutuelle franco-soviétique et un Acte général de sécurité collective.
2. Cf., sur ce point, les analyses détaillées de J. Grunewald et J.-B. Duroselle, in *les Relations germano-soviétiques de 1933 à 1939, op. cit.*

frontement indirect à travers la guerre d'Espagne, ni le pacte anti-Komintern de 1936 n'ébranlèrent la certitude de Staline qu'une entente avec l'Allemagne restait possible.

Des puissances signataires du pacte de Locarno, c'est l'Italie qui manifeste initialement la plus grande fermeté face aux desseins hitlériens. Mussolini ne pouvait que s'irriter de l'affirmation de la supériorité des races nordiques sur les races latines et s'inquiétait, en outre, de l'expansionnisme économique de l'Allemagne en Europe centrale comme de son agressivité à l'égard de l'Autriche. Aussi la rencontre des deux dictateurs à Stra, en juin 1934, est-elle un échec, que prolonge l'orientation très antigermanique assignée à la propagande italienne. La crise atteint son paroxysme lors de la tentative d'Anschluss du 25 juillet 1934, en grande partie déjouée par la présence d'esprit du diplomate italien Moreale et par la mobilisation, sur ordre de Mussolini, de plusieurs divisions à la frontière du Brenner. Esquissé en 1934, le rapprochement avec la France se confirme l'année suivante lors du voyage de Laval, en janvier, et lors de la conférence de Stresa, en avril. Lors de celle-ci, réunie au lendemain du rétablissement de la conscription allemande, l'Italie, la France et la Grande-Bretagne réaffirment leur attachement à l'indépendance autrichienne, au pacte de Locarno, et condamnent la répudiation unilatérale des traités. Peut-on pour autant parler d'un « front » de Stresa ? Ce serait beaucoup dire, car si l'antigermanisme de Mussolini est à cette époque sincère, la conférence de Stresa a surtout eu pour but, dans son esprit, de neutraliser les puissances coloniales dans la perspective d'une agression italienne contre l'Éthiopie. Bien plus, la fragilité du « front » éclate dès juin 1935, quand le gouvernement britannique signe avec l'Allemagne un accord naval ouvrant à celle-ci de vastes possibilités de réarmement [1]. Car l'Angleterre, qui ne nourrit qu'une confiance limitée dans les forces françaises, ne désespère pas d'intégrer l'Allemagne dans un système de sécurité collective, ou du moins de s'entendre directement avec elle. L'anticommunisme viscéral des dirigeants conservateurs, maîtres de la diplomatie britannique depuis 1931, rejoint ici le

---

1. L'accord autorise l'Allemagne à posséder jusqu'à 35 % de la marine de surface britannique et des sous-marins sans limitation.

pacifisme profond de l'opinion tel qu'il vient d'être révélé par le *Peace Ballot* [1] de juin 1935. Si le gouvernement déplore les outrances verbales d'Hitler et redoute la dénonciation unilatérale des traités, il est prêt à admettre le bien-fondé des revendications allemandes. Politique de conciliation qui annonce celle de l'*appeasement* qui prévaudra quelques années plus tard, et qui ne s'en distingue qu'au regard de la faible marge qui sépare la compréhension de la complaisance.

Pays le plus directement exposé aux initiatives hitlériennes, la France, où la montée du national-socialisme a fait l'objet d'une étonnante myopie politique [2], va être incapable de définir une ligne de conduite ferme et même simplement cohérente [3]. Les effets de la dépression économique, l'isolement relatif de la France et la déflation des crédits militaires se conjuguent pour ne pas heurter de front une opinion traumatisée par la guerre et, de surcroît, divisée par la crise de régime que connaît le pays. Mais l'instabilité ministérielle aggrave cette langueur de la diplomatie française en imprimant à sa démarche une succession de choix politiques dont aucun n'a été conduit à son terme.

L'année 1933 avait été celle du pacte à Quatre. L'initiative en revenait à Mussolini, qui souhaitait contenir les ambitions de l'Allemagne en l'intégrant dans un directoire des grandes puissances européennes. Mais ce projet laissait la porte ouverte au révisionnisme en Europe centrale et suscita, de ce fait, la vive inquiétude de la Pologne et de la Petite Entente. Daladier et Paul-Boncour lui préférèrent donc un pacte fondé sur la reconnaissance du *statu quo* européen, qui fut paraphé à Rome le 7 juin 1933. En principe signé pour dix ans, ce texte insipide ne fut pas ratifié et tomba rapidement dans l'oubli. L'année suivante est dominée par la personnalité de Louis

1. Il s'agit d'une sorte de referendum privé, organisé par la League of Nations Union, et qui, à travers cinq questions, faisait apparaître l'attachement du peuple anglais au désarmement et à la SDN, ainsi qu'une réticence manifeste à recourir aux sanctions militaires contre un pays agresseur.

2. Au lendemain des élections de novembre 1932, Léon Blum a l'imprudence d'affirmer qu'« Hitler est désormais écarté de l'espérance même du pouvoir ». Cf. A. Grosser, *Hitler, la Presse et la Naissance d'une dictature*, Paris, Colin, coll. « Kiosque », 1959.

3. Sur l'ensemble de la question, cf. J.-B. Duroselle, *la Décadence, 1932-1939*, Paris, Éd. du Seuil, coll. « Points », 1983.

Barthou, ministre des Affaires étrangères du cabinet Doumergue formé au lendemain des événements du 6 février 1934. Doué d'une grande puissance de travail, Barthou va opérer un « incontestable redressement sur le chemin de la décadence [1] ». Formé à l'école de l'avant-guerre, il n'éprouve guère de sympathie pour les « parlotes genevoises » et nourrit une méfiance de principe à l'égard de l'Allemagne, qu'il va, comme autrefois Delcassé, travailler à encercler par un système d'alliances hostiles. Il va ainsi s'attacher à réactiver la Petite Entente, amorcer un rapprochement avec l'Italie et promouvoir une solide alliance avec l'URSS. S'il est vrai que le projet de « pacte de l'Est » fut un échec, et qu'en tout état de cause sa mort, le 9 octobre 1934 [2], laissait son œuvre inachevée, Barthou a indéniablement conféré à la diplomatie française une détermination et une ampleur de vues que l'on ne retrouvera pas par la suite.

En se posant à la fois comme disciple de Briand et comme continuateur de Barthou, Pierre Laval ne pouvait qu'infléchir la politique extérieure de la France dans l'équivoque et l'à-peu-près. Comme Briand, il affirme une volonté de détente générale, qu'il croit faciliter par des concessions et la multiplication des contacts personnels. De Barthou, il retient l'alliance franco-soviétique et une entente avec l'Italie. Mais il restreint délibérément la portée de la première en ne donnant pas suite aux conversations militaires engagées entre les deux pays ; il amplifie, à l'inverse, la seconde par d'importantes concessions en Afrique [3], sans aller pour autant jusqu'à la conclusion d'une véritable alliance militaire à laquelle Mussolini était initialement favorable. A l'égard de l'Allemagne, la démarche de Laval demeure fondamentalement méfiante, mais il espère trouver des contreparties en se désintéressant ouvertement du

1. J.-B. Duroselle, *op. cit.*, p. 88-89.
2. Barthou est mort dans l'attentat perpétré à Marseille contre le roi Alexandre de Yougoslavie par des « oustachis » croates. Si complicité extérieure il y a, celle-ci semble relever de l'Allemagne et non de l'Italie, également intéressées à la déstabilisation de la Yougoslavie.
3. Ces accords, signés le 7 janvier 1935 lors d'un voyage de Laval à Rome, décidaient la cession par la France à l'Italie de divers territoires au nord de l'Afrique et une participation dans la Société du chemin de fer Djibouti-Addis-Abeba. En échange, le statut privilégié des Italiens en Tunisie serait progressivement aboli.

plébiscite sarrois (13 janvier 1935), laissant ainsi toute latitude à Hitler pour transformer l'inévitable retour de la Sarre à l'Allemagne en un triomphe personnel. Le rétablissement du service militaire obligatoire, décrété par Hitler le 16 mars 1935, prouve l'inanité de cette politique et conduit à la formation de l'éphémère front de Stresa. De telle sorte qu'après un an de maquignonnages et de demi-mesures, la France ne bénéficie ni d'une solide alliance soviétique, ni de l'alliance italienne, ni d'une détente durable avec l'Allemagne, alors qu'elle ne peut compter sur aucune automaticité de l'aide britannique en cas de conflit. Situation qui pèsera lourd à l'heure des choix décisifs des années suivantes.

Les crises internationales

La guerre d'Éthiopie.

L'affaire éthiopienne constitue une date et un tournant décisifs dans l'histoire des relations internationales de l'entre-deux-guerres. En révélant l'étroite symbiose du révisionnisme et de l'impérialisme réalisée dans le cadre du fascisme, elle ouvre la voie à toute une série de coups de force où l'audace des dictatures contraste avec l'impuissance de la SDN et la faiblesse des démocraties libérales. Elle prépare du même coup le renversement des alliances opéré par l'Italie et la formation des blocs antagonistes, fascismes contre démocraties, qui dominera l'affrontement de la Seconde Guerre mondiale.

S'agissant des causes de l'agression italienne, elles font moins problème dans leur énumération que dans leur hiérarchie. S'agit-il d'abord pour Mussolini de venger le désastre d'Adoua subi en 1896 par les troupes italiennes lors d'une première expédition contre l'Éthiopie du négus Ménélik II ? C'était procurer à bon compte au peuple italien la gloire militaire qui avait jusqu'à présent fait défaut au régime fasciste, et réparer par les armes le camouflet de la « victoire mutilée » que la diplomatie tortueuse du Duce n'était pas parvenue à effacer. On ne saurait non plus négliger les fondements traditionnels de l'impérialisme tels qu'ils sont ravivés par la crise mondiale. Pays pauvre et peu exploité, l'Éthiopie peut néanmoins offrir à l'Italie de plus vastes possibilités d'immigration que la Somalie ou la Libye, et ses ressources, mal connues mais prometteuses, peuvent tenter un pays dépourvu des matières premières essentielles. On ne saurait négliger enfin le rêve mégalomane d'une reconstruction de l'Empire « romain » dans cette Afrique orientale où l'Italie détient déjà tant d'intérêts et qui, enrichie de l'Éthiopie, pourrait ouvrir de brillantes perspectives en Tunisie et en Égypte.

En tout état de cause, le moment semble favorable. La dégradation des relations italo-éthiopiennes, patente depuis le début des années trente, peut fournir tout prétexte à une intervention. Car, si l'Italie a parrainé l'entrée de l'Éthiopie à la SDN en 1923 et conclu avec elle un traité d'amitié en 1928, Hailé Sélassié, négus depuis 1930, nourrit la plus grande méfiance à l'endroit des ambitions italiennes et s'emploie à distendre les liens économiques entre les deux pays. Mais l'Éthiopie est un État fragile dont les frontières sont mal délimitées, dont l'armée est mal équipée, et où l'autorité du négus est affaiblie par la rébellion permanente des *ras*. Tout dépend donc des réactions internationales à une éventuelle agression. Or, Mussolini professe, depuis l'affaire de Corfou en 1923, le plus solide mépris envers la SDN et il a pu vérifier, lors de la crise mandchoue, la prudence de la démarche de celle-ci dès lors qu'une grande puissance est en jeu. Il a tout lieu d'espérer un soutien de l'Allemagne dans une entreprise qui détournerait l'Italie de ses ambitions danubiennes. Des réactions de la France, il a peu à craindre s'agissant d'une région où ses intérêts, centrés sur Djibouti, sont minces. Les dirigeants français, soucieux de maintenir l'esprit de Stresa contre les initiatives allemandes, tendront à ménager l'Italie. Les « mains libres » en Éthiopie laissées à Mussolini par Laval, lors de sa visite à Rome en janvier 1935, semblent bien, malgré les dénégations de ce dernier, avoir été une carte blanche [1]. L'hostilité de l'Angleterre à une expansion italienne où celle-ci s'attribue des intérêts privilégiés (haut Nil, Soudan, mer Rouge) est à l'évidence plus dangereuse. Mais Mussolini

---

1. Cf. J.-B. Duroselle, *Histoire diplomatique de 1919 à nos jours,* Paris, Dalloz, 1981, p. 180.

n'ignore pas les sympathies que son régime rencontre dans une fraction importante de la classe dirigeante britannique et jusque dans les rangs du gouvernement. Il compte, en outre, sur l'attachement du peuple anglais à la paix et sur sa répugnance à intervenir militairement pour ce qui, en d'autres temps, n'aurait été qu'une simple expédition coloniale.

Délibérément provoqué, l'incident d'Oual-Oual, le 5 décembre 1934, révèle d'emblée l'indécision de la SDN et des démocraties. La première échoue dans ses tentatives d'arbitrage et préfère temporiser. Les secondes sont surtout préoccupées du rétablissement de la conscription en Allemagne et, lors de la conférence de Stresa (avril 1935), font preuve d'une étonnante discrétion sur les suites que Mussolini entend donner à l'affaire. Eden se rend même à Rome en juillet pour suggérer un plan de partage, qui est refusé. A cette date, Mussolini est pratiquement converti à l'épreuve de force et ne prend pas au sérieux la concentration en Méditerranée d'une flotte britannique nombreuse mais médiocrement équipée.

Déclenchée le 3 octobre 1935, l'offensive se heurte assez vite à une vigoureuse résistance éthiopienne, qui condamne l'armée italienne à la défensive jusqu'au début de l'année 1936. Dès le 7 octobre, la SDN a constaté la violation du Pacte et désigné l'Italie comme coupable d'agression. Aux termes de l'article 16, les sanctions économiques sont votées à une large majorité. Mais leur application fait apparaître les divisions du gouvernement britannique, les réticences de l'URSS et de nombreux petits États, l'hostilité ouverte de l'Allemagne et des États-Unis [1]. Il est clair dès lors que l'Italie ne manquera de rien, et surtout pas des produits stratégiques (charbon, fer et pétrole) qui lui font complètement défaut. La comédie des sanctions est d'ailleurs rendue plus dérisoire par les négociations souterraines que conduisent Paris et Londres en vue d'un compromis. Préparé par Laval, avant tout soucieux de maintenir envers et contre tout le soi-disant front de Stresa, le plan Laval-Hoare de décembre 1935 reprend en

---

1. Le vote par le Congrès, en août 1935, du Neutrality Act permet théoriquement au président Roosevelt de décréter l'embargo du pétrole à un pays en guerre. La pression des compagnies pétrolières américaines en décida autrement. Outre le pétrole soviétique et le charbon allemand qu'elle reçoit en abondance, l'Italie peut donc compter sur le pétrole américain.

l'amplifiant un projet d'Eden de démembrement de l'Éthiopie. L'Italie recevrait l'Ogaden et le Tigré oriental, soit les deux tiers du territoire éthiopien, une compensation étant offerte à l'Éthiopie sous la forme d'un débouché maritime en Érythrée. Divulgué par certains journaux français, ce plan suscite l'indignation d'une grande partie de l'opinion britannique et oblige Mussolini à un raidissement. Il n'a d'autre effet que de contraindre Samuel Hoare à la démission et de provoquer quelques semaines plus tard la chute de Laval, remplacé aux Affaires étrangères par Flandin. Mais, à cette date, l'Italie, qui a envoyé en Éthiopie des renforts considérables, est prête à une nouvelle offensive. Déclenchée, avec une énorme disproportion de moyens, par le général Badoglio, elle aboutit, le 5 mai 1936, à la prise d'Addis-Abeba tandis que le négus se réfugie à Londres. Le 9 mai, l'empire d'Éthiopie est annexé au royaume d'Italie et, le 4 juillet, les sanctions sont levées par l'Assemblée de la SDN.

Au chapitre de ses conséquences internationales, l'affaire éthiopienne est d'une portée considérable. Le discrédit définitif dans lequel a sombré la SDN est, à tout prendre, d'une gravité mineure, tant il est vrai que l'institution ne s'était jamais remise de ses échecs précédents. Mal dirigée par le successeur d'Eric Drummond, l'inspecteur des finances Joseph Avenol, mal soutenue dans sa démarche par des États, petits ou grands, qui s'affirmaient verbalement comme les meilleurs garants de son autorité, elle n'est parvenue ni à condamner clairement l'Italie au lendemain de la provocation d'Oual-Oual, ni à mener à bien le régime des sanctions qui aurait pu être d'une efficacité redoutable. Elle est apparue en l'espèce ce qu'elle n'avait jamais cessé d'être vraiment : une tribune où la générosité de façade et la grandiloquence des propos comptaient peu face aux intérêts bien ou mal compris de ses États membres [1]. Autrement redoutables vont apparaître le revirement diplomatique opéré par Mussolini et le rappro-

---

1. Éclairantes à cet égard sont, d'une part, la duplicité de l'URSS, qui prône la fermeté en matière de sanctions tout en ravitaillant l'Italie en pétrole, d'autre part, l'inconscience de petits États parmi les plus attachés à l'ordre théoriquement défendu par la SDN, et qui votent les sanctions tout en se gardant bien de les appliquer : la Pologne, la Tchécoslovaquie, la Yougoslavie.

chement italo-allemand. Irrité par l'intransigeance, toute verbale d'ailleurs, de l'Angleterre et par l'attitude dilatoire de la France, mal disposé à l'égard d'Eden, successeur de Samuel Hoare, comme du gouvernement Blum, qui refuse la reconnaissance de l'annexion éthiopienne, le Duce a définitivement rompu avec l'esprit de Stresa. Il a apprécié, à l'inverse, le soutien matériel et politique de l'Allemagne hitlérienne et le lui a prouvé en refusant de s'associer à une éventuelle politique de force lors de la remilitarisation de la Rhénanie. Telles sont les bases d'un renversement des alliances dont le comte Ciano, gendre de Mussolini et nouveau ministre des Affaires étrangères, se fait l'ardent avocat, malgré les réticences du personnel diplomatique et de Dino Grandi, ambassadeur à Londres, qui restent attachés au vieux précepte de Sonnino, *« avere ad ogni costo l'Inghilterra amica »*. La communauté de vues et d'intérêts déployée à la faveur de la guerre d'Espagne va confirmer un rapprochement qui s'effectue, dans l'immédiat, de façon plus rhétorique que réelle. Le fameux Axe Rome-Berlin n'est en fait qu'une série de protocoles sans grande portée signés par Ciano à Berlin en octobre 1936, et l'adhésion italienne, le 6 novembre 1937, au pacte anti-Komintern n'a de valeur que de principe. Mais il est clair que la fascination qu'exerce la puissance allemande sur Mussolini constitue l'amorce d'une satellisation qui le mènera beaucoup plus loin.

La crise rhénane.

Hitler avait suivi de près les développements de l'affaire éthiopienne. La passivité des démocraties face au coup de force italien l'avait convaincu qu'il pouvait procéder sans risque à la remilitarisation de la rive gauche du Rhin[1]. Avant d'en venir à la révision des frontières, Hitler entendait en finir rapidement avec la dernière clause du traité de Versailles qu'il jugeait attentatoire à l'honneur du peuple allemand[2]. Certes,

1. Sur l'ensemble de la question, cf. J. T. Emmerson, *The Rhinland Crisis, 7 march 1936*, Londres, 1977.
2. Il s'agit des articles 42 à 44 du traité, qui interdisent à l'Allemagne d'entretenir des troupes et de fortifier sur la rive gauche du Rhin, ainsi que sur une bande de 50 km à l'est du fleuve.

cette clause avait été confirmée par le pacte de Locarno, où il était clairement spécifié qu'une remilitarisation équivaudrait à une agression, laquelle autoriserait la France et les puissances garantes, c'est-à-dire l'Angleterre et l'Italie, à intervenir militairement contre l'Allemagne. Mais, depuis la signature du traité franco-soviétique du 2 mai 1935, et dans la perspective de sa prochaine ratification par le Parlement français, Hitler affirmait n'être plus lié par les obligations souscrites à Locarno. Aux termes d'une argumentation habile, sinon très solide, il faisait valoir que le traité franco-soviétique avait introduit une éventualité non prévue à Locarno, en l'espèce une agression allemande contre l'URSS qui obligerait la France à intervenir. Par ailleurs, tout donnait à penser que l'Angleterre n'interviendrait pas dans un secteur ne relevant pas de ses intérêts immédiats, la bonne volonté britannique de s'entendre avec l'Allemagne étant, de surcroît, évidente depuis la signature de l'accord naval du 18 juin 1935. Cet accord avait vivement irrité la France et l'Italie, mais Hitler s'était employé à se rapprocher de cette dernière en lui livrant, lors de l'affaire des sanctions, tout le charbon nécessaire. L'isolement de la France à l'égard de ses partenaires de Locarno était donc patent. Seuls les avertissements de ses généraux, compte tenu de l'impréparation de l'armée allemande, conduisirent Hitler à temporiser quelque peu. Mais la ratification du pacte franco-soviétique par la Chambre des députés le 27 février le décida à hâter sa décision, et, le 7 mars 1936, quelque 30 000 hommes prenaient pied dans la zone démilitarisée.

Cette violation évidente du traité de Versailles permettait à la France une riposte immédiate. Certes, il était clair que l'Italie et l'Angleterre se déroberaient à leurs obligations de puissances garantes du pacte de Locarno. Mais, outre que les contingents allemands entrés en Rhénanie étaient peu nombreux et médiocrement armés, la France pouvait compter sur la fermeté du soutien soviétique, ainsi que sur l'appui de la Tchécoslovaquie, de la Yougoslavie et, dans une moindre mesure, de la Pologne. Elle aurait pu ainsi restaurer son crédit en Europe et prendre la tête d'une coalition propre à faire reculer Hitler, qui, dans cette affaire, jouait sa carrière et peut-être sa vie. Au lieu de quoi, le gouvernement Sarraut,

réuni le 8 mars, temporisa. S'il fit droit aux mâles protestations de son chef, il accéda aussi à la mauvaise volonté
évidente des généraux Maurin et Gamelin à déclencher les
représailles militaires qui s'imposaient, alors même que
ceux-ci avaient auparavant déconseillé toute négociation avec
l'Allemagne visant à réviser le statut rhénan. Les pressantes
recommandations d'Eden à ne rien entreprendre d'irréparable,
les hésitations belges, la volte-face polonaise et, plus que tout,
la proximité des élections législatives françaises firent le reste.
Les vaines discussions qui se déroulèrent par la suite n'abou-
tirent qu'à entériner un coup de force parfaitement réussi qui,
dans l'immédiat, affaiblissait la sécurité de la France par la
suppression du *no man's land* qui la prémunissait contre une
attaque brusquée. La défection belge, par la dénonciation à
l'automne 1936 des liens souscrits avec la France et le retour à
une politique d'indépendance, allait dans le même sens. A
plus longue échéance, la crise rhénane confortait Hitler dans la
voie des coups de force et lui permettait d'aborder avec optimisme les annexions territoriales qu'il méditait.

La guerre d'Espagne.

Le retentissement de la crise rhénane fut assez vite estompé
par la guerre d'Espagne, qui fit peser sur l'Europe une tension
d'une tout autre âpreté [1]. La rébellion militaire déclenchée le
17 juillet 1936 par les forces des généraux Sanjurjo et Franco
s'étant révélée un demi-succès, l'Espagne va s'installer durant
près de trois ans dans une guerre civile dont les prolongements
internationaux se manifestent d'emblée.

Cette internationalisation découle d'abord d'une requête des
deux camps. Du côté des rebelles, l'aide étrangère a même été
dûment préparée, en particulier lors d'une rencontre à Rome,
en mars 1934, entre Mussolini et quelques leaders monarchistes du groupe *Renovacion,* et qui s'était soldée par une

---

1. Sur la genèse de la guerre civile et sur les problèmes du fascisme
espagnol, cf. *supra,* t. I. Seuls seront étudiés ici les aspects internationaux du
conflit, sur lesquels il n'existe d'ouvrage récent et complet qu'en langue
espagnole : J. Larrazabal, *Intervencion extranjera en la guerra de España,*
Madrid, 1974. A défaut, se reporter à H. Thomas, *Histoire de la guerre
d'Espagne,* Paris, Le Livre de poche, 1971, 2 vol.

promesse d'assistance italienne en cas de soulèvement. Plus modestement, le général Sanjurjo avait rencontré en février 1936 certains dignitaires nazis et avait préparé le terrain d'une aide éventuelle de l'Allemagne. La requête devint plus pressante quand, dès les premiers jours, la carte de la rébellion fait apparaître que les principaux centres industriels sont restés hors de son aire d'extension. De même, le gouvernement républicain s'est, dès le 20 juillet, tourné vers la France pour lui acheter les armes nécessaires à l'organisation de la défense.

L'internationalisation devient inéluctable dès lors que les gouvernements étrangers répondent favorablement à ces sollicitations. Car l'enjeu espagnol n'est pas neutre. Il répond à tout un ensemble de considérations politiques, économiques et militaires qui concernent au plus haut point l'intérêt des grandes puissances et l'équilibre européen. Dans un monde traversé d'idéologies antagonistes, l'affrontement entre nationalistes et républicains, qui n'est rien d'autre qu'un affrontement droite-gauche, prend valeur d'exemple. Au nom d'une certaine idée de l'ordre ou de la justice, de l'autorité ou de la liberté, il accrédite la légitimité de l'intervention étrangère, que celle-ci relève d'un acte individuel et héroïque, ou d'un engagement national. Si les démocraties libérales, en vertu d'un juridisme qui recommande la non-immixtion, manifestent une réticence évidente, le fascisme et le communisme entendent affirmer la vitalité de leur idéologie. Au reste en des termes différents, car si le fascisme, surtout italien, va conférer à son intervention la dimension d'une véritable croisade, le communisme prend ici, conformément à la stratégie défensive élaborée par l'Internationale en 1934, un visage moins révolutionnaire qu'antifasciste.

Les solidarités idéologiques ne sont pas tout. Elles peuvent être aussi la justification rhétorique de préoccupations moins désintéressées et il n'est guère d'intervenant qui ait échappé à cette duplicité. Des considérations économiques peuvent entrer en jeu, au premier rang desquelles la défense des intérêts installés. La répugnance des possédants espagnols à investir dans le secteur industriel a permis au capital étranger de contrôler une grande partie des entreprises minières et des infrastructures du pays. Des intérêts considérables se sont ainsi constitués autour de capitaux belges (Royale Asturienne de mines), français (Peñarroya), allemands (Siemens, IG Farben) et surtout britanniques (Orconera, Rio Tinto, Armstrong) [1]. Les répercussions n'en seront pas négligeables et pourront orienter telle ou telle démocratie, l'Angleterre en particulier, vers une préférence discrète pour le camp nationaliste. L'Allemagne et, dans une moindre mesure, l'Italie peuvent également attendre de leur intervention des compensations financières ou commerciales dans certaines richesses minières utiles à leur réarmement. On ne saurait négliger enfin les données stratégiques qui font de l'Espagne un enjeu essentiel. Pour la France, bien sûr, qui doit compter avec la sécurité de sa frontière pyrénéenne et ses relations avec le Maroc ; pour l'Italie aussi, que le précédent éthiopien a encouragée dans la voie d'une grande politique méditerranéenne. Encore devra-t-elle compter avec l'Angleterre, que ses convoitises sur les Baléares, voire sur Gibraltar, ne pourront que heurter de front.

Envisagé sous l'angle des relations internationales, le déroulement de la guerre d'Espagne se résume à un principe et à ses transgressions. Le principe, ce fut la non-intervention, officiellement proposée par la France le 1er août 1936. Jusque-là, la position française avait été hésitante. La réaction initiale de Léon Blum avait été d'accéder aux demandes pressantes du gouvernement républicain, autant par sympathie politique que pour répondre aux exigences de l'intérêt national, lequel n'avait rien à gagner d'une nouvelle victoire du fascisme aux frontières françaises. Cette réaction avait été confortée par l'arrestation au Maroc, le 20 juillet, d'aviateurs italiens recrutés pour le compte des insurgés nationalistes. Mais entre-temps Blum s'était rendu à Londres, où il avait été chapitré par les dirigeants britanniques, et avait subi à Paris les remontrances des dignitaires radicaux, en particulier Herriot et Chautemps, hostiles à toute forme d'ingérence en Espagne. Le primat de l'Entente cordiale, le souci d'empêcher le conflit espagnol de dégénérer en guerre européenne, et celui de maintenir intacte la coalition de Front populaire, expliquent pour l'essentiel son ralliement à la formule de la non-intervention. Avec l'Angleterre, qui y est acquise d'emblée, ce sont

---

1. On ajoutera qu'en 1935 le Royaume-Uni absorbe près de 50 % des exportations espagnoles et fournit 17 % des importations.

quelque vingt-cinq nations qui y adhèrent avec plus ou moins
d'enthousiasme ou de sincérité, parmi lesquelles les plus directement intéressées au conflit : l'URSS, l'Italie, l'Allemagne, le Portugal. Un Comité international de non-intervention
est constitué à Londres en septembre 1936 mais qui, dès le
mois suivant, donne des signes évidents d'impuissance. Sous
l'impulsion du ministre français Yvon Delbos, l'un des plus
chauds partisans de la non-intervention, le comité adopte péniblement, en février 1937, le principe d'un contrôle maritime
des côtes espagnoles, de façon à interdire le débarquement des
armes et des volontaires. Après divers incidents, cette formule
échoue totalement. Plus efficace, la conférence de Nyon,
réunie à l'initiative d'Eden en septembre, va permettre d'en
finir avec la piraterie des sous-marins italiens contre les
convois neutres à destination des ports républicains. Mais, à
cette date, le sort de l'Espagne est pratiquement scellé. La
« farce » de la non-intervention a été l'exact pendant de la
comédie des sanctions. Faut-il ajouter que la SDN, plusieurs
fois saisie par le ministre républicain Alvarez del Vayo, fit
preuve de ses atermoiements coutumiers ?

Toute forme de contrôle ou de médiation internationale
ayant échoué, il restait aux différentes puissances à se déterminer en fonction de leur idéologie et de leurs intérêts respec-
tifs [1]. Au côté des nationalistes, les régimes fascistes s'engagent avec une détermination inégale mais qui va se révéler
déterminante. L'aide du Portugal salazariste, forcément modeste, n'est pas négligeable. Elle se résume à l'envoi de
quelque 20 000 volontaires et à diverses facilités d'acheminement, en particulier du matériel allemand. Dès le 18 novembre 1936, l'Italie a reconnu *de jure* la junte militaire de Burgos
et s'est engagée, par l'accord secret du 18 novembre, à une
aide substantielle moyennant une promesse de coopération
économique et d'entente politique étroite. Le soutien italien va
être dès lors à la fois diversifié et considérable : crédits financiers, envoi d'avions, de canons et d'armes légères, levée de
plus de 80 000 « volontaires », sans compter le torpillage en
Méditerranée des convois ravitaillant l'Espagne républicaine.

1. On trouvera dans H. Thomas, *op. cit.*, t. II, p. 447-453, un tableau plus
détaillé de l'aide étrangère durant la guerre d'Espagne.

L'aide allemande obéit à des considérations moins strictement idéologiques et relève davantage de calculs stratégiques. Sa relative modestie au regard de l'aide italienne s'explique par le double avantage qu'Hitler entend tirer d'une prolongation du conflit espagnol : détourner l'Italie de la sphère danubienne en l'ancrant davantage en Méditerranée, et faire peser une menace durable sur la frontière pyrénéenne de la France. A cela s'ajoutent d'autres objectifs, liés à la perspective d'une guerre européenne, comme l'expérimentation de nouveaux prototypes d'armements et l'approvisionnement en matières premières nécessaires à l'exécution du plan de quatre ans, en particulier du minerai de fer asturien. La convoitise allemande dans ce domaine était sans bornes, au point de déclencher diverses tensions avec le gouvernement nationaliste de Burgos [1]. Cela étant, l'aide allemande fut importante. Outre les 15 000 hommes de la légion Condor et des avances financières substantielles, les formations de chars et les bombardements aériens se révélèrent d'une redoutable efficacité [2].

Du côté des démocraties libérales, le respect de la non-intervention prévaut, avec, il est vrai, de substantielles nuances. Le gouvernement mexicain envoya officiellement aux républicains une aide militaire qui a été estimée à 2 millions de dollars. Fidèle aux lois de neutralité, le Département d'État américain laissa pourtant se déployer une aide privée considérable et ferma les yeux sur divers achats d'armements opérés par des agents du gouvernement républicain. Quant à l'Angleterre, elle est sans doute la grande puissance qui a le plus littéralement respecté les règles de la non-intervention. Cette parfaite neutralité ne doit pourtant pas faire illusion. La préférence des dirigeants conservateurs se manifesta d'emblée, et de moins en moins discrètement après la démission d'Eden, en faveur de la rébellion. Ce choix s'explique autant

1. L'accord Faupel-Jordana du 12 juillet 1937 ouvrait la voie à une importante coopération économique. A l'automne 1938, l'Allemagne prit d'importantes participations financières dans le capital de cinq sociétés minières. Cf. G. T. Harper, *German Economic Policy in Spain during the Spanish Civil War, 1936-1939,* La Haye, 1967.
2. En particulier à Guernica, petite ville de Biscaye, le 26 avril 1937. La sauvagerie du bombardement conduisit le gouvernement et, plus tard, l'historiographie franquiste à l'attribuer à des provocations républicaines.

par la conviction que la victoire nationaliste ne faisait aucun
doute, que par les solidarités tissées entre les capitalistes
anglais et les possédants espagnols, en particulier le milliar-
daire Juan March. Sans compter qu'une victoire du Frente
Popular pourrait avoir des conséquences déplorables sur le
Portugal, client et ami de toujours. S'il est vrai que l'Angleterre s'est constamment abstenue d'envoyer des armes à l'un
ou l'autre camp, le cheminement diplomatique de son gouvernement est revenu à une sorte d'avalisation progressive de la
légitimité franquiste [1].

Le cas français est bien connu [2]. Il est celui d'une opinion et
d'un gouvernement divisés, ce qui conduisit ce dernier au
choix de la non-intervention. Au reste, ce fut, selon l'expression de Léon Blum, une non-intervention « relâchée », car
l'aide de la France au gouvernement républicain, pour être
discrète et surtout indirecte, est importante. Outre la livraison
de matériel militaire, elle a avant tout consisté dans l'acheminement vers l'Espagne du matériel soviétique et des combattants des Brigades internationales. On ne saurait négliger la
protection apportée par la flotte française contre les attaques
des sous-marins italiens ni, après l'échec de la bataille de
l'Èbre, l'ouverture de la frontière pyrénéenne aux réfugiés
républicains. Mais il est certain que la France aurait pu faire
beaucoup plus. La conviction maintes fois affirmée selon
laquelle une intervention plus poussée de la France aurait mis
en péril la paix européenne semble infondée. Il est en effet peu
probable qu'Hitler, dont les projets annexionnistes étaient
délibérément tournés vers l'Europe centrale et orientale, aurait
consenti à faire de l'Espagne le prétexte d'une Seconde Guerre
mondiale [3]. En tout état de cause, l'ambiguïté de la position

---

1. Parmi les jalons essentiels de cette évolution, on retiendra l'échange
d'agents consulaires avec l'Espagne franquiste en novembre 1937, les accords de Pâques d'avril 1938 reconnaissant à l'Italie de maintenir des troupes
en Espagne jusqu'à la fin du conflit moyennant la renonciation de tout
avantage territorial en Méditerranée, et la reconnaissance *de jure* du gouvernement de Burgos le 27 février 1939.
2. Cf. D. Wingeate Pike, *les Français et la Guerre d'Espagne*, Paris,
PUF, 1975.
3. S'agissant de l'intervention française, on pourra souscrire à ce jugement
de Jean Zay : « On intervint assez pour se le voir reprocher par le camp
adverse, pas assez pour donner aux républicains un appui efficace. »

française devait se résorber avec la victoire du camp nationaliste. Les accords Bérard-Jordana, en février 1939, préparèrent la reconnaissance du gouvernement de Franco et le maréchal Pétain fut nommé ambassadeur à Burgos puis à Madrid.

C'est donc du côté soviétique que le camp républicain a trouvé l'aide la plus considérable : quelques milliers de conseillers et de techniciens, et surtout un matériel militaire abondant, au reste partiellement financé par le stock d'or espagnol transféré à Moscou. C'est aussi sous l'égide du Komintern que s'est concrétisée, dès octobre 1936, l'idée avancée par le parti communiste espagnol de mettre sur pied des formations de volontaires qui, venus de tous les pays, se placeraient au service de la république. Ainsi sont nées les Brigades internationales, qui, jusqu'à la décision prise en septembre 1938 par le gouvernement Negrin de les licencier, vont signer l'une des pages les plus étonnantes de la guerre d'Espagne [1]. Il est certain que les communistes y jouèrent un grand rôle, et que beaucoup de ceux qui ne l'étaient pas le devinrent. Mais les Brigades furent aussi l'instrument d'une infiltration des éléments les plus durs du stalinisme kominternien pour y perpétrer assassinats et règlements de comptes. Car, si elle correspond bien à la stratégie antifasciste qui prime depuis 1934, l'aide de Staline obéit fondamentalement aux exigences de l'intérêt national soviétique. Dans ses conditionnements politiques, puisque cette aide va de pair avec l'étouffement de toute forme de révolution espagnole de type trotskiste ou anarchiste ; dans ses conditionnements militaires également, puisqu'elle a été suffisamment forte pour tenter d'empêcher la victoire de Franco, mais suffisamment mesurée pour ne pas accroître l'isolement de l'URSS en Europe. D'ailleurs, dès la fin de 1938, Staline a pris son parti de la victoire franquiste, et réduit son aide en conséquence.

L'évaluation comparée des aides extérieures reçues par les deux camps est essentielle. Ni la Légion étrangère, ni les troupes marocaines, ni *a fortiori* le ralliement de l'Église et de la classe possédante n'ont assuré la victoire du général Franco.

---

1. Cf. J. Delperrie de Bayac, *les Brigades internationales,* Paris, Fayard, 1968. L'auteur retient le nombre de 35 000 volontaires, dont jamais plus de 15 000 en même temps en Espagne. Parmi eux, 9 000 Français, 5 000 Allemands, 4 000 Polonais, 3 000 Italiens, etc.

Celle-ci n'a été possible que par la supériorité manifeste de l'aide qu'il a reçue des puissances fascistes, notamment dans le domaine de l'aviation. En ce sens, la non-intervention a bien été une fausse neutralité. Il n'est pas douteux non plus que les puissances fascistes sont sorties renforcées et plus solidaires de l'épisode espagnol. L'Allemagne a pu tester sur le terrain la valeur de ses armes et l'Italie s'est vu reconnaître par l'Angleterre, lors des accords de Pâques de 1938, une position privilégiée en Afrique orientale. L'Axe Rome-Berlin et l'adhésion de l'Italie au pacte anti-Komintern sont consécutifs à la guerre d'Espagne. En face, la France et le Royaume-Uni ont certes fait aussi l'apprentissage de leur solidarité dans le cadre de la non-intervention, mais les deux démocraties ont surtout montré, une nouvelle fois, l'ampleur des concessions auxquelles elles étaient résignées. Pour toutes ces raisons, l'année 1936 se révèle d'une importance exceptionnelle. A travers la crise rhénane, l'échec des sanctions et la guerre d'Espagne, elle voit s'opérer la cristallisation des antagonismes autour de systèmes d'alliances très inégalement efficients, celui des dictatures fascistes et celui des démocraties. La faillite de la sécurité collective est consommée, l'Europe vit désormais à l'heure des blocs.

Les crises de l'année 1938.

L'année 1938 est celle des grands succès de la diplomatie hitlérienne : l'annexion de l'Autriche et le rattachement à l'Allemagne des populations allemandes de Tchécoslovaquie. Révélés aux plus hauts responsables du Reich lors de la conférence secrète du 5 novembre 1937 [1], ces plans annexionnistes devaient être réalisés au plus tard en 1943. En fait, l'évolution de la situation, tant en Autriche qu'en Europe, va permettre à Hitler de brusquer les choses.

Depuis juillet 1934 [2], le chancelier Kurt von Schuschnigg

1. Le contenu précis de cette conférence n'a été connu qu'après la guerre, lors du procès de Nuremberg. Le texte en est désigné sous le nom de « mémorandum Hossbach ».
2. Sur l'ensemble de la question, cf. F. Kreissler, *De la révolution à l'annexion : l'Autriche de 1918 à 1938*, Publication de l'université de Rouen, Paris, PUF, 1971.

préside aux destinées de la République autrichienne. Issu d'une famille d'officiers, étroitement conservateur et catholique, secrètement monarchiste, il a hérité du système de Dollfuss et entend le conserver : régime autoritaire et clérical, Autriche libre et indépendante. S'il continue de traquer les socialistes, il s'applique aussi à mettre le nazisme hors la loi. Mais les manœuvres de von Papen, nommé ambassadeur à Vienne, et les encouragements de Mussolini l'ont amené à signer avec l'Allemagne le traité du 11 juillet 1936, par lequel le Reich « reconnaît » la pleine et entière souveraineté de l'Autriche au prix d'un alignement de sa politique sur celle de Berlin. Grâce à quoi, Schuschnigg s'étant préalablement séparé du prince de Stahremberg, l'un des partisans les plus résolus de l'indépendance, de nombreux nazis sont amnistiés et peuvent reprendre en toute liberté leur propagande annexionniste. Trop tardivement, Schuschnigg tente de réagir par la formation d'un Front patriotique ouvert aux forces de gauche et par une consolidation de la situation internationale du pays.

Car l'isolement de l'Autriche est patent. Son indépendance n'est garantie que par les traités de paix, en particulier l'article 88 du traité de Saint-Germain-en-Laye, et, paradoxalement, par le traité austro-allemand de juillet 1936 qui, dans l'esprit d'Hitler, n'est qu'un chiffon de papier. Le soutien anglais, déjà plus qu'hypothétique, est pratiquement annulé par la démission d'Eden en février 1938 ; son successeur, Lord Halifax, est un champion de l'*appeasement* et, lors d'une rencontre avec Hitler en novembre 1937 à Berchtesgaden, a accueilli avec bienveillance l'idée d'une révision pacifique des traités. En France, où Delbos est très affaibli par l'échec de la non-intervention, la cause de l'Autriche cléricale et réactionnaire n'émeut guère la coalition de Front populaire. En Europe centrale, il n'y a rien à attendre de la Hongrie, qui joue la carte allemande, ni de la Tchécoslovaquie, où Bénès, par méfiance d'une éventuelle restauration habsbourgeoise, va assister passivement, et non sans inconscience, à l'annexion de l'Autriche. L'Italie est apparemment un atout plus solide dans la mesure où, théoriquement, son attitude reste inchangée. C'est du moins ce qu'a affirmé Mussolini à Schuschnigg lors de son séjour à Rome en avril 1937. Mais en fait Mussolini est « las de monter la garde devant l'indépendance autrichienne». Son rapprochement avec l'Allemagne s'est précisé tout au long de l'année 1937, en particulier par son adhésion en novembre au pacte anti-Komintern, et la guerre d'Espagne a confirmé l'orientation de plus en plus en plus méditerranéenne de ses ambitions.

Hitler a donc les mains libres. Encore a-t-il pris soin de se donner les moyens de sa grande politique d'annexion. Le 4 février 1938 sont rendues publiques les décisions qui, en procédant à la nazification de deux secteurs relativement préservés, vont conditionner durablement la politique extérieure allemande. D'abord la relève de von Neurath par Joachim von Ribbentrop, un nazi fanatique acquis d'avance à tous les coups de force, accompagnée par un important mouvement dans les principaux postes diplomatiques. Surtout, la disgrâce des généraux von Blomberg (ministre de la Guerre) et von Fritsch (chef d'État-Major), et la disparition du ministère de la Guerre au profit de l'Oberkommando der Wehrmacht, confié au docile général Keitel.

Ainsi est-il mis fin, au moins provisoirement, à la sourde opposition de certaines sphères diplomatiques et militaires aux entreprises du nazisme.

Sur ces bases, l'Anschluss va être réalisée en un mois. Elle s'amorce le 12 février 1938 avec la convocation de Schuschnigg par Hitler à Berchtesgaden. Accusé dans les termes les plus grossiers de travailler contre l'Allemagne, le chancelier autrichien se voit remettre un ultimatum dont le principal objet est la nomination du nazi Seyss-Inquart comme ministre de l'Intérieur. Schuschnigg accepte, mais fait savoir le 24 février qu'il n'ira pas plus loin dans la voie des concessions. Bien mieux, il annonce pour le 13 mars un plébiscite sur l'indépendance de l'Autriche, qui, par addition des voix ouvrières et catholiques, laisse prévoir une substantielle majorité favorable. Surpris, Hitler décide d'en finir par la menace et au besoin par la force. Tout se décide dans la journée du 11 mars, qui voit successivement le retrait du plébiscite, la démission de Schuschnigg et la formation d'un ministère Seyss-Inquart. Le soir même, les blindés allemands franchissent la frontière et le rattachement de l'Autriche à l'Allemagne est officialisé le 13 mars.

L'Anschluss fut à vrai dire une crise autrichienne plus qu'une crise internationale. De toutes les violations des traités de paix, elle est sans doute celle qui suscita le moins de réactions. Le gouvernement Chautemps, démissionnaire depuis la veille, s'en tint à une protestation verbale après avoir pris acte de la passivité britannique. Quant à Mussolini, resté sourd durant toute la crise aux appels de Schuschnigg, il parachève le retournement de sa politique en reconnaissant l'annexion comme une «fatalité historique». Hitler, par l'intermédiaire du prince de Hesse, lui fit savoir son éternelle reconnaissance.

La crise dite «des Sudètes» qui va suivre est d'une tout autre ampleur [1]. Cela tient pour une part à la détermination plus forte des dirigeants tchécoslovaques à maintenir l'intégrité territoriale de leur pays. Cela tient surtout à un système d'alliances apparemment plus solide dont ne bénéficiait pas l'Autriche.

Création des traités de Saint-Germain et de Trianon, la Tchécoslovaquie a longtemps passé pour le modèle des États successeurs de la monarchie des Habsbourg. L'équilibre de ses activités économiques, le développement de son industrie, la qualité de son organisation militaire et la permanence de ses institutions démocratiques impressionnent favorablement dans une Europe centrale que l'arriération de ses structures a vouée à l'emprise de régimes autoritaires ou fascistes. Symbole de l'unité nationale et fondateur de la république, Thomas Masaryk s'est retiré en 1935, laissant la présidence de la république à son fils spirituel Édouard Bénès. Cette stabilité masque pourtant mal certaines faiblesses, auxquelles la crise de 1929 a conféré une plus grande acuité. La dépression économique, marquée comme ailleurs par l'effondrement des prix agricoles, la chute de la production industrielle et des exportations, ainsi que par le développement du chômage, a laissé des traces durables. Elle a donné une nouvelle vigueur aux forces centrifuges qui agitent périodiquement l'étrange assemblage

---

1. Sur l'ensemble de la crise, cf. H. Noguères, *Munich ou la Drôle de paix,* Paris, Laffont, 1963, bon ouvrage de vulgarisation, et surtout «Munich 1938, mythes et réalités», *Revue des études slaves,* t. 52, fasc. 1 et 2, 1979.

ethnique de l'État tchécoslovaque [1]. Tel est le cas de la minorité slovaque qui s'était en 1918 agrégée à la population tchèque, moins par sympathie que pour échapper à la magyarisation honnie. Sur la base de ce malentendu, les Slovaques étaient fondés à reprocher à Prague son esprit centralisateur, en contradiction avec les accords de Pittsburgh (juin 1918) qui prévoyaient un régime de large décentralisation. Si la bourgeoisie protestante, représentée par le parti républicain de Milan Hodza (président du Conseil en 1938), s'accommodait assez bien de la situation, l'audience du parti populiste, appuyé sur la hiérarchie catholique et la population paysanne, s'accroissait depuis la crise. Son leader, l'abbé Hlinka, s'appliquait à conférer à l'autonomisme slovaque une orientation plus nettement séparatiste et un programme autoritaire inspiré des modèles italien ou hongrois.

Dans l'immédiat, pourtant, le danger va venir des populations allemandes concentrées dans le pourtour montagneux du quadrilatère de Bohême, et qui avaient accepté la domination tchèque moins encore, sans doute, que la minorité slovaque [2]. Après quelques années de détente et même de collaboration gouvernementale, l'agitation reprend en 1933. Les effets de la crise économique, particulièrement sensibles dans les zones industrielles, et l'exemple contagieux de la victoire hitlérienne vont pousser au premier plan le parti allemand des Sudètes, qui remporte un grand succès électoral en 1935. Son chef, Konrad Henlein, est une personnalité assez pâle et n'est pas réellement nazi, mais il est docile aux ordres de Berlin qui finance et manipule son organisation. C'est ainsi qu'en avril 1938 est adopté le programme de Karlsbad, élaboré en étroite collaboration avec Hitler. Sans être délibérément séparatiste, c'est un programme en huit points qui pousse à

1. Peuplée de 15 millions d'habitants en 1938, la Tchécoslovaquie comprend 7 millions de Tchèques, 3 millions de Slovaques, 3 200 000 Allemands, 700 000 Hongrois en Slovaquie méridionale, 500 000 Ruthènes en Ukraine subcarpatique et 80 000 Polonais autour de Teschen.
2. En 1918, les Allemands de Bohême, favorables à un rattachement soit à l'Allemagne soit à l'Autriche, ont tenté de faire sécession de la jeune République tchécoslovaque en se constituant en États autonomes. L'intervention de l'armée tchèque et la répression qui suivit ont laissé de durables ressentiments.

l'extrême les limites de l'autonomisme sudète, avec la revendication d'un gouvernement et d'une législation autonomes, et
celle d'une réparation des torts causés depuis 1918. Ce programme n'est d'ailleurs que le premier pas vers le rattachement total à l'Allemagne, comme en témoigne l'adoption au
même moment du «Plan vert», mis au point par Hitler et
Keitel en vue d'une agression militaire contre la Tchécoslovaquie.

Dans cette perspective, quels sont les appuis diplomatiques
dont dispose le gouvernement de Prague? On sait que la
France a favorisé au début des années vingt un système d'alliances réciproques entre la Pologne et les trois États successeurs. De ce fait, la Tchécoslovaquie est liée à la Yougoslavie
par un traité d'août 1920 et à la Roumanie par un autre
d'avril 1921. Mais, outre le fait qu'en 1938 la Petite Entente,
malgré les efforts de Barthou puis de Delbos, est bien affaiblie, ces deux traités, essentiellement tournés contre le révisionnisme hongrois, ne s'appliquent pas en cas d'attaque allemande. Quant au pacte de non-agression polono-tchèque de
1924, il a été dénoncé en 1937 par le colonel Beck et les
relations entre les deux pays sont tendues par la question du
district de Teschen, revendiqué par la Pologne. Après n'avoir
reconnu l'URSS qu'en 1934, la Tchécoslovaquie s'est
conformée à l'orientation de la diplomatie française en signant, en mai 1935, un pacte défensif avec le gouvernement
soviétique. Cette alliance prévoit une assistance militaire en
cas d'agression non provoquée, mais un protocole annexe
subordonne celle-ci au déclenchement de l'assistance française. De plus, l'aide militaire soviétique est également liée à
l'autorisation de la Pologne et de la Roumanie de laisser
l'Armée rouge traverser leur territoire. Or, la Pologne se
souvient du précédent de 1920, et la Roumanie sait trop bien
les revendications soviétiques sur la Bessarabie pour l'envisager favorablement. Reste donc la France, qui, outre une participation à l'organisation des forces armées et au système de
fortifications de la Tchécoslovaquie, s'est alliée à elle par le
traité du 25 janvier 1924. Celui-ci a été complété à Locarno
par une promesse d'assistance militaire signée le 16 octobre 1925, ce qui revient à une aide automatique en cas
d'agression allemande. Tout dépend évidemment de la volonté

française d'exécuter ses engagements. Or, quelques flottements semblent se manifester dans l'équipe ministérielle réunie, depuis avril 1938, autour d'Édouard Daladier. Le portefeuille des Affaires étrangères y est détenu par Georges Bonnet, partisan affiché de l'apaisement. Et les conclusions de la
rencontre de Londres, les 28 et 29 avril, entre les dirigeants
anglais et français, recommandant au gouvernement de Prague
de négocier dans un esprit «constructif» avec Konrad Henlein, ne semblent pas traduire une volonté très ferme de soutien. Il est déjà perceptible à cette date que la France, qui
s'emploie, mais sans succès, à arracher une garantie britannique, n'interviendra qu'avec le soutien anglais. Paradoxalement, le sort de la Tchécoslovaquie est donc entre les mains de
l'Angleterre, alors que celle-ci n'est liée avec elle par aucun
traité.

Le refus des dirigeants tchécoslovaques d'accéder au programme de Karlsbad ouvre la crise. Une première alerte a lieu
le 21 mai 1938, quand Prague procède à une mobilisation
partielle pour répondre à une concentration, en fait inexis-
tante, de troupes allemandes à la frontière. Mal connue dans
ses instigations réelles, cette crise a le mérite de clarifier les
choses : l'Angleterre fait savoir qu'elle ne soutiendra la France
que si celle-ci est agressée et dans aucun autre cas; Hitler
signe le «Plan vert» et fixe l'annexion des Sudètes au 1er octobre au plus tard. Pour trouver un terrain d'entente, Chamberlain envoie son ami Lord Runciman en médiation à Prague.
Cette mission n'est pas infructueuse puisqu'elle conduit le
gouvernement tchécoslovaque à faire des concessions éten-
dues au parti des Sudètes. Mais Hitler, qui a reçu Henlein à
Berchtesgaden le 1er septembre, s'emploie à faire monter les
enchères en suscitant des troubles violents dans les Sudètes et
en se posant en protecteur des populations allemandes injustement brimées. Couronnement de cette tactique, qui masque
habilement une volonté d'annexion par l'invocation du droit
des peuples, Henlein rompt avec le gouvernement tchèque et
demande publiquement, le 15 septembre, l'annexion des Sudètes au Reich.

Le même jour Chamberlain, sur sa propre requête, rencontre Hitler à Berchtesgaden. Faisant foi à ses protestations
pacifiques, sensible aussi à l'affirmation qu'il s'agit là de la

seule revendication allemande, Chamberlain admet la légitimité de l'annexion. Reste à consulter la France et à exercer sur le gouvernement tchécoslovaque les pressions nécessaires.

Non sans hésitations, le gouvernement Daladier se rallie au principe d'un rattachement à l'Allemagne des régions comprenant plus de 50 % de germanophones. Prague évidemment marque sa réticence à livrer au Reich la meilleure part de son potentiel industriel et son système de défense. Mais la cause est entendue : la pression franco-britannique prenant la forme d'un véritable ultimatum, le gouvernement tchèque se résigne le 21 septembre 1938 [1]. Comme prévu, Chamberlain rencontre Hitler le lendemain à Godesberg, mais se trouve en présence d'exigences inattendues : la cession des territoires litigieux avant le 1er octobre et la nécessité de faire droit aux revendications hongroises en Slovaquie méridionale ainsi qu'à celles des Polonais sur Teschen. Chamberlain ayant signifié son refus, la crise atteint alors son paroxysme. Le général Syrovy, qui a succédé à Hodza à la tête du gouvernement, ordonne la mobilisation générale. La France mobilise ses réservistes et l'Angleterre, une partie de sa flotte. Hitler annonçant une mobilisation générale pour le 28 septembre, toute chance de paix paraît exclue.

Discrètement inspiré par Chamberlain, Mussolini, qui n'a guère été informé des initiatives allemandes et qui redoute une guerre générale dans l'état présent de l'armée italienne, propose une conférence. Sans enthousiasme Hitler s'y rallie et en fixe le siège à Munich. Ni les Soviétiques, qui s'y seraient volontiers rendus, ni les Tchèques, que Chamberlain aurait souhaité associer aux débats, n'ont été invités. Signés le 30 septembre 1938 par Hitler, Mussolini, Chamberlain et Daladier, les accords de Munich donnent toute satisfaction aux revendications allemandes en reprenant presque intégralement les termes du mémorandum de Godesberg, au prix de minces concessions sur l'évacuation des Tchèques des zones ratta-

---

1. Contrairement à une légende tenace, c'est à cette occasion, et non au lendemain des accords de Munich, que Léon Blum a exprimé son « lâche soulagement ». Cf. G. Vallette et J. Bouillon, *Munich — 1938*, Paris, Colin, coll. « Kiosque », 1964, p. 157.

chées [1] et sur un illusoire contrôle international des plébiscites
éventuels.

La paix est donc sauvée, et l'accueil triomphal que reçoivent dans leur pays respectif Chamberlain et Daladier traduit bien le soulagement de l'opinion qui prévaut dans les démocraties. L'esprit de Munich a mauvaise réputation depuis 1939 car il incarne la lâcheté des grandes puissances à l'égard d'un petit État qu'elles avaient contribué à créer et l'échec rétrospectif d'une politique de concessions unilatérales. Nul doute pourtant qu'il ait épousé une volonté de paix très largement répandue. En Grande-Bretagne, Munich couronne une stratégie d'*appeasement* dont on a pu relever maints exemples depuis la guerre d'Éthiopie. Celle-ci porte assurément la marque personnelle de Neville Chamberlain, pacifiste convaincu certes, mais qui tenait de son père Joseph Chamberlain la conviction d'une entente nécessaire entre l'Angleterre et l'Allemagne, utile à la stabilité européenne et conforme aux intérêts britanniques [2]. Sa politique ne fait pas l'unanimité dans les rangs conservateurs comme en témoignent la démission d'Eden en février 1938, celle de Duff Cooper, Premier Lord de l'Amirauté, en octobre, et les vertes remontrances de Winston Churchill. Mais Chamberlain peut compter sur le soutien de la majorité de son parti, sur celui du personnel diplomatique [3] et de la City [4], qui partagent avec lui cette

1. Le rattachement des zones s'était fait sur la base d'un recensement autrichien de 1910. Depuis cette date, de nombreux Tchèques s'y étaient installés. Les accords de Munich ont fixé au 10 octobre le délai d'évacuation et ont reconnu aux Tchèques le droit d'emporter une partie de leurs biens.

2. Un premier pas dans ce sens est accompli avec la déclaration de non-agression signée entre les deux pays le 30 septembre 1938.

3. Outre son « éminence grise » Horace Wilson et le ministre du Foreign Office Lord Halifax, Chamberlain trouva les plus actifs soutiens auprès d'Alexander Cadogan, sous-secrétaire d'État permanent, de Neville Henderson, ambassadeur à Berlin, et de Lord Perth, ambassadeur à Rome. Samuel Hoare, devenu ministre de l'Intérieur, orienta habilement les commentaires de presse dans un sens résolument pacifiste et optimiste. Cf. M. Gilbert et R. Gott, *The Appeasers*, Londres, 1963.

4. L'historien B. J. Wendt a analysé, dans *Economic Appeasement*, Düsseldorf, 1971, les bases économiques de la politique anglaise, qui font ressortir les liens commerciaux privilégiés entre les deux pays, confirmés par l'accord commercial du 1er novembre 1934. D'autres accords de ce type furent signés par la suite, dont un le 16 mars 1939, le lendemain de l'anéantissement de l'État tchécoslovaque !

conviction implicite qu'en désarmant les conflits à l'Ouest ils pourraient se transporter avantageusement vers l'Est. Sa démarche rencontre aussi l'approbation la plus large du peuple britannique, pour qui la sauvegarde de la paix mérite bien que l'on prenne quelques risques avec l'Allemagne, et dont le pacifisme profond s'exprime par une floraison d'associations regroupées autour du National Peace Council. Elle est au reste conforme à une tradition de la diplomatie britannique selon laquelle l'Angleterre n'engage la guerre sur le continent que si ses intérêts vitaux sont directement menacés. Elle peut se réclamer, en outre, d'un réalisme froid qui oblige aux concessions, compte tenu des hésitations françaises, de l'isolationnisme américain et des réticences des dominions à s'engager dans une guerre européenne. En fait, la grande faiblesse de Chamberlain ne réside pas dans sa recherche inlassable des moyens pacifiques, mais dans le fait d'avoir cru qu'une politique de concessions à Hitler était en elle-même et à elle seule une garantie de paix, illusion qu'il partageait d'ailleurs avec les milieux pacifistes, travaillistes et syndicaux les plus divers. Encore son aveuglement ne l'a-t-il pas fait négliger le réarmement progressif de l'Angleterre. A cet égard, la modernisation et le développement de la RAF, l'établissement d'un réseau radar destiné à protéger le pays des bombardements aériens ennemis se sont révélés décisifs en 1940.

Pour la France, après la crise rhénane, la guerre d'Espagne et l'Anschluss, la crise et les accords de Munich illustrent une nouvelle fois le « suivisme » qu'observe sa diplomatie à l'égard de Londres. Compte tenu de l'état de l'armée française et du caractère hypothétique de l'intervention soviétique, Paris a prouvé une fois de plus qu'un conflit avec l'Allemagne restait subordonné à l'attitude du gouvernement britannique. En ce sens, la présence de Georges Bonnet, chaud partisan de l'apaisement, aux Affaires étrangères n'a sans doute pas été déterminante tant cet alignement a désormais valeur d'axiome. Pour le reste, il est incontestable que Munich a rencontré en France la faveur d'une opinion très largement imprégnée de sentiments pacifistes. Le sentiment confus d'un déclin de la puissance française, le souvenir horrifié de la Grande Guerre et, pour les jeunes générations, le poids de la transmission orale ou écrite, expliquent pour l'essentiel la diffusion de cet état d'esprit, encouragé en outre — des associations d'anciens combattants aux syndicats d'instituteurs — par les groupes de pression les plus divers. Pourtant, une fois passés le soulagement et le premier enthousiasme, l'ampleur de la reculade française nuance l'approbation initiale [1]. Dans les mois suivants, le fossé entre « munichois » et « antimunichois » va se creuser et ajouter à la détérioration d'un climat politique déjà empoisonné par l'addition de tous les clivages antérieurs. Les forces munichoises sont assurément les plus nombreuses. Victoire du bon sens pour les uns, défaite du « communisme fauteur de guerre » pour les autres, Munich rencontre un large assentiment dans les rangs du socialisme et du radicalisme, un appui plus bruyant dans la droite parlementaire et les formations d'extrême droite (Action française, PSF, PPF) où, de toute évidence, le danger communiste prime désormais la menace nazie. Cette énumération recèle néanmoins quelques nuances et souffre diverses exceptions. A la SFIO, le ralliement enthousiaste d'un Paul Faure se différencie de celui, résigné et presque honteux, de Léon Blum. De même, dans les sphères radicales et modérées, l'hostilité de Jean Zay et de Campinchi, de Mandel et de Reynaud tranche sur une approbation très générale, tout comme, dans les rangs du nationalisme, Henri de Kerillis et son journal *l'Époque,* ainsi qu'une poignée de jeunes militants de l'Action française, font à peu près cavaliers seuls. La détermination antimunichoise n'est en fait majoritaire que parmi les maigres troupes de la démocratie chrétienne, en particulier dans l'équipe de la rédaction de *l'Aube,* et elle est sans faille au parti communiste, pour des raisons qui tiennent autant, semble-t-il, à l'isolement dans lequel l'URSS a été tenue qu'à une récupération tardive des valeurs du patriotisme [2].

Les conséquences de Munich au regard des relations internationales sont considérables et redoutables. Privée de ses fortifications et de près de la moitié de son potentiel industriel,

1. Un sondage d'opinion, publié dans la toute récente revue *Sondages,* fait apparaître 57 % d'opinions favorables aux accords de Munich et 37 % d'opinions défavorables.

2. Sur l'ensemble de la question, cf. G. Vallette et J. Bouillon, *op. cit.,* et R. Rémond et J. Bourdin, *la France et les Français en 1938-1939,* Presses de la FNSP, 1978.

la Tchécoslovaquie est devenue une proie trop facile pour ses voisins pour que son sort ne soit posé à plus ou moins brève échéance. Car, si la France et l'Angleterre se sont engagées à Munich à garantir ses nouvelles frontières, Munich vient précisément de prouver ce que valent de telles garanties. D'une façon plus générale, la capitulation des démocraties, tout en encourageant Hitler dans la voie de nouvelles annexions, va saper ce qu'il reste d'influence française en Europe centrale. Munich ouvre la voie à une déchéance rapide des intérêts industriels et financiers de la France en Tchécoslovaquie [1], mais, plus gravement, porte un coup fatal à la Petite Entente. L'orientation germanophile, déjà bien entamée, de la Yougoslavie et de la Roumanie est confirmée par la signature d'accords commerciaux dans les mois qui suivent. Munich amorce enfin un revirement capital de la diplomatie soviétique. Non que Staline ait montré une grande détermination lors de la crise de septembre. Son insistance à mettre en avant l'autorisation polonaise ou roumaine au passage de ses troupes, son accueil favorable à l'idée d'une conférence internationale où l'URSS serait représentée ne semblent pas accréditer, compte tenu de l'état dramatique de l'Armée rouge en 1938, une volonté de soutien très ferme à la Tchécoslovaquie. Mais Staline a été irrité par la superbe ignorance de l'URSS dont ont fait preuve Daladier et surtout Chamberlain, qu'il soupçonne, non sans raisons, de vouloir détourner l'agressivité allemande dans un sens antisoviétique. La faillite de la sécurité collective, la reculade des démocraties vont le convaincre rapidement d'une nécessaire révision de ses choix diplomatiques. Une dernière tentative en avril 1939 pour reformer une solidarité «démocratique» contre l'expansionnisme allemand, par le biais d'une alliance anglo-soviétique englobant toute l'Europe centrale, ayant été repoussée, Staline se résout au renversement des alliances. Signe de la nouvelle orientation, Litvinov, l'homme de la sécurité collective et du pacte franco-soviétique, est remplacé le 3 mai par Molotov comme commissaire du peuple aux Affaires étrangères.

---

1. Sur le problème d'un désengagement économique avant la reculade politique de la France à Munich, cf. J.-B. Duroselle, *la Décadence, op. cit.,* p. 372-381.

Munich n'avait été qu'un répit, et c'est bien ainsi que l'avaient entendu les munichois les plus lucides. Car l'euphorie est de courte durée. La signature, dès le 30 septembre 1938, d'une déclaration de non-agression entre l'Angleterre et l'Allemagne, puis la visite de von Ribbentrop à Paris, en décembre, ont pu faire croire à une détente générale et à une stabilisation des revendications allemandes. En fait, le démembrement total de la Tchécoslovaquie n'est qu'une question de mois. Il est au reste facilité par la démission de Bénès, remplacé par l'inconsistant Hacha, et par l'orientation germanophile du ministre Chvalkovsky, qui donne des gages de sa bonne volonté en refusant de recourir aux plébiscites prévus par les accords de Munich et en déliant la Tchécoslovaquie de son alliance avec l'URSS. Dès le 30 septembre, le colonel Beck, soutenu par Berlin, a précisé les revendications de la Pologne. Elles sont satisfaites le lendemain par la cession de Teschen. C'est ensuite le tour de Budapest de faire valoir ses droits sur les minorités hongroises de la Slovaquie méridionale. La pression italienne est ici déterminante et un premier « arbitrage de Vienne » dicte, en novembre, le transfert d'un million d'habitants à la Hongrie [1]. Tout en encourageant parallèlement le séparatisme slovaque, Hitler prépare la curée. La tension entre le gouvernement de Prague et le gouvernement slovaque de Mgr Tizo servant de prétexte à l'intervention allemande, le président Hacha est convoqué à Berlin. Menacé des pires représailles, celui-ci finit par s'en remettre au *diktat* allemand, et, le 15 mars 1939, la Bohême-Moravie est incorporée au Reich sous la forme d'un protectorat. Le même jour, la Slovaquie proclame son indépendance, pour la placer d'emblée sous allégeance allemande. A l'est du pays, la Ruthénie subcarpatique est abandonnée aux convoitises de la Hongrie.

Vers la guerre.

Apparemment, le nouveau coup de force hitlérien, prolongé une semaine plus tard par la cession de Memel après un

1. Un second arbitrage de Vienne, également rendu par Ribbentrop et Ciano, a eu lieu le 30 août 1940. Rendu au détriment de la Roumanie, il porta sur le retour à la Hongrie des populations hongroises de Transylvanie.

ultimatum à la Lituanie, est une pleine réussite. Ni la France ni l'Angleterre, en principe garantes depuis Munich des frontières de l'État tchécoslovaque, n'ont bougé. C'est donc en toute impunité que l'Allemagne a pu mettre la main sur les richesses agricoles et minières de la Bohême, sur les puissantes usines Skoda de Pilzen, sur les stocks d'armes et les réserves d'or du pays. Parallèlement, la dérobade des démocraties encourage l'Italie dans la relance de ses appétits impérialistes, d'autant plus que, si Mussolini a soutenu Hitler lors de la crise des Sudètes, il jalouse ses succès et s'irrite d'être réduit au rang de brillant second. Aussi dès novembre 1938 a-t-il inspiré de bruyantes revendications sur Djibouti, la Tunisie, la Corse et même sur la Savoie et Nice. La ferme réaction de Daladier et le médiocre enthousiasme de Ribbentrop à les soutenir obligent à un changement de cap vers l'Albanie. Déjà quasi satellisée à l'Italie, c'est à la fois une proie facile et la base d'une expansion ultérieure vers la Grèce ou la Yougoslavie. Le vendredi saint (7 avril 1939) est choisi à dessein comme date de l'ultimatum italien au roi Zog, l'invasion de l'Albanie n'étant pas de nature à troubler la quiétude du long week-end des diplomates britanniques. Enivré par ce succès facile, Mussolini décide d'accélérer les conversations engagées avec l'Allemagne depuis quelques mois en vue d'une alliance militaire en bonne et due forme. Au terme d'une négociation bâclée, Ciano signe, avec une légèreté et une présomption incroyables, le pacte d'Acier, le 22 mai 1939, par lequel, sur la foi de vagues promesses allemandes de ne pas recourir à la guerre avant 1943, les dirigeants italiens se laissent arracher l'engagement d'une assistance automatique et immédiate en cas de conflit. Ce n'est que quelques mois plus tard, à la veille de la guerre, que Ciano réalisera les conséquences désastreuses pour son pays de la politique d'alignement qu'il avait servilement conduite.

L'annexion de l'Albanie a été, en quelque sorte, la réponse de l'Italie à l'annexion de la Bohême-Moravie par l'Allemagne. Pourtant, la conséquence essentielle de cette dernière n'est pas là. Elle réside dans le raidissement britannique, perceptible dès le 17 mars quand, revenu de ses errements passés, Chamberlain avait publiquement affirmé qu'aucune négociation loyale n'était possible avec Hitler. A l'évidence, la trahison de la parole donnée selon laquelle, une fois les Sudètes réunis à l'Allemagne, Hitler n'avait plus de revendication à formuler, l'annexion d'un territoire de population slave, que ne pouvait donc justifier une quelconque référence au principe des nationalités, la brutalité et le cynisme du coup de force ont ouvert les yeux du Premier ministre britannique. De cette tardive lucidité vont découler tout un ensemble de mesures dont la fermeté contraste avec la passivité antérieure du cabinet anglais ainsi qu'avec les hésitations persistantes du gouvernement français [1]. Mesures militaires, illustrées par une accélération du réarmement et l'adoption, le 28 avril, du Military Training Act instituant un service obligatoire de six mois ; mesures diplomatiques, surtout, dont la principale est l'annonce, le 31 mars, d'une garantie des frontières et de l'indépendance de la Pologne. Geste spectaculaire, qui rompt avec le principe traditionnel du non-engagement par des liens contraignants sur le continent européen, et qui trouvera son terme avec le traité d'alliance anglo-polonais du 25 août 1939.

Car, si la garantie franco-britannique est par la suite étendue à la Grèce et à la Roumanie, c'est bien la Pologne qui est désormais l'objet des convoitises hitlériennes. L'orientation résolument germanophile du gouvernement polonais, amorcée par le pacte de non-agression de janvier 1934, et qui a semblé payante avec l'annexion de Teschen au lendemain de Munich, ne peut empêcher que soit posé le problème de Danzig en des termes de plus en plus insistants. Construction tarabiscotée, chère au juridisme des experts de la Conférence de la paix, le statut de Danzig relève d'un compromis entre le désir des Polonais d'avoir un port au débouché de la Vistule et la détermination d'une population allemande à 95 % de ne pas devenir polonaise. Danzig est donc une ville (en fait, un territoire) libre en territoire polonais, gérée par un Sénat élu et dont l'indépendance est garantie par un haut-commissaire de la Société des Nations. Situation doublement boiteuse puisque Danzig souffre des empiétements polonais et de la concurrence croissante du port de Gdynia, et que tôt ou tard la séparation de l'Allemagne et de la Prusse orientale par le

1. Cf. la contribution de R. Girault, « La décision gouvernementale en politique extérieure », in *Édouard Daladier, chef du gouvernement*, FNSP, 1977-1978, t. I, p. 209-227.

« corridor » poserait le problème du rattachement de la ville libre au Reich [1]. D'où l'audience précoce du national-socialisme, qui fait du gauleiter Forster le véritable maître de la ville depuis 1935 et prépare le terrain aux revendications hitlériennes.

Posé d'abord, au lendemain de Munich, en des termes exceptionnellement courtois, le problème du rattachement de Danzig à l'Allemagne et d'une révision du statut du corridor s'était heurté au ferme refus du gouvernement polonais, malgré de vagues offres de compensation en Ukraine soviétique. Le ton change après le 15 mars et les revendications se font plus pressantes, sans que la réponse polonaise soit en rien modifiée. Beck pensait au contraire que la disparition de l'État tchécoslovaque ouvrait à la Pologne la possibilité d'exercer un *leadership* en Europe centrale. Son intransigeance pouvait se prévaloir de la garantie britannique du 31 mars, à laquelle la France avait fait écho par une réaffirmation de sa fidélité aux engagements souscrits [2], malgré la réticence évidente de Georges Bonnet à s'engager plus avant dans une alliance qu'il jugeait encombrante et dangereuse. L'impasse est donc totale car tout conforte Hitler dans la voie de l'intransigeance : la signature récente du Pacte d'Acier et sa propre conviction qu'une fois de plus l'Angleterre et la France, reculant devant le spectre d'une guerre, se résigneraient à un nouveau Munich. Tel était bien d'ailleurs l'espoir de Bonnet et de Chamberlain, mais, à la différence du précédent de 1938, et à la différence aussi de Bonnet, Chamberlain entendait cette fois négocier la question polonaise en position de force.

Mais Hitler place surtout ses espoirs dans les conversations amorcées avec l'URSS. Dans la perspective d'un conflit à l'Ouest, la neutralité soviétique est en effet essentielle. Si elle heurte les idéologues du parti, elle est vivement recommandée par les généraux de la Wehrmacht et par les diplomates de tradition bismarckienne comme Schulenburg, ambassadeur à

1. « C'est là que se trouve l'amorce d'un nouveau conflit mondial », aurait prophétisé le maréchal Foch. De fait, la question de Danzig fait partie intégrante du révisionnisme allemand et avait déjà été posée avec insistance par Stresemann et Brüning.
2. Traité d'alliance de janvier 1921 et garantie française intégrée au pacte de Locarno.

Moscou. Pour des raisons symétriquement inverses, la France et l'Angleterre tiennent beaucoup, comme en 1914, à l'existence d'un double front.

Dans la course de vitesse qui s'est engagée pour rallier l'URSS à l'un ou l'autre camp, la négociation avec les démocraties s'engage mal, faute de confiance réciproque. Si la France est pressée d'aboutir, trop d'arrière-pensées encombrent la démarche britannique. Les Anglais veulent s'en tenir à une garantie soviétique en faveur de la Pologne et de la Roumanie, propre à dissuader Hitler d'intervenir ; les Soviétiques réclament une alliance militaire que l'Angleterre ne souhaite pas, car elle serait contrainte de combattre aux côtés de l'Armée rouge si, après la Pologne, Hitler s'attaquait à l'URSS. Propositions et contre-propositions se succèdent, les Soviétiques ajoutant des conditions nouvelles dès lors qu'un terrain d'accord a été trouvé. Cette surenchère a surtout pour but de laisser se développer l'autre négociation, et tout se passe comme si les jeux étaient déjà faits quand arrive à Moscou la mission militaire franco-britannique, dirigée par le général Doumenc et l'amiral Drax-Plumkett.

Préparée par Schulenburg et l'expert économique Schnurre, la négociation avec l'Allemagne se présente sous des auspices bien plus favorables. L'initiative d'un rapprochement revient à Staline, dès avant la nomination de Molotov en mai [1]. Elle découle d'une appréciation réaliste de la situation qui, compte tenu de l'état militaire inquiétant du pays et de l'opposition polonaise au passage de l'Armée rouge, commande de resserrer avec l'Allemagne des liens qui, au reste, n'ont jamais été rompus. La sécurité de l'URSS ne vaut-elle pas le sacrifice de la Pologne ? De fait, la négociation s'accélère fin juillet et aboutit à la signature, le 23 août 1939, par Ribbentrop et Molotov, d'un pacte de non-agression pour dix ans, assorti d'un protocole secret répartissant les zones d'influence respectives en Pologne, en Finlande et dans les pays Baltes [2].

---

1. Comme en témoignent le discours du 10 mars 1939 où Staline, tout en s'abstenant de critiquer l'Allemagne, avait formulé de vifs reproches contre les démocraties, et les avances de l'ambassadeur soviétique à Berlin lors d'une visite, le 17 avril, au sous-secrétaire d'État von Weizsäker.
2. Jamais publié en URSS, ce protocole ne fut connu dans le monde qu'à l'époque du procès de Nuremberg.

Rendu public le 24 août, le pacte fait l'effet d'une bombe. Dans l'immédiat, il rend la guerre inévitable en confortant Hitler dans son intransigeance. Après une semaine d'inutiles tentatives, en particulier italiennes, pour maintenir la paix, les troupes allemandes franchissent la frontière polonaise le 1er septembre, et, le 3, l'Angleterre et la France entrent en guerre contre l'Allemagne.

Le problème des causes et des origines du second conflit mondial n'a pas donné lieu à une historiographie aussi polémique que celle relative à la guerre de 1914[1]. Ce décalage s'explique par la très large unanimité qui s'attache à situer prioritairement la responsabilité personnelle d'Hitler dans la préparation et le déclenchement du conflit[2]. Pour être relativement floue dans ses projets à long terme, la politique hitlérienne s'est assigné comme but la conquête du *Lebensraum* à l'Est, c'est-à-dire de la Pologne et d'une partie de l'URSS, pays dont la disparition signifierait celle du slavisme, du judaïsme et du communisme. Ce choix supposait la destruction préventive de la force militaire française, au prix d'une guerre dont Hitler aurait sans doute souhaité dissocier l'Angleterre, mais qu'il était prêt à accepter dès lors que la menace d'un double front était écartée par le pacte germano-soviétique.

Une telle priorité dans l'ordre des responsabilités n'exclut pas les défaillances initiales du traité de Versailles, qui, par un ensemble de clauses attentatoires à la dignité du peuple allemand, a nourri un révisionnisme dont Stresemann, Brüning et von Papen ont usé avec succès comme monnaie d'échange, et qu'Hitler n'a fait que conduire à son terme. On ne négligera pas davantage les défaillances des démocraties, qui, par leur

---

1. Cf. F. Ryszka, «Les origines de la Deuxième Guerre mondiale, Essai historiographique», *Revue d'histoire de la Seconde Guerre mondiale*, nº 60, oct. 1965, p. 45-53.
2. Cf. P. Angel, «Les responsabilités hitlériennes dans le déclenchement de la Deuxième Guerre mondiale», *ibid.*, p. 1-20. Telle est aussi la thèse soutenue par M. Beaumont, *les Origines de la Deuxième Guerre mondiale*, Paris, Payot, 1961, encore que l'ouvrage traite plus de l'enchaînement des crises que du problème des origines proprement dit.

volonté systématique d'apaisement, ont sous-estimé les desseins impérialistes d'Hitler et l'ont encouragé à poursuivre dans la voie des coups de force. Ces rappels n'autorisent pas pour autant à se rallier aux thèses révisionnistes complaisamment développées dans les années soixante par divers historiens anglo-saxons [1]. Dans leur optique, le traité de Versailles est considéré comme la source des événements de 1939, Hitler comme un homme d'État « normal » conduisant une politique « traditionnelle » au mieux des intérêts de son peuple, l'Angleterre et la Pologne comme les véritables responsables de la guerre. Une telle démarche, qui veut s'en tenir à une lecture strictement diplomatique de l'enchaînement des crises, ignore tout de la dimension idéologique de la politique hitlérienne et de la préparation économique de la guerre. L'historiographie allemande récente n'a pas cru bon d'y souscrire [2]. Si elle retient une certaine continuité dans la politique extérieure du IIe au IIIe Reich, elle met en valeur le caractère racial et extrémiste de l'impérialisme hitlérien, l'asservissement de l'Europe pouvant n'être que le premier pas vers un expansionnisme d'envergure outre-mer.

Dans l'extension de la guerre au Pacifique, le problème des responsabilités respectives des États-Unis et du Japon a également été discuté. Selon la thèse classique, le Japon a pratiqué une politique résolument agressive à laquelle Roosevelt, sincèrement désireux d'éviter une guerre qui lui paraissait secondaire par rapport à celle qui se déroulait en Europe, a répondu par des offres de négociation puis, celles-ci ayant échoué, par des mesures de rétorsion progressives. Les historiens révisionnistes affirment que ces sanctions s'inscrivent dans une politique délibérément belliciste et, comme telles, ont provoqué la décision japonaise d'entrer en guerre. Il a même été affirmé que, prévenu de l'attaque imminente sur Pearl Harbor, Roosevelt a omis de mettre en garde la garnison pour déclencher le mouvement d'opinion nécessaire à l'entrée

---

1. Par exemple, D. L. Hoggan, *Der erzwungene Krieg,* Tübingen, 1964, et A. J. P. Taylor, *les Origines de la Seconde Guerre mondiale,* Presses de la Cité, 1961 ; (trad. fr., Paris).

2. En particulier A. Kuhn, *Hitler aussenpolitisches Programm,* 1970, et K. Hildebrand, *Deutsche Aussenpolitik, 1933-1945, Kalkül oder Dogma?,* Stuttgart, 1973.

en guerre. Ce courant appartient en fait à la violente réaction antirooseveltienne de l'après-guerre et ne résiste pas aux travaux sérieux entrepris depuis [1].

1. Sur la question, cf. J.-B. Duroselle, *De Wilson à Roosevelt, Politique extérieure des États-Unis, 1913-1945,* Paris, Colin, 1960, p. 331-332, et biblio. p. 478-479.

3

La Seconde Guerre mondiale

Plus encore que sa devancière, la Seconde Guerre mondiale invite à réfléchir sur la présence constante de l'absurde et de la mort. Les 55 à 60 millions de tués font penser que les nations se sont ingéniées à multiplier les moyens de destruction. L'explosion de la bombe atomique à Hiroshima et à Nagasaki, les bombardements massifs anéantissant des villes comme Coventry ou Dresde, l'entreprise d'extermination des Juifs et des Tziganes sont suffisamment évocateurs pour que l'on puisse s'interroger sur la vraisemblance du lien entre guerre et civilisation. Lorsque l'homme pousse à un tel degré sa destruction par lui-même, faut-il toujours considérer que « la guerre n'est pas le contraire de la civilisation, mais qu'elle l'accompagne comme son ombre et grandit avec elle [1] » ?

Et pourtant, au rythme de l'avion et du char, la Seconde Guerre mondiale a représenté le plus puissant révélateur des capacités organisatrices des sociétés. Des pays occidentaux en état de crise économique depuis une décennie et une nation en proie aux problèmes du développement ont été capables de mobiliser leurs populations et de hisser les consommations industrielles et la technologie à des niveaux inconnus. Décevant, voire contesté, en raison de son incapacité à résoudre les crises et le chômage, l'État est apparu comme le catalyseur d'un nouveau mode de gestion des sociétés. Dans son dérèglement même, le cycle de la guerre a retrouvé certaines normes voisines du temps de paix : le travail, la croissance et l'exaltation du rassemblement.

1. R. Caillois, *Bellone ou la Pente de la guerre*, Paris, Nizet, 1963, p. 195.

Le déroulement de la guerre

La Seconde Guerre mondiale obéit à une périodisation assez simple qui contraste avec la longue alternance de succès et de revers des deux camps lors du conflit précédent. Deux phases nettement différenciées, celle des victoires de l'Axe et celle de la victoire alliée, sont séparées par une « bissectrice » se situant fin 1942-début 1943 [1].

La guerre s'ouvre par la campagne de Pologne, qui voit l'expérimentation victorieuse de la *Blitzkrieg* allemande et l'invasion du pays par l'Armée rouge. Fin septembre, la Pologne, une nouvelle fois partagée, a cessé d'exister et un long calvaire commence pour son peuple. L'attaque soviétique de la Finlande se heurte d'abord à la vaillante résistance des troupes du maréchal Mannerheim, mais la défense cède en février 1940. Dans les deux cas les Alliés sont demeurés passifs. En France comme en Angleterre prévaut une stratégie défensive dictée par le souvenir des hécatombes des premières années de la guerre de 1914 et par la nécessité de rattraper l'infériorité de leurs armements en mobilisant l'industrie de guerre et en recourant aux importations américaines. La suprématie navale donne tout son poids à l'arme du blocus. Mais c'est par définition une guerre d'usure. En accélérer le cours se révèle chimérique, qu'il s'agisse des plans d'attaque aérienne des gisements pétrolifères de Bakou ou, à un moindre titre, de l'opération de Narvik.

L'offensive du 10 mai 1940 clôt la période de la « drôle de guerre [2] ». Conformément au plan proposé par le général von Manstein, l'invasion des Pays-Bas et de la Belgique attire le meilleur des troupes françaises alors qu'il ne s'agit que d'une diversion. Le principal de l'attaque allemande se produit entre

---

1. Comme pour la Première Guerre mondiale, il ne sera donné ici qu'un survol succinct des opérations militaires. L'ouvrage de référence le plus complet est H. Michel, *la Seconde Guerre mondiale*, Paris, PUF, coll. «Peuples et Civilisations», 1969, 2 vol. Cf. aussi la claire synthèse de J. Vidalenc, *le Second Conflit mondial, mai 1939-mai 1945*, Paris, SEDES, 1970, et, pour certains aspects originaux de la guerre, G. Wright, *l'Europe en guerre, 1939-1945*, Paris, Colin, coll. «U», 1971.

2. Sur la France pendant la guerre, cf. *infra*, p. 155-172.

les 13 et 16 mai dans la région ardennaise non couverte par la ligne Maginot. La surprise est totale et la rapidité de l'avance allemande jette les Alliés dans un désarroi complet. Ponctuée par la capitulation belge, le rembarquement des troupes britanniques à Dunkerque et l'entrée en guerre de l'Italie, marquée par les affres de l'exode de plusieurs millions de civils, la bataille de France est un désastre indiscutable, qui trouve son terme dans l'armistice de Rethondes du 22 juin. La défection française laissant l'Angleterre seule, celle-ci se prépare à résister au débarquement allemand. Mais ce dernier suppose la maîtrise préalable de l'espace aérien. Malgré son infériorité numérique, l'aviation anglaise peut, grâce au système du radar encore inconnu de la Luftwaffe, rendre coup sur coup. Commencée le 8 août, la bataille d'Angleterre s'achève pour l'essentiel en octobre. Elle a coûté au pays 15 000 victimes et d'énormes destructions. Mais l'appareil industriel a somme toute été peu atteint et la population civile, galvanisée par Churchill, a fait preuve de sa détermination.

L'année 1941 est celle de la mondialisation du conflit. Déjà, l'année précédente, la guerre s'est étendue à l'Afrique, où les forces italiennes ont tenté de progresser en Égypte. En mars 1941, l'Afrikakorps du général Rommel est parvenu à redresser une situation compromise. Une autre initiative malencontreuse de Mussolini contre la Grèce a conduit Hitler à intervenir militairement dans les Balkans. Par une troisième application de la *Blitzkrieg,* la Yougoslavie et la Grèce sont conquises en avril. Succès foudroyants, mais qui retardent de plusieurs semaines l'attaque allemande contre l'URSS projetée depuis plusieurs mois. Cette décision répond au ressentiment contre les prises de gages multipliées par Staline depuis le début de la guerre [1], mais elle trouve sa cause essentielle dans la haine implacable vouée au bolchevisme superposée à l'orientation traditionnelle du pangermanisme. Dans l'immédiat, une victoire supposée facile contre l'Armée rouge apporterait à l'Allemagne les immenses ressources soviétiques et lui permettrait de conclure une guerre devenue incertaine à l'Ouest. Déclenchée le 22 juin, l'opération « Barbarossa » est

---

1. Pologne orientale en 1939, Carélie finlandaise et États baltes, Bessarabie et Bukovine en 1940. L'Allemagne a riposté par l'occupation de la Roumanie puis de la Bulgarie.

d'abord un plein succès. Mais la progression de la Wehrmacht est peu à peu ralentie par l'action des partisans, la distance et les rigueurs croissantes du climat. Le pacte de non-agression signé avec le Japon permet de rapatrier de Sibérie des troupes utiles à la défense de Moscou. Début décembre, une contre-offensive conduite par Joukov inflige à l'Allemagne une première défaite indiscutable. Une grave crise de commandement s'ensuit. L'offensive allemande reprend au printemps 1942 avec des objectifs ambitieux, partiellement atteints, vers le Caucase et la moyenne Volga.

Aiguisée par les défaites française et hollandaise, ainsi que par les difficultés britanniques, l'agressivité du Japon est aussi encouragée par la conclusion du Pacte tripartite (27 septembre 1940), qui reconnaît sur la Grande Asie les droits de l'hégémonie nippone. De vives pressions sont ainsi exercées sur l'Indochine et les Indes néerlandaises. Le heurt avec les États-Unis n'est pas inéluctable tant que le prince Konoe maintient le langage de la diplomatie et que le gouvernement américain est contraint par le pacifisme de l'opinion à des mesures de rétorsion limitées. Réélu en 1940, Roosevelt a pourtant infléchi la neutralité dans un sens favorable aux adversaires de l'Axe. La loi du prêt-bail, adoptée en mars 1941 pour subvenir aux besoins de l'Angleterre, a été étendue à l'URSS dès l'entrée en guerre de celle-ci. La charte de l'Atlantique, adoptée le 11 août par Churchill et Roosevelt, réaffirme les principes démocratiques des Quatorze Points. Après la mainmise japonaise sur l'Indochine, le gel des avoirs japonais et l'embargo sur le pétrole sont décidés. Le 17 octobre, la formation d'un nouveau gouvernement présidé par le général Tojo signifie la victoire du camp belliciste. L'attaque surprise de Pearl Harbor, le 7 décembre, décide de l'entrée en guerre des États-Unis et mobilise l'opinion américaine. Mais, pour l'heure, par une suite de fulgurantes victoires, le Japon se rend maître en quelques semaines du Pacifique [1].

C'est durant l'été 1942 que se situe l'apogée militaire de l'Axe sur les quatre théâtres d'opérations principaux. Dans le

1. Sont ainsi conquis entre décembre 1941 et juin 1942 Hong Kong, Singapour et la Malaisie, les Philippines, la Birmanie, les Indes néerlandaises, une partie de la Nouvelle-Guinée et une série d'archipels au cœur de l'océan.

Pacifique, un coup d'arrêt a été donné à la progression japonaise dans la mer du Corail (mai) et surtout à Midway (juin), mais l'Australie et les Indes n'en sont pas moins menacées. Sur le front Est, la croix gammée flotte sur les sommets du Caucase et l'armée allemande est aux portes de Stalingrad, dont la prise permettrait un ample mouvement tournant vers Moscou. En Afrique orientale, Rommel, en s'emparant de Tobrouk, s'est ouvert en juin la voie du delta égyptien. Dans l'Atlantique, enfin, la guerre sous-marine fait rage, infligeant aux convois anglo-saxons de très lourdes pertes.

Pourtant, le retournement est proche. En Afrique du Nord se produisent, en novembre, deux événements décisifs : la retraite précipitée des forces germano-italiennes vers la Libye, puis vers la Tunisie, après la contre-offensive de Montgomery à El Alamein ; et l'opération « Torch », débarquement anglo-américain pleinement réussi sur les côtes du Maroc et de l'Algérie. L'occupation totale de la France et de la Tunisie par l'Axe ne peut empêcher que soit ouvert, à terme, un second front européen. Sur le front Est commence le 19 novembre l'encerclement de Stalingrad. L'échec d'une contre-offensive lancée au sud par von Manstein et l'ordre donné par Hitler de résister sur place condamnent la VIᵉ armée allemande du général von Paulus à la reddition du 2 février 1943. Le retentissement de Stalingrad est immense et la bataille marque le tournant décisif de la guerre. Le même mois, au terme d'une furieuse bataille, les Japonais évacuent Guadalcanal, signant ainsi leur première défaite terrestre.

Dès lors, la retraite des forces de l'Axe est générale. Assez lente en 1943, année d'une certaine stabilité dans le Pacifique et durant laquelle l'Allemagne peut encore lancer au printemps l'offensive de Koursk. Même en Italie, où le régime fasciste a été renversé après le débarquement en Sicile, les Allemands parviennent à établir une solide ligne fortifiée au nord de Naples. Mais la supériorité numérique et industrielle des Alliés leur donne partout l'initiative. La guerre sous-marine évolue favorablement alors que les villes allemandes subissent des raids aériens meurtriers. A partir du printemps 1944, le rythme des offensives s'accélère. A l'Est, le territoire soviétique a été à peu près totalement libéré durant l'été précédent. L'Armée rouge s'avance en Pologne et dans les Balkans, se trouve à la fin de l'année aux frontières de l'Allemagne. En Italie, la ligne Gustav est rompue en mai, en partie grâce aux troupes de la France libre. Les débarquements de Normandie (6 juin) et de Provence (15 août) amorcent la libération du territoire, à laquelle participent des unités de la Résistance intérieure. Dans le Pacifique, la supériorité aéronavale américaine permet d'entreprendre dès novembre 1943 une progression « à saute-mouton » à travers les archipels : îles Gilbert, îles de Wake, île Saipan, îles Mariannes. Le débarquement sur l'île de Leyte ouvre la voie de la reconquête des Philippines. Manille est reconquise en février 1945 et les forces américaines se regroupent à Okinawa en avril.

L'armée allemande est encore capable d'opérations bien conduites, dans l'Ardenne ou en Hongrie. Elle teste également sur Londres ou sur Anvers ses « armes secrètes », V 1 et V 2 dotés d'une puissance redoutable. Mais ce sont là ses derniers sursauts. Au mois d'avril la déroute est générale sur tous les fronts et Berlin est investi. Le suicide d'Hitler, le 30 avril 1945, suit de peu l'exécution de Mussolini par des partisans italiens. Comme il en avait été décidé deux ans plus tôt à la conférence de Téhéran, la capitulation sans conditions est imposée à l'Allemagne, signée le 8 mai à Reims, le 9 à Berlin. A cette date la situation du Japon est devenue désespérée, d'autant plus que l'entrée en guerre de l'URSS a été acquise à la conférence de Yalta, en février. La décision prise par le président Truman, successeur de Roosevelt, de recourir à l'arme atomique s'explique sans doute par une surestimation de la capacité de résistance de l'archipel face à un éventuel débarquement. Il est probable que cette décision inconsidérée ait aussi relevé d'un choix politique visant à empêcher l'occupation du Japon par l'armée soviétique, voire de considérations financières relatives à l'« amortissement » du projet « Manhattan ». En tout état de cause, les bombes larguées sur Hiroshima le 6 août et sur Nagasaki le 9 imposent, par leur ampleur destructrice de l'ordre de 150 000 morts, une capitulation dont la signature est reçue par le général MacArthur le 2 septembre 1945.

Le poids d'une guerre totale

L'hiver 1942-1943 est généralement présenté comme la «bissectrice de la guerre», le moment où le sort de la guerre bascule. Sur le théâtre africain, la victoire britannique d'El Alamein et le succès du débarquement anglo-saxon au Maghreb mettent fin à la réputation d'invincibilité de l'Afrikakorps commandé par Rommel et démontrent que l'Allemagne ne peut plus prétendre à une hégémonie méditerranéenne. La capitulation de la VIe armée allemande devant Stalingrad, le 2 février 1943, constitue un échec personnel pour Hitler et une déroute psychologique et humaine — plus que stratégique : en perdant 300 000 hommes dans cette sorte de nouveau Verdun, la Wehrmacht montrait son infériorité dans un affrontement classique. Dans le même temps, les Américains commencent d'expulser les Japonais des atolls du Pacifique et de contrecarrer l'effort de guerre de leur adversaire en coulant 25 % de sa flotte marchande en dix mois. Loin d'entraîner un essoufflement des combattants, le recul des puissances de l'Axe s'accompagne d'une mobilisation plus intensive, de l'exploitation des régions occupées, du refus du compromis et, en Chine ou en Europe centrale, d'une tactique systématique de la terre brûlée.

Résultat d'une mobilisation sans précédent des industries et des intelligences, la «guerre des sorciers» — celle de l'atome et des fusées V 2 — commence en fait au début de l'année 1942, avec l'abandon de la *Blitzkrieg*. Économiquement, la décision allemande semble très risquée. Comment Hitler pouvait-il escompter la victoire, alors qu'il menait un conflit sur deux fronts et qu'il défiait sur le long terme trois des cinq premières puissances mondiales dont l'économie de guerre était précisément adaptée à cette durée ? L'échec de la campagne de Russie, lancée le 22 juin 1941, fournit une première réponse : embourbés devant Leningrad, les Allemands perdent, en février 1942, la bataille de Moscou et surtout 250 000 morts, plus 1,2 million de soldats blessés ou prisonniers. Les deux ministres de la production de guerre, Todt et Speer, purent imposer une réorientation dans la conduite de la guerre, quelles qu'aient été les hésitations d'Hitler à comprimer davantage la consommation des civils et à intensifier la production militaire [1]. En un sens, les choix de Speer offraient une possibilité de surmonter la contradiction idéologique inhérente au régime nazi : intensifier l'effort de guerre, au risque conscient qu'un échec entraînât la « race des seigneurs » dans une apocalypse, était la seule issue puisque Hitler refusait tout compromis. Pour que le pronostic ne fût pas absurde, il fallait que le Reich affirmât une « supériorité qualitative », puisque les États-Unis et l'URSS disposaient des avantages de la standardisation et de la production de masse. Cette ambition était doublement compromise : d'une part, la *Blitzkrieg* avait privilégié, on l'a dit, les investissements productifs aux dépens du financement de la recherche ; d'autre part, une éventuelle suprématie qualitative était dépendante de la régularité des approvisionnements bruts. Néanmoins, Allemands et Japonais se lancèrent dans cette « course contre la montre », ce qui eut pour effet de retarder l'issue de la guerre et de hisser les productions militaires des deux camps à des niveaux inimaginables, compte tenu des revenus nationaux d'avant-guerre : en 1944, l'Axe fabriquait pour 100 milliards de dollars de munitions et les Alliés, pour 180 milliards.

En dépit de ses finalités, un tel accroissement des productions et des revenus nationaux conduit à s'interroger sur les « vertus » économiques de la guerre. On a souvent évoqué les distorsions induites par le conflit : la priorité quasi exclusive donnée aux industries d'armement aurait créé une croissance artificielle, la surexploitation des ressources minières et agricoles aurait entraîné une crise de surproduction à la fin des hostilités, enfin, les conséquences financières et humaines des combats auraient obéré les possibilités de reconstruction. Quel que soit l'intérêt de ces observations, force est de constater que les belligérants fondèrent leur croissance d'après-guerre sur les efforts consentis pendant la guerre totale. L'exemple américain est le plus convaincant, dans la mesure où les États-Unis ne connurent pas de destruction sur leur territoire et subirent « seulement » 300 000 tués. Entre 1939 et 1944, le PNB américain progressa, en dollars constants, de 89 à 135 milliards de

---

1. Sur ce renversement, cf. A. S. Milward, *The German Economy at War*, Londres, The Althone Press, 1965, p. 68-75.

dollars, sous l'impulsion des dépenses de guerre qui représentaient 40 % de la production nationale en 1944, mais aussi de la consommation nationale qui s'accrut de 12 % en cinq ans. Toute l'industrie, à l'exception de l'imprimerie et du vêtement, se trouva non seulement hissée hors du cycle reprise/récession des années trente, mais projetée à des taux de croissance de 15 % par an, inconnus en temps de paix. Un tel résultat ne saurait s'expliquer par le seul éloignement des lieux d'affrontement; si les États-Unis purent «porter à bout de bras» la Grande-Bretagne et l'URSS [1], ce fut en raison des gains exceptionnels de productivité, enregistrés par une industrie qui opérait sa restructuration sectorielle vers des secteurs de pointe, afin d'approvisionner les Alliés. En fournissant 60 % des munitions et des avions, l'Amérique contribuait de manière décisive à la défaite de l'Axe, retrouvait son avance industrielle et commençait d'organiser une suprématie mondiale.

A l'analyse de la supériorité américaine, on mesure que le comportement des belligérants s'inscrit, pour une large part, entre le prolongement des années trente et l'ébauche d'une nouvelle structure productive. En ce sens, l'abandon de la *Blitzkrieg* correspond au passage de la modernisation d'une industrie traditionnelle à la modernité d'une économie tournée vers la production de masse. Dès février 1942, l'accroissement du PNB est comparable à celui des États-Unis et la production d'armements, au lieu de suivre les fluctuations de la guerre éclair, se développe à un tel rythme qu'elle triple en deux ans. Cette étonnante capacité d'adaptation contribue à expliquer la résistance des armées allemandes, en dépit de leur recul territorial, les espoirs entretenus par Hitler dans un ultime retournement du sort de la guerre et les stratégies échafaudées par Guderian autour de la «ligne Nibelungen», version inverse du «réduit breton» de 1940 dans laquelle la Ruhr industrielle aurait assuré le soutien des armées. On comprend qu'une telle économie, capable de supporter les bombardements alliés sans que la production des industries de

---

1. En application du prêt-bail, les exportations américaines vers le Royaume-Uni se montent à 13,8 milliards de dollars, et à 9,5 milliards de dollars pour l'URSS (1941-1945). Cf. A. S. Milward, *op. cit.*, p. 71.

base ne retombe au-dessous du niveau atteint en 1939, se soit relevée rapidement du désastre de 1945. A l'inverse, les choix britanniques illustrent la force des contraintes coutumières. Jusqu'en 1940, le primat du *business as usual* avait recoupé les vieux débats des années 1914-1925 : personne n'osant définir avec précision comment serait financée la guerre, chacun espérait que les exportations paieraient la majorité des frais et que la nation échapperait à un nouvel effort fiscal. En dépit des articles de Keynes [1], il fallut attendre 1942 pour que les responsables politiques réalisent combien le financement de la guerre s'opérait au détriment de la consommation nationale et que l'avenir industriel était en jeu. Au creux de l'été 1943, la consommation se trouvait réduite de 20 % par rapport à l'avant-guerre et deux activités dominantes — l'acier et les constructions navales — étaient handicapées par des importations irrégulières. On observe pourtant une dissociation certaine entre la nouveauté des analyses sociales, marquées par une double réflexion sur la prospérité perdue et la sécurité, et le report des actions exigées par la déroute d'industries menacées depuis 1920. A partir de 1942, le Royaume-Uni a ainsi adopté un comportement curieux, consistant à multiplier les investissements de capacités et non de rationalisation, ainsi qu'à sous-estimer l'ampleur des restrictions sur les importations. On éprouve le sentiment que l'entrée en guerre des États-Unis a libéré les autorités britanniques d'une réflexion prospective sur la conduite économique de la guerre, comme si la résistance solitaire des premières années avait exacerbé le souci de produire des bombes et des avions [2].

L'analyse devient ici étroitement dépendante de considérations sociales et de l'évolution des mentalités, difficiles à apprécier. Après la loi prêt-bail de mars 1941, la signature de la charte de l'Atlantique en août et l'entrée en guerre des États-Unis, les Britanniques songent en partie à ne pas « rater » la paix comme en 1919. Allemands et Russes luttent aussi pour leur existence et pour défendre une expérience économique et sociale en marge. Pourtant, ils donnent également l'impression de profiter de la guerre totale pour accélérer

1. Par exemple *How to Pay for the War*, paru en 1940.
2. En 1944, la Grande-Bretagne produisait pour 15 milliards de dollars d'armements, soit 75 % du niveau soviétique et 30 % du niveau américain.

certaines évolutions. Les Soviétiques furent les seuls belligérants majeurs à enregistrer une baisse de leur production nationale. L'invasion allemande avait privé l'URSS de ses bases
industrielles traditionnelles, et, malgré les déplacements
d'usines vers l'Oural entamés dès 1937, la PIB retrouvait juste
le niveau de 1941 à la fin de la guerre. Le problème soviétique
était donc clair : comment trouver les ressources productives
pour résister à la production militaire de masse des Allemands,
alors que la production baissait ? La réponse résidait dans un
détournement des investissements au bénéfice exclusif des
industries de guerre. Les Soviétiques opposaient ainsi au modernisme allemand la reconstitution d'un cadre productif dans
des espaces neufs, avec des matériels souvent anciens, mais
que la précipitation des démontages massifs avait permis de
sélectionner. L'urgence du moment conduisit à rationaliser et
à restructurer les secteurs lourds de l'économie, sans moderniser l'ensemble. L'essor de Magnitogorsk ou de Petrovsk-Zai-
balski et la mise en chantier de 10 000 kilomètres de voies
ferrées ne doivent pas fausser la perspective : c'est l'industrie
de la Russie d'Europe, même transportée en Oural, qui résiste
à l'Allemagne. Le défi de la guerre ne se confond ni avec celui
de l'industrialisation des premiers plans quinquennaux, ni
avec les ambitions d'une reconstruction où les aspects psy-
chologiques importent tant. Il est leur nécessaire trait d'union.

La guerre totale a ainsi contribué à une certaine exaspéra-
tion des espoirs, des réflexions et des comportements, qu'il
s'agisse des chefs ou des anonymes. Il serait tentant de systé-
matiser cette mise en ordre et de l'attribuer à l'instinct de
survie. En fait, les années 1942-1945 s'accompagnent de tant
d'angoisses et d'inquiétudes qu'il paraît plus judicieux d'en
rendre la complexité à travers trois attitudes caractéristiques :
les débuts du *baby boom,* l'élan technologique et la traduction
dans la vie quotidienne d'un nivellement social. Le redressement de la natalité au plus fort de la guerre constitue d'emblée
une incongruité. La baisse inquiétante du taux de reproduction
dans les années trente s'était prolongée par une aggravation
brutale en 1940-1941. Ainsi, les démographes anglais avaient
calculé qu'en 1940 le taux de naissances avait été de 25 %
inférieur au taux de remplacement des générations ; si la tendance se poursuivait, la Grande-Bretagne et les démocraties

étaient menacées d'une diminution sans précédent de leurs populations. Les premières années de la guerre semblèrent confirmer ce jugement : en 1941, le taux de natalité anglais tomba à son niveau le plus bas — 13,9 %. Les défaites de la campagne de France, le choc psychologique des bombardements et du rationnement paraissaient avoir amplifié les inquiétudes des années trente, au point qu'un démographe, R. Titmuss, évoquait la « révolte des parents » refusant d'avoir des enfants face à un avenir si désespérément sombre.

Or, au paroxysme de l'insécurité, la tendance démographique s'inverse brutalement chez les belligérants occidentaux comme dans les pays neutres. En France, le taux de natalité se redresse de 13,1 à 15,7 % entre 1941 et 1943 ; la Grande-Bretagne, avec un taux de 15,6 % en 1942, retrouve un niveau comparable à celui de 1931 [1]. On observe un mouvement identique en Hollande, en Suisse et en Espagne, bien que ce phénomène ait été masqué par une augmentation du taux de mortalité ou les séquelles de la guerre civile. A l'exception notable de l'URSS, l'année 1942 marque bien le début du *baby boom* qui « devait transformer les sombres prédictions des démographes des années trente en estimations rocambolesques pour les planificateurs des années quarante [2] ». En 1943, le taux britannique atteint 16,2 % ; 17,5 % en 1944, et, après un palier en 1945 — assimilé parfois à tort au point de départ du redressement démographique —, 20,6 % en 1947. Il est tentant d'expliquer rationnellement ce relèvement de la fécondité. L'arrivée à l'âge de conception des classes nées au lendemain de la Première Guerre mondiale et la mise en place de politiques familiales cohérentes ne sauraient toutefois rendre compte de l'ampleur du mouvement. Les causes profondes résident probablement dans une intégration renforcée du corps social et dans une adéquation entre les rythmes biologiques individuels et la guerre. Celles-ci revêtent des formes diverses, et les espérances des Français occupés étaient certainement moins grandes que celles des Américains. Pourtant, le conflit semble coïncider avec le passage d'une transgression radicale, celle du suicide et de l'exclusion sociale, à une

1. G. Frunkin, *Population Changes in Europe since 1939,* Londres, 1951.
2. A. S. Milward, *War, Economy and Society : 1939-1945,* p. 210. Londres, Allen Lane, 1977.

rupture morale : au recul du nombre des suicides [1], on opposera l'augmentation de la proportion d'enfants illégitimes. Par son interprétation difficile, le rapport entre le nombre des hommes et la guerre illustre la lenteur et les ambiguïtés d'une prise de conscience.

En apparence, un tel mouvement n'est pas lié au progrès technique : ici, la dialectique entre invention et innovation échappe aux goulets d'étranglement traditionnels du temps de paix. Cependant, les besoins d'un pays en guerre ne sont pas nécessairement les plus utiles à l'économie ; dès lors s'établit une différenciation croissante entre un progrès technique général et la réalité des développements économiques nationaux. L'année 1944 en fournit le meilleur exemple : l'apparition du bazooka, des véhicules amphibies et des avions à réaction concrétise le passage à une nouvelle technologie militaire. Mais le Japon et l'Italie se trouvent marginalisés, subissant ainsi le contrecoup d'une technique imitative avant 1939 et du retard pris dans les investissements de recherche. De même, en dépit des multiples travaux réalisés dans le domaine nucléaire, les Britanniques ne sont plus en mesure de financer la construction de la bombe atomique et leurs programmes classiques. La mobilité des armements, l'augmentation de la capacité individuelle de feu, le gigantisme des fabrications furent bien les traits communs du progrès militaire. Quelle différence cependant entre les bombes de 12 000 livres lâchées par les Anglais sur Dresde et celles de 44 000 livres mises au point par les Américains ! La course aux armements place les combattants, à l'exception des États-Unis, en situation de rupture technologique et/ou industrielle quasi permanente. La fabrication du dernier modèle de char « Tigre », conçu pour faire face aux chars lourds soviétiques, fut précipitée au prix de multiples malfaçons et retards. Contraints d'arbitrer entre l'application prospective des découvertes et l'allocation de ressources de plus en plus rares, les responsables politiques tentent d'adapter leurs choix au rythme de la guerre. On retrouve ainsi un mouvement de va-et-vient entre le contrôle exercé par les pouvoirs publics et le progrès scientifique, sans que ceux-ci saisissent nécessairement les conséquences de

1. En Angleterre, le taux passe de 0,13 % à 0,09 % entre 1938 et 1944.

leurs décisions. L'exemple de la bombe atomique montre comment la compétition technologique, le savoir-faire scientifique et des investissements estimés à 2 milliards de dollars permettent de concevoir une arme dont l'utilisation, au lieu de renforcer la cohésion sociale et patriotique, aboutit à une remise en cause du consensus national américain.

L'accélération du progrès technique contribua à précipiter les reclassements socioprofessionnels dans des économies fonctionnant à leur niveau de plein-emploi. Aux États-Unis, le nombre des ouvriers s'accrut de 8,3 millions et celui des paysans diminua de 1,3 million ; ce mouvement s'accompagna de transformations sectorielles : les travailleurs du textile voient leurs effectifs réduits de 40 % au Japon, en Grande-Bretagne et aux États-Unis, tandis que ceux de l'industrie aéronautique triplent. Ces changements eurent pour conséquence de révéler d'abord le manque de main-d'œuvre qualifiée. Certes, les belligérants de 1914-1918 avaient rencontré ce problème, mais l'effort de guerre atteignait de telles proportions que les pratiques de *dilution* ne suffisaient pas à assurer un approvisionnement régulier : l'Amérique manque de 200 000 travailleurs qualifiés en 1942 et l'Angleterre, de 380 000. L'importance du décalage explique le rôle tenu par les syndicats dans les démocraties. Ceux-ci avaient dénoncé, dès 1938, l'insuffisance de la main-d'œuvre qualifiée pour satisfaire aux exigences du réarmement ; en outre, les années 1936-1939 avaient vu un redressement de leurs effectifs. Les syndicats pouvaient donc se prévaloir de leur puissance et de leur lucidité pour réclamer un relèvement des salaires, au risque de déclencher des conflits sociaux. Malgré la présence de Bevin dans le ministère Churchill, le nombre des journées de grève dépasse 1,6 million en 1942-1943 ; aux États-Unis, on compte 3 000 grèves en 1942, et le nombre des journées perdues oscille entre 9 et 13,5 millions de 1942 à 1945. La solidarité issue du brassage économique et social durant la Grande Guerre a laissé la place au scepticisme des salariés, soucieux de protéger leur niveau de vie contre les effets de l'inflation.

Les années de guerre correspondent en effet à l'ouverture d'une ère inflationniste. La hausse des prix, le rationnement et le marché noir ne sont pas seulement les manifestations d'un

dérèglement passager ; les populations se heurtent désormais à
une guerre que les autorités ne peuvent financer sans recourir à
des expédients. Le nivellement des sociétés s'inscrit dans une
situation paradoxale où le renforcement de l'influence syndicale s'accompagne d'une stagnation des niveaux de vie. Dans
l'ensemble, les salaires horaires nominaux des ouvriers dou-
blèrent entre 1939 et 1944 ; pourtant, aux États-Unis, pays le
plus favorisé, les salaires réels augmentèrent seulement de
81 cents en 1944 contre 64 cents à la veille de la guerre. Les
résultats furent encore plus médiocres pour la Grande-Bretagne, l'URSS et l'Allemagne : seuls les travailleurs qui effec-
tuaient de quinze à vingt heures supplémentaires étaient en
mesure d'acheter des produits alimentaires dont le prix avait
décuplé en trois ans. Ce n'est pas seulement la France mais
l'Europe tout entière qui vit « au ras des rutabagas ». Ainsi
s'esquissent, par défaut, des comportements réducteurs dont
les manifestations quotidiennes prennent une valeur exceptionnelle : ce n'est pas un hasard si le gouvernement britannique a laissé en vente libre l'alcool et le tabac. La convivialité
des abris et des *pubs* ne s'est-elle pas intégrée à un nouveau
consensus patriotique ?

La domination des puissances de l'Axe

C'est durant l'été 1942 que l'on peut situer l'apogée des
forces de l'Axe. L'Allemagne exerce alors sur la plus grande
partie de l'Europe une domination que prolongent ses succès
dans la guerre du désert, en Afrique, et ceux de la guerre
sous-marine, dans l'Atlantique. En moins de six mois, le
Japon s'est rendu maître de l'océan Pacifique, se trouve aux
portes de l'Inde et de l'Australie. Sur la base de ces immenses
conquêtes, les deux puissances totalitaires vont tenter d'asseoir un ordre nouveau, fondé théoriquement sur un ensemble
de mythes régénérateurs ou libérateurs, mais qui va se révéler
rapidement comme placé au service de leurs seuls intérêts.

Paradoxalement, la démarche plus empirique de l'Allemagne va se révéler plus efficace. Car la vision qu'Hitler pouvait
avoir de l'après-guerre étant vraisemblablement très floue, la
nouvelle carte de l'Europe ne procède en rien d'une organisa-

tion méthodique. Au fil des conquêtes et de l'occupation progressive de l'Europe, l'improvisation l'emporte, qui conduit à la juxtaposition de trois formules : les territoires *annexés* au Grand Reich de 1939 (Alsace-Lorraine, Pologne [1], Slovénie) ; les États *occupés,* parfois nantis d'un gouvernement national mais soumis à l'emprise plus ou moins directe de l'armée allemande (France [2], Norvège, Danemark, Pays-Bas, Belgique, Grèce, Serbie, territoires de l'Est [3]) ; les États *satellites,* théoriquement souverains et alliés, mais que leur vassalité a progressivement soumis aux exigences allemandes, très accessoirement italiennes (Slovaquie, Croatie, Hongrie, Roumanie, Bulgarie, Finlande). Une telle hétérogénéité des statuts n'interdit pas d'affirmer l'unité de l'ensemble. Jamais le terme d'Europe n'a été aussi utilisé. Europe allemande, puisque l'Allemagne est à la tête du combat contre le bolchevisme et le judaïsme, mais aussi Europe nouvelle fondée sur la complémentarité économique et l'esprit de croisade [4]. Si elle a pu abuser quelques intellectuels, cette rhétorique était trop démentie par la réalité des faits pour s'imposer, ne serait-ce que par le caractère fondamentalement raciste de l'idéologie nazie qui revenait à insérer les populations occupées dans une hiérarchie dominée par l'élément germanique.

En fait, l'ordre nouveau est un ordre strictement allemand, qui s'ordonne autour de deux pôles : l'exploitation économique et la terreur. La longueur de la guerre et l'extension des théâtres d'opérations se traduisent, dès 1941, par la mise en coupe réglée des ressources européennes. Fondée sur des projets grandioses, la colonisation germanique dans les territoires conquis n'a pas revêtu de grande ampleur, faute de bras disponibles. Mais le pillage a été de règle. Systématique à l'Est, sa rentabilité a été néanmoins freinée par le manque de main-d'œuvre qualifiée locale et par la longueur des achemi-

1. En Pologne, il faut distinguer le Wartheland, purement et simplement annexé, et le Gouvernement général, administré par le nazi Hans Frank.
2. L'occupation du territoire français est partielle jusqu'au 11 novembre 1942, totale ensuite. Il est au reste difficile pour la France de distinguer le statut d'État occupé de celui d'État satellite.
3. Divisés en deux entités distinctes, Ostland et Ukraine.
4. Cf. G. Wright, *l'Europe en guerre, 1939-1945,* Paris, Colin, 1971, p. 123-126.

nements vers l'Allemagne. Plus insidieux à l'Ouest, il a été facilité par des frais d'occupation largement calculés, un taux de change unilatéralement et avantageusement fixé et de pseudo-accords de *clearing*. Les hécatombes sur le sol russe obligeant à vider les usines allemandes, les programmes d'armement connaissant en outre, sous l'impulsion de Speer, une forte accélération, il devient urgent de fournir à l'Allemagne la main-d'œuvre, essentiellement industrielle, dont elle a besoin. Les camps de concentration et de prisonniers y pourvoient dans une certaine mesure, mais insuffisamment. Devenu commissaire de l'office de répartition de la main-d'œuvre, Fritz Sauckel procède à un véritable ratissage. *Ostarbeiter* russes et ukrainiens se révèlent au total moins nombreux que les travailleurs de l'Ouest, qui ont bénéficié de mesures de persuasion avant que se généralise le travail obligatoire. Ce sont au total 7 millions de travailleurs étrangers, soit 20 % de la main-d'œuvre totale, qui travaillent ainsi en Allemagne en 1944, auxquels il faut ajouter un chiffre comparable d'ouvriers travaillant sur place à l'accroissement du potentiel de guerre allemand. D'une estimation évidemment difficile, l'apport de l'Europe à l'effort du Reich a été évalué au lendemain de la guerre par une commission américaine à 14 % du PNB des années 1940-1944 [1].

Couvrant un sixième de la surface du globe et 700 millions d'habitants, l'Empire japonais est un ensemble non moins disparate de territoires annexés (Corée, Formose, Singapour, Hong Kong), de pays occupés (Indochine, Philippines, Birmanie, Indes néerlandaises) et d'États satellites (Mandchoukouo, Chine de Nankin) ou alliés (Siam). Mais ici, la vision de l'ordre nouveau est devenue plus précise quand, sous l'impulsion du ministre Matsuoka, il lui fut préféré en 1940 l'expression de « sphère de coprospérité » d'une consonance moins hégémonique. Il s'agissait d'ériger dans le Sud-Est asiatique une vaste zone libérée du colonialisme blanc, où le Japon assurerait aux autres pays leur promotion politique, économique et sociale sur la base de la réciprocité et dans le respect des civilisations autochtones. Ce projet reçoit l'amorce d'une concrétisation avec la création par le général Tojo d'un mi-

1. G. Wright, *op. cit.*, p. 110.

nistère de la Grande Asie orientale en 1942 et la réunion, l'année suivante à Tokyo, d'une conférence de la Grande Asie.

En fait, ces projets généreux n'allèrent pas loin. Sur le plan économique, la fameuse complémentarité s'est heurtée à l'impossibilité pour l'industrie japonaise, strictement rationnée et reconvertie par l'effort de guerre, de pourvoir à ses immenses territoires conquis les produits manufacturés dont ils avaient besoin. A l'inverse, bien que théoriquement maîtres de richesses considérables en matières premières, les Japonais rencontrèrent des difficultés croissantes d'acheminement vers l'archipel en raison de leur perte progressive de la domination de l'espace aérien et maritime. La lourdeur de l'occupation, le pillage des ressources et le recours au travail forcé ont fait du Japon une puissance aussi spoliatrice que l'Allemagne, et avec une efficacité moindre. Sur le plan politique, les dirigeants ne surent pas exploiter la reconnaissance initiale des populations locales et tirer parti, de façon libératrice, des offres nombreuses de coopération qui se proposaient à eux. Le Japon a pu s'appuyer, après élimination des colons européens, sur une administration autochtone, et même lever des supplétifs dévoués [1]. Mais, par réflexe impérialiste, en raison aussi de l'hostilité affichée des milieux militaires, notamment de la Marine, il s'est montré incapable de concrétiser ses promesses d'émancipation. La Birmanie et les Philippines se sont vu reconnaître en 1943 une indépendance plus fictive que réelle. L'Indonésie, où la collaboration a pourtant été la plus étoffée avec le ralliement de Sukarno et de Hatta, n'a accédé qu'*in extremis* à une indépendance de principe, au prix d'ailleurs d'une rupture de l'unité politique de l'archipel. Le Japon s'est montré un maître impérieux et brutal qui a fini par dresser contre lui des mouvements de résistance souvent animés, comme en Indochine, en Birmanie, voire aux Philippines, par des militants ou sympathisants communistes. Pourtant, malgré l'ampleur des exactions commises, l'occupation japonaise a eu un retentissement durable. Elle a définitivement ruiné le prestige et l'influence des Blancs et préparé ainsi la voie à la décolonisation de l'Asie.

1. Notamment en Indonésie, dans la puissante association musulmane Masjumi.

Collaboration et résistance constituent les deux comportements extrêmes des populations de l'Europe occupée [1]. Si elles procèdent dans une certaine mesure de choix politiques effectués avant la guerre, leur adoption respective est aussi largement tributaire des circonstances et de l'évolution même du conflit. L'effondrement peu glorieux des démocraties, les succès des forces de l'Axe créent initialement un courant de sympathie ou d'attentisme bienveillant en faveur de l'Allemagne. A l'inverse, l'entrée en guerre de l'URSS, la dureté de l'occupation et le refus des puissances fascistes grossissent les rangs de la résistance. Mais, outre qu'ils sont antinomiques, les deux courants ne s'équivalent pas en intensité : la collaboration fut toujours le fait d'une minorité, la résistance a fini par s'identifier à la conscience collective des peuples.

Par affinité idéologique, intérêt ou opportunisme, la collaboration a été un phénomène à peu près général en Europe. L'Allemagne a encouragé et financé ces sympathies agissantes, mais elle s'est montrée réservée dans l'utilisation des formations ouvertement pro-nazies. L'expérience Quisling en Norvège est une exception, au reste peu concluante. Ailleurs, l'occupant a préféré s'appuyer sur les administrations en place ou sur des gouvernements conservateurs dociles. Ainsi, aux Pays-Bas et en Belgique, les offres de service d'un Mussert ou d'un Degrelle n'ont guère été récompensées. Les gouvernements Scavenius au Danemark, Rhallis en Grèce, Milan Nedic en Serbie ont tenté, avec des fortunes diverses mais généralement médiocres, de satisfaire les exigences allemandes tout en monnayant leur soutien par quelques concessions. Cependant, nécessité faisant loi, l'Allemagne lève des volontaires dans le cadre de la croisade antibolchevique et recourt tardivement à des formations ou gouvernements qui lui sont totalement dévoués. A l'égard des populations soviétiques, la méfiance et le manque de discernement sont patents. Sourd aux conseils de Rosenberg, qui conseillait de s'appuyer sur les Baltes pour mieux isoler les Russes, à ceux de certains militaires qui souhaitaient prolonger l'accueil souvent sympathique rencontré par les troupes allemandes, Hitler n'a jamais consenti, en raison de ses présupposés raciaux, à une véritable collabora-

---

1. Cf. *l'Histoire,* juill. 1985, n° spécial « Résistants et collaborateurs ».

tion qui eût été jusqu'à la restauration d'un État russe même dominé par l'Allemagne. Formée en 1942, l'armée du général Vlassov n'a pratiquement pas opéré sur le front Est et s'est surtout tristement illustrée par ses exactions en France.

Comme la collaboration, la résistance est un phénomène européen, mais d'une tout autre dimension. Si elle n'a jamais été véritablement coordonnée, du moins a-t-elle connu partout la même évolution ascendante, les mêmes formes d'organisation et de combat. Rédaction de tracts et de journaux clandestins, réseaux de renseignements et filières d'évasion, actions de commando et de sabotage se retrouvent dans tous les pays. La résistance peut atteindre des dimensions militaires avec la guerre de partisans (Pologne, URSS) et la formation de maquis capables, en Yougoslavie, en Grèce, en France et en Italie, d'immobiliser d'importantes forces ennemies. Socialement et politiquement, elle n'appartient à aucune classe ou aucune tendance, même si dans certains pays l'élément populaire et communiste se révèle dominant [1]. Qu'elle soit déterminée par un réflexe patriotique ou par l'antifascisme militant, la résistance finit par s'assimiler à la cause nationale, ce que traduit la multiplication des Fronts patriotiques ou nationaux à partir de 1943. L'intégration des courants politiques est pourtant variable. Elle est relativement aisée en France et en Italie où cohabitent, non sans méfiance réciproque, communistes, socialistes, chrétiens et libéraux. Elle se révèle plus tendue dans l'Europe balkanique, voire impossible en Yougoslavie et en Grèce, préparant ainsi les durs affrontements de l'après-guerre.

La Seconde Guerre mondiale a atteint un degré jusqu'alors inconnu de cruauté dont les populations civiles ont été les principales victimes. Le massacre de Katyn et les crimes perpétrés par l'Armée rouge en territoire allemand, le bombardement anglais de Dresde du 13 février 1945, la lourde interrogation morale qui continue de peser sur l'utilisation des bombes atomiques à Hiroshima et à Nagasaki témoignent que la barbarie n'est le monopole d'aucun camp. Mais, parce

1. Mais, en Allemagne, après la liquidation du réseau communiste Rote Kapelle en 1942, c'est dans les milieux conservateurs et chrétiens que la résistance à Hitler trouve ses éléments les plus actifs. Cf. P. Hoffmann, *la Résistance allemande contre Hitler*, Paris, Balland, 1984.

qu'elle répondait à un programme systématique d'asservissement et d'extermination, la barbarie nazie n'est comparable à aucune autre. Les populations de l'Est, au nom de l'infériorité slave et de la haine du communisme, en ont fait d'abord l'expérience, qu'il s'agisse du traitement des prisonniers polonais ou soviétiques, de la déportation de populations civiles, de la disparition de toute une élite politique ou culturelle. Par la suite, la multiplication des organisations et des actes de résistance étend la répression à l'ensemble de l'Europe occupée avec son triste cortège d'incarcérations, de tortures et d'exécutions. Antérieurs à la guerre, mais multipliés par elle, gérés pour la plupart par les SS, les camps de concentration essaiment à travers les territoires conquis [1], s'ordonnent en un système complexe avec sa hiérarchie et ses spécialisations. Aux antinazis de la première heure viennent s'adjoindre communistes, résistants et otages de tous les pays. Sous-alimentés et maltraités, exploités au mieux des intérêts de l'industrie de guerre allemande, ils savent pourtant faire preuve d'un degré remarquable de résistance et d'entraide.

L'extension de l'espace occupé va permettre également de donner corps aux menaces d'extermination des Juifs déjà émises verbalement par Hitler en 1939. Comme dans l'Allemagne d'avant-guerre, le processus fut graduel. A l'Ouest, on s'en tint pour un temps à des mesures d'épuration, des confiscations et des humiliations diverses, en général avec l'appui des gouvernements collaborateurs. A l'Est, l'instauration de ghettos officiels, qui revenait à une mort lente, n'interdit pas le recours à des méthodes plus expéditives, pogroms ou expériences « artisanales » de liquidation. Après que l'on a caressé, en 1940, l'idée d'une déportation massive des Juifs d'Europe à Madagascar, la guerre contre l'URSS oblige à abandonner ce projet trop coûteux, tout en ouvrant des possibilités plus vastes. Tenue en janvier 1942 dans le faubourg berlinois de Wannsee, une conférence interministérielle approuve un plan présenté par Heydrich, mais déjà en cours d'expérimentation : acheminement vers des camps existants ou à construire, extermination massive par l'emploi d'un nouveau gaz asphyxiant, le Zyklon B. Ainsi furent construits, agrandis ou

---

1. Cf. carte in H. Michel, *op. cit.*, t. I, p. 296.

reconvertis les camps de Belzec, Maïdanek, Sobibor, Treblinka, Chelmno et Auschwitz-Birkenau, ce dernier combinant le travail forcé et l'extermination avec une « capacité » de 12 000 victimes par jour. On estime généralement à 6 millions, soit 72 % de la communauté juive d'Europe [1], les victimes de cette « solution finale » qui restera le témoignage le plus accablant de la monstrueuse logique totalitaire du national-socialisme.

Le cas de la France

La Seconde Guerre mondiale ouvre pour la France une période parmi les plus tragiques de son histoire [2]. A la défaite et à l'occupation se sont adjoints les antagonismes ouverts d'une opinion publique livrée depuis une décennie à un état de guerre civile larvée. Si, comme il est de règle, l'attentisme a bien été le comportement dominant, Vichy et la collaboration, d'une part, la France libre et la Résistance, de l'autre, ont avivé des haines qui, trente ans plus tard, ne sont que partiellement éteintes.

Pas plus en 1939 qu'en 1914, l'insoumission à l'ordre de mobilisation n'a revêtu une quelconque importance, mais l'entrée en guerre s'est faite dans un climat de résignation morose, de divisions à peine voilées, et dans un pacifisme ambiant encore renforcé par l'adhésion du parti communiste au pacte germano-soviétique [3]. De cet état d'esprit, ainsi que

1. Environ 3 millions de gazés, 2 millions de morts durant le transport et 1 million de personnes liquidées sur place. Sur le génocide, les ouvrages de référence sont L. Poliakov, *Bréviaire de la haine*, Paris, Calmann-Lévy, 1951, et J. Billig, *l'Hitlérisme et le Système concentrationnaire*, Paris, PUF, 1967. Cf. aussi le n° spécial de la *Revue d'histoire de la Deuxième Guerre mondiale*, n° 24, oct. 1956.

2. Sur la France dans la Seconde Guerre mondiale et la défaite de 1940, les ouvrages fondamentaux sont ceux d'H. Michel, en particulier *la Seconde Guerre mondiale*, op. cit., *la Drôle de guerre*, Paris, Hachette, 1971, et une synthèse commode, *la Défaite de la France, septembre 1939-juin 1940*, Paris, PUF, « QSJ » n° 1828, 1980. Essentiel aussi pour l'ensemble de la période, J.-P. Azéma, *De Munich à la Libération, 1938-1944*, Paris, Éd. du Seuil, coll. « Points », 1979, avec une abondante bibliographie commentée.

3. Cette adhésion, avec toutes les implications qu'elle supposait, ne fut explicite qu'un mois environ après la signature du pacte. La désertion de

du retard patent accumulé dans la production de certains armements, découle l'inaction militaire des premiers mois — la « drôle de guerre », selon l'expression de l'écrivain Dorgelès —, assortie de quelques projets plus ou moins chimériques de stratégie périphérique dans les Balkans ou au Caucase. Après avoir assisté passivement à l'effondrement de la Pologne (27 septembre 1939), puis à celui de la Finlande (12 mars 1940), le pays semble enfin doté d'une direction ferme quand Paul Reynaud remplace Daladier le 21 mars. Mais la tentative de couper la route du fer suédois ne suffit pas à secouer la torpeur de l'armée et de l'opinion, qui se sont installées passivement dans une guerre qui semble n'exister que de nom. Aussi le réveil est-il pénible quand, après une attaque en Hollande et en Belgique destinée à attirer les meilleures troupes françaises, la Meuse est franchie entre le 12 et le 14 mai par les blindés allemands. Ce qui n'est perçu, et initialement conçu, que comme une opération de diversion est devenu, sous l'influence du général von Manstein, le point fort de l'offensive allemande dans un secteur particulièrement vulnérable du dispositif français. Dès lors la défaite est en vue [1], que ni le remplacement de Gamelin par Weygand (19 mai) ni les divers remaniements du cabinet Reynaud (18 mai et 5 juin) ne peuvent enrayer. L'avance inexorable des armées allemandes, les affres de l'exode, la tension croissante entre Français et Britanniques, la capitulation belge et l'entrée en guerre de l'Italie suscitent dans les rangs militaires et gouvernementaux un désarroi proche de l'affolement.

Indéniablement patriote et désireux de continuer la lutte même au prix d'une capitulation *militaire* en métropole, mais mal entouré par une équipe d'obligés qui ne partage pas

---

Maurice Thorez est du 4 octobre, mais dès le 27 septembre le PCF et ses organisations satellites ont été dissous par décret.

1. Une chronologie sommaire de la défaite s'établit comme suit : 12-14 mai : franchissement de la Meuse par les *panzer* allemands — 15-19 mai : échec des contre-offensives françaises — 19 mai : Weygand nommé généralissime — 26 mai-4 juin : évacuation des troupes franco-britanniques à Dunkerque — 27 mai : capitulation du roi Léopold — 6-10 juin : enfoncement des fronts français sur la Somme et sur l'Aisne — 10 juin : entrée en guerre de l'Italie — 14 juin : entrée des Allemands dans Paris — 15 juin : rembarquement total des troupes britanniques — 17 juin : formation du gouvernement Pétain et demande des conditions d'armistice.

forcément sa détermination, Reynaud voit, de la Loire à Bordeaux, s'effilocher ses appuis et grossir le nombre de ceux qui, autour de Weygand et de Pétain, prônent la solution *politique* de l'armistice. Démissionnaire le 16 juin, il est remplacé le 17 par Pétain à la tête d'un gouvernement où Laval, pacifiste notoire, entre le 23 comme vice-président du Conseil. La veille, l'armistice a été signé à Rethondes. Habilement, Hitler a su faire prévaloir sur les exigences démesurées de Mussolini des conditions «honorables» pour la France : le maintien d'un État souverain, la conservation de sa flotte (désarmée) et de son Empire. Mais l'occupation militaire de plus de la moitié du territoire français, l'étanchéité modulable de la ligne de démarcation et la condition de près de 2 millions de prisonniers sont autant de moyens de pression aptes à garantir la docilité du vaincu. De plus, l'annexion de l'Alsace-Lorraine dès août 1940 et la constitution d'une zone interdite montrent que d'emblée l'Allemagne entend bien interpréter à sa guise la convention d'armistice.

Les causes de la défaite française sont aujourd'hui bien établies. Les débats du procès de Riom et de nombreux travaux récents [1] ont fait justice de l'accusation intentée aux hommes politiques, en particulier à ceux du Front populaire, d'être responsables de l'impréparation du pays. S'il s'agit donc bien d'une défaite fondamentalement militaire, ce n'est pas dans le déséquilibre quantitatif et qualitatif entre les armements alliés et allemands que réside la clef du désastre. La défaite française trouve son explication dans les carences de la pensée stratégique (dispersion excessive des forces aériennes et blindées, mythes de l'invulnérabilité de la ligne Maginot et surtout de l' « infranchissabilité » du massif ardennais) et dans les erreurs de jugement du haut commandement confronté le 14 mai à une situation imprévue, mais où la promptitude et la coordination de la riposte auraient pu être salutaires. Dans l'immédiat, pourtant, c'est contre le personnel politique et les institutions républicaines que se retourne le gros d'une opinion traumatisée par la défaite et l'exode. Comme en 1815 et en 1871, mais dans un contexte aggravé, le recours au vieillard

---

1. Cf., en particulier, L. Mysyrowicz, *Autopsie d'une défaite,* Lausanne, L'Age d'homme, 1973, et R. Frank, *le Prix du réarmement français, 1935-1939,* Paris, Publications de la Sorbonne, 1982.

providentiel va de pair avec le rejet du régime. Sincère sans doute dans sa démarche, mais non sans arrière-pensées politiques et ambition personnelle, le maréchal Pétain a fait « don de sa personne à la France » pour atténuer son malheur. Habilement manœuvrés par Laval, députés et sénateurs, réunis le 10 juillet 1940 au grand casino de Vichy, après avoir adopté le principe d'une révision constitutionnelle, votent, par 569 voix contre 80 et 20 abstentions [1], les pleins pouvoirs au maréchal, le chargeant d'élaborer une nouvelle Constitution garantissant les principes du Travail, de la Famille et de la Patrie. Les 11 et 12 juillet, Pétain promulgue les quatre actes constitutionnels fondant l'État français, qui transfèrent à son chef la plénitude des pouvoirs exécutif et législatif.

Le régime de Vichy, long de quatre années, a donné lieu à une abondante historiographie qui, pour être parvenue à des conclusions très fermes, n'a pas suffi à apaiser des réactions demeurées éminemment passionnelles [2]. Les affrontements majeurs se situent autour de deux questions qui mettent en jeu sa légitimité. La première est liée à l'inéluctabilité de l'armistice et à la nécessité de maintenir en métropole un pouvoir dépositaire de l'intérêt national face aux exigences allemandes et aux menaces supposées de subversion intérieure. La seconde concerne la capacité de Vichy à avoir maintenu la cohésion du pays et assuré sa fonction protectrice des populations. Nourri par des arguments de tous ordres, ce débat peut donner lieu à des appréciations effectivement contradictoires, même s'il est solidement établi que le régime ne procède pas, ou du moins pas seulement, de préoccupations désintéressées, et que sa fonction de « bouclier » n'a pu être correctement remplie. Pour le reste, le personnel de Vichy, son idéo-

1. Les 80 opposants se répartissent en 58 députés et 22 sénateurs, parmi lesquels 36 parlementaires SFIO et 26 radicaux. Parmi les abstentionnistes, les présidents des deux Chambres, Herriot et Jeanneney. Déchus de leur mandat, les communistes n'ont pas pris part au vote.

2. Outre J.-P. Azéma, *op. cit.*, consulter en particulier *le Gouvernement de Vichy, 1940-1942*, Paris, Colin, 1972 (Actes d'un colloque organisé en 1970 par la FNSP), H. Michel, *Vichy année 40*, Paris, Laffont, 1966, et surtout R. O. Paxton, *la France de Vichy, 1940-1944*, Paris, Éd. du Seuil, 1974, coll. « Points ».

logie dominante, le sens de son œuvre et la nature du régime ne prêtent plus guère à contestation.

Dans sa durée le régime de Vichy s'est incarné dans le maréchal Pétain, secondairement dans Laval et Darlan. Continuité toute relative, du reste, compte tenu des atteintes croissantes de l'âge sur l'aptitude au travail et la volonté du chef de l'État. Crédité de longue date d'une grande popularité dans le pays et d'un réel respect dans les milieux politiques les plus divers [1], le maréchal Pétain est l'objet d'un véritable culte entretenu par une propagande bétifiante à l'excès. Sans véritable programme de gouvernement, il professe une aversion non dissimulée pour le régime parlementaire et les partis politiques et, à l'inverse, une conception toute militaire et hiérarchique du pouvoir au service d'une vision agrarienne et passéiste de la France. Ne nourrissant aucune sympathie particulière pour l'Allemagne et répugnant instinctivement à toute forme de vassalisation, il engage néanmoins le pays dans la voie d'une collaboration dont il attend surtout un adoucissement des conditions d'armistice. C'est à une vision plus lointaine des intérêts français qu'obéissent Pierre Laval et l'amiral Darlan, successeurs désignés du maréchal, le premier de juillet à décembre 1940 et après avril 1942, le second de février 1941 à avril 1942. Issu d'un milieu modeste, avocat socialiste, député défaitiste en 1914-1918, Laval est un pur produit du sérail parlementaire, dont l'évolution vers la droite a été de pair avec son enrichissement personnel. Écarté du pouvoir en janvier 1936, il avait indéniablement une revanche à prendre. Les gestes conciliants qu'il avait prodigués en 1935 aux dictatures, les concessions nécessaires aux exigences de l'occupant le rendaient apte, selon lui, à obtenir de l'Allemagne, dont il crut longtemps à la victoire, un traitement privilégié pour la France dans une nouvelle Europe autoritaire. Le raisonnement est identique chez l'amiral Darlan, à cette différence près que l'alignement sur l'Allemagne procède chez lui de l'anglophobie traditionnelle dans la Marine française et renforcée par le drame de Mers el-Kébir. Peu intéressés par la

---

1. L'appel à Pétain revenait périodiquement dans les milieux de l'extrême droite française des années trente. Mais, à gauche, en particulier à la SFIO, on portait estime à un chef considéré comme loyal et humain. Sur Pétain avant Vichy, cf. R. Griffiths, *Pétain et les Français,* Paris, Calmann-Lévy, 1974.

rhétorique passéiste de la Révolution nationale à laquelle ils opposent, surtout Darlan, une conception technocratique du redressement français, les deux « dauphins » ont essentiellement placé leurs ambitions et leurs calculs dans une collaboration qu'ils n'avaient pas les moyens réels de monnayer.

S'agissant du personnel dirigeant de Vichy — terme préférable à celui de personnel politique dans la mesure où la vie politique s'est circonscrite à des intrigues de cabinet et à des rivalités de clans —, on a vu dans la relève opérée dès l'été 1940 le « triomphe des émeutiers du 6 février 1934 [1] ». Il est exact que Vichy procède bien de l'esprit de revanche de l'extrême droite ligueuse et que les hommes de l'Action française (Alibert, Du Moulin de Labarthète, Ménétrel) se sont pressés sur les marches du pouvoir. Mais maurrassiens, Croix de Feu et même cagoulards ont également figuré dans les rangs de la France libre [2] et, à l'inverse, le personnel de Vichy déborde des contours des anciennes ligues, puisant largement dans la droite conservatrice et, à un moindre titre, dans la gauche pacifiste. On trouve ainsi à Vichy, et à des dates variables qui ne sont pas sans signification, d'anciens parlementaires conservateurs (Marquet, Piétri, Flandin), des catholiques réactionnaires (Xavier Vallat et, plus tard, Philippe Henriot), des publicistes de droite (Lucien Romier, Jacques Benoist-Méchin, Abel Bonnard), mais aussi d'anciens socialistes (Chasseigne), d'anciens communistes (Marion) ayant transité par le PPF, et des syndicalistes anticommunistes (René Belin). Placés en principe au-dessus des contingences politiques, les militaires sont en bonne place, les marins surtout, en raison du prestige de la flotte invaincue et des convictions solidement antirépublicaines de la « Royale ». La dévalorisation de la politique aidant, nombreux sont les techniciens qui vont servir le nouveau régime, moins par affinité idéologique que par pragmatisme ou simple sentiment de la nécessaire

---

1. R. O. Paxton, *op. cit.*, p. 231.
2. C'est particulièrement vrai pour les membres du parti social français qui, à quelques exceptions près (Ybarnegaray, Creyssel), n'ont jamais été très bien vus à Vichy malgré d'évidentes affinités idéologiques. Les troupes du PSF sont absorbées en août 1941 dans la Légion, pratiquement sans contrepartie. Passé à la « dissidence » en 1942, La Rocque est arrêté et déporté l'année suivante.

continuité de l'État. Les grands corps (Conseil d'État, Inspection des finances) colonisent ainsi le secrétariat général des ministères, les comités d'organisation, les offices et commissariats les plus divers, tandis que les ingénieurs du secteur public (Berthelot, Gibrat, Bichelonne) ou les dirigeants de grandes entreprises entendent travailler au redressement de la France par une intégration au nouvel espace européen.

La relève des hommes commande celle des idées. Au libéralisme démocratique de la IIIᵉ République, Vichy oppose une Révolution nationale qui sera celle des valeurs, des comportements et des institutions. Le contenu doctrinal n'en est guère original. Puisant aux sources de la pensée traditionaliste, elle reprend pour l'essentiel les thèmes anti-individualistes et anti-parlementaires de la droite ligueuse, avec quelques références au personnalisme chrétien, aux thèmes agrariens du dorgérisme, au planisme organisateur. Dans la continuité de l'Action française (dont l'influence idéologique, pour n'être pas exclusive, se révèle essentielle), la Révolution nationale entend substituer au règne de l'individualisme, aux forces de l'argent et aux influences apatrides, une société fondée sur le respect des hiérarchies naturelles, l'organisation corporative, le retour aux valeurs terriennes, familiales et patriotiques. Ce nouvel ordre moral trouve son assise sociale dans la paysannerie, désignée comme conservatrice des valeurs authentiques, dans les milieux de hobereaux ou de notables plus ou moins dessaisis de leur influence par les « couches nouvelles » républicaines, dans la petite classe moyenne du commerce et de l'artisanat. L'Église ne marchande pas son soutien à un régime qui, sans aller jusqu'à l'abrogation de la loi de 1905, ferme les écoles normales d'instituteurs et rétablit les subventions à l'enseignement privé. Les anciens combattants, partie intégrante du mythe Pétain, sont également étroitement associés au régime. A défaut d'un parti unique, que Vichy n'entend pas établir, la Légion des combattants doit devenir le vecteur privilégié de la régénérescence nationale [1].

Sur ces bases, l'œuvre entreprise n'est pas forcément déri-

---

1. La Légion a été fondée le 29 août 1940. Sa police intérieure, le Service d'ordre légionnaire (SOL), deviendra la Milice le 30 janvier 1943, avec Joseph Darnand comme secrétaire général.

soire. La législation sociale a enrayé, malgré l'extrême dureté
des temps, l'effondrement de la natalité française. Les comités
d'organisation et la corporation paysanne ont permis de gérer
au moins mal la pénurie et de conserver un minimum de
cohésion à une économie saignée à blanc par les prélèvements
allemands [1]. Dans divers domaines, Vichy a introduit d'utiles
réformes qui ont été conservées par la suite [2]. Mais il n'a été
procédé à aucune révision profonde des structures économiques et sociales ; et, derrière un anticapitalisme de façade, la
part belle a été faite aux oligarchies possédantes. Surtout, la
condamnation des influences perverses a d'emblée donné au
régime un tour inquisitorial et policier dont ont été victimes,
selon des modalités diverses, les francs-maçons, les communistes, les réfugiés étrangers et surtout les Juifs, sans que
l'occupant ne soit en rien, au moins initialement, dans une
épuration brutale qui ressemble fort à un règlement de
comptes.

S'agissant des relations avec l'Allemagne hitlérienne, l'ambiguïté s'est installée d'emblée, dès l'entrevue de Montoire.
Selon Pétain, la collaboration dont il avait « accepté le principe » ne pouvait s'exercer que dans l'honneur, elle signifiait
une réhabilitation du vaincu et le respect de ses droits essentiels. Dans l'esprit d'Hitler, elle ne peut être qu'une soumission de la France à la loi du vainqueur dans la perspective
prioritaire de la victoire allemande [3]. Mais il est clair que, dans
les marchandages permanents auxquels vont se livrer les deux
pays, Vichy n'a que quelques cartes, au reste éphémères
(l'Empire et la flotte), et l'Allemagne, les meilleurs atouts :
l'occupation partielle puis totale du territoire, la ligne de
démarcation, le traitement des prisonniers français et la menace d'un gouvernement de substitution formé dans le micro-
cosme de l'ultra-collaboration parisienne. Pour échapper à
cette infériorité, Vichy va multiplier les avances dont l'Allemagne ne lui sait aucun gré, mais qui ont pour effet d'assujet-

1. Sur l'ampleur de ces prélèvements, cf. les tableaux chiffrés *in*
J.-P. Azéma, *op. cit.,* p. 214-215.
    2. Cf. R. O. Paxton, *op. cit.,* p. 309-327.
    3. Cf. E. Jäckel, *la France dans l'Europe de Hitler,* Paris, Fayard, 1968,
dont les conclusions ne laissent aucun doute sur la façon purement annexionniste et spoliatrice dont Hitler a entendu la collaboration.

tir davantage le pays à l'ordre hitlérien et d'anéantir progressivement son capital de sympathie dans l'opinion. Vichy accepte ainsi la mise en coupe réglée de l'économie française, offre à l'Allemagne une participation militaire au conflit (accords de Paris, Légion des volontaires), aide l'occupant à traquer les résistants et les Juifs, lui livre sa main-d'œuvre (*S-Betriebe*, la «relève», le STO). Que Vichy ait tenté de contourner ou d'adoucir les exigences allemandes n'est pas douteux, mais ces restrictions mentales pèsent peu au regard des offres de service et des concessions accordées.

La collaboration d'État n'est au reste que l'aspect officiel d'un phénomène d'ampleur nationale. Il n'est pas d'autre exemple en Europe d'un pays où l'occupant ait trouvé autant de complicités agissantes, que celles-ci aient répondu aux sollicitations de l'intérêt mercantile ou à la solidarité idéologique dont l'avant-guerre avait donné tant de signes avant-coureurs. Peu étudiée, parce que discrète et d'un maniement délicat, la collaboration économique a laissé quelques fructueux dividendes à ses innombrables commanditaires [1]. Protégée par l'ambassadeur Abetz et couverte par son homologue français de Brinon, la collaboration parisienne brille de mille feux dans ses diverses composantes politiques, journalistiques, littéraires et artistiques [2]. Longtemps hostile au conservatisme frileux des notables de Vichy, son activisme pro-hitlérien finit par se confondre avec la collaboration d'État quand, en 1944, Darnand (membre de la Waffen SS et décoré de la Croix de fer), Philippe Henriot et Marcel Déat entrent au gouvernement. Après le premier Vichy, réactionnaire et paternaliste, celui de l'année 1940, après le second Vichy, technocratique et collaborateur, celui de Darlan et du retour de Laval, la trajectoire s'achève par une satellisation quasi complète au Reich hitlérien, à ses exigences et à ses méthodes. De sorte qu'initialement issu d'une longue filiation traditionaliste, celle qui, de l'ultracisme à l'Action française, n'a cessé d'incarner l'une des composantes les plus authentiques de la droite, Vichy a fini par procéder, sans pour autant cesser

1. Quelques indications *in* H. W. Ehrmann, *la Politique du patronat français, 1936-1955,* Paris, Colin, 1959, en part. p. 63-91.
2. Cf. P. Ory, *les Collaborateurs, 1940-1945,* Paris, Éd. du Seuil, coll. «Points», 1980.

d'affirmer sa vocation au redressement *national,* d'un pur et simple fascisme d'alignement [1].

Ce n'est là qu'une des contradictions du régime. On pourra toujours discuter, chiffres et témoignages à l'appui, de savoir si Vichy a évité le pire aux Français occupés. Si la thèse du « bouclier », défendue en son temps par Robert Aron [2], n'est plus admissible, il n'est pas sûr que des comparaisons trop sollicitées emportent cette conviction que le gouvernement d'un gauleiter n'eût pas été plus tragique [3]. Mais la contradiction éclate entre le chauvinisme de la propagande et les concessions permanentes à l'occupant, entre l'exaltation de l'unité nationale et l'accroissement des divisions par une politique de règlement de comptes, entre une idéologie passéiste et l'affirmation de la technocratie, entre la condamnation de l'instabilité républicaine et une consommation effrénée de ministres et de secrétaires d'État, entre la dénonciation du grand capital et la part si belle faite au patronat. Contradictions qui s'effacent, au reste, devant l'erreur majeure du régime, celle d'avoir cru à la possibilité de réformer la France dès lors que celle-ci ne disposait plus de son indépendance et de sa souveraineté.

La France libre et son prolongement intérieur, la Résistance, sont l'exacte antithèse de Vichy. Dans leur contenu, puisqu'elles procèdent du refus de l'armistice et de la soumission à l'Allemagne nazie, comme dans leur évolution chronologique, la popularité déclinante du pétainisme s'inscrivant en contrepoint de l'audience croissante du gaullisme. Il est difficile néanmoins de situer l'intersection des deux courbes. Dès 1941, Vichy a largement entamé son capital de sympathie, dès lors que ses offres insistantes de collaboration ruinent la fiction du double jeu ainsi que la conviction, initialement très répandue, d'une collusion tacite entre Pétain et de Gaulle. Mais ce n'est qu'à la fin de 1942, et plus encore dans le

1. Cf. R. Rémond, *les Droites en France,* Paris, Aubier, 1982, p. 233-238.

2. R. Aron, *Histoire de Vichy,* Paris, Fayard, 1954.

3. On peut, en effet, estimer discutables les affirmations de R. O. Paxton sur ce point, *op. cit.,* p. 332-347.

courant de l'année 1943, que la France libre et la Résistance atteignent une ampleur et une osmose suffisantes pour assurer la relève du pouvoir.

Même si celui du 19 est d'une portée plus large, l'appel du 18 juin 1940 constitue bien l'acte de naissance de la France libre. Il émane d'un officier inconnu hors des sphères militaires et gouvernementales qui, après une carrière moyenne longtemps patronnée par Pétain, s'est vu reconnaître un peu tard la justesse de ses théories sur l'emploi de l'arme blindée en entrant, le 5 juin, comme sous-secrétaire d'État à la Guerre dans le cabinet Reynaud [1]. Issu d'une famille catholique de la bourgeoisie lilloise, influencé par des lectures éclectiques où dominent les maîtres à penser du nationalisme français, le général de Gaulle entame à cinquante ans une nouvelle destinée placée sous le signe du refus de l'abaissement national.

Dans l'immédiat, les débuts sont modestes. L'appui moral de Churchill [2], qui l'a reconnu comme «chef des Français libres», l'ouverture de quelques facilités financières et militaires par l'accord du 7 août ne compensent pas la minceur des effectifs combattants, l'absence de ralliement de tout homme politique ou de tout officier prestigieux. Le salut va venir de l'Empire, même si dans ses pièces maîtresses celui-ci choisit Vichy [3]. La dissidence de quelques officiers (Catroux, Larminat, Leclerc) ou gouverneurs coloniaux (Félix Éboué) permet le ralliement des possessions du Pacifique, de l'essentiel de l'AEF et, malgré l'échec devant Dakar, du Gabon en novembre. Au Levant, la lutte entre Vichyssois et Français libres ayant tourné à l'avantage de ces derniers (juin 1941), ces divers ralliements permettent de décupler en deux ans les forces combattantes [4] et de les faire participer à des combats

1. La bibliographie consacrée au général de Gaulle est innombrable, mais deux ouvrages permettent d'oublier bien des titres : B. Ledwige, *De Gaulle*, Paris, Flammarion, 1984, et J. Lacouture, *De Gaulle*, Paris, Éd. du Seuil, 1984, t. I, *le Rebelle*.

2. Un appui sans défaillances majeures, mais qui n'alla pas sans heurts. La tension entre de Gaulle et Churchill est vive au lendemain de l'échec devant Dakar, à propos du Levant et de Madagascar, puis en raison de l'insoumission de De Gaulle aux vues américaines.

3. Ainsi en est-il de l'Indochine avec l'amiral Decoux, de l'Afrique du Nord avec le général Noguès, de l'AOF avec le gouverneur Boisson.

4. Les effectifs de la France combattante passent ainsi de 7 000 hommes environ en juillet 1940 à 70 000 en juin 1942.

CHRONOLOGIE DE VICHY

1940 - *10 juillet :* l'Assemblée nationale vote les pleins pouvoirs constituants au maréchal Pétain. *11 juillet :* promulgation des trois premiers actes constitutionnels fondant l'État français. *12 juillet :* Laval devient «dauphin». *30 juillet :* création des Chantiers de jeunesse. *13 août :* dissolution des sociétés secrètes. *29 août :* création de la Légion des combattants. *3 octobre :* promulgation d'un statut des Juifs. *24 octobre :* entrevue de Montoire. *9 novembre :* dissolution des syndicats professionnels. *2 décembre :* loi sur l'organisation corporative de l'agriculture. *13 décembre :* déchéance et arrestation de Laval. *14 décembre :* P.-E. Flandin succède à Laval.

1941 - *22 janvier :* création du Conseil national. *9 février :* démission de Flandin, remplacé par Darlan. *29 mars :* X. Vallat nommé commissaire aux Questions juives. *27 mai :* signature des accords de Paris. *2 juin :* nouveau statut des Juifs. *14 août :* création des cours spéciales de justice. *4 octobre :* promulgation de la Charte du travail. *23 octobre :* exécution de 27 otages à Châteaubriant. *20 novembre :* rappel de Weygand d'Afrique du Nord. *1er décembre :* entrevue Pétain-Gœring à Saint-Florentin.

1942 - *19 février :* ouverture du procès de Riom. *17 avril :* démission de Darlan. *18 avril :* Laval devient chef du gouvernement. *29 mai :* obligation du port de l'étoile jaune pour les Juifs en zone occupée. *16 juin :* instauration de la «Relève». *17 juillet :* rafle du Vel d'Hiv. *17 novembre :* renforcement des pouvoirs de Laval. *27 novembre :* désarmement de l'armée d'armistice et sabordage de la flotte à Toulon.

1943 - *30 janvier :* création de la Milice. *16 février :* mobilisation des premières classes pour le STO. *5 avril :* Vichy livre Blum, Daladier, Mandel, Reynaud et Gamelin à l'Allemagne. *17 septembre :* accords Speer-Bichelonne. *2 décembre :* assassinat de Maurice Sarraut par la Milice.

1944 - *1er janvier :* Darnand nommé secrétaire d'État au Maintien de l'ordre. *6 janvier :* Philippe Henriot nommé secrétaire d'État à la Propagande. *27 janvier :* la Milice étend ses activités en zone Nord. *26 avril :* voyage de Pétain à Paris. *10 juin :* massacre d'Oradour. *20 juin :* assassinat de Jean Zay. *12 juillet :* dernier conseil des ministres à Vichy. *20 août :* Pétain contraint de quitter Vichy pour l'Allemagne.

CHRONOLOGIE DE LA FRANCE LIBRE
ET DE LA RÉSISTANCE

1940 - *18 juin :* premier appel du général de Gaulle. *28 juin :* de Gaulle reconnu comme «chef des Français libres» par le gouvernement britannique. *7 août :* accords techniques entre la France libre et le gouvernement britannique. *Fin août :* ralliement de la quasi-totalité de l'AEF. *25 septembre :* échec devant Dakar. *27 octobre :* création du Conseil de défense de l'Empire. *11 novembre :* manifestation patriotique d'étudiants à Paris.

1941 - *28 janvier :* démantèlement du réseau du musée de l'Homme. *2 mars :* prise de Koufra par les forces de Leclerc ; fondation de la confrérie Notre-Dame par le colonel Rémy. *15 mai :* création du Front national par les communistes. *26 mai-9 juin :* grève des mineurs du Nord et Pas-de-Calais. *8 juin :* entrée des Forces françaises libres en Syrie. *1er novembre :* fondation du mouvement Combat. *20 novembre :* publication du premier «Cahier du Témoignage chrétien».

1942 - *1er janvier :* parachutage de Jean Moulin en zone Sud. *28 mars :* naissance des FTP. *11 juin :* percée des FFL du général Koenig à Bir Hakeim. *14 juillet :* la France libre devient la France combattante. *8-11 novembre :* débarquement anglo-américain en Afrique du Nord. *4 décembre :* Darlan crée le Conseil impérial. *24 décembre :* assassinat de Darlan.

1943 - *26 janvier :* conférence d'Anfa ; création des MUR en zone Sud. *4 mars :* arrivée de Jean Monnet à Alger. *17 avril :* accords du Perreux réunifiant la CGT. *27 mai :* première réunion du CNR. *3 juin :* création du CFLN. *21 juin :* arrestation de Jean Moulin. *2 octobre :* fin du duumvirat Giraud-de Gaulle. *5 octobre :* libération de la Corse. *6 novembre :* élargissement du CFLN aux courants politiques résistants.

1944 - *5 janvier :* les MUR deviennent Mouvement de libération nationale. *30 janvier :* conférence africaine de Brazzaville. *1er février :* naissances des Forces françaises de l'intérieur. *15 mars :* programme du CNR. *4 avril :* entrée des communistes au CFLN. *2 juin :* le CFLN se transforme en Gouvernement provisoire. *6 juin :* débarquement allié en Normandie. *23 juillet :* fin du maquis du Vercors. *9 août :* ordonnance rétablissant la légalité républicaine. *15 août :* débarquement franco-américain en Provence. *15-25 août :* insurrection et libération de Paris. *26 août :* de Gaulle à Paris.

qui, pour être d'une portée symbolique, n'en marquent pas moins à Bir Hakeim le début du redressement militaire français. Sur le plan institutionnel, un Conseil de défense de l'Empire a été mis sur pied, auquel succède le 24 septembre 1941 le Comité national français, embryon d'organe gouvernemental auquel manque encore la reconnaissance des grandes puissances alliées. Faute du ralliement explicite des principaux partis, la coloration en est plus technicienne que politique [1], le général de Gaulle jouant de toute façon un rôle prédominant, non sans entretenir autour de sa personne une adulation qui pèsera lourd dans l'histoire et les avatars du gaullisme.

La France libre s'est occupée très tôt d'étoffer son action en métropole pour faire entendre son message, obtenir des renseignements et, à terme, y asseoir son autorité. Les retransmissions de la BBC (« Honneur et Patrie ») y concourent, ainsi que la formation des premiers réseaux de renseignements agissant en liaison avec la Résistance intérieure. Celle-ci a débuté dès l'été 1940, mais par une juxtaposition d'actions isolées et hors de toute directive de la France libre. Pour n'être pas forcément des marginaux tentés par l'aventure d'une dissidence de plus, mais des hommes politiquement conscients [2], les premiers résistants agissent aussi hors de tout encadrement de parti ou de syndicat. C'est particulièrement vrai pour les militants communistes qui refusent de se soumettre à la ligne attentiste dictée par le Komintern à la direction clandestine. Celle-ci, entre les mains de Duclos et de Fajon, a en effet adopté d'emblée une orientation très hostile à Vichy [3], mais s'est longtemps tenue à une neutralité, et même initialement bienveillante, à l'égard de l'occupant [4]. Le revirement du parti

---

1. On y trouve René Pleven aux Finances et Colonies, Maurice Dejean (puis René Massigli) aux Affaires étrangères, René Cassin à la Justice.

2. Socialistes comme Daniel Mayer ou Jean Lebas, démocrate-chrétien comme Edmond Michelet, radicalisant comme Jean Moulin, communistes comme Charles Tillon ou Auguste Lecœur.

3. Si l'on excepte le pas de clerc commis par François Billoux, qui, de sa prison, adresse en décembre 1940 une lettre à Pétain requérant le privilège de témoigner à charge contre Blum, Mandel et Reynaud internés avant d'être traduits en justice par Vichy.

4. Comme en témoignent la demande de republication de *l'Humanité* en juin 1940 et les appels de *l'Humanité* clandestine à la fraternisation des

est au reste légèrement antérieur à l'entrée en guerre de l'URSS. Il se situe en avril-mai 1941, lié à la détérioration des relations germano-soviétiques et à la pression militante. Mais, si le PCF a utilement mis à profit cette période pour se reconstruire, il lui faudra encore plusieurs mois pour qu'il se dote d'une organisation politique (le Front national) et militaire (les FTP) efficace.

A la fin 1941, même si elle reste le fait d'une infime minorité, la Résistance a sensiblement progressé. Ses structures se sont étoffées en zone Sud et le recrutement progresse en zone occupée, moins réceptive au mythe Pétain. Orientés surtout vers une action de sensibilisation et de propagande, des *mouvements* se sont mis en place, dont la coloration peut être très éclectique (Combat [1]) ou plus nettement affirmée, à droite avec l'OCM, à gauche avec Libération Sud puis Libération Nord. De part et d'autre de la Manche s'ébauche une coordination, aussi nécessaire à de Gaulle pour affirmer la France libre face aux Alliés et faire face aux intentions à peine voilées du Front national de coiffer l'ensemble des mouvements, qu'aux résistants eux-mêmes qui cherchent une caution morale et des moyens matériels que seul Londres peut leur dispenser. Délégué général de De Gaulle, Jean Moulin est parachuté en zone Sud le 1er janvier 1942, mais la route est encore longue qui mènera à l'unification.

Celle-ci est d'autant plus nécessaire que la situation du général de Gaulle est devenue plus fragile depuis le débarquement anglo-américain en Afrique du Nord, le 8 novembre 1942. Considérant de Gaulle comme un apprenti dictateur et la France libre comme une sécession douteuse, Roosevelt entend en effet s'appuyer sur le vichysme antiallemand et non sur le gaullisme, au reste quasi inexistant en Afrique du Nord [2]. Après avoir négocié, comme «expédient provisoire», avec l'amiral Darlan qui se prévalait à tort de la «pensée intime» du maréchal pour s'entendre avec les Alliés, mais qui est assas-

---

travailleurs français avec les soldats allemands en juillet. Sur l'ensemble de la question, cf. J.-P. Azéma, *op. cit.*, p. 129-136.

1. Conservateur avec Henri Frenay, socialisant avec Claude Bourdet, démocrate-chrétien avec Edmond Michelet et François de Menthon.

2. Faute d'ouvrage pleinement satisfaisant sur l'«imbroglio d'Alger», cf. J.-P. Azéma, *op. cit.*, p. 277-297.

siné le 24 décembre, les Américains intronisent le général
Giraud, qui avait initialement leurs faveurs. Courageux et
patriote, mais piètre politique et militaire d'un autre âge,
Giraud gouverne à Alger de la façon la plus réactionnaire et
antisémite. Ce vichysme sans Vichy reçoit pourtant le soutien
des Américains. Après l'impossible réconciliation d'Anfa, la
position de Giraud semble assurée. Pourtant, la stature grandissante du général de Gaulle, qui peut se prévaloir du soutien
massif de la Résistance intérieure [1], l'action tenace et habile de
Jean Monnet permettent l'adoption, le 3 juin 1943, d'une
formule de compromis : un Comité français de libération nationale (CFLN) dirigé par deux présidents aux pouvoirs identiques. Mais, source de frictions et d'intrigues, une telle
« dyarchie » est difficilement viable. Elle ne résiste pas à
l'inexpérience politique du général Giraud, à ses multiples
maladresses, à l'affaiblissement de ses soutiens. Progressivement marginalisé dans des tâches strictement militaires, où il
fait au reste œuvre utile en obtenant des Américains l'équipe-
ment de huit divisions, il finit par se retirer définitivement le
8 avril 1944. Devenu président unique du CFLN, de Gaulle
l'a élargi en novembre 1943 aux résistants de l'intérieur (Frenay, d'Astier de La Vigerie) et aux représentants des partis
politiques (Le Troquer, Queuille). Au terme d'un long conflit
de compétence pour la désignation des commissaires, les
communistes, avec Billoux et Grenier, y entrent à leur tour.
Reconnu *de facto* par les Alliés, le CFLN devient, le 2 juin
1944, Gouvernement provisoire de la République française.
La consécration militaire va de pair : fortes d'environ 500 000
hommes, africains pour la plupart, les Forces françaises jouent
un rôle décisif dans les combats en Italie et lors du débarquement de Provence.

Dans la progression de la Résistance intérieure, trois facteurs essentiels peuvent être retenus. Le premier réside assurément dans l'implication totale du parti communiste, qui
suscite un engagement militant d'une envergure et d'une qualité que nul, même parmi ses adversaires, ne songe à nier. La
satellisation croissante de Vichy à l'Allemagne, en particulier

1. C'est précisément entre mars et mai 1943 que progresse rapidement
l'unification des mouvements de résistance et que s'affirme leur ralliement
explicite à de Gaulle.

dans le cadre d'une collaboration policière et antisémite particulièrement odieuse [1], a pour effet de détacher du maréchalisme des patriotes conservateurs, des cadres de l'armée d'armistice dissoute (l'ORA) ainsi que de nombreux hésitants. La création du STO a été enfin la grande pourvoyeuse des maquis, surtout à partir de l'été 1943. Réseaux et maquis améliorent progressivement, non sans défectuosités et récriminations, leurs relations avec Londres et Alger, multiplient les filières d'évasion, de faux papiers et de renseignements, se livrent à des actions de sabotage ou de commandos [2]. Parallèlement est conduite l'unification des mouvements, ardemment souhaitée par le général de Gaulle, autant pour renforcer sa légitimité intérieure et internationale que pour déjouer un éventuel débordement communiste à la Libération. Sans méconnaître le travail réalisé par Pierre Brossolette ou le colonel Passy, l'œuvre d'unification fut surtout celle de Jean Moulin. Fort de la confiance du général de Gaulle et de la maîtrise des fonds alloués aux mouvements de résistance, ce dernier parvient à lever les réticences socialistes puis l'hostilité des communistes du Front national. Mars 1943 est réalisée en zone Sud la fusion des trois principaux mouvements (Combat, Franc-Tireur et Libération) dans les « Mouvements unis de Résistance » (MUR) et de leurs formations militaires en une « Armée secrète ». Après diverses tractations et l'ébauche de nouveaux regroupements, ce processus trouve son aboutissement le 27 mai 1943, quand se tient à Paris la première réunion du Conseil national de la Résistance (CNR), organe représentatif de huit mouvements, six partis politiques et deux syndicats. Après l'arrestation de Jean Moulin à Caluire, le 21 juin, la présidence en revient à Georges Bidault, mais soumis à l'autorité du délégué général Alexandre Parodi. Si, pour des raisons de sécurité, le CNR ne se réunit que rarement, sa tâche essentielle aura été de préparer la relève du

---

1. La France comptait en 1939 près de 350 000 Juifs; 150 000 environ furent déportés vers les camps d'extermination avec la complicité des autorités françaises et il y eut 3 000 survivants. Cf. Ph. Bourdrel, *Histoire des Juifs de France,* Paris, Albin Michel, 1974.

2. Sur la Résistance, la bibliographie considérable est dominée par H. Noguères, *Histoire de la Résistance en France,* Paris, Laffont, 1967-1981 (5 vol.), et H. Michel, *Histoire de la Résistance en France,* Paris, PUF, « QSJ » n° 429, 1984, est un précis commode.

pouvoir par l'instauration de comités de libération dans les départements et la publication, en mars 1944, d'un programme de réformes économiques et sociales d'inspiration socialisante. Sur le plan militaire, l'unification progresse également avec le COMAC, organe de contrôle plus que de commandement rattaché au CNR, et surtout avec la création, le 1er février 1944, des Forces françaises de l'intérieur (FFI), réparties en douze régions militaires et placées, en mars, sous la direction du général Koenig. En dépit de forts déséquilibres régionaux et de diverses erreurs de coordination, le combat des FFI est capital lors du débarquement en Normandie et dans la libération de régions entières, en particulier dans le Centre et le Sud-Ouest. Au terme de tractations laborieuses, Paris est libéré le 25 août sans combats d'envergure. Pour n'avoir pas été, comme aux Pays-Bas, en Pologne ou en Yougoslavie, l'expression de la quasi-unanimité d'un peuple, non seulement la Résistance française a sauvé l'honneur, mais elle a payé, avec ses 20 000 fusillés et ses 60 000 déportés, un lourd tribut à la libération du pays.

5

Les renouvellements
de l'après-guerre

1

Les espoirs économiques

Bilans et perspectives

En dépit du recul, il apparaît difficile de qualifier avec précision la nature économique et sociale de l'immédiat après-guerre. D'emblée, 1945 se présente comme un moment privilégié de discontinuité historique, où sont entérinées la suprématie américaine et la nouvelle stratégie sociale des Welfare States (États-providence). L'égalité factice entre les Alliés est levée de manière plus que symbolique lorsque, en octobre 1945, le président Truman annonce que son pays entend conserver le monopole de la technologie et de l'information nucléaires. Tout semble concourir à faire de cette année le point de départ d'une chronologie contemporaine. Les thèmes et les mots majeurs des discours exaltent le renouvellement, la reconstruction, l'acceptation d'un rôle qui se veut original : ne forge-t-on pas l'expression « année zéro » pour l'Allemagne et celle de « brillant second des États-Unis » pour la Grande-Bretagne ?

Comment ne pas observer cependant le nombre des continuités qui relient ces années à la guerre et au premier XXe siècle ? C'est dès 1941, lors de la rencontre de Placentia Bay où Churchill et Roosevelt élaborent la charte de l'Atlantique, que les Américains entament leurs pressions pour obtenir la suppression des accords d'Ottawa et la clause de la nation la plus favorisée [1] en échange de leur soutien militaire et financier. De ce point de vue, l'année 1945 constitue le jalon suivant les accords de Bretton-Woods et conditionnant la mise en place

---

1. United States, National Resources Planing Board, *After Defense, What?*, Washington, 1941.

d'une stratégie d'avantages inégaux [1]. De même, l'avènement du Welfare State résulte de l'alchimie entre un courant conservateur — soucieux d'organiser le progrès sans rupture majeure —, une conception libérale — promotrice d'une égalité des chances qui prolongerait le brassage social et culturel de la guerre — et une inspiration socialiste — correspondant à la reconnaissance des partis travaillistes ou communistes et à leur volonté de diffuser le maximum d'égalité sous le contrôle de l'État. Les années 1945-1947 s'apparenteraient alors à une sorte de point nodal où se rejoignent des idées neuves et des espérances anciennes, des hommes de la guerre et des personnages installés. Ces convergences rendent impossible une stricte interprétation en termes de rupture; aussi proposera-t-on trois lectures possibles de la réalité d'après-guerre.

Le retour à la paix est d'abord le temps des bilans, puis de la prise de conscience des différences. Différence de puissance, différence dans la richesse qui suscitent des revendications et ouvrent la voie aux affrontements des années 1947-1949. Spontanément, les réflexes de 1918 resurgissent, lorsque les vainqueurs commencent à évaluer leurs « pertes » en songeant aux réparations qui pourraient les indemniser. Deux données entrent en ligne de compte : la dépréciation du stock de capital et sa destruction. Il est particulièrement délicat d'estimer l'obsolescence des matériels : à la fin du conflit, ceux-ci sont à la fois « normalement » usés et « exceptionnellement » dégradés par l'effort de guerre totale. Le partage entre les deux taux d'usure est d'autant plus aléatoire que les années 1938-1939, choisies comme références, ne sont nullement des « années normales », si tant est qu'il en existe. A cette date, la production industrielle est déjà tournée vers la guerre et, en France ou en Italie, elle n'a pas retrouvé les niveaux moyens d'avant la crise : le risque d'erreur est donc double, de surévaluer le taux de remplacement du capital fixe dans les branches dynamiques et de sous-évaluer ce taux ailleurs. L'évocation de l'amortissement irrationnel de l'outillage sert, en quelque sorte, de quotité d'ajustement flexible aux réclamations des vainqueurs. Celles-ci sont d'abord fondées sur l'estimation des destruc-

1. W. C. Mallalieu, *British Reconstruction and American Policy*, New York, 1956.

tions visibles : la Pologne et la Yougoslavie furent les principales victimes avec 33 % de leur stock de capital détruit à la fin de 1945, suivies par l'URSS avec 25 %, l'Allemagne avec 13 % dans les seules zones occupées par les Occidentaux, la France et l'Italie avec 8 % chacune et la Grande-Bretagne avec 3 %. Quelles que soient également les imprécisions, les ordres de grandeur apparaissent vraisemblables, si l'on songe, par exemple, que plus de 2 millions de tonnes de bombes ont été déversées sur le continent européen.

Encore convient-il d'identifier la nature des destructions. La guerre a touché plutôt les immeubles et les voies de communication que les usines, souvent enterrées ou dispersées. Ainsi le potentiel industriel allemand est-il endommagé à 18-20 % ; mais le secteur de la machine-outil, qui avait connu au plus 7 % de pertes à la fin de 1944, les avait remplacées en un an. En raison de l'importance des investissements réalisés en quatre ans, la machine-outil allemande sort même renforcée de la guerre [1]. En revanche, ce potentiel est immobilisé par la désorganisation du réseau des transports, tandis que 25 % des immeubles urbains ont été détruits. La situation des pays occupés est plus préoccupante, du fait des combats qui s'y sont déroulés, de la réduction brutale des investissements pendant plusieurs années et de la désorganisation économique à laquelle avaient procédé les Allemands. Ainsi peut-on estimer les destructions en France à 80 % des installations portuaires, 25 % des locomotives et 50 % des wagons ; de plus, 20 % du capital immobilier, 60 000 exploitations industrielles et autant d'agricoles ont été endommagés. La France et les pays d'Europe centrale furent les plus gravement touchés, au point qu'on évalue à 10 milliards de francs le montant des installations industrielles démontées et transférées de France en Allemagne. Outre le caractère parfois incertain de ces évaluations [2], les pays d'Europe du Nord connaissent des

1. A. S. Milward, *The German Economy at War, op. cit.*, p. 333. Observations identiques pour la Grande-Bretagne au temps du *Blitz* ; seul 1,7 % de son stock de machines-outils est atteint.

2. Les estimations de l'ONU, in *Economic Survey of Europe since the War*, Genève 1953, contredisent certains calculs qui faisaient état d'une déperdition de 50 à 60 % du stock de capital pour certaines branches, telle la machine-outil.

situations plus contrastées : au Danemark et en Norvège, la mécanisation et la capacité industrielles s'accrurent de 15 à 20 % pendant la guerre.

On comprend que les contemporains aient prêté peu d'attention à ces nuances et que leur réaction immédiate ait été de puiser en Allemagne les éléments d'une indemnisation. En fait, l'objectif des Alliés est double : se « payer », certes, mais surtout empêcher la renaissance de la puissance économique allemande. A la conférence de Québec, en septembre 1944, Roosevelt et Churchill avaient fixé le niveau futur de la production industrielle dans une Allemagne vaincue : la production d'acier ne devait pas dépasser 5,8 millions de tonnes et l'ensemble devait demeurer compris entre 25 et 50 % des résultats atteints en 1936. Des conceptions similaires à celles de 1919 réapparaissent : profiter du vide temporaire créé en Europe centrale par la défaite allemande pour conquérir ces marchés et éviter ainsi une crise de reconversion industrielle à la fin de la guerre ; pérenniser au besoin cette situation, en suggérant, comme dans le plan Morgenthau, une « ruralisation » de l'ancien Reich. Les Occidentaux n'avaient pas compris la contradiction existant entre la limitation arbitraire de la capacité productive allemande et les besoins d'une population traumatisée. De même, les Soviétiques restèrent convaincus que les transferts autoritaires étaient la solution la plus efficace puisqu'ils n'entendaient pas intégrer leur économie aux échanges internationaux ; les disparités techniques et le coût des transferts étaient systématiquement négligés. Dans le choix des réparations, dans les estimations divergentes entre Alliés se trouvent les ferments d'une discorde. A Potsdam, c'est le problème roumain ; entre mars et octobre 1946, celui du coût trop élevé de l'occupation et du démontage des usines. La prise de conscience des différences devient prétexte à l'affrontement : les uns soulignent leur paupérisation, sans en décomposer la nature ; les autres dénoncent la pénurie de dollars, les exigences du gouvernement américain — lors des tractations avec la Grande-Bretagne ou de la signature des accords Blum-Byrnes. Le retour de l'hétérogénéité des comportements est bien la marque distinctive de la première reconstruction.

On peut cependant proposer une lecture qui insisterait sur la communauté des préoccupations rencontrées en 1945-1947. Les sociétés ne cherchent-elles pas à voir disparaître les anomalies du temps de guerre, à préserver ou à recouvrer une prospérité? Les problèmes humains ne sont-ils pas proches, malgré des intensités inégales? Au poids des pertes directes s'ajoutent les conséquences d'une surmortalité et d'une sous-alimentation; la pauvreté, la maladie, le vieillissement des sociétés européennes constituent les thèmes majeurs des réflexions politiques, dans l'Angleterre travailliste ou la Belgique libérale. Ces inquiétudes appelaient des réponses domestiques et internationales. En ce sens, les rapports anglo-américains apparaissent dominés par la volonté des Britanniques de promouvoir un système financier international qui permettrait l'application du Welfare State, sans que les Anglais restent sous la menace permanente d'une politique américaine déflationniste. Les accords de Bretton-Woods représentent la condition liminaire puisqu'ils entérinent le retour à l'étalon de change-or, donc à la stabilité monétaire, sans contraindre la Grande-Bretagne à des efforts financiers immédiats, dans la mesure où la livre sterling n'est pas convertible. L'accord du 6 décembre 1945 complète cette réorganisation en faisant disparaître deux problèmes majeurs pour les Britanniques : leurs dettes de guerre sont réduites de 80 %, et ceux-ci bénéficient d'un crédit de 3,7 milliards de dollars à 2 % et des possibilités de tirage sur le FMI. L'échec du retour à la convertibilité, en juillet 1947, illustre le mauvais fonctionnement des étages inférieurs de la pyramide financière et l'ampleur du *dollar gap* pour les pays du Commonwealth; mais il ne remet pas en cause le montage financier anglo-saxon : la prospérité américaine a besoin des échanges commerciaux avec l'Empire britannique. Les cas de la France, de l'Italie et de l'Allemagne s'inspirent d'une stratégie analogue : les accords bilatéraux constituent la première étape d'une remise en ordre des économies, sous le contrôle des États-Unis, dans la perspective d'une multilatéralisation. Présentés en 1945 comme des dettes supplémentaires contractées par l'Allemagne, les 2 milliards de dollars investis par les États-Unis dans la bizone vont se transformer, dès 1946, en aide économique : l'esprit de Potsdam paraît fort loin.

L'analyse de l'attitude américaine introduit une dernière

perspective, concernant les situations face au reste du monde. Les empires coloniaux sont désormais au cœur des interrogations économiques d'après-guerre, tout autant que le sort de l'Europe centrale ou le redressement de l'Europe occidentale. En 1945, les Alliés savent que les chasses gardées des années trente n'ont plus d'avenir ; ils ignorent la nouvelle géographie que prendront les échanges internationaux. Trois perspectives principales se dessinent. Les Européens ne peuvent plus organiser les flux de marchandises en raison des pertes subies par leur marine marchande [1] ; ils ont été obligés de vendre leurs avoirs étrangers pour financer l'effort de guerre, ce qui compromet l'équilibre de leur balance des paiements et les lie non seulement aux États-Unis mais à certains pays neufs ; enfin, l'Europe voit le prix de ses importations de produits bruts renchérir de 25 % par rapport à 1938, tandis qu'elle doit importer massivement des produits industriels en provenance de la « zone dollar ». Le *dollar gap* apparaît irréductible, dans le cadre des circuits économiques traditionnels, puisqu'il est alimenté à la fois par l'endettement et par le commerce extérieur. Or, les institutions mises en place en 1944 constituaient, sur ce point, une solution très incomplète. L'insuffisance des moyens — 10 milliards de dollars — mis à la disposition de la Banque internationale pour la reconstruction et le développement interdisait tout programme d'ensemble et conduisait à exacerber les différences de statut entre pays. D'autre part, le fonctionnement du FMI en faisait un « club de riches », chargé de combler les déficits européens, et une chambre d'enregistrement des décisions américaines. Comment les Soviétiques, mais aussi les pays aspirant à leur indépendance, n'auraient-ils pas été inquiets d'un processus qui semblait substituer une nouvelle chasse gardée à l'interdépendance annoncée en 1944 ? En retour, on voit mal au nom de quelle philanthropie les Américains auraient renoncé à organiser un ordre planétaire à leur mesure, puisque la guerre avait rendu leur suprématie générale et incontestée.

Tout était donc en place pour que les changements internes nationaux débouchent, non sur les convergences escomptées

---

1. En 1947, la marine marchande américaine représente 52 % du tonnage mondial contre 17 % avant-guerre.

en 1945 encore, mais sur la cristallisation des divisions régionales et des rivalités idéologiques. L'éclatement du quatrième
plan quinquennal soviétique et la proposition de l'aide Marshall en constituent les deux temps. Annoncées dès la fin de la
guerre, les directives du nouveau plan stipulaient non seulement la reconstruction totale de l'économie dans les régions
occupées par le Reich, mais également un essor généralisé des
régions afin que le revenu national dépasse de 38 % son
niveau de 1940 et la production industrielle, de 48 %. En
outre, les gains de productivité devaient atteindre de 36 à
40 % et les salaires tripler par rapport à 1945. Dès 1946, la
mauvaise récolte et les retards dans l'exécution des nouvelles
installations mettent en difficulté la réalisation du plan quinquennal et annuel [1]. Les autorités doivent reporter à 1947
l'abolition du rationnement, réajuster à la hausse les salaires et
les prix, réorganiser l'industrie légère et l'agriculture, en lançant en même temps une nouvelle campagne contre les lopins
individuels. Les mécomptes de la politique économique
avaient deux incidences : ils remettaient en cause la crédibilité
du modèle volontariste et affaiblissaient la position diplomatique soviétique, au moment où les Américains proposaient
précisément une réponse économique à la dégradation des
rapports entre les puissances. De fait, le « plan » Marshall,
annoncé le 5 juin 1947, se présente comme une stratégie de
contournement à l'égard de l'URSS et des Européens. Le
soutien financier permet de surmonter la faim de capitaux,
d'accélérer le retour à la stabilité monétaire et de réduire
l'antagonisme franco-allemand, tout en assurant — compte
tenu de l'état des économies européennes — la pénétration
commerciale des produits américains. Cette nouvelle version
de la doctrine de la « porte ouverte » n'avait pas pour préoccupation majeure de trouver des débouchés à une industrie américaine menacée par la surproduction et par une crise de
reconversion. En 1947, les Américains savent à quoi s'en tenir
sur les capacités de résistance de leurs rivaux potentiels. Le
refus soviétique à la conférence de Paris inaugure l'ère du
« dialogue impossible ». Les reconstructions européennes peu-

---

1. Le plan de 1946 fut réalisé aux deux tiers dans l'industrie et à 40 % au
mieux dans l'agriculture.

vent s'organiser, la voie est libre pour la formation des
« blocs [1] ».

Les écueils de la reconstruction

Éviter une nouvelle faillite de la paix et empêcher le retour
d'une crise économique mondiale, tels étaient les deux objectifs prioritaires que les responsables occidentaux s'étaient as-
signés en 1945. Cinq ans plus tard, force est de constater que
ceux-ci ont su résoudre les trois problèmes économiques majeurs auxquels leurs prédécesseurs — et parfois eux-mêmes [2]
— n'avaient pas pu faire face. La reconstruction du système
monétaire international a été effectuée en trois ans, de Bretton-
Woods à la mise en œuvre du plan Marshall; la crise de
reconversion de l'hiver 1946-1947 a été surmontée en quelques mois, et l'année 1948 voit la réorganisation de circuits
commerciaux stables. Pourtant, la menace militaire reste omniprésente, comme si la fracture idéologique en deux blocs
suffisait à anéantir les espoirs de rapprochement suscités par le
redressement économique. De même, les succès d'ensemble
obtenus par les Occidentaux n'arrivent pas à dissimuler l'affaiblissement des nations et surtout leur incapacité à prendre
en compte les aspirations des peuples nouvellement indépendants, soucieux d'échapper au cadre étroit des relations bila-
térales. Ces appréciations contradictoires montrent l'ambiguïté d'une reconstruction réussie à l'échelle planétaire, mais
dont les manifestations régionales s'apparentent souvent à une
restauration.

La remise en ordre monétaire apparaît comme le principal
acquis de cette période, tant les problèmes étaient nombreux :
l'Europe ruinée et appauvrie pouvait-elle recouvrer un statut
international? Les belligérants seraient-ils contraints de payer
des dettes de guerre et les vaincus, des réparations? Les
Américains réussiraient-ils à organiser autour du dollar un
système d'horlogerie financière comparable à celui des Britanniques avant 1914? Les Occidentaux bénéficièrent de l'ex-

---

1. Sur les résultats du plan Marshall et des reconstructions, cf. t. III.
2. Ainsi pour F. D. Roosevelt, F. Dulles, W. Churchill ou J. Monnet.

périence malheureuse des années 1919-1924 et 1929-1933, mais surtout des études réalisées à partir de 1942 en vue de rétablir une coopération monétaire généralisée. Grâce à cette préparation, les Alliés purent régler d'emblée la question des dettes par le système du prêt-bail qui permettait aux Américains de financer leurs partenaires sans être tenus, comme en 1918, par la rigidité des conditions de prêt. De même, les modalités des réparations furent-elles établies de façon à éviter le problème des transferts : les démontages d'usines et les prélèvements sur la production courante permettaient de satisfaire en partie les exigences des vainqueurs sans recourir à des artifices financiers. Enfin, l'entrée en service du FMI concrétise le retour à la stabilité des monnaies, la fin des rivalités des années 1933-1936 et le rôle du dollar — seule monnaie-papier à convertibilité multilatérale — comme monnaie de réserve. Le 1er mars 1947, la reconstruction monétaire est achevée ; la dérive du système commence. Le plan Marshall représente, en effet, une mouture réduite à l'Europe du plan Keynes écarté à Bretton-Woods : deux schémas se trouvent superposés ; de même le succès du FMI repose-t-il sur un fonctionnement artificiel, puisque aucune monnaie d'Europe occidentale n'a retrouvé sa convertibilité externe en 1950. Seule la crédibilité du dollar et la faiblesse des monnaies concurrentes garantissent la cohésion d'un système asymétrique.

Les contemporains s'intéressèrent peu à ces déséquilibres ou aux conséquences de l'isolement soviétique et de la sous-représentation des pays neufs au FMI, car le système avait fait la preuve de son efficacité lors de la crise de reconversion de l'hiver 1946-1947. Bien que cette dernière ne revêtît pas le même caractère de gravité que celle de 1921, en dépit du parallélisme apparent des situations, la crise traduisait l'épuisement à la fois moral et physique des populations européennes. Un hiver très rigoureux, les médiocres résultats de la production industrielle, le maintien du rationnement et de la pénurie, tout cela constituait autant de signes d'un possible basculement de la déception économique à l'agitation sociale. Au moment où la question monétaire semblait réglée, les Britanniques annoncèrent, le 20 janvier 1947, qu'ils devaient réduire leurs engagements extérieurs en raison de la dégradation massive de leur balance des paiements. A peine « résolu », le problème du *dollar gap* et des balances sterling réapparaissait. La proposition de l'aide Marshall avait donc pour objectif premier de permettre le fonctionnement du système monétaire. Les dons supprimaient l'obstacle des dettes à long terme ; la création du Comité de coopération économique européen puis de l'OCECE, en avril 1948, instaurait un multilatéralisme européen en matière monétaire pour le biais d'accords de compensation tri- ou quadripartites. Après trois ans d'efforts, un problème vieux de trente ans semblait résolu.

La résistance du système monétaire à la crise de 1946-1947 permit d'accélérer les négociations commerciales entreprises depuis février 1946 sous le contrôle de l'ONU. A Genève, le 20 octobre 1947, vingt-trois pays signent les accords du GATT (General Agreement on Tariffs and Trade) et s'engagent à supprimer progressivement les contingentements et à s'accorder la clause de la nation la plus favorisée. Une fois encore, l'année 1947 coïncide avec l'apurement des contentieux de l'entre-deux-guerres ; la formation du Benelux et les tentatives avortées de rapprochement douanier franco-italien ou scandinave marquent l'émergence d'un état d'esprit nouveau, associant reconstruction nationale et libéralisme commercial. Aussi n'est-il guère surprenant que, dès 1949, les échanges internationaux atteignent en volume le niveau de 1929.

Le rétablissement des conditions favorables à l'échange ne gomme pas pour autant les déséquilibres introduits par la guerre.

Les années 1945-1950 voient la montée en puissance des nouveaux mondes. L'hégémonie américaine s'accompagne de l'essor des dominions — qui représentent presque 30 % du commerce international en 1949 — et de l'insertion à un niveau comparable des pays semi-développés, qui connaissent à la fois la croissance et le déséquilibre de leur balance commerciale. Le repli forcé des Européens a ouvert la voie à l'élargissement planétaire des échanges mais d'une manière hasardeuse pour des pays sans spécialisation, menacés par la convalescence du vieux monde et dépendant de ce redressement pour leur propre développement. Les résultats de la reconstruction ont démenti la prétendue loi du déclin du com-

Le commerce mondial en 1949			
	Total	Importations	Exportations
1 *Amérique du Nord*			
USA	20 %	10,5 %	36,5 %
Canada	6 %	4 %	10 %
2 *Europe Ouest*			
Grande-Bretagne	14,5 %	12 %	16 %
France	6 %	5 %	7 %
Pays-Bas	4 %	3 %	6,5 %
Italie	3 %	2,5 %	3,5 %
Belgique-Luxembourg	4 %	3 %	5,5 %
Allemagne occidentale	2,5 %	2,5 %	3 %
3 *Pays neufs*			
Australie	3 %	2 %	5,5 %
Argentine	2,5 %	2,5 %	5 %
Brésil	2 %	1,5 %	4 %
Afrique du Sud	2 %	2 %	2 %

merce extérieur, avancée depuis le début du siècle. En revanche, les déséquilibres des balances commerciales, les enclaves coloniales et l'isolement du bloc communiste constituent en 1950 trop de handicaps pour que les experts puissent croire à un boom des échanges.

Répondre aux problèmes de l'entre-deux-guerres constituait une première étape, indispensable, mais qui n'assurait nullement le retour de la croissance. Les entreprises devaient rétablir leur capacité à dégager des profits à long terme, donc réduire leurs coûts unitaires en diminuant leurs coûts de production internes et externes. Au lendemain de la guerre, seules les sociétés multinationales — et particulièrement les américaines — étaient en mesure de satisfaire à ces contraintes techniques et financières. La multinationalisation permettait d'abord d'échapper à la pénurie de dollars par une installation sur les lieux de production des matières premières : dès 1946, les compagnies sucrières et de tabac anglo-américaines s'installèrent en Rhodésie et à Cuba. En second lieu, par leur puissance financière, les multinationales peuvent exploiter les acquis technologiques et les premiers résultats de la rationalisation des méthodes de travail. Si l'on a pu parler, à tort, de nouvelle révolution industrielle, c'est en raison de l'accélération de l'utilisation industrielle des découvertes scientifiques par les multinationales. L'atome, l'ordinateur et la télévision sont des « inventions » de la décennie 1935-1945 ; leur succès se dessine lorsque Westinghouse, IBM ou Philips en assurent la promotion. Certes, en 1950, il s'agit encore d'une ébauche de renouveau, mais la dynamique conquérante de la multinationalisation succède à la stratégie défensive des cartels. La prédominance américaine ne surprendra pas : en 1948, 75 firmes britanniques et moins de 50 allemandes ou japonaises affichent des chiffres d'affaires comparables à ceux des 200 premières sociétés américaines. Le clivage date pourtant de la reconstruction : dix ans plus tôt, Anglais et Américains rivalisaient.

Les contemporains perçurent d'emblée l'importance de ce retournement, comme en témoigne le succès des missions de productivité organisées dans toute l'Europe à partir de 1947. Après avoir dénoncé l'américanisation des sociétés, vainqueurs et vaincus font du voyage aux États-Unis la condition d'une reconstruction réussie et réellement moderne. Qu'il y ait eu des désillusions et que le nombre des missionnaires ait été limité, cela reste secondaire en regard de la diffusion d'un modèle exaltant la productivité et la production de masse, le taylorisme et le « cadre ». Ce nouvel état d'esprit représentait une avancée décisive vers la constitution d'un marché mondial. Encore fallait-il que les structures nationales et les hommes s'adaptent à cette révolution de la technique et du *management* [1]. Premier agent de la victoire, protecteur partiel du temps de crise, l'État reçoit, en quelque sorte, mission de transformer les cadres économiques. Dans les pays de tradition dirigiste, du Venezuela à Porto-Rico ou à l'URSS, on assiste à un renforcement de l'intervention publique pour faire face aux tensions inflationnistes et décider des programmes de développement prioritaires. Dans les pays libéraux, l'État devient le maître d'œuvre d'une croissance orientée par l'intermédiaire du plan et/ou des nationalisations. La multiplicité des expériences interdit toute généralisation ; la planification indienne, élaborée par Nehru dès 1948, représente une sorte de voie moyenne entre l'abandon des travaillistes britanniques et l'« ardente obligation » du plan à la française. Encore

---

1. Pour les changements démographiques et de société, cf. t. III.

convient-il de préciser que les unes et les autres sont avant tout des moyens de concertation sociale, qu'il n'existe pas de groupes de prospective à long terme et que le succès de ces clubs d'experts relève d'un « savoir dire », conforme à l'attente d'une opinion inquiète.

Inquiétude et espérance liées. Tel paraît être le lot commun des nations, à l'exception des États-Unis. Malgré le ralentissement de l'hiver 1948, l'économie américaine réussit à fonctionner pendant quatre années sur cinq au maximum de sa capacité — atteint en 1945 —, tout en reconvertissant son économie de guerre. La reprise de l'immobilier et celle de l'automobile sont les signes les plus évidents d'une prospérité industrielle marquée par un taux de croissance réel de 4 % par an, chiffre considérable si l'on songe à l'absence de destructions de guerre et au stade de développement atteint par les États-Unis. Comme le remarquait le président Truman en janvier 1950, l'Amérique était le seul pays à connaître la croissance sans l'inflation. Tel n'était pas le cas des Européens et des Japonais, touchés par une inflation de pénurie jusqu'au début des années cinquante. Les responsables financiers redoutent que le « gap inflationniste » ne soit le prodrome d'une hyper-inflation à l'allemande. Ces inquiétudes reflètent la difficulté de pays affaiblis à assumer conjointement les charges de la reconstruction, les avantages sociaux et les engagements internationaux. A ces problèmes coutumiers des lendemains de guerre, les gouvernements apportèrent une double réponse, aux finalités parfois antagonistes, le dirigisme et l'empirisme. Dirigisme des nationalisations, de la planification et des investissements publics en France et en Italie; dirigisme de la politique financière japonaise ou allemande, conduisant dans le premier cas à une insertion massive de l'État dans les industries et, dans le second, à la réforme Erhard sur la réduction drastique de la masse monétaire. A l'inverse, la politique économique britannique s'organise autour d'une coordination assez lâche entre les objectifs industriels et les souhaits de la City; de même, le plan Mayer de 1948, en France, ou le plan Dodge de 1949, pour le Japon, visent-ils à combiner des mesures déflationnistes pour casser l'hyper-inflation et la libéralisation «réfléchie» des prix afin de ne pas briser l'élan des reconstructions.

Il est alors tentant d'opposer l'enthousiasme des années 1944-1947 et le retour aux réalités des années 1948-1950. Hormis de notables différences d'intensité entre pays, cette césure paraît généralement justifiée en ce qui concerne la politique conjoncturelle. Y voir une sorte de ligne de partage des eaux entre les ambitions de la reconstruction et les nécessités d'une rénovation mâtinée de restauration serait excessif. Croissance et transformations sociales l'emportent dans l'esprit des dirigeants comme de l'opinion. Européens de l'Est et de l'Ouest, habitants des pays neufs semblent disposés à payer d'une relative instabilité le prix de la modernisation. Comme si l'inflation était un moyen de résoudre les frustrations accumulées depuis le début du siècle et de masquer les imperfections des réformes agraires ou des politiques industrielles.

2

Les mutations politiques

Plus encore qu'en 1918, le visage politique des États sort profondément modifié du second conflit mondial. Victorieuse dans son épreuve de force avec le fascisme, la démocratie semble devoir triompher partout. Certes, l'Amérique latine, malgré un alignement de principe sur les États-Unis, reste fidèle à ses gouvernements autoritaires, qui se montrent accueillants aux anciens nazis en quête d'exil. Si au Brésil Getulio Vargas doit momentanément s'effacer devant un régime plus souple, la dictature du général Peron s'épanouit en Argentine et emprunte, avec ses accents nettement populistes, plus d'un trait au fascisme. Mais, en Europe, où les jours du salazarisme et surtout du franquisme semblent comptés, la Libération coïncide avec la restauration effective de la démocratie, qui va de pair avec un rajeunissement de ses cadres et un renouvellement de ses thèmes. Le discrédit qui frappe les anciennes classes dirigeantes est certes inégal. Très faible dans les pays anglo-saxons où le changement des majorités procède du jeu normal de l'alternance, il est évidemment plus prononcé dans les pays qui ont connu le joug du fascisme[1]. Collaboration et résistance ont eu pour effet d'écarter, au moins provisoirement, les forces conservatrices et de faire surgir une nouvelle génération de dirigeants. Venus d'horizons politiques différents, du communisme à la démocratie chrétienne, ils entendent assortir la liberté retrouvée d'une rupture avec le capitalisme. La poussée à gauche est donc générale en Europe, et avec elle l'instauration de l'État-provi-

1. La République fédérale allemande et le Japon n'accédant à une vie politique souveraine qu'à la charnière des deux décennies, leur évolution sera étudiée dans les tomes suivants.

dence qui traduit l'aspiration à une plus grande justice sociale.

Mais, trop affaiblie pour imposer souverainement ses choix, l'Europe subit les contrecoups de la tension internationale qui oppose les États-Unis et l'URSS. A l'édification progressive d'un bloc communiste de « démocraties populaires » alignées sur le modèle stalino-soviétique, répond, à partir de 1947, dans les démocraties pluralistes une réaction conservatrice, ou du moins un essoufflement du réformisme, inspirés par la puissance américaine. Seule la Chine, relativement indifférente à la logique de l'antagonisme des blocs, procède entre 1945 et 1949 à une révolution communiste qui, puisant à des sources essentiellement endogènes, doit peu à l'intervention des grandes puissances.

Les démocraties occidentales

Les États-Unis.

Les deux après-guerres américains ne sont pas sans analogies. L'aspiration du pays à la *normalicy,* c'est-à-dire à la démobilisation rapide et à la levée des contrôles administratifs, est nette en 1945 comme elle l'avait été en 1918. Elle se traduit dans les deux cas par une réaction antidémocrate, mais d'une bien moindre envergure dans le second. Car l'accession des États-Unis aux responsabilités mondiales réduit désormais à peu de chose le vieux réflexe isolationniste, tandis que la complexité accrue de l'économie américaine et la popularité des conquêtes sociales du New Deal interdisent le retour au libéralisme intégral.

L'habileté de Truman, successeur de Roosevelt en avril 1945, contribue également à ménager une transition moins violente qu'au lendemain de la Première Guerre mondiale. Fils de modestes *farmers,* boutiquier sans clients, puis juge et sénateur (en 1934) de l'État de Missouri, rien ne le prédisposait à d'aussi hautes fonctions. Harry Truman avait réussi, en tant que président de la commission d'enquête sur le programme de Défense nationale, à se faire un nom et une réputation d'administrateur économe. Mais sa désignation, en 1944, comme candidat à la vice-présidence devait moins à ses talents politiques qu'à la recherche d'un compromis entre la candidature de Wallace, trop marqué à gauche, et celle de Byrnes, trop conservateur. Par la suite, il avait été soigneusement tenu à l'écart des grandes décisions [1]. Joueur de poker impénitent, lecteur à ses moments perdus de quelques ouvrages historiques, Truman va se révéler, après des débuts hésitants, un président sérieux et travailleur, somme toute à la hauteur de sa tâche.

Sans être dramatique, le contexte économique et social de l'après-guerre est pourtant difficile. Grâce à la demande européenne et intérieure, grâce à une démobilisation réussie [2] et malgré l'annulation brutale d'énormes contrats militaires, la récession est cette fois-ci évitée. Mais pas l'inflation, qui déclenche un vaste mouvement d'agitation sociale. La première est entretenue par la pression d'une demande trop longtemps différée et par un relâchement évident dans le respect du contrôle des prix. Dans l'attente des hausses à venir, la pénurie de certains produits apparaît, assortie d'un florissant marché noir. Du fait de la suppression des heures supplémentaires, la pression syndicale est vive pour obtenir de substantiels relèvements de salaires qui alimentent eux-mêmes l'inflation. Commencée à l'automne 1945, l'agitation sociale culmine en 1946, déclenchant dans l'opinion une réaction antisyndicale qui oblige Truman à se désolidariser de certains mouvements de grève. Le mécontentement est perceptible aussi dans le monde rural, où le maintien du blocage des prix limite les livraisons et encourage le marché noir, à tel point que Truman doit lever les contrôles, partiellement en juillet, puis définitivement en novembre 1946.

Exploitant ces divers mécontentements, les républicains obtiennent pour la première fois depuis 1930 la majorité au Congrès lors des *midterm elections* de novembre 1946. Courte majorité au Sénat (51 sièges contre 45), plus nette à la Chambre (246 contre 188). Le recul démocrate est manifeste dans

1. Instruit par sa propre expérience, Truman a choisi comme vice-président un homme de valeur, Alben Barkley, et l'a tenu au courant des principaux dossiers.

2. La démobilisation accélérée de 7 millions de soldats n'entraîne pas de recrudescence grave du chômage, un GI Bill of Rights, adopté en 1944, facilitant leur réinsertion dans la vie civile.

les régions urbaines où, au ressentiment des ouvriers furieux du revirement présidentiel, s'est ajoutée la désaffection des couches moyennes victimes de la pénurie et de l'inflation. Dans ces conditions, le programme de réformes énoncé par Truman se heurte à l'opposition résolue du Congrès, où la majorité républicaine peut compter sur l'appoint des démocrates conservateurs. Ce programme, désigné plus tard sous le nom de Fair Deal, reprenait une Déclaration des droits économiques formulée en 1944 par Roosevelt, sorte de pendant aux droits politiques énumérés dans la Déclaration d'indépendance : concurrence loyale, action en faveur du plein-emploi, droit à une rémunération décente, à la santé, au logement et à l'instruction. Mais le nouveau Congrès opte pour une politique de réaction. Sans être démantelée, l'œuvre du New Deal s'en trouve sérieusement amendée. Réaction fiscale avec l'adoption de substantielles réductions d'impôts en faveur des gros contribuables, la moins-value étant compensée par une diminution des crédits affectés au soutien des prix agricoles. Réaction sociale, surtout, avec l'adoption, en juin 1947, de la loi Taft-Hartley qui réglemente strictement le droit de grève [1]. Réaction politique aussi avec le décret du 22 mars 1947 qui, dans le climat de guerre froide naissante, autorise le FBI à enquêter sur la loyauté des fonctionnaires fédéraux. A l'inverse, tous les projets présidentiels exprimant une volonté de réformes — révision des quotas d'immigration, extension de la sécurité sociale, interdiction de certaines formes de la discrimination raciale — se heurtent à l'opposition conservatrice du Congrès.

Ce conservatisme est au reste habilement exploité par Truman, qui, faisant largement usage, mais sans succès, de son droit de veto, peut apparaître à bon compte comme le défenseur des intérêts populaires face à l'égoïsme des « réactionnaires de Wall Street ». De ce fait, la campagne présidentielle de 1948 n'est pas sans rappeler la tonalité populiste de celle de Roosevelt en 1936. Cette stratégie est payante car, contre

---

1. Cette loi, entre autres dispositions, impose un délai de quatre-vingt-dix jours avant le début effectif d'une grève, permet aux tribunaux saisis par le président de déclarer une grève illégale, interdit la grève des fonctionnaires. C'est aussi une loi antisyndicale, qui déclare illégal le *closed shop* et impose aux syndicats un contrôle public sur leurs ressources.

toute attente et contre les prévisions des sondages, Truman est facilement réélu contre son adversaire républicain, le gouverneur de l'État de New York Thomas Dewey. Les démocrates redeviennent également majoritaires au Congrès, avec 54 sièges (contre 42) au Sénat, et 202 (contre 171) à la Chambre.

Candidats	Nombre de voix	%
TRUMAN (démocrate)	24 200 000	49,6
DEWEY (républicain)	21 900 000	45,1
THURMOND (Droit des États)	1 100 000	2,4
WALLACE (progressiste)	1 100 000	2,3

Les promesses du Fair Deal peuvent donc en principe être tenues [1]. Mais les dépenses du réarmement limitent les possibilités de l'interventionnisme fédéral, alors que certaines réformes se heurtent aux résistances persistantes du Congrès. Aussi, si des progrès sont réalisés avec l'extension de la sécurité sociale, le développement des logements sociaux et le relèvement du salaire minimal, l'abrogation de la loi Taft-Hartley ne peut être obtenue malgré les efforts de Truman. Ni la création d'un département de la Santé, à laquelle s'oppose le tout-puissant lobby médical, ni un projet de protection des droits civiques des Noirs, qui se heurte au Sénat à une véritable obstruction sudiste, ni le plan Brannan en faveur de l'agriculture ne sont adoptés. En fait, l'unité du pays se réalise moins sur les problèmes sociaux que sur la politique étrangère de l'endiguement et sur son prolongement intérieur, l'anticommunisme. L'explosion de la bombe atomique soviétique et la victoire du communisme en Chine, en 1949, le déclenchement de la guerre de Corée, l'année suivante, produisent le choc attendu par ceux qui rêvent d'en découdre avec ce que l'administration démocrate peut receler encore de progressisme rooseveltien. L'heure de l'anticommunisme militant a sonné.

1. Le Fair Deal est un programme de réformes exposé au Congrès le 20 janvier 1949, et qui s'inspire du programme en vingt et un points présenté le 6 septembre 1945.

La Grande-Bretagne.

Symbole de la démocratie combattante, refuge des gouvernements libres aux heures noires de l'Europe allemande, l'Angleterre a donné tout au long du conflit l'exemple du courage et de l'unité nationale d'un peuple. Victorieux et épuisé, le pays n'entend pas céder cette fois à la résignation du premier après-guerre. A la différence des États-Unis, l'opinion aspire majoritairement au changement. La création en pleine guerre et le relatif succès du Common Wealth Party, une formation qui entend rénover la démocratie par le pacifisme et la générosité sociale, témoignent d'une volonté de renouvellement qui est aussi celle des grands partis. Instituée en 1941, la commission sur la généralisation des assurances sociales, présidée par l'économiste libéral William Beveridge, a remis un rapport quasi révolutionnaire qui affirme le droit de chacun à la sécurité et à l'égalité des chances[1]. Adopté comme tel par le parti travailliste, il se heurte au scepticisme de Churchill, qui cherche à en freiner la diffusion. Mais, en faisant voter l'Education Act en 1944, celui-ci a montré qu'il n'était pas indifférent aux nécessités d'une démocratisation sociale.

Encore faut-il que le pays s'exprime. En raison de la règle tacite selon laquelle le parti sortant ne se voyait pas opposer d'adversaires par les autres partis représentés au gouvernement à l'occasion des élections partielles, les Communes avaient conservé tout au long de la guerre une configuration politique à peu près inchangée. Or, le dernier renouvellement remontait à 1935 et il est clair que, dix ans plus tard, la Chambre ne représentait plus qu'imparfaitement le pays. Churchill s'était engagé à procéder à de nouvelles élections une fois acquise la victoire contre l'Allemagne. Après avoir envisagé diverses solutions de remplacement, comme une prorogation de la Chambre jusqu'à la capitulation japonaise, il doit se résoudre à tenir parole. Les élections ont donc lieu le 5 juillet 1945, au terme d'une campagne d'autant plus vive

---

1. Le *Report on Social Insurance and Allied Services* fut un grand succès de librairie, autant par les promesses de son contenu que par la parfaite intelligibilité du texte.

que l'issue est plus incertaine. Tout en rappelant discrètement l'impréparation du pays en 1939, et de façon plus insistante les déconvenues du premier après-guerre, les travaillistes mettent en garde l'électorat contre l'égoïsme social des conservateurs, tout en leur opposant un programme de nationalisations et de réformes sociales immédiates. Des conservateurs progressistes comme David Eccless ou Richard Butler tentent aussi de faire entendre la voix du réformisme, mais Churchill monopolise et personnalise à outrance la campagne des *tories*. Fort de sa réelle popularité, il répudie tout programme précis et réclame en fait un plébiscite. Mais il commet l'erreur de dénoncer, contre toute évidence, le caractère « marxiste » du programme travailliste, alors que celui-ci s'inscrit dans la droite ligne de la tradition fabienne, et d'annoncer l'inéluctabilité d' « une sorte de Gestapo » en cas de victoire de ses adversaires.

Connus le 26 juillet, les résultats constituent une double surprise dans la mesure où l'on tenait généralement comme probable une courte victoire conservatrice et où, même en cas de victoire du Labour, nul n'avait misé sur un succès d'une telle ampleur. Le parti travailliste atteint en effet 47,6 % des suffrages contre 39,8 % aux conservateurs et 9 % aux libéraux. Grâce aux effets multiplicateurs du scrutin uninominal, les travaillistes disposent de 393 sièges (soit 61 %) contre 213 aux conservateurs, 12 aux libéraux et 22 répartis entre diverses tendances [1]. L'électorat, et en particulier une large fraction de la classe moyenne, n'a pas sanctionné Churchill pour son action passée, mais lui a refusé un chèque en blanc pour l'avenir. Il lui a préféré une équipe qui incarnait le changement tout en ayant fait les preuves de ses aptitudes gouvernementales [2].

Pressé de regagner la conférence de Potsdam, Clement Attlee forme le 28 juillet un cabinet restreint de 6 membres, qui sera élargi par la suite. Le dosage en est savant entre les

1. Le Common Wealth Party, qui avait fait bonne figure lors des élections partielles de la guerre, n'obtient qu'un seul siège. Le parti communiste n'en obtient que deux, ce qui constitue une déception compte tenu du préjugé favorable à l'URSS très répandu au lendemain de la guerre.
2. Dans le cabinet d'Union nationale présidé par Churchill, Attlee avait été Lord du Sceau privé puis vice-Premier ministre, Greenwood ministre sans portefeuille mais membre du cabinet de guerre, Bevin ministre du Travail, Dalton ministre du Commerce et Morrison ministre des Approvisionnements.

composantes professionnelles [1] et les tendances politiques, avec un léger avantage aux modérés. La surprise vient moins du choix des hommes que de l'attribution des responsabilités. Ainsi, les Affaires étrangères reviennent à Ernest Bevin et les Finances à Hugh Dalton, alors que les préférences étaient inverses. Arthur Greenwood devient Lord du Sceau privé, Herbert Morrison leader du parti à la Chambre et Premier ministre adjoint. La gauche travailliste est représentée par Stafford Cripps, nommé provisoirement au Board of Trade, et par Aneurin Bevan au Travail, ce dernier rajeunissant une équipe solide mais assez âgée. Sans avoir le charisme de son prédécesseur, Attlee inspire l'action gouvernementale et arbitre entre les tendances avec autorité. Issu d'un milieu conservateur, converti au socialisme par la rencontre des Webb et le contact des réalités sociales, député puis ministre, à des postes de second plan, dans les cabinets MacDonald, Attlee a été porté en 1935 à la tête du parti travailliste en raison de ses discrètes mais réelles qualités d'organisateur. Il a joué un rôle essentiel dans la renaissance du parti et dans la définition d'un nouveau programme combinant la recherche du mieux-être social et le renouvellement des structures économiques dans le respect scrupuleux des normes institutionnelles. Collaborateur loyal de Churchill pendant la guerre, et coordinateur efficace de l'effort intérieur, il jouit dans le pays d'une réelle popularité qu'il ne cherche nullement à cultiver. Comme tel, cet homme modeste a profondément marqué de son empreinte l'évolution de l'Angleterre contemporaine, qu'il s'agisse des révisions de la politique extérieure et coloniale, ou de la « révolution pacifique » accomplie dans le domaine économique et social.

Les années 1945 et 1946 sont en effet marquées par un travail législatif d'une intensité jamais connue en Grande-Bretagne, qui s'ordonne autour de deux pôles : les nationalisations et la construction de l'État-providence. Les premières s'inscrivent dans la philosophie économique du mouvement fabien et constituent, depuis 1918, la revendication fondamentale du mouvement travailliste. La liste en est impressio.

---

1. Une fois au complet, le cabinet Attlee compte 12 anciens ouvriers et 8 membres de la classe moyenne.

nante [1], et encore Morrison, président de la commission pour la socialisation des industries, a-t-il obtenu l'indemnisation des anciens propriétaires, et que soit exclu des nationalisations le secteur bancaire en raison de ses liens avec la finance internationale. L'État-providence est fondé par le National Insurance Act (1946) et par le National Assistance Act (1948), ce dernier prenant en charge les non-salariés. Ce vaste système de sécurité sociale est complété par l'instauration du Service national de santé, voté sans difficulté en 1946, mais qui n'entre en vigueur que deux ans plus tard au terme d'une dure bataille entre Bevan et le corps médical. C'est aussi à la construction du Welfare State que participent diverses lois sur le logement, la maîtrise de l'espace foncier, la construction de villes nouvelles, la démocratisation du système scolaire. Réducteur des inégalités sociales, et recours nécessaire pour faire face à l'augmentation des charges sociales [2], l'impôt complète le dispositif. La diminution de l'imposition indirecte sur les produits de grande consommation se heurtant aux contraintes de la pénurie, puis à celles de la rigueur financière, l'État-providence est financé par une progressivité considérablement accrue de l'*income tax* et de l'impôt sur l'héritage. Cette abondante législation sociale n'exclut pas l'adoption de quelques réformes à caractère plus nettement politique : la disparition des derniers vestiges du vote plural, et surtout l'abolition de la législation antisyndicale de 1927 qui permet, par la réintroduction du *contracting out,* une remontée spectaculaire des effectifs du parti travailliste [3].

L'année 1947 va porter un coup très dur à la cohésion de

1. La Banque d'Angleterre (février 1946), les charbonnages (juillet 1946), l'aviation civile (août 1946), l'énergie atomique (octobre 1946), les transports routiers (décembre 1946), les chemins de fer (août 1947), le gaz et l'électricité en 1948, ces derniers déjà très largement municipalisés.
2. Estimées en 1951 à 2 milliards de livres, dont près de la moitié à la charge de l'État, soit 20 % des dépenses budgétaires.
3. Sur les mécanismes du *contracting out,* cf. *supra,* t. I. Entre 1945 et 1950, les effectifs du Labour connaissent un quasi-doublement, passant de 3 à 5,9 millions d'adhérents. Le nombre des adhésions individuelles passe de 487 000 à 908 000, celui des adhésions syndicales de 2,5 à près de 5 millions. Le refus individuel de la cotisation au parti touche entre 20 et 25 % des syndiqués. Cf. A. Mabileau et M. Merle, *les Partis politiques en Grande-Bretagne,* Paris, PUF, 1979, p. 69 et 72.

l'équipe Attlee et au réformisme gouvernemental. Non point
en raison du déclenchement de la guerre froide, qui altère peu
le climat politique d'un pays où le parti communiste n'a
qu'une audience très restreinte, mais à cause des répercussions
des deux crises très graves qu'affronte l'Angleterre : la crise
du charbon en hiver, celle de la livre en été. Le gel persistant
entraînant la désorganisation des transports, la pénurie de
charbon s'installe, condamnant au chômage technique plus de
2 millions d'ouvriers. La crise est évidemment exploitée par
les conservateurs, qui dénoncent les méfaits de la nationalisation, et met à mal la solidarité gouvernementale, le ministre de
l'Énergie Shinwell retournant contre ses collègues Dalton et
Cripps l'accusation d'incurie. La crise financière découle,
elle, de l'engagement de procéder au rétablissement de la
convertibilité de la livre, contrepartie imposée par les États-
Unis au prêt consenti en décembre 1945. Rétablie dans les
délais prescrits, c'est-à-dire le 15 juillet 1947, cette convertibilité a pour effet immédiat une sortie massive d'or et de
dollars, ce qui oblige Hugh Dalton à la suspendre quelques
jours plus tard. Usé et discrédité, Dalton abandonne l'Échi-
quier à Stafford Cripps, qui fait adopter un plan sévère d'aus-
térité suivi, en septembre 1949, d'une dévaluation de la livre.
   Les répercussions de cette double crise sont graves. Les
inimitiés personnelles, jusqu'alors contenues, dégénèrent, en
septembre 1947, avec une campagne souterraine visant au
remplacement d'Attlee, et qui n'échoue que grâce à la loyauté
de Bevin. Les rivalités de personnes reproduisant aussi les
oppositions idéologiques qui traversent traditionnellement le
parti travailliste, le fossé se creuse entre les modérés et la
gauche. Cette dernière se regroupe, avec Ian Mikardo, Richard Crossmann et Michael Foot, dans le mouvement « Keep
Left » et s'exprime dans le journal *Tribune*. Hostile à l'alignement de la politique étrangère sur celle des États-Unis et au
service militaire obligatoire, elle réclame en outre une planification sérieuse et une extension du secteur nationalisé. De fait,
l'essoufflement du réformisme gouvernemental est patent. La
dernière grande nationalisation, celle du fer et de l'acier,
présentée en 1948, se heurte à l'opposition résolue des conservateurs mais aussi de la droite gouvernementale qui ne la juge
pas utile, s'agissant d'un secteur industriel prospère et dyna-

mique. Prudemment, Attlee temporise. Arguant du veto plus que probable de la Chambre des Lords, il entend soumettre la nationalisation au préalable d'une réforme constitutionnelle qui réduirait à un an le veto suspensif de la Chambre haute. Une telle démarche ressemble fort à une échappatoire. La nationalisation et la réforme constitutionnelle sont bien adoptées en 1949, mais Attlee, fidèle à cette règle non écrite qui veut que le peuple souverain tranche en dernier ressort les questions controversées, accepte que le transfert du capital ne devienne effectif qu'après les élections de 1950.

L'expérience travailliste ne s'achèvera qu'en 1951, mais il est déjà possible d'en dresser le bilan intérieur. S'agissant des nationalisations, il y a lieu de rester réservé. Improvisées plus que véritablement préparées, elles ont fréquemment reconduit aux postes de direction les anciens propriétaires privés et n'ont pas créé, tant s'en faut, des relations sociales meilleures que par le passé. Tout au plus peut-on reconnaître que le secteur public est devenu un instrument de la politique économique nationale (mais moins que ne l'avait espéré la gauche travailliste), et que la nationalisation des charbonnages a permis la mise en œuvre d'une politique cohérente d'investissements et de regroupement. La signification de l'État-providence est plus discutée. Son avènement fut-il bien cette « révolution », même pacifique, dont l'ont crédité, pour des raisons inverses, travaillistes et conservateurs ? Dans son *inspiration*, on a justement remarqué [1] que, si la législation est travailliste, la filiation est aussi libérale (Beveridge, Keynes) et que chacune des mesures adoptées trouve ses antécédents dans un demi-siècle de réformisme social. La différence fondamentale — et l'originalité de la démarche travailliste — vient de ce qu'elle refuse l'insupportable discrimination entre riches et pauvres pour traiter, par une sorte d'extension des droits naturels, la société britannique dans son universalité. Celle-ci n'implique pas l'égalitarisme, mais un certain nivellement auquel contribuent les dépenses de transfert et une fiscalité plus progressive. Ce qui conduit à s'interroger sur les *résultats* réels de l'État-providence. Nul doute que la généralisation des services

1. F. Bédarida, *la Société anglaise, 1851-1975*, Paris, Arthaud, 1976, p. 222.

sociaux, la revalorisation des salaires et le plein-emploi doivent être mis à l'actif du gouvernement travailliste. Ils ont réduit ce que la juxtaposition de l'extrême misère et de l'opulence insolente pouvait avoir de choquant dans un pays démocratique. Mais les statistiques, fiscales ou autres, font apparaître les limites de cet effort redistributeur [1]. Pas plus que les nationalisations n'ont bouleversé le système d'économie libérale, le Welfare State n'a sérieusement entamé la hiérarchie sociale. Le caractère largement consensuel des réformes adoptées traduit l'adhésion des classes dirigeantes à un renouvellement inéluctable, et d'autant plus acceptable qu'il garantit la perpétuation de leur influence dans une société pacifiée. L'expérience travailliste aura une nouvelle fois fait la preuve de l'aptitude britannique à l'adaptation bien plus qu'au bouleversement [2].

La France.

6 juin 1944 : débarquement allié en Normandie — 25 août : libération de Paris. Entre ces deux dates, la démocratie a repris ses droits. Les tractations entreprises par l'amiral Auphan, puis par Laval, pour assurer « sans douleur » la transition entre Vichy et la France libre ayant échoué, tout comme avorte la tentative américaine d'installer en France une administration militaire provisoire (l'AMGOT), la république se réinstalle dans ses meubles. Auréolé d'un prestige et d'une autorité indiscutables, de Gaulle forme le 9 septembre un gouvernement provisoire où les résistants de l'intérieur côtoient les membres de l'ancienne équipe d'Alger. Politiquement, ce gouvernement se veut représentatif de tous les courants représentés au Conseil national de la Résistance et, comme tel, les communistes y détiennent deux portefeuilles [3]. Le rétablisse-

---

1. Cf. F. Bédarida, *op. cit.*, p. 257-259.
2. Cf. les développements suggestifs de F. Mougel sur l'avènement concomitant de la nouvelle élite travailliste, de la persistance et du renouvellement des élites traditionnelles, et sur l'émergence d'un État technocratique *(Corporate State)* conciliateur des intérêts réciproques sur la base d'une philosophie du bien général, in *Vie politique en Grande-Bretagne, 1945-1970*, Paris, SEDES, 1984.
3. Charles Tillon à l'Air et François Billoux à la Santé.

ment de la légalité républicaine est décrété par l'ordonnance du 9 août confirmant la nullité des actes de Vichy. L'élargissement de la démocratie est assuré par l'extension du droit de vote aux femmes et l'adoption de la représentation proportionnelle.

Avec la poursuite des combats jusqu'à la victoire, la restauration de l'autorité de l'État, défini comme « la seule autorité valable », est pourtant bien la préoccupation majeure du général de Gaulle. Cette détermination implique la disparition, ou au moins la mise au pas, des comités de libération, milices patriotiques et autres tribunaux populaires. La place prédominante qu'y détiennent les communistes n'est évidemment pas étrangère à cette priorité. Munis de très vastes pouvoirs, les commissaires de la République tentent d'y pourvoir. Non sans mal dans une France morcelée à l'extrême par la destruction de ses infrastructures ; non sans heurts avec les hommes sortis de la clandestinité, surtout dans le Sud du pays. Mais cette remise en ordre est facilitée par le retour en France de Maurice Thorez (novembre 1944), qui, gracié par de Gaulle, accepte en monnaie d'échange d'imposer au parti la voie légaliste et la dissolution des milices patriotiques. La remise en état des voies de communication aidant, l'autorité du pouvoir central est grosso-modo rétabli en janvier 1945. Quelques mois plus tard sont instituées les premières juridictions, Haute Cour et chambres civiques, qui fonctionnent un temps avec des tribunaux militaires et des cours martiales plus ou moins improvisées. Condamné à mort le 15 août 1945 par la Haute Cour, Pétain se voit accorder, en raison de son âge et de son passé, une grâce dont ne bénéficieront ni Laval ni Darnand. Il a pesé longtemps sur l'épuration de l'après-guerre, dénoncée très tôt pour sa partialité et son irrespect des droits de la défense, un soupçon de justice expéditive, fortement teinté de revanchisme politique, et d'où les règlements de comptes personnels n'étaient pas exclus. Les chiffres ont pourtant été abusivement grossis [1], et, si les miliciens et les journalistes ont été durement frappés, la mansuétude a été grande pour les

---

1. Cf. la mise au point de J. Dalloz, *la France de la Libération,* Paris, PUF, « QSJ » n° 2108, p. 41-47, ainsi que l'ouvrage de P. Novick, *l'Épuration française, 1944-1949,* Paris, Balland, 1985, en part. pour le problème de l'estimation des exécutions sommaires, p. 317-328.

militaires et pour les bénéficiaires les plus divers de la collaboration économique. La sévérité des sentences a également
décliné avec le temps. Comme la trahison, la collaboration
n'aura été pour beaucoup qu'une question de dates.

Donner à la France de nouvelles institutions va être la tâche
de la nouvelle Assemblée élue le 21 octobre 1945. Nul doute
en effet qu'elle sera constituante. La IIIe République ne correspond plus à l'esprit du temps, à l'impatient désir de réformes et de changement qui anime la jeune génération socialisante ou chrétienne, les résistants convertis au communisme
dans les maquis, et qui rêvent de lendemains plus justes et de
mœurs politiques épurées. Fait unique dans l'histoire constitutionnelle française, un referendum à double question va
doubler les élections. La première question, relative au caractère constituant de l'Assemblée, fait l'unanimité des partis, en
dehors des radicaux, attachés au régime défunt qui leur a fait
la part si belle. Mais le radicalisme est largement discrédité
par le vote du 10 juillet 1940 et par sa faible participation à la
Résistance. Pour l'heure, son audience est minime [1]. La seconde question, qui revient à garantir la stabilité de l'exécutif
face aux débordements possibles de la Constituante, divise
davantage l'opinion et se heurte au refus des communistes. De
fait, le Oui obtient 96 % des suffrages à la première, mais
seulement 65 % à la seconde. Aux élections, la poussée à
gauche, déjà sensible aux municipales du printemps, est manifeste. Avec 26 % des voix, le PCF double sa représentation
de 1936 et dépasse pour la première fois la SFIO. Autre grand
vainqueur, le Mouvement républicain populaire, un parti non
confessionnel mais de tendance démocrate-chrétienne créé en
novembre 1944, talonne de près le parti communiste. En raison de l'inéligibilité qui frappe les parlementaires ayant voté
les pleins pouvoirs au maréchal Pétain, le renouvellement du
personnel politique est net. Reste à savoir s'il sera durable.

Reconduit dans ses fonctions par l'Assemblée unanime, de
Gaulle compose un nouveau gouvernement selon un dosage
qui reproduit assez bien la nouvelle arithmétique parlemen-

1. La création de l'UDSR (Union démocratique et socialiste de la Résistance) en 1945 est symptomatique de ce rejet, et accueille un personnel
politique en fait assez proche du radicalisme (Pleven, Mitterrand) mais que
rebute précisément l'archaïsme du parti radical.

taire [1]. Mais l'exigence formulée par le PCF que lui soit
accordé l'un des trois « grands » ministères (Affaires étrangères, Intérieur, Guerre) n'a pu être satisfaite qu'au prix d'un
compromis bâtard [2]. Surtout, les caciques des partis entendent
bien, une fois la guerre finie et le pays remis sur les rails,
revenir au jeu « normal » des institutions parlementaires. C'est
heurter de front l'idée que le général de Gaulle se fait de sa
personne et de son rôle, et accroître le dédain méprisant dans
lequel il tient le milieu politique. Aussi, après une vive escar-
mouche sur l'adoption des crédits militaires, se retire-t-il le
20 janvier 1946, non sans arrière-pensée de retour, mais dans
la relative indifférence d'une opinion surtout sensible à la
dureté des temps. En outre, le bilan des dix-sept mois de son
gouvernement provisoire est mitigé. A l'extérieur la France a
participé, dans la mesure forcément modeste de ses moyens, à
la victoire alliée. Absente à Yalta et à Potsdam, elle a su
néanmoins se faire admettre dans le directoire des grandes
puissances, mais la conclusion du traité franco-soviétique
(9 décembre 1944) s'est révélée insuffisante à faire valoir les
thèses françaises sur le traitement de l'Allemagne. La situation
demeure incertaine dans le domaine colonial. La France a dû
céder aux injonctions britanniques pour que soit tenue la
promesse d'indépendance faite pendant la guerre à la Syrie et
au Liban. Le soulèvement du Constantinois, les 8-
10 mai 1945, s'est heurté à une répression démesurée qui a
traumatisé une génération de jeunes militants nationalistes.
Depuis octobre, la France a repris pied en Indochine, mais elle
va devoir composer avec un gouvernement vietnamien peu
enclin à céder la place. A l'intérieur, le réformisme du gouvernement provisoire a profondément modifié les structures
économiques du pays et jeté les bases d'une plus grande
justice sociale. La reconstruction est en bonne voie grâce,
entre autres, à la discipline productiviste de la CGT. Mais
deux ombres subsistent, le ravitaillement et l'inflation, de
Gaulle ayant maladroitement arbitré en faveur des thèses de

1. Maurice Thorez (PCF), Vincent Auriol (SFIO), Francisque Gay (MRP)
et Louis Jacquinot (indépendant) sont ministres d'État. Les trois grands partis
détiennent chacun quatre portefeuilles.

2. Edmond Michelet (MRP) aux Armées, Charles Tillon (PCF) à l'Armement.

Les élections françaises de l'après-guerre

	PCF	SFIO	MRP	Radicaux RGR	Modérés
21 octobre 1945 **1ʳᵉ Constituante**					
% des voix	26,1	24,6	25,6	9,3	14,4
Total des sièges	159	146	152	53	71
Sièges en métropole	148	135	143	31	65
2 juin 1946 **2ᵉ Constituante**					
% des voix	26,4	21,3	28,2	11,1	15
Total des sièges	153	128	166	52	78
Sièges en métropole	146	115	161	37	63
10 novembre 1946 **Assemblée nationale**					
% des voix	28,8	18,1	26,3	11,4	15,4
Total des sièges	183	105	167	69	80
Sièges en métropole	165	91	158	54	76

René Pleven contre la rigueur déflationniste prônée par Mendès France.

Les trois grands partis sont désormais face à face. Non sans méfiance, mais l'esprit de la Résistance oblige encore la cohabitation. La formule d'un gouvernement Thorez ayant été récusée par le MRP et une partie de la SFIO, la présidence du Conseil revient à Félix Gouin, un socialiste de médiocre envergure mais qui s'est fait un nom en assurant la défense de Blum au procès de Riom. Gouvernement tripartite, qui mène à bien les dernières nationalisations et l'adoption de diverses lois sociales, laissant toute liberté à l'Assemblée pour élaborer le texte constitutionnel dans le délai des six mois prévus. Mais ici le tripartisme est rompu, car, arithmétiquement majoritaires, communistes et socialistes imposent leurs vues au MRP [1].

1. Le rapporteur de la commission de la Constitution, le MRP François de Menthon, démissionne le 2 avril 1946, remplacé par le progressiste Pierre Cot.

Celui-ci redoute une Assemblée unique, contraire à la tradition parlementaire française et qui, manœuvrée par les communistes, risquerait de devenir une sorte de Convention omnipotente et coupeuse de têtes. Mais, à gauche, le Sénat a trop mauvaise presse pour qu'il soit restauré. Et, sûrs de disposer, à deux ou à trois, d'une majorité dans la future assemblée, les constituants ne font rien pour institutionnaliser le fait majoritaire. C'est donc un régime d'assemblée unique qui est adopté le 19 avril 1946, par 309 voix contre 249, et proposé le 5 mai à l'approbation des Français. Ces derniers ont-ils vraiment lu et analysé le texte constitutionnel ou ont-ils, ce qui est plus probable, nourri leur vote de l'anticommunisme renaissant? A la surprise générale, le projet est rejeté par 53 % des suffrages exprimés [1].

Procédant des élections du 2 juin, la nouvelle Constituante s'inscrit logiquement dans la victoire du Non. On observe en effet un tassement communiste, une érosion socialiste et, à l'inverse, un progrès du MRP et des formations radicalisantes du RGR qui avaient fait campagne contre l'adoption du projet constitutionnel. Comme dirigeant de la formation la plus nombreuse, Georges Bidault succède à Gouin, et, si le tripartisme est reconduit au gouvernement, c'est le MRP Coste-Fleuret qui devient rapporteur général de la commission constitutionnelle. Le général de Gaulle profite de ce flottement pour exposer ses vues et préparer éventuellement sa rentrée. Mais, quelle que soit la pertinence de ses conceptions constitutionnelles [2], le discours de Bayeux (16 juin) n'a qu'une faible audience dans le pays et une influence nulle sur les parlementaires. Ceux-ci parviennent en effet à s'entendre sur un projet qui, avec la réintroduction du bicamérisme, un meilleur équilibre des pouvoirs et des dispositions plutôt res-

---

1. De Gaulle n'avait pas pris publiquement décision, mais le MRP avait fait campagne pour le Non. De fait, celui-ci l'emporte dans les régions traditionnellement conservatrices et catholiques : Ouest, Nord-Est, Est et sud du Massif central. Cf. *Atlas historique de la France contemporaine, 1800-1965,* Paris, Colin, coll. « U », 1966, carte 227, p. 121.
2. Bicamérisme, séparation des pouvoirs et surtout affirmation des prérogatives du chef de l'État, désigné comme le garant de la continuité et de l'indépendance nationales. La Constitution de 1958 s'inspirera ouvertement de ces principes.

trictives sur l'Union française, tient largement compte des observations du MRP. Avec 440 voix contre 106, l'unité des trois partis est ressoudée. Au referendum du 13 octobre, le Oui l'emporte donc, mais à une courte majorité (53 %) et au prix d'un taux très élevé d'abstentions (31 %). La difficulté du corps électoral à se déterminer sur un texte ambigu (parlementarisme rationalisé ou régime d'assemblée ?), la lassitude des scrutins à répétition expliquent pour l'essentiel ce vote désabusé [1].

Du moins le pays est-il en passe de sortir du provisoire. Le scrutin du 10 novembre 1946 procède à l'élection de l'Assemblée, désormais nationale. Le résultat confirme à certains égards le précédent — consolidation des droites radicales et modérées, nouveau recul socialiste —, mais la dureté de l'automne restitue au PCF son titre de premier parti de France alors que le MRP régresse légèrement. Ce progrès de l'un et ce recul de l'autre rendant la cohabitation difficile, Léon Blum accepte de constituer, le 16 décembre, un gouvernement socialiste homogène. Gouvernement de transition, qui sait faire œuvre utile pour stabiliser les prix et en matière sociale, mais qui prend sur lui de rompre avec le Vietminh après l'insurrection d'Hanoi. Entre-temps, l'élection du Conseil de la République (nouvelle appellation de la Chambre haute) au traditionnel scrutin indirect donne une certaine avance au MRP, qui désigne l'un des siens, Champetier de Ribes, à sa présidence. Le Congrès enfin au complet peut se réunir à Versailles et élit dès le premier tour, le 21 janvier 1947, Vincent Auriol à la présidence de la République, celui-ci cédant à Édouard Herriot celle de l'Assemblée nationale. Le socialiste Paul Ramadier peut alors former un nouveau gouvernement, fondamentalement tripartite mais ouvert aussi aux radicaux et aux modérés. Auriol, Herriot, Champetier de Ribes, Ramadier, estimables revenants de la IIIe République. La gérontocratie politique a repris ses droits.

Et avec elle ses mauvaises habitudes. En acceptant de répondre à des interpellations sur la composition de son gouvernement, Ramadier commet un précédent fâcheux, car il fait

---

1. La Constitution du 27 octobre 1946 sera analysée ultérieurement, avec l'étude de la IVe République.

entrer dans les faits cette « double investiture » qui non seulement viole la lettre de la Constitution mais qui se révélera par
la suite l'une des causes les plus manifestes de l'instabilité
gouvernementale. Pour l'heure, hormis le président Auriol,
nul ne s'en indigne. Le pays a d'autres préoccupations qui
s'appellent le ravitaillement et la vie chère. La dégradation du
climat social est manifeste au printemps 1947 avec les premières grèves chez Renault, rapidement récupérées par la
CGT, et un 1er mai tendu. Dans l'immédiat l'assaut vient
pourtant de la droite. Conscient d'avoir commis une erreur en
ne présentant pas de candidats aux élections de novembre, fort
marri de ce que le pays semble s'accommoder de son absence,
le général de Gaulle lance à Strasbourg, le 7 avril 1947, l'idée
d'un Rassemblement du peuple français qui préparerait avec
lui le redressement national. Officiellement fondé le 14 avril,
le RPF obtient d'emblée un grand succès d'adhésions, recru-
tant aussi bien dans les rangs de la Résistance que dans ceux
de la bourgeoisie vichyssoise. De Gaulle devient à son tour
« divine surprise » pour une droite impressionnée et séduite par
la violence de son anticommunisme [1]. Le danger est à terme
considérable pour le MRP et les formations modérées, mais, le
gaullisme n'ayant encore pratiquement aucune représentation
parlementaire, la création du RPF n'a pas d'incidence gouvernementale. Il n'en va pas de même avec les critiques que
formule désormais ouvertement le parti communiste. Tout y
est prétexte : la rupture avec le Vietminh, la répression de
l'insurrection malgache, l'alignement de la diplomatie française sur les vues américaines et, surtout, la politique sala-
riale. C'est sur ce dernier désaccord que va intervenir la
rupture. Prenant acte de leur refus d'accorder la confiance au
gouvernement, Ramadier procède, le 5 mai, à la révocation
des ministres communistes. Ce geste d'autorité, parfaitement
conforme à la Constitution, pourrait être sans lendemain : la
gauche de la SFIO, avec Guy Mollet, le condamne, et les
dirigeants communistes, désorientés, se répandent en propos
conciliants. Mais l'actualité internationale va en décider autrement. Le rejet du plan Marshall par l'URSS et ses satellites,

1. Cf. J. Charlot, *le Gaullisme d'opposition, 1946-1958*, Paris, Fayard,
1983.

la création du Kominform et la doctrine Jdanov obligent le PCF à choisir son camp, qui ne peut être que celui qui lui est assigné.

L'opposition communiste est donc totale en octobre, ce mois même où aux élections municipales le RPF arrache 38 % des suffrages et réalise une percée spectaculaire dans les grandes villes. Mois doublement symbolique, puisqu'il voit l'affirmation oppositionnelle des deux forces qui avaient le plus contribué à forger la légitimité de la Résistance : le gaullisme et le communisme. Contré sur sa droite et sur sa gauche, le régime se recentre avec la formule de la « Troisième Force ». Il s'agit d'une majorité de circonstance où cohabitent la SFIO, le MRP, les diverses mouvances du radicalisme et de la droite libérale. Ces dernières refusent de céder au caporalisme gaulliste, mais, donnant libre cours à leur anticommunisme et fortes de leur indispensable appoint, font payer cher leur retour au bercail gouvernemental. Obtenant la répudiation des socialistes les plus dirigistes (Philip, Tanguy-Prigent), puis la réintégration des tenants de l'orthodoxie libérale aux Finances (René Mayer, Petsche), la droite garantit sa survie au régime, mais elle l'infléchit dans un sens résolument conservateur tout en levant du même coup l'exclusive qui l'avait frappée à la Libération.

Pour l'heure, il s'agit de faire face à une nouvelle vague de grèves qui a pris, à l'automne 1947, une ampleur considérable. Encore serait-il abusif de faire du PCF et de ses relais syndicaux le chef d'orchestre unique de cette agitation. La dureté des temps et l'incohérence de la gestion du gouvernement Ramadier y sont pour beaucoup. Mais la succession régulière des vagues de grèves de secteur à secteur, les émeutes qui se déroulent autour de la mairie de Marseille (10-12 novembre), le sabotage du Paris-Tourcoing (3 décembre) ne doivent rien au hasard. S'agit-il pour autant d'un plan délibéré de subversion ? C'est bien ainsi que veut l'entendre le gouvernement Schuman, qui, au terme de séances parlementaires ponctuées d'incidents d'une violence inouïe, parvient à faire adopter les mesures garantissant la liberté du travail, et que l'entend aussi son ministre de l'Intérieur, le socialiste Jules Moch, qui, par le rappel des réservistes et une noria de CRS, déploie une méthodique répression policière. L'analyse historique est plus prudente [1]. Elle retient surtout de l'activisme communiste la volonté du parti d'affirmer auprès de la classe ouvrière sa fonction tribunicienne et au Kremlin sa détermination antiaméricaine, à l'exclusion de tout projet véritablement insurrectionnel. Contrat doublement tenu, mais, après la scission syndicale [2] et l'échec de la grève des houillères en octobre 1948, l'isolement du parti communiste est total. La décrue des adhésions et du tirage de sa presse, même minimisée, est un signe qui ne trompe pas, de même qu'une approbation trop appuyée aux outrances du stalinisme amorce, dans l'intelligentsia, l'exode des compagnons de route.

Avec les gouvernements Ramadier, Schuman, Marie et Queuille, qui se succèdent jusqu'en octobre 1949, le régime a donc survécu. Sans gloire certes, mais non sans efficacité. A cette date, les finances sont assainies, la reconstruction est en bonne voie grâce aux crédits Marshall, les choix diplomatiques se sont clarifiés et la reconquête de l'Indochine progresse. A l'isolement du PC répond le recul du RPF, visible à travers divers scrutins locaux. La IVe République sort indéniablement consolidée de l'épreuve de force. Mais la rançon est lourde : l'archaïsme du discours politique, l'instabilité gouvernementale et surtout l'immobilisme en toute chose que le bon Dr Queuille érige en système de gouvernement. De toute évidence, les idéaux de la Résistance et de la Libération sont morts. Certes, ils étaient flous et rien n'autorise à penser que, malgré la poussée à gauche de l'électorat, ils étaient majoritaires dans le pays. Mais ce rêve d'une sorte de travaillisme à la française, qui combinerait la générosité sociale et la rationalisation des méthodes, a vécu. Faut-il l'imputer aux difficultés de la vie quotidienne, stérilisatrices de tout élan, aux retombées de la guerre froide ou au renouvellement insuffisant des élites politiques ? Tous ces facteurs ont joué sans doute, dans un pays dont il ne faut pas perdre de vue l'état d'épuisement et de délabrement où l'ont laissé quatre années d'occupation. Au

---

1. Cf. J.-P. Rioux, *la France de la Quatrième République,* Paris, Éd. du Seuil, coll. «Points», 1980, t. I, p. 184-185 et 212-214.
2. La tendance réformiste «Force ouvrière», dirigée par Léon Jouhaux, quitte la CGT le 19 décembre 1947 et fonde son propre syndicat, la CGT-FO, en avril 1948, grâce à des subsides américains. La Fédération de l'éducation nationale devient de ce fait une centrale autonome.

reste, la rupture n'est qu'à demi consommée. Si le régime des partis, avec ce qu'il implique de dilettantisme et d'irresponsabilité politiques, a repris ses droits, une nouvelle génération administrative s'attache avec sérieux et compétence à moderniser les structures économiques et sociales du pays. Une dichotomie qui, en s'élargissant, finira par désigner l'ambiguïté fondamentale de la IVᵉ République.

L'Italie.

De 1943 à 1945, la division de l'Italie a suscité une double renaissance de la vie démocratique. Dans le Sud, les Alliés ont imposé une formule gouvernementale d'Union nationale qui s'est élargie, depuis juin 1944, à toutes les formations représentatives de l'antifascisme [1]. Dirigés par le maréchal Badoglio, puis par le vieux libéral Ivanoe Bonomi, ces gouvernements s'en tiennent à une administration timorée, renvoyant à la libération complète du pays le règlement du problème institutionnel et toute réforme d'envergure. Au Nord, encore tenu par l'armée allemande et soumis, au moins nominalement, au régime « social-fasciste » de la république de Salò, prévaut une situation nettement plus révolutionnaire. Galvanisée par les partis communiste et socialiste, mais aussi par l'influent parti d'Action [2], la Résistance n'entend pas se cantonner dans une tâche purement patriotique, mais travailler au bouleversement profond des structures économiques et sociales du pays. Une fois la libération acquise, au printemps 1945, le gouvernement présidé par Ferruccio Parri, du parti d'Action, réalise momentanément la synthèse de ce double courant. Gouvernement d'Union nationale, avec le socialiste Nenni comme vice-président, Togliatti à la Justice [3] et le démocrate-chrétien De Gas-

---

1. Parti communiste, parti socialiste, républicains, démocratie-chrétienne, partis démocrate et libéral.

2. Héritier du mouvement antifasciste « Justice et Liberté » des frères Rosselli, le parti d'Action, riche en personnalités de premier plan (Parri, Lombardi, De Martino), jouit d'un grand prestige dans l'intelligentsia de gauche. Après son insuccès aux élections de 1946, il s'est dissous l'année suivante.

3. Rentré d'URSS en mars 1944, Togliatti assigne au PCI une démarche nationale et légaliste qui correspond à la stratégie de Staline et dont la France offre un autre exemple.

peri aux Affaires étrangères, mais qui annonce aussi de profondes réformes (planification économique, refonte du système fiscal) et couvre de son autorité les expériences de « conseils ouvriers » qui se font jour, comme en 1919-1920, au Nord du pays. Ce radicalisme social tourne court assez vite car il provoque les réticences ouvertes de la démocratie-chrétienne et les inquiétudes de la commission alliée, qui contrôle encore partiellement l'administration. Alors que se dessinent en Sicile et en Sardaigne des mouvements séparatistes inspirés par les grands propriétaires fonciers, s'affirme dans le pays le mouvement démagogique de « L'Uomo qualunque », qui, à travers un mépris affiché des partis politiques, exploite la survie de certains thèmes fascistes dans la classe moyenne et le monde rural. A gauche, le PCI, avec plus de 500 000 membres, jouit d'un immense prestige. Mais, refusant de se couper de la démocratie-chrétienne, Togliatti rompt avec Parri, qui doit se retirer en décembre 1945.

Antifasciste convaincu, mais représentant l'aile modérée de son parti, Alcide De Gasperi lui succède. Une large amnistie politique et la restauration des cadres administratifs traditionnels marquent la rupture avec les orientations novatrices de son prédécesseur. S'agissant du problème institutionnel, l'élection d'une Constituante est liée à un referendum qui doit trancher entre la monarchie et la république. Dans l'espoir de sauver le trône de la maison de Savoie, Victor-Emmanuel III abdique officiellement en faveur de son fils Umberto. Mais les maladresses du prince héritier ajoutent au discrédit d'une institution trop longtemps compromise avec le fascisme et en faveur de laquelle la démocratie-chrétienne refuse de se prononcer explicitement. Contre les prévisions, et malgré le vote très monarchique du Sud, la république l'emporte par 54 % des suffrages. Quant à la Constituante, le scrutin du 2 juin ne parvient pas à dégager une majorité nette. L'avantage des partis de gauche est entamé par l'insuccès du parti d'Action, alors que le retard de la démocratie-chrétienne est compensé par la poussée du « qualunquisme » en Italie du Sud.

C'est de cette absence de majorité claire que découle le caractère de compromis de la Constitution adoptée le 27 décembre 1947. La démocratie-chrétienne a imposé la restauration d'un régime parlementaire des plus classiques, celui du

	Constituante 2 juin 1946		Chambre des députés 18 avril 1948	
	voix	sièges	voix	sièges
PCI	19	104 ⎫	31	131
PSI	20	115 ⎭		52
PSDI	–	–	7	33
Parti d'Action	1	7	–	–
Parti républicain	4	23	–	9
Démocratie-chrétienne	35	207	45,5	306
Parti libéral	–	–	3	15
«Uomo qualunque»	7	30	–	–
Mouvement social italien (néo-fascistes)	–	–	–	6

Statuto de la monarchie libérale, de même que l'incorporation des accords du Latran (art. 7), si avantageux pour l'Église. Ont été concédées à la gauche la promesse d'une large décentralisation (art. 5) et l'affirmation de principes sociaux qui font de l'Italie «une république fondée sur le travail» (art. 1er). Mais la balance n'est pas égale entre ce qui est institué et ce qui n'est que promis. Par ailleurs, les difficultés économiques, l'inflation et la misère de l'après-guerre suscitent au printemps 1947 une vague de grèves qui, combinées au déclenchement de la guerre froide, font basculer le pays dans une vigoureuse réaction anticommuniste. Les deux signes majeurs en sont la scission dite «du palais Barberini» (janvier 1947), qui conduit Giuseppe Saragat à quitter le PSI pour fonder le PSDI [1], et la formation en mai d'un nouveau ministère De Gasperi excluant socialistes et communistes.

1. Il s'agit du parti socialiste démocratique italien, de tendance atlantiste et modérément réformatrice. Cette scission n'est rien d'autre qu'un nouvel épisode du vieil affrontement entre maximalistes et réformistes qui a marqué toute l'histoire du socialisme italien et continuera de peser lourd sur ses destinées.

En fait, tout va se jouer l'année suivante, aux élections du 18 avril 1948, marquées par une bipolarisation jamais atteinte en Italie. Liés par le pacte unitaire de 1943, PCI et PSI, regroupés en un Front démocratique populaire, font listes communes. A l'opposé, la démocratie-chrétienne, qui s'est complètement distanciée du courant réformiste incarné par Giuseppe Dossetti, se pose en garante des valeurs conservatrices. Elle est puissamment aidée par la conjoncture internationale (les lendemains du coup de Prague), par les pressions américaines, qui vont jusqu'à une menace de suspension des crédits Marshall en cas de victoire de la gauche, et par l'activisme électoral de l'Église [1], sans compter le soutien explicite du patronat et des associations agrariennes. Dans ces conditions, le succès de la démocratie-chrétienne est entier. Avec la majorité absolue des sièges à la Chambre et au Sénat, elle peut gouverner seule. Mais, soucieux de ne pas se couper des petites formations laïques (PSDI, républicains, libéraux), De Gasperi refuse un gouvernement « monocolore » qui réveillerait trop le souvenir du parti unique et conduirait à une cléricalisation de la vie politique italienne [2]. Dans le climat très tendu de l'été 1948, consécutif à un attentat contre Palmiro Togliatti [3], il a également la sagesse de s'opposer aux pressantes sollicitations de la droite et de l'Église visant à interdire le parti communiste. Le long règne de la démocratie-chrétienne a commencé, mais, par sa pondération et la solidité de ses convictions démocratiques, Alcide De Gasperi a atteint la dimension d'un homme d'État à laquelle n'est parvenu aucun de ses successeurs.

1. Jusqu'à transformer l'Action catholique, simple association de laïcs, en une véritable officine de la démocratie-chrétienne.
2. De même De Gasperi favorise-t-il l'élection de l'économiste libéral Luigi Einaudi à la présidence de la République, qui succède au président « provisoire » Enrico De Nicola.
3. Cet attentat, perpétré le 14 juillet 1948, a déclenché dans le pays une vive agitation. Mais pas plus qu'en France le parti communiste n'a adopté une stratégie réellement insurrectionnelle.

L'extension du communisme

Le second âge du stalinisme.

Le rôle déterminant de l'URSS dans la victoire alliée et sa place reconnue dans le camp des vainqueurs, l'adhésion très large dont a fait preuve la population à l'égard de ses dirigeants et de son chef auraient pu constituer les éléments favorables à une humanisation du régime soviétique. L'ampleur même des sacrifices consentis au service de la cause patriotique a soulevé de réels espoirs en ce sens, qui semblent se concrétiser le 9 mai 1945, véritable journée d'unanimité et de joie populaires. Telle ne va pas être l'orientation suivie. Les années de la reconstruction, qui coïncident avec la réalisation du quatrième plan quinquennal (1946-1950), sont, après la relative détente politique de la guerre, celles d'une reprise en main générale du pays, et de l'affirmation des tendances les plus monolithiques et les plus répressives du stalinisme.

La reconstruction économique du pays était une nécessité. Mais celle-ci est entreprise en perpétuant le déséquilibre traditionnel qui assigne la priorité aux industries de base au détriment des biens de consommation. Le redressement global n'a pu être opéré qu'au prix d'une baisse substantielle du salaire réel [1] et par le recours massif à la main-d'œuvre concentrationnaire. Le rationnement alimentaire est théoriquement levé en 1948, mais la pénurie reste grande dans les villes et le niveau de vie moyen est encore inférieur en 1950 à celui de 1933. La réorganisation de l'agriculture se révèle un échec total. La base en est le décret du 19 septembre 1946, qui autorise la reconstitution accélérée du patrimoine collectif et renforce l'emprise du parti sur les organisations rurales. D'autres mesures ont pour objet d'augmenter le nombre des journées de travail kolkhozien non rémunérées, d'accroître les

---

1. Celle-ci est renforcée par la réforme monétaire de décembre 1947, qui opère une lourde ponction sur les épargnes individuelles. Nul doute pourtant qu'en éliminant les tensions inflationnistes cette réforme a contribué à l'assainissement économique.

prélèvements obligatoires sans relèvement des prix et de taxer plus lourdement la production du secteur privé. A cet égard, la détente observée pendant la guerre avec la paysannerie est totalement rompue. Cette seconde dékoulakisation emprunte aussi des formes très violentes dans les régions nouvellement annexées (pays Baltes, Ukraine et Biélorussie occidentales, Moldavie), où la résistance à la collectivisation se solde par de nombreuses déportations. La situation globale de l'agriculture, même une fois surmontée la famine de 1947, reste si préoccupante qu'elle déclenche, en 1949, une polémique où Khrouchtchev se fait à la fois une réputation d'expert et l'avocat d'une rationalisation économique des campagnes.

La reprise en main est aussi politique, et d'abord idéologique. Les tendances libérales qui s'étaient affirmées pendant la guerre sont brutalement stoppées à partir de l'été 1946. On a pu invoquer les tensions économiques et le climat de la guerre froide naissante. Fondamentalement, cette mise au pas s'explique par la volonté de couper court à une tolérance qui aurait pu à la longue saper les bases les mieux établies du stalinisme. Promu au rang d'expert idéologique et culturel, sans doute en raison de son lourd passé d'épurateur et de la haine tenace qu'il voue aux intellectuels, Andrei Jdanov, secondé par Souslov, régente désormais tous les domaines de la pensée, de la science et de l'art. La *Jdanovchtchina* recourt en fait aux deux pratiques complémentaires de l'affirmation péremptoire de la vérité socialiste et de l'épuration des récalcitrants. Les condamnations pour formalisme ou esthétisme bourgeois, puis à partir de 1949 pour cosmopolitisme — cette dernière accusation relevant d'un antisémitisme à peine déguisé —, frappent les milieux littéraires et artistiques, déciment l'Union des écrivains et celle des compositeurs. Les sciences humaines ne sont pas épargnées avec la condamnation sans autre examen de la psychanalyse, la croisade menée contre les théories linguistiques de Marr, la dénonciation et la mise à l'écart de l'économiste Varga, coupable d'avoir écrit que le capitalisme était à même de survivre, au moins provisoirement, à ses contradictions. En 1949, c'est l'histoire qui est frappée à son tour avec une relecture de la politique tsariste de russification des minorités dont la dénonciation, classique depuis 1917, est désormais qualifiée de «réactionnaire». A l'exception du secteur de la physique qui parvient, grâce à la fermeté de l'académicien Ioffé, à maintenir intactes ses méthodes de recherche, les sciences exactes ne sont pas mieux traitées. Le délire jdanovien atteint ses sommets avec les ravages du lyssenkisme [1]. Agrobiologiste charlatan, mais maître dans l'art de se pousser en avant, Lyssenko a connu une ascension rapide qui remonte à 1935, quand il dénonçait les « koulaks de la science ». Nommé président de l'Académie des sciences agricoles, il sut faire le vide autour de lui, et il relance en 1948, avec le soutien du Comité central, sa campagne contre les lois de la génétique mendélienne. Accompagnée de purges et de règlements de comptes personnels, cette campagne a contaminé d'autres domaines scientifiques (biologie, physiologie) et a retardé durablement les progrès de la recherche.

Dans la reprise en main généralisée du pays, l'armée, le parti et les nationalités revêtent une importance majeure. Non que l'Armée rouge relève d'une quelconque tradition putschiste. Mais Staline est hanté par cette situation nouvelle qui, à la faveur de l'occupation européenne, l'a mise en contact avec un monde différent et qui pourrait l'ériger en force de changement. Il en résulte une dépersonnalisation de l'histoire de la guerre, qui ne tolère désormais aucun intermédiaire entre Staline et le soldat anonyme, une mise à l'écart des chefs les plus prestigieux (Joukov envoyé à Odessa, puis en Oural), et une démilitarisation du parti. Ce dernier comptait, en effet, jusqu'à 40 % de militaires au lendemain de la guerre [2]. La décélération brutale des effectifs, entamée en 1946, les frappe au premier chef, ainsi que nombre d'adhérents de fraîche date jugés sans formation suffisante. S'agissant des nationalités, que l'on avait su pendant la guerre associer habilement à l'effort collectif, la remise en ordre est générale. Elle va de la traditionnelle épuration à une révision complète de leur histoire, entendue désormais comme un long processus de rapprochement avec le peuple russe. Mais elle emprunte aussi des voies plus violentes, la collaboration avec l'occupant ayant servi et servant encore de prétexte à la déportation de peuples

1. Cf. J. Medvedev, *Grandeur et Chute de Lyssenko*, Paris, Gallimard, 1971.
2. Cf. H. Carrère d'Encausse, *Staline, l'Ordre par la terreur*, Paris, Flammarion, coll. « Champs », 1979, p. 191.

entiers : Allemands de la Volga, Tatars de Crimée, Ingouches, Tchetchènes. La résistance à la collectivisation agraire des populations baltes et polonaises produit les mêmes effets, alors qu'une longue guerre d'usure oppose, en Ukraine occidentale, les forces soviétiques aux maquis nationalistes de Stepan Bandera.

La déportation des allogènes n'est qu'un des aspects de la reconstitution de l'univers concentrationnaire. Réorganisée en 1946, la police politique relève désormais de deux ministères [1] aux compétences respectives mal précisées : le ministère de l'Intérieur (MVD), confié à Beria puis au général Krouglov, et, apparemment bien plus puissant, le ministère de la Sécurité d'État (MGB), dirigé par Abakoumov, un ancien collaborateur de Beria au NKVD. Ce dernier, comme vice-président du Conseil des ministres et membre du Politburo, conserve la haute main sur l'appareil policier, au moins jusqu'en 1952, date à laquelle il semble avoir perdu la confiance de Staline. Ainsi encadrée, la répression s'étend à toutes sortes de catégories nouvelles : soldats de l'armée Vlassov et collaborateurs divers, mais aussi plusieurs millions de prisonniers de guerre rapatriés d'Allemagne ou de Pologne, ouvriers enrôlés de force par l'occupant, prisonniers allemands ou japonais, simples citoyens arrêtés pour leurs convictions religieuses (uniates, baptistes), pour une parole imprudente ou sur une dénonciation. La population de cet « empire des camps [2] » est diversement estimée, oscillant selon les auteurs entre 5 et 12 ou entre 8 et 15 millions de détenus, soumis à quelques variantes près à des conditions effarantes, surtout dans les premières années de l'après-guerre. Le fort degré de politisation de certains d'entre eux et la présence d'officiers de l'Armée rouge ont favorisé l'éclosion de diverses révoltes, toujours impitoyablement réprimées.

L'exercice du pouvoir stalinien renforce, par ailleurs, ses

---

1. C'est en cette même année 1946 que les commissariats d'État prennent le nom de ministères, signe de la poursuite de la restauration de l'État entamée dans les années trente.
2. Selon l'expression de M. Heller et A. Nekrich, *l'Utopie au pouvoir, Histoire de l'URSS de 1917 à nos jours,* Paris, Calmann-Lévy, 1982, p. 410. Cet ouvrage fournit sur le sujet d'utiles précisions, en part. p. 375-377 et 410-415.

tendances caractéristiques à l'autocratie et à la personnalisation. Le parti n'est pas réuni en congrès avant 1952. La fiction de la collégialité n'est même plus respectée, dans la mesure où le Comité central est pratiquement ignoré et où le Politburo siège rarement au complet, Staline préférant dicter ses vues à tel ou tel de ses membres en entretien privé. Le secrétariat personnel, toujours dirigé par Poskrebychev, demeure un organe redoutable de décision et de contrôle. Encouragées par la victoire de 1945, puis par la guerre froide, les manifestations du culte de la personnalité atteignent un degré d'intensité inégalé, en particulier lors du 70e anniversaire du *Vodj*, en décembre 1949. Cette toute-puissance n'exclut pas les luttes de factions, qui ont toujours existé à la direction du parti, mais elles prennent après la guerre un tour nettement successoral. Le problème est de savoir si Staline vieillissant subit les rivalités ou, ce qui est plus probable, joue les uns contre les autres avec un art consommé de la manœuvre qu'entretient sa méfiance maladive du complot. Le premier conflit d'importance éclate entre Malenkov et Jdanov, respectivement numéros deux et trois à la direction, ce dernier s'appuyant sur l'économiste Voznessenski pour dénoncer le gaspillage opéré par son rival dans le démantèlement des usines allemandes. L'affaire tourne d'abord à l'avantage de Jdanov. Mais Malenkov revient en grâce en 1948 et profite de la mort prématurée de l'idéologue officiel pour procéder, avec l'appui de Beria, à une vaste épuration au sommet. Sans égard à ses services rendus à la tête du Gosplan, Voznessenski est révoqué, puis exécuté en 1950, alors qu'une véritable décimation atteint l'appareil de Leningrad sur lequel s'appuyait Jdanov (Kouznetsov, Rodionov, Popkov...). Mais le renforcement du tandem Malenkov-Beria inquiète Staline, qui favorise, en 1949, l'accession de Khrouchtchev à la direction du parti à Moscou, alors que des compagnons de toujours, comme Molotov, Vorochilov ou Mikoyan, perdent beaucoup de leur importance. A cette date, le rapport de forces n'est donc pas clairement établi, et il ne le sera pas davantage quatre ans plus tard, à la mort de Staline.

La naissance des démocraties populaires.

Le démembrement de l'Empire austro-hongrois avait créé au centre de l'Europe une zone particulièrement instable. La fragilité économique et politique des États successeurs en avait fait le champ clos des influences étrangères et des révisionnismes. Par la suite, l'impérialisme allemand, accessoirement italien, avait débouché sur une satellisation aux puissances de l'Axe, suscitant avant et pendant la guerre des mouvements de résistance antifasciste où les communistes prirent une place inégale, généralement importante. La situation en 1945 leur est éminemment favorable. L'écroulement des classes dirigeantes, compromises dans la collaboration et discréditées par la défaite, laisse, en effet, aux partis communistes le rôle de force organisée de remplacement, alors que la profonde avancée de l'Armée rouge au cœur de l'Europe donne à l'URSS toute latitude pour monnayer sa victoire par la constitution d'un vaste glacis. Les Occidentaux y sont plus ou moins résignés [1]. Certes, la philosophie de Yalta fut bien de concilier en Europe centrale la restauration de la démocratie pluraliste avec une orientation soviétophile des gouvernements. Mais l'indécision des Alliés, les divisions et le dilettantisme des démocrates libéraux, la détermination de Staline et des communistes locaux auront raison de la première orientation.

Ce processus de soviétisation a pourtant été inégalement rapide et n'a pas emprunté les mêmes voies. Dans l'accession de huit pays de l'Est européen au rang de démocraties populaires, trois cas peuvent être distingués [2]. Celui où la prise du pouvoir par les communistes est consécutive à la libération du pays et ne doit rien, ou presque, à l'action soviétique. Celui où, maîtresse du terrain, l'URSS impose d'emblée à des pays dont elle entend faire un glacis défensif un gouvernement où les communistes détiennent les postes clefs. Celui, enfin, où l'avènement de la démocratie populaire, plus tardif, ne résulte

1. Ou du moins Churchill, comme en témoigne le fameux « partage » des zones d'influence esquissé à Moscou en octobre 1944.
2. Il s'agit respectivement de l'Albanie et de la Yougoslavie dans le premier cas ; de la Bulgarie, de la Roumanie et de la Pologne dans le second ; de la Hongrie, de la Tchécoslovaquie et de la République démocratique allemande dans le troisième.

pas d'un choix prédéterminé, mais de l'évolution des rapports Est-Ouest.

L'Albanie et la Yougoslavie présentent l'originalité d'avoir opéré elles-mêmes, ou peu s'en faut, leur propre libération, à l'issue d'une résistance contre l'Axe dans laquelle les partis communistes ont joué un rôle prépondérant, sinon exclusif [1]. C'est chose faite dès octobre 1944 en Albanie, quand, l'Allemagne ayant évacué ses troupes, Enver Hoxha forme un gouvernement provisoire confirmé l'année suivante par des élections et qui, sous couvert d'un Front démocratique, assure aux communistes la direction effective du pays. Mais l'Albanie compte peu au regard de la Yougoslavie, sur laquelle Hoxha s'aligne pour l'heure en toute chose. Fort d'une armée de près de 800 000 partisans, représentative de toutes les nations constitutives du pays, Tito peut affronter sans crainte les conseils de modération de Staline et la concurrence du gouvernement Soubachitch réfugié à Londres depuis 1941. Contrairement à une légende tenace, la Yougoslavie ne s'est pas libérée « seule », en ce sens que des unités de l'Armée rouge venues de Roumanie ont participé à la libération de Belgrade le 20 octobre 1944. Mais il est hors de doute que les partisans ont le sentiment d'avoir été les seuls libérateurs de leur pays et d'être devenus, au terme de trois ans d'épreuves, les fondateurs d'une nation [2]. Conformément aux accords conclus le 8 août avec Soubachitch et aux dispositions arrêtées à Yalta, les dirigeants communistes acceptent, avec une mauvaise grâce évidente, la formation d'un Conseil de régence et l'élargissement du Front de libération aux éléments modérés venus de Londres. Mais la police et l'armée sont tenues par les communistes, de même que les comités titistes dominent partout le pouvoir local. Dans l'impossibilité d'exercer une influence quelconque, les ministres bourgeois démissionnent (le

---

1. Le Front national albanais et les « Tchetniks » du général Draja Mihaïlovitch ont constitué un temps une résistance de droite ; mais ils ont fini, en raison de leur anticommunisme, par collaborer avec les forces de l'Axe et tourner leurs armes contre les communistes.
2. L'originalité et la force de Tito est d'avoir opposé au nationalisme étroitement serbe des Tchetniks une résistance de type fédéraliste accueillant sans discrimination toutes les nationalités yougoslaves. Son état-major en est lui-même un échantillonnage : aux côtés de Tito (croate), figurent Djilas (monténégrin), Kardelj (slovène), Rankovitch (serbe)...

démocrate Groll, puis le leader des paysans croates Soubachitch), et le roi Pierre II rompt avec Tito en août 1945. Les
élections du 11 novembre 1946, non exemptes de pressions [1],
donnent plus de 90 % des voix aux communistes et à leurs
alliés. Proclamée le 29 novembre, la République yougoslave
est dotée, deux mois plus tard, d'une Constitution qui emprunte beaucoup à celle de l'URSS. Le gouvernement Tito
procède sans attendre à la socialisation de l'agriculture et à de
vastes nationalisations, la police de Rankovitch, à une épuration énergique [2].

Le processus de soviétisation est aussi rapide, ou presque,
en Pologne, en Roumanie et en Bulgarie. Mais le pouvoir de
décision ne revient pas ici à des partis communistes crédités
d'une audience variable [3], mais aux représentants militaires et
politiques de l'URSS qui maintiennent la fiction des Fronts
patriotiques et des gouvernements de coalition pour attribuer à
des militants communistes éprouvés, arrivés souvent dans les
fourgons de l'Armée rouge, les postes clefs de l'appareil
d'État [4]. Ceux-ci peuvent ainsi contrôler les élections [5], et
procéder à une épuration qui, amorcée contre les collaborateurs de l'Allemagne nazie, s'étend progressivement aux rangs
de l'antifascisme libéral ou socialiste [6]. La fusion obligée, ou
du moins fortement sollicitée, de la gauche socialiste avec les

1. Pressions communistes certes, mais aussi pressions du clergé catholique, qui n'hésite pas à réveiller les séparatismes slovène et croate. Dans
l'ensemble, pourtant, et les observateurs occidentaux en font foi, la victoire
communiste doit beaucoup à un large assentiment populaire.
2. Marquée en particulier par l'exécution de Mihaïlovitch.
3. Cette audience est presque nulle en Pologne, médiocre en Roumanie,
assez forte en Bulgarie.
4. En particulier l'Intérieur et la police politique, l'Armée et la Justice. On
notera le rôle essentiel joué par le communiste Gomulka dans la réorganisation des territoires allemands concédés à la Pologne.
5. Bulgarie : 78 % des voix aux communistes et à leurs alliés aux élections
du 18 novembre 1945.
Roumanie : 72 % des voix lors des élections du 19 novembre 1946.
Pologne : 68 % de Oui lors du referendum du 30 juillet 1946, et écrasante
victoire du parti ouvrier polonais aux élections de janvier 1947.
6. En Bulgarie, arrestation et condamnation du socialiste Loultchev et de
l'agrarien Petkov (1947) ; en Roumanie, interdiction du parti paysan (Maniu),
du parti libéral (Bratianu), du parti socialiste (Petrescu), et poursuites contre
leurs dirigeants ; en Pologne, arrestation du socialiste Puzak et poursuites
contre les dirigeants des formations bourgeoises.

partis communistes aboutit à une absorption pure et simple, et au régime du parti unique. Telle est, à quelques variantes près, la politique suivie par les gouvernements Gheorghiev et Dimitrov en Bulgarie, par le gouvernement Groza en Roumanie. L'évolution n'est pas fondamentalement différente en Pologne, même si elle s'est heurtée à une protestation plus vigoureuse des Occidentaux, qui ne pouvaient oublier que les démocraties étaient entrées en guerre pour la liberté du peuple polonais. Les accords de Yalta avaient bien prévu la constitution d'un gouvernement de coalition, réunissant les éléments communistes du comité de Lublin et des représentants du gouvernement de Londres, présidé par le leader paysan Mikolajczyk. Mais, devenu vice-président du Conseil, ce dernier ne peut qu'assister à la marginalisation croissante des partis démocratiques, à la violence de l'épuration et aux irrégularités électorales. Persuadé de l'imminence de son arrestation, il quitte la Pologne en octobre 1947. Entre-temps, le communiste Bierut est devenu président de la République et Cyrankiewicz, socialiste de gauche, président du Conseil. Le régime communiste est consacré avec la naissance du parti ouvrier polonais, en décembre 1948.

La Hongrie et la Tchécoslovaquie présentent un cas de figure différent. Dans l'incertitude qui pesait sur leur sort, ces deux pays ont connu dans les premières années d'après-guerre des élections libres et une authentique vie politique. C'est d'autant plus vrai en Hongrie que le parti communiste n'y avait qu'une faible audience et que l'occupation soviétique entretenait la russophobie traditionnelle de la population. Aux élections du 4 novembre 1945, les communistes n'obtiennent que 70 élus contre 246 au parti des petits propriétaires de Tildy, le reste allant aux formations démocrates et socialistes. Mais très vite l'ambiguïté s'installe. Président de la commission militaire alliée, Vorochilov fait pression pour que les communistes entrent au gouvernement avec le poste essentiel de l'Intérieur [1]. L'épuration des personnalités compromises, la réforme agraire, l'élaboration d'une nouvelle Constitution

---

1. Celui-ci revient d'abord à un communiste modéré, Imre Nagy, puis à Lazlo Rajk, plus expéditif. Rajk confie la police politique (AVO) à un homme de confiance, Gabor Peter, et crée une section politique au ministère de la Guerre chargée de démasquer les « ennemis du peuple ».

sont menées dans le respect des procédures et des opinions pluralistes. Mais, en fait, le parti communiste est déjà le véritable maître du jeu politique [1]. Vice-président du Conseil, principal dirigeant du parti communiste et investi de la confiance de Staline, Mathias Rakosi inspire la politique du « salami », qui, grâce à des accusations truquées et au soutien des organisations de masse, revient à éliminer l'opposition tranche après tranche. Après l'aile droite du parti des petits propriétaires, c'est le tour de son aile gauche avec l'arrestation de Bela Kovacs (février 1947). Les élections du 31 août 1947 n'ayant pas donné les résultats escomptés, malgré toutes sortes d'interdits et de manipulations, l'offensive reprend contre les éléments « réactionnaires » du parti socialiste (Peyer), puis contre ses centristes (Ban, Anna Kéthly). Il est clair qu'à cette date le sort de la Hongrie est fixé. La fusion forcée du parti communiste et du parti socialiste dans le parti des travailleurs hongrois (juin 1948), la démission non moins forcée du président de la République Tildy (juillet) et les élections du 15 mai 1949, faites à la liste unique, parachèvent l'évolution.

A la différence de la Hongrie, la Tchécoslovaquie avait au lendemain de la guerre un parti communiste solidement implanté qui, sans les conseils de modération de Staline, aurait pu facilement s'emparer du pouvoir. Les élections, parfaitement libres, de mai 1946 leur avaient donné 38 % des voix et 144 sièges sur 325 à l'Assemblée nationale. Principale figure du communisme tchécoslovaque, Clement Gottwald forma un cabinet de Front national comprenant 9 communistes et 12 représentants des autres partis. Une épuration relativement modérée, une réforme agraire et des nationalisations réduites à l'essentiel, une reconstruction économique rapide semblaient engager le pays dans la voie d'un socialisme autonome et démocratique. Cette politique d'équilibre trouvait son prolongement sur le terrain diplomatique. Persuadés que la sécurité de la Tchécoslovaquie passait désormais par la protection de l'URSS, le président Bénès et le ministre Jan Mazaryk n'avaient pas marchandé les gestes de bonne volonté à l'égard

1. Ce que F. Fejtö désigne et décrit comme un « système dualiste », in *Histoire des démocraties populaires*, t. I, *l'Ère de Staline*, Paris, Éd. du Seuil, 1969, p. 123-129.

de Moscou [1], et entendaient faire de leur pays un « pont » entre l'Est et l'Ouest.

L'injonction soviétique à refuser les crédits Marshall, puis l'ordre de différer la signature d'un traité avec la France sonnent le glas de cette politique. Au lendemain de la création du Kominform, les communistes multiplient critiques et surenchères à l'égard des sociaux-démocrates, dont l'aile droite, avec Fierlinger, doit quitter le gouvernement. Dans la perspective des élections qui doivent se dérouler au printemps, le ministre communiste de l'Intérieur Vaclav Nosek recourt à des mesures préventives. La crise éclate en février 1948 quand, le 20, les douze ministres des partis libéraux démissionnent pour protester contre les mutations opérées dans les organes de sécurité [2]. Mis en demeure de former un gouvernement « sans réactionnaires », intimidé par la mobilisation des milices ouvrières armées du syndicaliste Zapotocky et par la répression policière des maigres cortèges favorables aux ministres démissionnaires, Bénès s'exécute. Le 25, il accepte la composition d'un nouveau ministère Gottwald qui ne comprend que des communistes, flanqués de quelques représentants de la gauche socialiste. Le 10 mars, jour où l'Assemblée nationale doit voter la confiance, le ministre des Affaires étrangères Mazaryk, qui avait accepté à contrecœur de s'y maintenir, est retrouvé mort au pied du palais Czernin. Assassinat, accident ou suicide ? Rien ne permet encore aujourd'hui de conclure [3]. Le 20 mai, les élections ont lieu au système de la liste unique, avec les résultats attendus. Le 8 juin, Bénès donne sa démission et est remplacé par Gottwald, Zapotocky accédant à la présidence du Conseil. Le même mois le parti social-démocrate fusionne, selon un processus classique, avec le parti communiste, et le parti démocrate slovaque est dissous. L'extrême lassitude physique du président Bénès [4], la

1. Il y avait eu en pleine guerre le traité d'alliance du 12 décembre 1943, puis l'accord du 29 juin 1945 sur la cession de la Ruthénie subcarpatique à l'URSS.

2. Sur l'ensemble de la question, cf. F. Fejtö, *le Coup de Prague, 1948*, Paris, Éd. du Seuil, 1976.

3. Sans exclure les autres hypothèses, F. Fejtö semble plutôt retenir la thèse du suicide, *ibid.*, p. 205-206.

4. Bénès relevait à peine d'une attaque quand il dut affronter la crise de février. Persuadé en outre, comme tant d'autres à l'époque, de l'imminence

neutralité bienveillante de l'armée, l'habileté de Gottwald face à des dirigeants socialistes d'une rare pusillanimité [1] ont donc eu raison de la liberté d'un peuple.

En 1948, la soviétisation de l'Europe de l'Est semble achevée quand éclate la nouvelle du schisme yougoslave [2]. Le 28 juin, en effet, est rendue publique une résolution du Kominform réuni à Bucarest. Celle-ci énumère les erreurs de la direction du parti communiste yougoslave (abandon de la doctrine marxiste-léniniste, antisoviétisme, mise en cause du rôle dirigeant de la classe ouvrière, koulakisme...) et appelle à la révolte les «forces saines du parti». En fait, le conflit couvait depuis 1947, un échange de lettres secrètes ayant établi l'incompatibilité des points de vue et conduit au retrait des techniciens soviétiques.

Comme il est fréquent au sein du mouvement communiste international, les arguments de type idéologique ne font que couvrir des conflits d'intérêt. Le schisme yougoslave doit fort peu à une quelconque hérésie au marxisme-léninisme. Il est fondamentalement un conflit de personnes et un conflit d'États. Tito est un kominternien type qui a longtemps eu la confiance de Moscou et qui, lors de la conférence de Szklarska Poreba, en septembre 1947, a soutenu les positions les plus en flèche de son camarade Djilas. La collectivisation rurale, les nationalisations opérées après 1945 ne le cèdent en rien à celles des autres démocraties populaires, et le plan quinquennal adopté en 1947 semble, par son industrialisme forcené, démarqué de la planification soviétique. En fait, la méfiance entre Staline et Tito remonte à la guerre. Staline a, en effet, longtemps misé sur les Tchetniks semi-collaborateurs plus que sur les partisans communistes. Paradoxalement, ces derniers ont bénéficié dès la fin 1943 d'une aide régulière des Anglo-Saxons, alors que l'aide soviétique, modique, n'a commencé qu'au printemps 1944. Après la guerre, la méfiance ne

---

d'une guerre entre les États-Unis et l'URSS, il ne voulait donner à cette dernière aucun prétexte pour accroître la tension Est-Ouest.

1. Au comportement suicidaire des socialistes tchécoslovaques, on opposera la détermination des socialistes finlandais qui ont su, la même année, ne pas se laisser intimider par les manœuvres communistes.

2. Cf. W. Dejijer, *le Défi de Tito. Staline et la Yougoslavie,* Paris, Gallimard, 1970.

cesse de croître. Malgré la signature du traité d'alliance d'avril 1945, Tito n'obtient aucune aide soviétique lors de l'affaire de Trieste et s'inquiète des réticences de Moscou à approuver son plan quinquennal, qui doit arracher la Yougoslavie au sous-développement industriel. A l'inverse, Staline s'émeut du dynamisme de la politique extérieure de Tito : soutien actif aux maquis communistes grecs (alors que la Grèce ne fait pas partie de la zone d'influence soviétique), percée en Albanie et projet d'une fédération balkanique bulgaro-yougoslave [1]. Le conflit devient alors un conflit d'États qui oppose à l'impérialisme d'une grande puissance hégémonique la fierté nationale d'un peuple. Les dirigeants yougoslaves ne peuvent admettre, en effet, l'infiltration des Soviétiques dans l'appareil d'État (armée, police), ni le développement de sociétés mixtes dont tous les exemples voisins attestent la finalité spoliatrice. Ce qui est en cause au total, c'est bien la volonté d'indépendance d'un État qui s'est forgé dans la résistance nationale et, inversement, l'insubordination insupportable d'un satellite dont l'URSS exige l'alignement au bloc dont elle a pris la tête.

Avant de rendre publique la rupture, Moscou a bien tenté, en avril 1948, une révolution de palais à Belgrade, utilisant à cette fin ses soutiens dans l'armée, la police et le parti communiste [2]. Mais Tito et Rankovitch étaient renseignés. Une première épuration en avril, une seconde en juillet (consécutive au Ve Congrès du parti) réduisent à l'impuissance les partisans du Kominform, tout comme avorte une tentative de soulèvement militaire. En fait, l'opinion fait bloc et Tito sort renforcé de l'épreuve. Pourtant, les répercussions économiques du schisme sont graves. A la suite de l'Albanie, les démocraties populaires organisent un véritable blocus de l'État hérétique, qui oblige la Yougoslavie à réorienter ses échanges

---

1. Ce projet, débattu entre Tito et Dimitrov, s'est d'abord heurté au veto soviétique (janvier 1948), puis a reçu l'adhésion de Staline (février) à condition que les deux pays soient placés sur un pied d'égalité, ce que Tito ne pouvait évidemment accepter. Cf. F. Fejtö, *Histoire des démocraties populaires, op. cit.*, p. 200.

2. En particulier la fraction animée par Youkovitch et Hebrang, deux ministres qui s'étaient opposés, en reprenant les critiques soviétiques, à l'industrialisation forcée du plan quinquennal.

vers l'Ouest. Mais, si son adhésion au plan Marshall et à
l'OECE a pour effet d'abandonner à leur sort les maquisards
communistes grecs, Tito a l'habileté de conserver une politique étrangère indépendante, et aligne généralement ses votes à
l'ONU sur ceux des pays communistes. Mais il ne lui en est
tenu aucun compte, et la campagne contre le « titisme »
culmine en 1949. En septembre, le procès Rajk n'est rien
d'autre que celui de Tito par accusés interposés [1] et le comble
de l'hystérie est atteint avec le rapport lu par le Roumain
Gheorghiu Dej lors de la IIIe session du Kominform, et intitulé « Le parti communiste yougoslave au pouvoir des assas-
sins et des espions ».

Le schisme yougoslave constitue un indéniable échec pour
l'URSS, qui n'est que partiellement compensé par l'avènement de la République démocratique allemande. De toute
évidence, Staline aurait préféré le maintien d'une Allemagne
unifiée, démilitarisée et saignée à blanc par les Réparations,
plutôt qu'une partition qui entretiendrait au cœur de l'Europe
la menace permanente d'une conflagration. L'immédiat après-
guerre a vu dans la zone d'occupation soviétique le développement de deux politiques qui ne sont contradictoires qu'en
apparence : la mise en coupe réglée du potentiel industriel [2], et
la renaissance d'une vie démocratique locale et provinciale
comparable à celle des zones occidentales [3]. Mais la détérioration du climat international, à partir du printemps 1946, va
entraîner un infléchissement vers la soviétisation puis, dans le
sillage des initiatives occidentales, la construction progressive
d'un État concurrent. Un pas décisif est franchi le
19 avril 1946 avec la fusion du KPD (Wilhelm Pieck) et du
SPD (Otto Grotewohl) en un parti socialiste unifié (SED) où la

1. Cf. F. Fejtö, *ibid.,* p. 254.
2. Prélèvements, démontages d'usines, mises sous séquestre et sociétés
mixtes ont constitué, même s'ils sont diversement estimés, un véritable
pillage industriel. Cf. P. Guillen et G. Castellan, *l'Allemagne, la Construction de deux États allemands,* Paris, Hatier, 1976, p. 43.
3. Le point de départ en est la formation, dès juillet 1945, du Bloc des
partis antifascistes (KPD, SPD, CDU, parti libéral) auxquels s'adjoindra le
parti national-démocrate allemand, créé à l'occasion du centenaire de la
révolution de 1848, largement ouvert aux anciens cadres de la Wehrmacht et
aux nazis pardonnés. L'historiographie est-allemande désigne cette période
comme la « révolution antifasciste-démocratique ».

tendance communiste donne d'emblée le ton. Il y a tout lieu de douter du caractère spontané de cette unification, qui a été rejetée par les sociaux-démocrates des zones occidentales et des secteurs occidentaux de Berlin, mais la création du SED ne procède d'aucun esprit séparatiste. Celui-ci affirme au contraire sa conception unitaire de l'Allemagne et patronne en ce sens les trois Congrès du peuple allemand qui se tiennent successivement en décembre 1947, mars 1948 et mai 1949, avec des représentants des zones occidentales. Mais la logique de la partition est la plus forte. Dès lors que la détermination américaine à ressusciter un État ouest-allemand est devenue absolue et que le blocus de Berlin a échoué à l'ébranler, la transformation de la zone soviétique en démocratie populaire est devenue inévitable [1]. Désigné par le IIIe Congrès du peuple, un *Volksrat* prépare et adopte un projet constitutionnel, puis se proclame Parlement provisoire le 7 octobre 1949, date qui est considérée comme l'acte de naissance de la République démocratique allemande. Le 11 octobre, Wilhelm Pieck est porté à la présidence de la République, et, le 12, Otto Grotewohl forme un gouvernement immédiatement reconnu par l'URSS et ses satellites.

La victoire du communisme en Chine.

Sans aller jusqu'à la rupture totale, la tension était demeurée vive tout au long de la guerre entre nationalistes et communistes chinois. En 1945, la capitulation japonaise ayant rendu sans objet l'accord de 1937, tout laisse présager la reprise de la guerre civile. Mais celle-ci se heurte à l'hostilité des deux grandes puissances, en particulier des États-Unis, ce qui oblige les deux camps à la temporisation. Une rencontre entre Tchiang Kaï-chek et Mao Zedong à Chonqing a permis la publication, le 10 octobre, d'un communiqué commun énumérant les termes, au demeurant très vagues, d'un accord qui va se révéler presque immédiatement lettre morte. Plus fructueuse, la mission du général Marshall aboutit le 10 janvier 1946 à la conclusion d'un cessez-le-feu, complété le

---

1. Sur les aspects internationaux de la création des deux Allemagnes, cf. *infra*, p. 261-265.

25 février par un accord sur la réduction et le redéploiement des deux armées [1]. En fait, dans les deux camps, mais surtout dans le camp nationaliste, la sincérité fait défaut. Une véritable course de vitesse oppose depuis plusieurs mois les deux armées en Chine du Nord et en Mandchourie, favorable dans l'ensemble aux forces gouvernementales, qui, aidées par la logistique américaine, ont réoccupé les grands centres urbains et récupéré un abondant matériel de guerre japonais. Cet avantage pousse Tchiang Kaï-chek dans la voie de l'intransigeance. Outre que son autoritarisme s'accommode mal d'une démocratisation réelle de la vie politique, qui ne pourrait que bénéficier à ses adversaires, le généralissime s'estime en position de force pour engager les hostilités. Celles-ci reprennent en mars 1946 en Mandchourie et, après une trêve péniblement conclue en juin, s'étendent dès le mois de juillet à la Chine du Nord et à la Chine centrale. Le même mois, les diverses armées communistes prennent le nom collectif d'«Armée populaire de libération», signe que l'épreuve de force définitive est engagée. Récusé par la droite du Guomindang, qui lui reproche de donner aux communistes le temps de se renforcer, et par les communistes, qui déclenchent à son encontre une violente campagne antiaméricaine, Marshall s'épuise en d'ultimes efforts de médiation, pour abandonner définitivement la partie en janvier 1947.

La guerre civile évolue dans un premier temps à l'avantage des nationalistes, grâce à des forces plus nombreuses et mieux équipées, au contrôle des axes ferroviaires et aux ressources d'un arrière-pays plus étendu. Leur progression est générale au Kiangsu, au Shandong, dans le Jehol et en Chine centrale [2]. La situation est alors critique pour les communistes dont la capitale, Yanan, est prise sans combat le 19 mars 1947. Mais durant l'été l'Armée populaire reprend l'initiative par une série d'infiltrations dans les zones gouvernementales du Hunan et de Mandchourie. Le renversement de tendance se confirme l'année suivante avec la reprise de Yanan

1. Sur le comportement américain et les aspects internationaux de la guerre civile chinoise, cf. *infra,* p. 265-267.
2. Pour les opérations militaires, cf. les cartes *in* J. Guillermaz, *Histoire du parti communiste chinois,* Paris, «Petite Bibliothèque Payot», 1975, t. II, p. 404, 407, 410, 412-413, 416-417, 424 et 426.

(avril 1948), la prise de Jinan, capitale du Shandong, en
septembre, et, surtout, avec les grandes offensives victorieu-
ses au sud de la Mandchourie (septembre-novembre). La longue bataille de Huai-hai, marquée par d'importantes défec-
tions dans l'armée gouvernementale, s'achève, en janvier 1949, par une indiscutable victoire communiste qui ouvre
la voie à la conquête des grandes villes du Nord [1]. Largement
discrédité, Tchiang Kai-chek s'efface, ou feint de s'effacer,
devant le général Li Tsung-jen, vice-président de la République, qui doit entamer d'humiliantes négociations avec les
communistes. Celles-ci s'ouvrent le 2 avril 1949, mais à cette
date Tianjin (Tientsin) et Pékin sont tombées (en janvier), et
Nankin est sur le point d'être occupée. Sûrs de leur écrasante
supériorité, les communistes exigent en fait une capitulation
totale. La chute de Wuhan et de Shanghai en mai, celle de
Canton en octobre parachèvent la victoire. Après s'être réfugié
à Canton puis à Chonqing, Tchiang Kai-chek gagne l'île de
Taiwan, où il est au reste mal accueilli. Le 1er octobre, Mao
Zedong a proclamé à Pékin la création de la République
populaire de Chine.

La victoire communiste trouve son explication dans un
faisceau de causes militaires, sociales et politiques indissocia-
bles [2]. Dans le camp nationaliste, l'incapacité du haut commandement, entravé par les interventions souvent intempesti-
ves de Tchiang Kai-chek et affaibli par de multiples rivalités,
l'a disputé à la médiocrité de l'instruction et du moral de la
troupe. Sa supériorité en armements a été progressivement
inversée, le matériel américain changeant de camp à la suite de
divers trafics. Sur la fin, la désertion d'unités entières, souvent
à l'initiative de leurs généraux, relève moins de la trahison
délibérée que du refus de livrer combat pour une cause douteuse et dans des conditions d'infériorité manifestes. Une telle
désaffection a touché aussi la population civile, livrée aux

1. Livrée à terrain découvert entre fleuve Jaune et Yangzi, et déclenchée
par la volonté de Tchiang Kai-chek contre l'avis de ses meilleurs généraux,
cette grande bataille de type «classique» a mis hors de combat plus d'un
demi-million de soldats gouvernementaux, et a conféré définitivement à
l'Armée rouge sa supériorité numérique et en armements.
2. Cf. les conclusions de L. Bianco, *les Origines de la révolution chinoise,
1915-1949,* Paris, Gallimard, coll. «Idées», 1967, p. 298-328.

ravages d'une inflation galopante et au spectacle de la corruption effrénée des milieux dirigeants. Incapable de toute réforme intérieure, hormis quelques mesures tardives et brutales contre la spéculation, le gouvernement de Tchiang Kai-chek s'est discrédité aussi par la répression systématique de toute forme d'opposition [1]. La dissolution de la Ligue démocratique, en octobre 1947, lui a en particulier aliéné ce qu'il lui restait de soutiens dans la bourgeoisie libérale et l'intelligentsia. Intellectuels et capitalistes moyens ont même fini par estimer que, à tout prendre, les communistes ne pouvaient être pires.

Autant de faiblesses auxquelles on peut opposer la force croissante du camp communiste, et d'abord de l'Armée rouge. Celle-ci a su maintenir, malgré la dispersion de ses bases, l'unité et la continuité du commandement, adopter une stratégie très souple fondée sur les techniques éprouvées de la guérilla rurale, qui n'exclut pas par la suite la conduite d'une guerre de siège ou de grandes unités. La qualité du combattant communiste, sa discipline et sa conviction de combattre pour une cause juste, à la fois nationale et révolutionnaire, ont compensé l'infériorité numérique initiale. Dans la mesure, relativement modeste, où elles étaient concernées par les opérations, les masses rurales ont apporté leur soutien à l'Armée rouge. Une réforme agraire trop radicale, l'arrogance des nouveaux chefs ont pu créer de vives tensions dans les nouvelles zones libérées, en particulier avec la paysannerie moyenne. La force de l'Armée rouge aura été pourtant d'intégrer son combat dans une triple libération : nationale, politique et sociale.

1. A titre d'exemple, une révolte dans l'île de Taiwan, fin février-début mars 1947, s'est soldée par l'exécution de plus de 10 000 opposants par la police et l'armée.

3

La naissance de la guerre froide

Il est rare que les alliances conclues en temps de guerre résistent au retour à la paix. Le premier après-guerre avait vu la désunion des vainqueurs, le second va voir la dislocation de la grande alliance nouée en 1941. Mais là où le traitement de l'Allemagne n'avait introduit qu'une tension provisoire entre la France et les Anglo-Saxons, la bipolarité issue de la Seconde Guerre mondiale va engendrer l'antagonisme durable de deux idéologies et de deux systèmes. Cette opposition n'est pas en soi nouvelle [1], mais elle revêt à partir de 1945, et plus encore à partir de 1947, une intensité accrue dès lors que l'épuisement de l'Europe, l'effondrement du Japon et les convulsions internes de la Chine assignent aux États-Unis et à l'URSS l'essentiel des responsabilités mondiales, qu'elles conçoivent en des termes radicalement opposés. L'impuissance des Nations unies, dont l'organisation visait à garantir la paix non plus par le seul respect de la règle de droit mais par la police internationale des grandes puissances, ne fait que traduire la nouvelle division du monde et l'état de tension permanente qui en découle.

La fin de la grande alliance

Faut-il redire que le partage du monde n'a pas eu lieu à Yalta ? Ce « mythe », accrédité d'emblée par le général de

---

1. A. Fontaine, in *Histoire de la guerre froide*, Paris, Éd. du Seuil, coll. « Points », 1983, 2 vol., fait remonter à la révolution d'Octobre, ou plus exactement à la brève intervention américaine dans la guerre civile russe, les origines de la guerre froide. D'où l'importance, à première vue anormale, accordée à la période antérieure à 1945.

Gaulle, en signe de sa mauvaise humeur de ne pas avoir été invité en Crimée, puis par l'opposition républicaine pour dénoncer l'étendue des concessions faites par Roosevelt à Staline, ne correspond ni à l'esprit ni aux conclusions de la conférence [1]. Dans une certaine mesure, ce partage, ou du moins celui de l'Europe, a été esquissé par le protocole secret annexé au pacte germano-soviétique du 23 août 1939, qui reconnaissait à l'URSS des zones d'influence privilégiées en Pologne orientale et dans les pays Baltes. Plus nettement, lors de la conférence de Moscou d'octobre 1944, une sorte d'accord informel a été conclu entre Churchill et Staline reconnaissant à l'Angleterre une influence privilégiée en Grèce, à l'URSS une situation analogue en Roumanie et en Bulgarie, une influence partagée étant dévolue à la Hongrie et à la Yougoslavie. Dans cette transaction, où l' « art de disposer des autres [2] » était porté à un niveau rarement atteint de cynisme, la Pologne était restée momentanément de côté, tant l'antagonisme était vif entre le gouvernement conservateur de Londres présidé par Mikolajczyk et le tout récent comité de Lublin peuplé de créatures de Staline. Encore ne s'agit-il là que de prémices. Le véritable partage de l'Europe ne sera effectif qu'en 1947, avec l'adoption du plan Marshall et la création du Kominform.

Dans l'appréciation de la situation internationale léguée par la guerre, la Grande-Bretagne est celle des trois puissances qui accède le plus à l'esprit de partage. Conscient du déclin relatif de son pays, mais soucieux de maintenir son rang de puissance coloniale et d'assurer la sécurité de ses liaisons maritimes, Churchill est prêt à abandonner une partie de ses droits en Europe centrale pour mieux assurer son influence en Méditerranée orientale. D'où l'importance vitale de la Grèce, où les troupes du général Scobie ont pris pied dès octobre 1944. Les buts de Staline, au terme d'une guerre qui a imposé à l'URSS les plus durs sacrifices, ne sont pas aussi clairs. Dans l'ignorance où l'on est des desseins du dictateur soviétique et faute d'archives accessibles, les historiens doivent s'en tenir à des

---

1. Cf. A. Funk, 1945, *De Yalta à Potsdam — Des illusions à la guerre froide,* Bruxelles, Éd. Complexe, 1982.
2. A. Fontaine, *op. cit.,* p. 232.

hypothèses. Il semble néanmoins acquis que la reconstruction du pays et le renforcement de sa sécurité aient bien été les préoccupations majeures du Kremlin. Ce qui explique l'insistance mise par Staline à Yalta à fixer un niveau élevé de réparations allemandes, dont l'URSS serait la principale bénéficiaire, et son acharnement à constituer sur la frontière occidentale du pays un important glacis défensif qui inclurait à la fois les annexions opérées en 1939-1940 (pays Baltes, Pologne orientale, Bessarabie) et les trois pays limitrophes (Pologne, Roumanie, Bulgarie [1]), auxquels seraient imposés des régimes ouvertement communistes. En revanche, rien ne permet d'affirmer que Staline était animé, dès 1945, d'une volonté de satellisation de tout ou partie de l'Allemagne, de la Tchécoslovaquie ou de la Yougoslavie. Il semble bien que les considérations stratégiques l'aient emporté sur toutes autres chez un homme habitué de longue date à ne concevoir les progrès du communisme que dans le cadre étroit des intérêts soviétiques. On comprend dès lors son entêtement à imposer le communisme là où celui-ci lui est utile, et cela malgré la faiblesse des partis locaux, et, à l'inverse, le faible intérêt qu'il porte au succès du communisme là où la sécurité de l'URSS n'est pas en jeu. L'intégration des partis communistes français et italien dans des gouvernements d'union nationale, le conseil donné à Tito, lors de leur entrevue à Moscou en septembre 1944, de procéder à la restauration de la monarchie, le faible empressement à soutenir les communistes chinois et l'invitation pressante qui leur est faite de s'entendre avec Tchiang Kaï-chek en sont des exemples parmi bien d'autres.

La démarche rooseveltienne est, elle, fondamentalement rebelle à toute forme de partage. La charte de l'Atlantique, signée en août 1941 avec le Premier Britannique, constitue déjà l'esquisse du nouvel ordre mondial tel qu'il est conçu aux États-Unis : renoncement aux conquêtes territoriales et libre détermination des peuples, accès égal de tous les États au commerce international et aux matières premières [2], liberté

---

1. Bien que dépourvue de frontière commune, la Bulgarie peut être considérée comme un État limitrophe en raison de l'intérêt porté par l'URSS à la mer Noire.

2. Il s'agit du fameux principe de la « porte ouverte », formulé dès la fin du

des mers et coopération économique entre les nations, et
«instauration d'un système plus large et permanent de sécurité». Ces principes n'engageaient pas réellement un pays tenu
encore à l'écart du conflit. Mais Pearl Harbor, puis l'implication massive des États-Unis dans la guerre, la dispersion de
leurs forces sur les théâtres d'opérations les plus divers ont mis
un terme définitif au mythe de l'isolationnisme. Les États-
Unis sont désormais entrés dans l'ère des responsabilités mondiales, et ils acceptent d'autant plus de les assumer que la
guerre a consacré leur évidente suprématie économique et
militaire. De cette situation nouvelle, Roosevelt entend tirer
parti pour accréditer sa vision de l'ordre futur. Dans une large
mesure, celle-ci hérite de l'idéalisme wilsonien, celui d'une
société internationale organisée à l'instar des sociétés internes.
Elle hérite aussi du moralisme qui imprègne les valeurs dominantes de la société américaine : foi dans le progrès, primat de
la règle de droit, supériorité du système démocratique, aspiration à l'harmonie universelle. L'organisation de la paix, dans
toute l'acception messianique du terme, est donc la préoccupation première de Roosevelt. Comme Wilson, il nourrit la
plus vive méfiance à l'égard des méthodes diplomatiques de la
vieille Europe, fondées sur des rêves de puissance et des
calculs d'équilibre, et entend promouvoir la paix par un vaste
système de sécurité collective. La Société des Nations avait
réussi à dégager les règles d'un droit constitutionnel international, mais elle n'était jamais parvenue à un degré de représentativité suffisant, ni à se doter des moyens nécessaires à sa
mission. L'Organisation des Nations unies, dont le principe a
été arrêté par les trois Grands lors de la conférence de Téhéran
(novembre 1943), et dont les modalités d'organisation sont
mises sur pied à la conférence de Dumbarton Oaks (automne
1944), tirera son efficacité de la cohésion d'un directoire de
grandes puissances [1] capables de lui accorder les moyens, au
besoin militaires, qui lui permettront de remplir ses engage-

---

XIXᵉ siècle à propos de la Chine par le secrétaire d'État John Hay, dans lequel
certains auteurs ont vu la pierre angulaire de la diplomatie américaine.

1. Initialement, Roosevelt entendait asseoir la paix future sur la coopération de quatre puissances : les États-Unis, l'URSS, la Grande-Bretagne et la
Chine. L'admission de la France n'a été accordée qu'*in extremis,* en pleine
conférence de San Francisco.

ments. L'Assemblée générale, où chaque pays membre disposera d'une voix, constituera l'organe délibératif de la démocratie internationale ; le Conseil de sécurité, l'organe exécutif où six pays élus pour deux ans voisineront avec les membres permanents qui, dotés d'un droit de veto, assureront le maintien de la paix par la reconnaissance implicite d'un pouvoir de police internationale.

La prospérité est le second volet, inséparable de l'organisation de la paix. Là encore, la vision en est universaliste. De longue date les États-Unis ont récusé les zones d'influence, les restrictions quantitatives, le protectionnisme — du moins celui des autres. C'est à garantir cette prospérité que s'attachent les institutions financières nées de la conférence de Bretton Woods (juillet 1944), le Fonds monétaire international (FMI) et la Banque internationale pour la reconstruction et le développement (BIRD), en attendant que l'Organisation internationale du commerce définisse les règles d'une discipline commerciale librement consentie. Mais, à Bretton Woods, le délégué britannique, J. M. Keynes, avait plaidé en faveur d'un système d'accords de *clearing* recourant à une monnaie de compte (le bancor), qui permettrait de pallier l'insuffisance des réserves mondiales d'or et surtout le déséquilibre flagrant de leur répartition. Telle ne fut pas la solution retenue. Les règles de fonctionnement de la BIRD et du FMI vont institutionnaliser en fait la suprématie économique et financière d'un pays représentant 50 % de la production industrielle et les deux tiers du stock d'or mondial. Comme quoi la vision universaliste des États-Unis peut aller de pair avec la promotion des intérêts bien compris de la puissance américaine. Il n'y a à cela rien d'illogique, puisque précisément l'idéalisme américain procède d'une projection à l'échelle mondiale des modes d'organisation — fédéralisme et liberté commerciale — de la nation américaine. Mais il y a sans doute quelque naïveté à estimer que tous les pays sont, par la nature des choses, partie prenante à un tel système, et quelque outrecuidance à vouloir l'imposer au reste du monde.

Ouverte le 4 février 1945, et placée sous la présidence de Roosevelt, la conférence de Yalta a duré une semaine et s'est déroulée dans une atmosphère assez cordiale. La situation militaire du moment place néanmoins Staline en position avantageuse : à la fois parce que ses armées, profondément enfoncées en Europe centrale, sont déjà proches de Berlin alors que les armées alliées n'ont pas encore franchi le Rhin ; et parce que, dans l'incertitude du stade d'avancement de l'arme atomique, Roosevelt souhaite obtenir l'entrée en guerre rapide de l'URSS contre le Japon. D'où l'importance des concessions accordées à l'URSS : rectifications de frontières et avantages territoriaux en Extrême-Orient [1], déplacement considérable de la frontière soviéto-polonaise vers l'ouest, la Pologne obtenant des compensations en Allemagne orientale. S'agissant de l'Allemagne, la question des zones d'occupation est facilement tranchée, Churchill obtenant pour la France qu'une zone lui soit prélevée sur celles des Occidentaux, avec un siège et droit de veto au Conseil de contrôle. L'accord sur les réparations va se révéler plus ardu, Staline invoquant les nécessités de la reconstruction pour formuler des exigences démesurées : le transfert vers l'URSS de 80 % de l'industrie lourde allemande et des livraisons en nature d'un montant de 10 milliards de dollars sur dix ans. Churchill fait valoir en vain qu'une Allemagne à ce point désindustrialisée serait bien incapable de livrer quoi que ce soit, à moins de vouloir l'affamer. Faute de pouvoir s'entendre, les trois hommes d'État décident d'instaurer une commission des Réparations et inscrivent dans le protocole final le chiffre de 20 milliards de dollars « comme base de discussion », dont 50 % accordés à l'URSS. En échange, Staline accorde aux États-Unis l'entrée en guerre de l'URSS contre le Japon dans un délai de trois mois après la capitulation allemande et accède aux vues américaines sur l'ONU, avec trois sièges soviétiques au lieu des seize préalablement demandés [2]. Assez maigres concessions, d'autant plus que, sur la Pologne, Staline ne consent qu'à un geste de pure forme : l'élargissement du comité de Lublin à quelques éléments du gouvernement de Londres et des élections libres dans un délai d'un mois — disposition qui restera

1. Attribution à l'URSS du sud de Sakhaline et des îles Kouriles, internationalisation du port mandchou de Dairen et cession à l'URSS de Port-Arthur avec liberté d'accès par le Transmandchourien, maintien du *statu quo* en Mongolie extérieure, placée de longue date sous influence soviétique.
2. Il s'agit de l'URSS, de l'Ukraine et de la Biélorussie au lieu des seize républiques constitutives de l'URSS.

lettre morte. La conférence se met aussi d'accord sur une « Déclaration sur l'Europe libérée » prévoyant l'instauration de gouvernements démocratiques désignés par la voie d'élections libres sous contrôle allié tripartite.

Les accords de Yalta ont été sévèrement jugés [1]. Pourtant, dans l'immédiat, et à l'exception de la France, ils ont été bien accueillis. On a par la suite dénoncé l'ampleur des concessions faites à Staline, l'inefficacité du compromis polonais, la place laissée à l'URSS en Extrême-Orient. On peut certes estimer utopique la vision rooseveltienne fondée sur la coopération harmonieuse d'un directoire de grandes puissances opposées par l'idéologie et les intérêts. En ce sens, le blocage rapide de l'ONU par l'exercice du droit de veto reconnu aux cinq Grands va rapidement révéler l'inanité du projet. Pour le reste, les accords sur l'Europe et sur l'Extrême-Orient étaient réalistes. La carte de guerre laisse en effet penser que, si aucun accord n'avait été conclu à Yalta, l'URSS n'en aurait pas moins acquis sur le continent est-européen une position dominante. Pour l'Extrême-Orient, Roosevelt a voulu légitimement, au prix de diverses concessions, abréger une guerre qui, dans l'ignorance où il était de l'état d'avancement de la bombe atomique et de sa réelle efficacité, pouvait encore être très longue [2].

Roosevelt meurt le 12 avril 1945. Nul ne peut dire avec certitude quelle aurait été l'évolution de sa politique. La teneur de ses derniers télégrammes à Staline est empreinte de déception et témoigne d'un net raidissement, qu'il s'agisse de la Pologne, de la Roumanie ou de la Bulgarie où s'affirme l'emprise des partis communistes et où se multiplient les arrestations de personnalités libérales. Son successeur, le vice-président Harry Truman, est une personnalité peu connue. Tenu à l'écart et totalement ignorant de la politique étrangère, encore que non dénué d'une certaine culture historique, Truman ne partage pas, ou du moins pas dans les mêmes termes, l'idéalisme de Roosevelt et entend aborder les problèmes de façon purement pragmatique. Sa méfiance à l'égard du com-

---

1. Cf. A. Funk, *op. cit.,* p. 80-89.
2. Ce n'est qu'en avril que le projet « Manhattan » a été considéré par les scientifiques comme un succès, et en juillet que la bombe atomique fut prête.

munisme est instinctive comme en témoigne l'arrêt brutal de l'aide américaine au titre du prêt-bail, dès le lendemain de la capitulation allemande. Cette décision découle du texte même de la loi du 11 mars 1941, mais elle est ressentie en URSS comme un geste de défiance contraire à l'esprit de Yalta. Surtout, elle est inspirée par l'entourage de Truman, qui professe un esprit délibérément antisoviétique. Henry Stimson, secrétaire à la Guerre, et Harry Walace, ancien vice-président et secrétaire au Commerce, demeurent au gouvernement les avocats des concessions nécessaires à l'URSS pour sauver l'ordre mondial échafaudé par Roosevelt. Mais ils ne sont guère entendus. Le premier donnera d'ailleurs sa démission en septembre 1945, le second, à la demande de Truman, un an plus tard. Les conseillers les plus écoutés sont désormais le sous-secrétaire d'État Joseph Grew, qui joue un rôle essentiel de janvier à août 1945, l'ambassadeur à Moscou Averell Harriman, son conseiller d'ambassade George Kennan, l'inspirateur de la doctrine de l'endiguement, l'amiral Leahy, le secrétaire à la Marine James Forrestal. Tous sont acquis à l'esprit très antisoviétique de l'école de Riga [1] et sont déterminés à refuser toute nouvelle concession à l'URSS.

L'évolution de la situation en Pologne, en Roumanie et en Bulgarie, la crise qui éclate en mai 1945 à propos de Trieste entre Anglo-Américains et Yougoslaves (dont on ignore qu'ils ne sont en fait nullement soutenus par l'URSS), l'enlisement de la conférence de San Francisco, où le délégué soviétique semble faire de l'obstruction, sont autant de sujets d'une irritation et d'une méfiance croissantes. Pourtant, les Américains, ne serait-ce qu'en raison de l'aide soviétique qu'ils attendent au Japon, ne recherchent nullement la rupture. En mai-juin 1945, un dernier voyage d'Harry Hopkins à Moscou est un relatif succès. Staline, accédant enfin aux vues américaines sur la procédure de vote au Conseil de sécurité, débloque la situation de l'ONU et permet la signature, le 26 juin 1945, de la Charte de San Francisco. Un accord est

---

1. Du nom de la capitale lettone où étaient formés, avant la reconnaissance de l'URSS en 1933, les diplomates spécialisés dans les questions soviétiques. Cet esprit de Riga a été particulièrement bien analysé par l'historien américain D. Yergin, in *la Paix saccagée, les Origines de la guerre froide*, Paris, Balland, 1980.

également amorcé sur la composition du gouvernement de Varsovie, grâce auquel les Occidentaux rétabliront peu après leurs relations diplomatiques avec la Pologne. Surtout, Truman a nommé le 3 juillet James Byrnes comme secrétaire d'État, en remplacement de Stettinius. Byrnes avait manqué de peu d'accéder en 1944 à la vice-présidence des États-Unis et il ne pardonnera jamais à Truman, qu'il jugeait inférieur à lui, de lui avoir été préféré. Mais, à défaut d'être devenu président, sa grande ambition sera d'être l'homme de la paix. S'efforçant, selon sa formule, de trouver un dénominateur commun entre l'Est et l'Ouest, sa politique, sans être exactement celle de Yalta, sera celle du dialogue, du compromis, de la recherche inlassable de la réduction des tensions. Dans une certaine mesure, la conférence de Potsdam procède de cet état d'esprit.

Vivement souhaitée par Churchill, qui assiste avec déchirement à la progression de l'influence soviétique, arrêtée lors de la visite d'Hopkins à Moscou, la conférence de Potsdam s'ouvre le 17 juillet 1945. Truman est assisté par Byrnes, Staline par Molotov. La France a été une nouvelle fois écartée. Churchill et Eden, après le résultat des élections, cèdent la place le 25 juillet à Attlee et Bevin, sans que ce changement ait produit des modifications significatives dans les orientations britanniques [1]. La veille, Staline a été mis au courant du succès du projet « Manhattan », c'est-à-dire de l'explosion de la première bombe atomique dans le désert du Nouveau-Mexique. La situation militaire qui prévalait à Yalta se trouve ainsi inversée, mais Staline ne semble pas avoir été autrement impressionné. De fait, la tension domine la conférence. De vifs affrontements se produisent au sujet de l'Europe centrale, où les Occidentaux se plaignent du retard apporté aux élections polonaises, ainsi que des entraves mises à la liberté d'action de leurs missions de contrôle en Roumanie et en Bulgarie, dont ils refusent en conséquence de reconnaître les gouvernements. Ce qui les conduit à s'opposer fermement à

---

1. Bevin a caressé un moment le projet d'une politique étrangère originale et généreuse, médiatrice des tensions entre l'Est et l'Ouest. La pression discrète des diplomates du Foreign Office et surtout l'affaiblissement irréversible du Royaume-Uni en ont eu rapidement raison. L'alignement sur les positions américaines va devenir désormais constant.

tout mandat soviétique en Libye et à un droit de regard de l'URSS sur les Détroits. Faute de pouvoir s'entendre sur les bases d'un règlement de paix, la préparation des futurs traités est confiée à un conseil des ministres des Affaires étrangères des grandes puissances. Un terrain d'accord n'est trouvé que sur la Corée [1], sur l'Autriche et surtout sur l'Allemagne. Encore la ligne Oder-Neisse n'est-elle acceptée que comme frontière provisoire avec la Pologne. Pour le reste, l'entente est assez aisée sur le découpage des zones d'occupation et l'organisation quadripartite du Conseil de contrôle. Les principes de démocratisation et de dénazification étant acquis, les modalités en sont laissées à l'appréciation des puissances occupantes dans leur propre zone, à l'exception d'un Tribunal international chargé de juger les crimes contre l'humanité perpétrés par les dignitaires du régime national-socialiste. S'agissant des réparations, les Occidentaux ne veulent pas satisfaire les exigences très lourdes formulées par un allié dont ils se méfient de plus en plus, et une solution n'est trouvée qu'*in extremis*. Il est convenu que l'URSS opérera ses réparations dans sa zone d'occupation, auxquelles seront ajoutées 25 % de l'outillage industriel des zones occidentales en contrepartie de livraisons de matières premières et de produits agricoles de la zone soviétique.

Le premier conseil des ministres des Affaires étrangères se tient à Londres en septembre-octobre 1945, élargi à la France et à la Chine ; le second se tient à Moscou en décembre, réduit aux trois Grands. Le secrétaire d'État américain Byrnes les aborde avec optimisme et cherche même, à Moscou, à ressusciter l'esprit de Yalta au prix de quelques concessions [2]. Les États-Unis ne détiennent-ils pas, depuis les explosions d'Hiroshima et de Nagasaki, le monopole nucléaire qui leur confère une suprématie militaire que les experts évaluent à deux décennies ? Ne détiennent-ils pas la suprématie économique et financière qui, jointe à la précédente, doit leur permettre d'imposer leur conception de la sécurité collective ? Cette confiance excessive dans leur propre force, qui a été qualifiée

---

1. Occupation soviétique au nord du 38e parallèle, américaine au sud.
2. Comme la reconnaissance des gouvernements roumain et bulgare, effective en janvier 1946, par les Anglo-Américains.

de «mentalité de type ligne Maginot [1]», encourage les États-Unis à la démobilisation accélérée de leurs troupes, mais elle va être la source de bien des déconvenues. Ni le monopole nucléaire, ni l'arme financière [2] n'entament la détermination de Staline à renforcer son emprise sur le glacis protecteur qu'il s'est constitué sur les frontières occidentales de l'URSS. La première session de l'ONU, tenue à Londres en janvier 1946, a révélé d'emblée la paralysie du Conseil de sécurité et l'impossibilité de parvenir aux compromis nécessaires.

En ces premiers mois de 1946, il est clair que les Américains se sont convaincus des desseins impérialistes de l'URSS, non seulement en Europe centrale, où, selon l'expression de Churchill, «un rideau de fer a été dressé de Trieste à la Baltique [3]», mais aussi en Turquie et en Iran. Dès mars 1945, Molotov a en effet dénoncé le traité d'amitié soviéto-turc de 1935 et subordonné son renouvellement à la révision de la convention de Montreux [4], à l'établissement d'une base soviétique permanente dans les Dardanelles, ainsi qu'à la rétrocession de certains territoires turcs ayant appartenu autrefois à la Russie. Staline fait appuyer ses revendications par des mouvements de troupes tout au long de la frontière turque. Or, s'il n'est pas hostile au principe d'une révision de la convention de Montreux, Truman, soutenu par la France et l'Angleterre, se montre ferme en refusant d'accéder à la revendication soviétique d'assurer la sécurité des Détroits par l'action conjointe de la Turquie et de l'URSS. En Iran, où l'attitude germanophile de Reza chah a servi de prétexte à l'occupation anglo-soviétique du pays [5], il avait été convenu, à la conférence de Téhé-

1. Cf. P. Melandri, *la Politique extérieure des États-Unis de 1945 à nos jours,* Paris, PUF, 1982, p. 58.
2. Comme en témoigne le rejet par Staline, en mars 1946, d'une offre de prêt américain d'un milliard de dollars contre l'adhésion de l'URSS au FMI et à la BIRD.
3. Discours prononcé par Churchill devant Truman, le 5 mars 1946, à l'université de Fulton (Missouri).
4. Signée le 20 juillet 1936, la convention de Montreux prévoyait un régime de liberté de navigation, absolue pour les navires de commerce, réglementée pour les navires de guerre, et transférait à la Turquie les compétences jusqu'alors dévolues à la «commission des Détroits».
5. Ainsi qu'à l'abdication forcée de Reza chah en faveur de son fils Mohammed Reza.

ran, que les deux puissances évacueraient leurs troupes dans les six mois qui suivraient la fin de la guerre. Il apparaissait pourtant que les Soviétiques tenaient à s'installer durablement. S'agissait-il d'une consolidation de la frontière méridionale de l'URSS, d'un intérêt porté aux gisements pétroliers du Nord de l'Iran, ou d'une volonté d'accéder au golfe Persique? Comme il arrive souvent, les motivations soviétiques sont plus obscures que les gestes qui les expriment, et ceux-ci sont sans ambiguïté : peuplement du parti communiste iranien, le Toudeh, par des hommes dévoués à l'URSS, encouragements aux séparatismes kurde et azerbaïdjanais [1], exigence de la signature d'un traité pétrolier pour prix de l'évacuation. Au 2 mars 1946, date normale du retrait des troupes étrangères, l'Armée rouge campe toujours en Iran et il faut une note très ferme de Byrnes pour que Staline obtempère. Par la suite, le Premier ministre iranien Ghavan es-Sultaneh négociera habilement pour empêcher la ratification du traité pétrolier soviéto-persan, tout en mettant fin aux menées séparatistes sans que Staline prolonge en aucune façon le soutien qu'il leur avait accordé. C'est donner rétrospectivement raison au chargé d'affaires à Moscou George Kennan, qui, dans une note de février 1946, estimait que l'URSS n'était en fait sensible qu'au langage de la force [2].

La détérioration évidente des relations entre les anciens alliés n'est pourtant pas totale. Outre les débats du Tribunal de Nuremberg, qui ont pu être menés à leur terme [3], l'élaboration des traités de paix avec les satellites de l'Axe progresse tout au long de l'année 1946, en particulier lors de la conférence de Paris qui se tient en octobre. Autre « conférence de la paix », mais assez pâle réplique de celle de 1919, elle piétina longtemps sur le problème des réparations, après avoir achoppé sur ceux de Trieste et de l'attribution du Dodécanèse à la Grèce.

---

1. Une république autonome d'Azerbaïdjan est créée en 1945, avec à sa tête Pishevari, un vétéran du Komintern; une République populaire kurde est créée en 1946, dirigée par un autre homme lige de l'URSS, Moullah Barzani.
2. Cf. P. Melandri, *op. cit.,* p. 60.
3. Le Tribunal a fonctionné à Nuremberg, ville symbole des fastes nazis, de novembre 1945 à octobre 1946. Les débats ont abouti à douze condamnations à mort, trois à la détention à vie, quatre à des peines de prison et à trois acquittements (Schacht, von Papen et Fritzsche).

La souplesse conciliatrice de Georges Bidault ayant permis un dégel des positions soviétiques, cinq traités de paix sont finalement signés au Quai d'Orsay, le 10 février 1947, avec l'Italie, la Roumanie, la Hongrie, la Bulgarie et la Finlande [1]. Les clauses territoriales font apparaître une redistribution au profit de la France, de la Yougoslavie, de la Grèce et surtout de l'URSS [2]. Faute d'accord sur les colonies italiennes (Libye, Érythrée, Somalie), le sort de celles-ci sera soumis ultérieurement aux Nations unies [3]. Un statut international est prévu pour la région de Trieste, provisoirement occupée par les Anglo-Saxons (zone A) et les Yougoslaves (zone B) [4]. Des clauses militaires, applicables aux cinq pays vaincus, prévoient la limitation des effectifs, des armements et du tonnage des flottes de guerre. Des clauses financières stipulent, enfin, d'assez lourdes réparations en faveur de l'URSS, accessoirement de la Yougoslavie et de la Grèce.

Compromis acceptable, mais qui ne peut masquer l'impasse dans laquelle sont entrées d'autres négociations, infiniment plus importantes, concernant l'énergie atomique et le sort de l'Allemagne. Au lendemain d'Hiroshima, compte tenu de l'avancement probable des travaux soviétiques et pour éviter une course aux armements ruineuse, le gouvernement américain était acquis à la nécessité d'une coopération internationale dans le domaine atomique. Mais, le 15 novembre 1945, une déclaration commune de Truman, d'Attlee et du Premier ministre canadien, Mackenzie King, tout en affirmant la bonne

1. Sur le contenu complet de ces traités, cf. J.-B. Duroselle, *Histoire diplomatique de 1919 à nos jours, op. cit.,* p. 441-452.

2. Tende et La Brigue à la France; l'Istrie à la Yougoslavie, Rhodes et le Dodécanèse à la Grèce. L'URSS obtient la Bessarabie et la Bukovine, prolongée par la Ruthénie subcarpatique, déjà concédée par l'accord soviéto-tchécoslovaque du 29 juin 1945. En Finlande, elle recouvre une partie de la Carélie, Viborg, et, dans le Grand Nord, la région de Petsamo.

3. Le plan Bevin-Sforza ayant été rejeté par l'Assemblée générale, en juin 1949, celle-ci décida d'acheminer la Libye vers l'indépendance dans un délai de deux ans et de confier la Somalie à une tutelle italienne de dix ans. Un peu plus tard, l'Érythrée fut fédérée à l'Éthiopie.

4. Ce statut international ne vit jamais le jour. Après une forte tension italo-yougoslave qui culmina en 1953-1954, la question de Trieste fut réglée par le traité de Londres du 5 octobre 1954, la zone A (avec la ville) revenant pour l'essentiel à l'Italie, la zone B, à la Yougoslavie. Cf. J.-B. Duroselle, *le Conflit de Trieste, 1953-1954,* Bruxelles, 1965.

volonté des trois pays à livrer leurs secrets atomiques aux autres membres des Nations unies, semblait refuser toute coopération avec l'URSS en la subordonnant à un système de garanties. Celui-ci devait empêcher l'utilisation de l'énergie atomique à des fins destructrices, mais il était clairement affirmé qu'aucun système de ce type n'était actuellement concevable. Déclaration peut-être involontaire, mais assurément maladroite et qui ne pouvait qu'accroître la méfiance de l'URSS quelques mois après la cessation unilatérale du prêt-bail. Elle ne fermait pas pourtant toute négociation dans le cadre de l'ONU, où une Commission de l'énergie atomique est créée en janvier 1946. Le délégué américain Bernard Baruch y présente en juin un plan, préparé en fait par le sous-secrétaire d'État Dean Acheson et le président de la TVA, David Lilienthal. Le plan Baruch prévoit la remise à une autorité internationale de la propriété des mines, des usines de traitement, des bombes existantes et de l'information disponible. La répartition géographique des nouvelles usines serait opérée équitablement, un corps de contrôleurs internationaux serait créé et un système de sanctions adopté contre les « délinquants atomiques ». Plan extrêmement audacieux, qui reçoit l'approbation enthousiaste des savants américains, effrayés par la portée terrifiante de leur découverte, mais qui suppose une pleine reconnaissance de la liberté d'enquête et de surveillance aux contrôleurs internationaux. Comme tel, il se heurte à l'opposition de l'URSS, dont le délégué, Andrei Gromyko, présente en juillet les contre-propositions : destruction immédiate des bombes existantes, interdiction de la recherche atomique à des fins militaires, contrôle exercé par le Conseil de sécurité où les cinq puissances permanentes conserveraient leur droit de veto. Projet évidemment inacceptable pour les États-Unis, seuls concernés par la destruction des bombes et démunis de tout droit d'inspection en territoire soviétique. Les débats se poursuivent néanmoins, rendus très tendus par la révélation des activités de l'espionnage soviétique au Canada. La commission cessera totalement ses travaux en janvier 1948, sans qu'aucun terrain d'entente n'ait été trouvé.

S'agissant de l'Allemagne, le fonctionnement du régime quadripartite se trouve rapidement paralysé. Les revendications françaises y sont initialement pour beaucoup. Revenant aux errements du premier après-guerre, le gouvernement français, avec de Gaulle puis Bidault, invoque sa sécurité pour formuler les exigences les plus excessives : démembrement de l'Allemagne, internationalisation de la Ruhr et contrôle stratégique des pays occidentaux de la rive gauche du Rhin. Devant le refus catégorique des trois Grands, la France use systématiquement de son droit de veto au Conseil de contrôle. Intransigeance à laquelle s'ajoutent les revendications qu'elle formule sur la Sarre, transformée en un quasi-protectorat après son détachement de l'Allemagne unilatéralement décidé en décembre 1946. Mais, à cette date, l'alignement de la France sur les positions américaines n'est qu'une question de mois. En échange d'une certaine liberté d'action en Sarre, elle devra abandonner rapidement ses prétentions au démembrement de l'Allemagne [1].

Les désaccords avec l'URSS sont évidemment plus graves. Ils tiennent pour une part à l'ampleur des démontages d'usines auxquels les Soviétiques sont accusés de procéder dans leur zone, jugés très supérieurs aux accords signés en janvier et mars 1946 sur le sujet. Ils tiennent aussi à une divergence politique fondamentale qui subordonne, selon la thèse soviétique, la négociation d'un traité de paix au rétablissement d'un gouvernement central allemand. Mais, après le refus formel de la France, ce sont les Anglo-Saxons, initialement favorables mais rendus méfiants par la fusion forcée du SPD et du KPD en zone soviétique (avril 1946), qui refusent d'accéder à cette condition. Un tel gouvernement ne serait-il pas en effet, de près ou de loin, une créature de l'URSS ? Des accrochages très vifs ont lieu lors du conseil des Quatre de Paris, en mai 1946, marqué par un net raidissement de Byrnes. Sur ordre du Département d'État, le général Clay suspend dans la zone américaine les livraisons qui devraient revenir aux Soviétiques. Le 6 septembre, Byrnes prononce à Stuttgart un important discours au peuple allemand, d'inspiration libérale et unitaire. Mais sa proposition de lever le régime d'occupation et de procéder à la fusion des zones se heurte au refus de

---

1. Sur l'ensemble de la question, cf. A. Grosser, *Affaires extérieures, la Politique de la France, 1944-1984*, Paris, Flammarion, 1984, p. 33-38 et 49-54.

Molotov, pour qui le régime actuel reste la meilleure garantie de l'acquittement des réparations allemandes. Convaincus qu'aucun accord n'est possible avec les Soviétiques, les États-Unis agissent en conséquence. Menée au départ avec beaucoup de vigueur (et d'incohérence), la dénazification marque le pas, de même que sont délibérément freinées les réparations en zone américaine. Le redressement européen passant par le retour à une Allemagne prospère, ils négocient avec les Britanniques la fusion de leurs zones. Créée le 5 septembre 1946, pour entrer en vigueur le 1er janvier 1947, la bizone est limitée au domaine économique, et les conseils administratifs allemands communs aux deux zones n'ont que des compétences strictement techniques. Mais l'échec de la conférence de Moscou, en mai 1947, permettra d'aller plus loin. La partition de l'Allemagne est en marche.

L'année 1947 et le problème des causes de la guerre froide

Tout laisse à penser que, dès le printemps 1946, les dirigeants américains avaient acquis la conviction des desseins impérialistes de Moscou et de la nécessité impérieuse de s'y opposer. La doctrine Truman du *containment* n'a pourtant été officiellement exposée qu'un an plus tard. Ce décalage s'explique doublement [1] : par la volonté affichée de Byrnes de ne pas céder à une dramatisation à laquelle les États-Unis n'auraient rien à gagner; par le faible empressement de l'opinion américaine à s'engager dans un affrontement menaçant pour la paix mondiale. La victoire républicaine au Congrès, en novembre 1946, est due surtout, comme celle de 1918, à une préoccupation de « retour à la normale ». L'anticommunisme y a également contribué, mais fondé sur un reproche de mollesse de l'administration démocrate à l'égard du communisme intérieur et non pas à l'égard de l'URSS [2]. Durant l'hiver 1946-1947, l'opinion ne manifeste pas de revirement spectaculaire,

1. Cf. P. Melandri, « L'apprentissage du leadership occidental - Les États-Unis et le monde, 1941-1949 », *Relations internationales*, n° 22, 1980, p. 175-192.
2. Cf., à cet égard, les conclusions de D. F. Fleming, *The Cold War and its Origins*, New York, 1961.

mais l'aggravation de la situation en Europe conduit les États-Unis à rompre avec le relatif attentisme dont ils avaient fait preuve jusqu'alors. Signe des temps, le général Marshall succède à Byrnes en janvier 1947. Ancien chef d'État-Major, moins souple que son prédécesseur, naturellement peu enclin à la négociation, Marshall est également marqué par son récent séjour en Chine, d'où il a retiré la certitude qu'aucun compromis n'était possible, ni même souhaitable, avec les communistes. Avec Dean Acheson, sous-secrétaire d'État, et George Kennan, promu chef du Policy Planning Staff du Département d'État, il va être le principal artisan de la doctrine de l'endiguement.

La situation en Europe, si l'on en croit le tableau que dresse Acheson le 27 février 1947, est, en effet, tragique. La dureté inhabituelle de l'hiver, venant après les mauvaises récoltes de l'été, expose les populations aux pires souffrances, et celles-ci peuvent être exploitées, surtout en France et en Italie, par des partis communistes puissants, rompus au maniement des masses. La pression soviétique reste forte en Turquie et oblige le gouvernement d'Ankara à de lourdes dépenses militaires. Mais c'est en Grèce que la situation est la plus inquiétante. Initialement, les accords de Varkiza, en février 1945, avaient prévu un cessez-le-feu entre les forces communistes de l'ELAS et celles du régent, Mgr Damaskinos, imposé par les Britanniques. Mais, après les élections de mars 1946 et le plébiscite du 1er septembre, qui constituent autant de victoires pour la droite [1], la chasse aux résistants et aux communistes n'avait cessé de s'amplifier, obligeant le général Markos à retirer ses partisans dans les zones montagneuses du pays. La guerre civile commence en octobre, favorable aux communistes, qui bénéficient de l'aide ouverte des pays frontaliers (Albanie, Bulgarie et surtout Yougoslavie) et qui renouent avec les méthodes de guérilla employées quelques années plus tôt contre les forces de l'Axe. Au début de 1947, la situation est critique pour le gouvernement hellénique. Or, l'Angleterre fait savoir au général Marshall, le 21 février, qu'elle n'est plus

1. D'une régularité très contestable, surtout dans les campagnes, les élections de mars avaient donné la victoire aux monarchistes. Moins irrégulier, le plébiscite de septembre avait donné 75 % de Oui pour le retour à la monarchie. Georges II était rentré à Athènes le 28 septembre.

à même, pour des raisons financières, de supporter la charge que représentent les 40 000 soldats britanniques qui stationnent en Grèce depuis octobre 1944, et qu'en conséquence ses troupes seront retirées à partir de la fin mars. Pressé d'agir par son ambassadeur à Athènes, qui voit ou feint de voir la main de Staline là où elle n'est pas, ainsi que par ses conseillers immédiats, Truman présente le 12 mars, devant le Congrès réuni en séance plénière, une demande de crédits pour la Grèce (250 millions de dollars) et la Turquie (150 millions). Le sénateur Vandenberg entraînant l'adhésion d'un grand nombre de républicains, ces crédits sont adoptés à une large majorité [1].

La portée financière du projet est limitée, même s'il est entendu que ces crédits pourront être augmentés [2]. Mais, en insérant la Grèce et la Turquie dans le cadre d'une lutte entre deux conceptions de la vie, en assignant aux États-Unis la tâche d'aider, où qu'ils se trouvent, les peuples libres à résister « aux minorités armées ou aux puissances étrangères qui tentent de les asservir », Truman donne d'emblée au *containment* son caractère global, dont témoignera quelques mois plus tard le plan Marshall. Entre-temps, l'exclusion des ministres communistes de trois gouvernements européens prend valeur de symbole. En Belgique, où il s'agit d'une démission volontaire, et en France, où elle procède d'une révocation pour rupture de la solidarité gouvernementale, les pressions extérieures ne semblent pas avoir été considérables. Elles le sont en revanche en Italie, où Alcide De Gasperi a dû céder à l'insistance conjuguée du Vatican et de Washington.

Ouverte le 10 mars 1947, la conférence des quatre ministres des Affaires étrangères à Moscou se ressent d'emblée de la déclaration Truman. Sur l'Autriche et surtout sur l'Allema-

---

1. Le projet est adopté par 67 voix contre 23 au Sénat, et par 287 voix contre 107 à la Chambre.

2. Ils le seront, en effet, pour la Grèce, permettant la réorganisation de l'armée grecque avec la mission américaine du général Van Fleet. La détérioration de la situation des communistes est due aussi à l'arrêt de l'aide yougoslave, Tito devant, après sa rupture avec Moscou, ménager les Occidentaux. La guerre civile s'achève en octobre 1949, laissant 50 000 morts, d'énormes destructions et un pays exsangue. Les bagnes de la monarchie se peuplent de résistants, alors que de 20 000 à 30 000 enfants des zones communistes sont littéralement déportés en URSS.

gne, les positions restent inconciliables. Après avoir entendu les protestations de Molotov contre la formation de la bizone, la conférence achoppe sur le problème des frontières, sur celui des réparations, sur la forme unitaire ou fédérale de la future Allemagne, et jusqu'aux nombre et qualité des participants à l'élaboration d'un éventuel traité de paix. L'échec de la conférence de Moscou sonne le glas de la démarche rooseveltienne visant à asseoir le nouvel ordre mondial sur l'accord des grandes puissances. Il encourage par là les Américains à donner à la doctrine Truman un prolongement actif.

L'idée selon laquelle la stagnation économique et la misère sociale constituent le meilleur tremplin à l'essor du communisme n'est pas en soi nouvelle. Elle a reçu pourtant confirmation lors de la mission européenne confiée au printemps 1946 à l'ancien président Hoover. Elle devient d'une actualité dramatique lors de l'hiver 1946-1947. La pénurie et le rationnement, l'inflation généralisée, le déséquilibre persistant des balances commerciales poussent les États-Unis à assumer euxmêmes le redressement européen. Il apparaît peu probable que Staline ait voulu sciemment utiliser la crise économique pour étendre sa domination en Europe occidentale. De même, la ligne productiviste et unitaire suivie depuis la Libération par les communistes français et italiens cadre assez mal avec des desseins insurrectionnels. Les Américains s'estiment néanmoins convaincus d'un risque de subversion généralisée [1]. Ils sont d'ailleurs encouragés dans cette voie par l'emprise croissante qu'exerce l'URSS, au début de 1947, sur la Pologne (où des élections truquées ont donné en janvier la majorité à un « Bloc démocratique » dominé par les communistes) et en Hongrie (où le leader du parti des petits propriétaires, Bela Kovacs, a été arrêté en février). Fondamentalement politique, puisque visant à enrayer la progression du communisme, la logique de l'aide Marshall est aussi d'ordre économique. Les risques d'un transfert d'inflation vers le Nouveau Monde sont devenus réels. Surtout, l'impossibilité pour les pays européens de financer, faute de dollars, leurs importations américaines se révèle dangereuse pour les États-Unis, qui réalisent avec

1. Tel est le sens d'un article de George Kennan paru en juillet 1947 dans la prestigieuse revue *Foreign Affairs,* intitulé « Les sources du comportement soviétique ».

L'ANNÉE 1947
DANS LES RELATIONS EST-OUEST

Janvier : unification effective de la bizone anglo-américaine (1er) ; élections en Pologne ; Marshall succède à Byrnes au Département d'État. *Février :* signature à Paris des traités de paix avec cinq satellites de l'Axe (10) ; déclaration du gouvernement britannique annonçant la fin de son soutien à la Grèce (22). *Mars :* ouverture de la conférence de Moscou (10) ; exposé de la doctrine Truman au Congrès (12) ; prise de Yanan, dernière victoire des nationalistes chinois (19).

Mai : révocation des ministres communistes du gouvernement Ramadier (4) ; double rapport de la commission de l'ONU sur la situation en Grèce ; formation d'un nouveau ministère De Gasperi sans participation communiste (31). *Juin :* discours du général Marshall à l'université de Harvard (5) ; ouverture de la conférence de Paris sur l'acceptation du plan Marshall (27). *Juillet :* Molotov se retire de la conférence de Paris (2) ; la Tchécoslovaquie refuse son adhésion au plan Marshall (11) ; vote par le Congrès de la loi créant la CIA et le Conseil national de sécurité (26). *Août :* condamnation de Petkov en Bulgarie.

Septembre : pacte de Rio (2) ; conférence de Szklarska Poreba et fondation du Kominform (22-27) ; début des grèves insurrectionnelles en France. *Octobre :* annonce de la création du Kominform (5) ; rejet de l'accord pétrolier avec l'URSS par le Parlement iranien (22). *Novembre :* condamnation de Maniu en Roumanie (11) ; ouverture à Londres de la conférence de la «dernière chance» (25). *Décembre :* échec de la conférence de Londres (19) ; abdication du roi Michel de Roumanie (30).

l'Europe occidentale 42 % de leurs exportations. Certes, depuis la capitulation allemande, l'aide américaine n'est pas restée inactive : remise des dettes contractées au titre du prêt-bail, dons de l'UNRRA [1], dons et prêts bilatéraux [2] représentent une aide estimée, de mai 1945 à juin 1948, à 15,3 milliards de dollars, dont 6,7 en dons et 8,6 en prêts [3]. Pour massive qu'elle soit, cette aide s'est révélée impuissante à remettre sur les rails l'économie européenne, car utilisée prioritairement à l'achat de produits de première nécessité et non à l'investissement productif. La crise financière britannique consécutive au rétablissement de la convertibilité de la livre, en juillet, prouve également la fragilité des monnaies européennes. Une aide généreuse à l'Europe occidentale, et à laquelle l'Allemagne sera associée, aura donc pour fonction de défendre la prospérité et la démocratie, ou du moins l'image que s'en font les Américains. Mission exaltante, qui pourra créer aux États-Unis ce vaste consensus que les Nations unies n'étaient pas parvenues à lever, et qui illustre une nouvelle fois la caution morale dont aime à se parer la diplomatie américaine. La loi de juillet 1947, qui réorganise les forces armées, crée la CIA et le Conseil national de sécurité, traduit cette volonté de dramatisation.

Préparé par George Kennan, l'« European Recovery Program » est présenté le 5 juin 1947 par le général Marshall lors d'une cérémonie à l'université de Harvard. Il l'est dans des termes assez flous, et sans exclure *a priori* aucun pays. En fait, les États-Unis ne s'illusionnent pas sur la réponse soviétique et il y a tout lieu de penser qu'ils ne la souhaitent pas positive. Fin juin, néanmoins, Molotov vient à Paris discuter des modalités de l'aide. Mais sa position est intransigeante :

1. L'United Nations Relief and Rehabilitation Agency, organe de l'ONU alimenté essentiellement par des fonds américains.
2. Il s'agit essentiellement des prêts accordés par l'Export-Import Bank en décembre 1945 au Royaume-Uni et en mai 1946 à la France dans le cadre des accords Blum-Byrnes. Prêts consentis à des conditions réellement avantageuses, mais assortis de dures conditions financières et commerciales qui assoient la suprématie de l'économie américaine en Europe occidentale. Cf. A. Lacroix-Riz, « Négociation et signature des accords Blum-Byrnes (octobre 1945-mai 1946) », *Revue d'histoire moderne et contemporaine*, juill.-sept. 1964, p. 417-447.
3. Cf. P. Melandri, *op. cit.*, p. 64.

l'aide sera bilatérale, sans condition et sans contrôle. Or, précisément, les Américains entendent subordonner leur manne en dollars à un minimum de multilatéralisme et obtenir la levée de certaines restrictions commerciales, de type contingentaire ou colonial. Prenant prétexte de l'admission de l'Allemagne au plan Marshall, Molotov rompt donc les pourparlers le 2 juillet, entraînant dans son sillage le refus de la Pologne et celui, moins attendu, de la Tchécoslovaquie. Il a suffi, en effet, d'une convocation au Kremlin de Gottwald et de Jan Mazaryk pour qu'ils alignent leur pays sur le refus soviétique.

Réduite à seize membres, la conférence de Paris poursuit ses travaux durant l'été et présente, le 22 septembre, un rapport remis à l'administration américaine. Les besoins sont estimés à 22 milliards de dollars, réduits à 17 par Truman. La violence des réactions soviétiques, la création du Kominform et le coup de Prague auront raison des réticences du Congrès à adopter un programme d'une telle ampleur. Mobilisée par le sénateur Vandenberg, l'opposition républicaine, majoritaire depuis 1946, se rallie, et le plan Marshall est voté en mars 1948 sous la forme de crédits annuels jusqu'en 1952. En avril sont instituées l'Organisation européenne de coopération économique (OECE) et, du côté américain, l'Economic Cooperation Administration (ECA), dont le représentant auprès de l'OECE est Averell Harriman. Des accords bilatéraux sont conclus, en outre, avec les États bénéficiaires, souvent avantageux pour l'économie américaine. A la fin de l'été 1947, une aide intérimaire d'urgence a été votée en faveur de la France et de l'Italie.

«Dès lors les lignes sont tracées», avait constaté l'ambassadeur américain à Moscou, Bedell Smith, au lendemain du refus soviétique et de celui imposé aux gouvernements polonais et tchécoslovaque. C'est bien, en effet, du plan Marshall, ou plus exactement de son acceptation par les uns et de son refus par les autres, que date la coupure du vieux continent en deux blocs antagonistes. La soviétisation accélérée de l'Europe de l'Est contribue à accroître la tension. Après des élections truquées, les tenants de la ligne dure, Rakosi et Lazlo Rajk, renforcent leur emprise sur la Hongrie. Durant ce même mois d'août, on apprend l'exécution du leader agrarien bulgare Petkov, un héros de la résistance antinazie. Le coup de Prague, en février 1948, ne sera que le dernier épisode de ce processus de satellisation. Entre-temps, les représentants de neuf partis communistes européens se sont réunis, du 22 au 27 septembre 1947, dans le château de Szklarska Poreba, près de Wroclaw [1]. Un communiqué publié à l'issue de la conférence annonce la création d'un Bureau d'information communiste (Kominform) ayant pour but l'échange des informations et la coordination de l'activité des partis communistes sur la base de leur libre consentement. Les Occidentaux ont vu là la reconstitution du Komintern avec toutes ses perspectives de révolution à l'échelle mondiale. A tort évidemment, et pour de multiples raisons : le rétrécissement des bases géographiques à l'Europe, l'absence d'institutions permanentes [2] et un programme qui substitue la défense de la *paix* au combat pour la *révolution* qui était celui du Komintern. Il n'est pas impossible, d'autre part, que, dans l'esprit de Staline, le Kominform ait été prioritairement la structure inquisitoriale nécessaire à la proche excommunication de Tito [3].

Au regard des relations Est-Ouest, la création du Kominform est bien la réplique soviétique à la doctrine Truman et au plan Marshall. Mais là où ce dernier avait consacré la coupure de l'Europe en deux blocs, le rapport lu par Andrei Jdanov, considéré comme l'idéologue officiel et le dauphin de Staline, étend le partage à l'ensemble du monde. Sont, en effet, énumérées les parties prenantes aux «deux camps fondamentaux » : le camp impérialiste et antidémocratique, d'une part, le camp anti-impérialiste et démocratique, de l'autre. Le détail

1. Il s'agit de sept partis au pouvoir (URSS, Pologne, Roumanie, Hongrie, Yougoslavie, Bulgarie, Tchécoslovaquie) et des deux plus puissants partis de l'Europe occidentale, le PCF et le PCI. Il n'y a pas de représentants du communisme allemand puisque, entre autres raisons, l'Allemagne n'a pas de gouvernement. Quant à l'Albanie, son absence s'explique par l'incertitude qui règne sur l'existence même de cet État.

2. En fait, le seul organe institutionnel du Kominform est son journal *Pour une paix durable, pour une démocratie populaire,* dont la rédaction siégera d'abord à Belgrade puis, après le schisme yougoslave, à Bucarest. Ce journal, bimensuel puis hebdomadaire, édité en de multiples langues, a eu pour collaborateurs des dirigeants communistes importants, tels les Français Georges Cogniot et Léo Figuères, tel l'Italien Giancarlo Pajetta.

3. Cf. A. Fontaine, *op. cit.,* t. I, p. 390.

de la répartition peut évidemment prêter à quelque étonne-
ment : l'appartenance de la Chine au premier camp en dit long
sur la méfiance du Kremlin à l'égard du combat des communistes chinois ; à l'inverse, il y aurait beaucoup à dire sur le
caractère démocratique de l'Égypte du roi Farouk, incluse
pourtant dans le second camp. Peu importe. Dans l'immédiat,
le raidissement est manifeste dans les deux camps. Revenus
passablement échaudés du rendez-vous de Szklarska Poreba,
les délégués français, Jacques Duclos et Benoît Frachon, font
opérer à leur parti le revirement attendu. Passé à la plus totale
opposition, le PCF orchestre une vaste campagne antiaméricaine et commandite le grand mouvement de grèves de l'automne. Le durcissement se poursuit dans les démocraties populaires avec l'exil forcé du roi Michel de Roumanie, la
campagne déclenchée contre les sociaux-démocrates tchécoslovaques, la réunion d'un « Congrès du peuple allemand »
dans le secteur soviétique de Berlin. Dans le camp adverse, les
États-Unis s'attellent à un réarmement de grande ampleur, et
amorcent avec des pays jusqu'alors tenus en suspicion, le
Japon et l'Espagne, une révision de leur attitude. Dans ces
conditions, la conférence de Londres (novembre-décem-
bre 1947), dite « de la dernière chance », ne peut être qu'un
échec. Après dix journées perdues en querelles de procédure,
le désaccord se révèle à nouveau total sur l'Autriche et sur
l'Allemagne. Pour la première fois, les quatre ministres se
séparent sans prendre date pour une nouvelle réunion.

A l'image des controverses suscitées par les responsabilités
allemandes dans le déclenchement de la Première Guerre
mondiale, et accessoirement de la Seconde, le problème des
causes de la guerre froide anime depuis une vingtaine d'années
un important débat historiographique [1]. Débat essentiellement
américain, renouvelé par l'ouverture des archives du Département d'État, mais d'où les passions polémiques et politiques
ne sont pas absentes, et qui porte sur la responsabilité des

1. On trouvera un état du problème dans J. Laroche, « Controverse sur
l'origine et les causes de la guerre froide », *Études internationales*, 1975,
p. 47-65, et dans M. Altherr, « Les origines de la guerre froide : un essai
d'historiographie », *Relations internationales*, n° 9, 1977, p. 69-81.

États-Unis et de l'URSS dans la rupture de l'alliance et la formation des blocs.

Dans le sillage des positions officielles de l'administration américaine, les historiens de l'école *traditionaliste* ont situé très tôt cette responsabilité dans la politique expansionniste du gouvernement soviétique, que celle-ci ait obéi aux objectifs panslavistes traditionnels de la diplomatie russe ou à la vocation internationaliste du marxisme-léninisme. Dans cette optique, la politique américaine, commandée par une perception, au reste trop tardive, du danger soviétique, n'aurait obéi qu'à une succession de réflexes défensifs [1]. Contemporaine de la guerre du Vietnam et de la vague de mauvaise conscience qui déferle alors sur les intellectuels, influencée par les idées de la Nouvelle Gauche américaine, la tendance *révisionniste* inverse les responsabilités en soulignant le rôle essentiel des États-Unis dans le déclenchement de la guerre froide. Encore cette école est-elle divisée en deux courants. Les plus intransigeants *(hard revisionists)* mettent l'accent sur l'agressivité délibérée des États-Unis à l'égard des pays qui refusaient de se plier à leur vision du monde, c'est-à-dire à la satisfaction de leurs desseins impérialistes [2]. Les modérés *(soft revisionists)* répartissent plus équitablement les responsabilités, mais soulignent l'importance de la relève opérée après la mort de Roosevelt et les penchants agressifs de l'entourage de Truman [3]. La constitution d'un glacis soviétique de sécurité et le maintien de bonnes relations avec l'Occident n'étaient pas incompatibles.

1. Parmi les principaux représentants de cette tendance, on retiendra A. B. Ullam, *The Rivals. America and Russia since War II,* New York, 1974, et L. E. Davis, *The Cold War Begins - Soviet and America Conflict over Eastern Europe,* Princeton, 1974. En France, l'ouvrage de J. Laloy, *Entre guerres et paix, 1945-1965,* Paris, Plon, 1966, procède de la même vision des choses.

2. Parmi lesquels G. Kolko, *The Limits of Power. The World and United States Foreign Policy, 1945-1954,* New York, 1972, et L. C. Gardner, *Architects of Illusion : Men and Ideas in American Foreign Policy, 1941-1949,* Chicago, 1972. En France, l'ouvrage d'Y. Durand, *Naissance de la guerre froide, 1944-1949,* Paris, Messidor-Temps actuels, 1984, peut se réclamer du révisionnisme le plus intransigeant, jusqu'à épouser systématiquement les positions du Kremlin.

3. Cf. par exemple D. F. Fleming, *The Cold War and its Origins, 1917-1960,* New York, 1961, 2 vol., et D. Horowitz, *De Yalta au Vietnam,* coll. « 10-18 », 1973, 2 vol. (trad. fr.).

C'est pour ne l'avoir pas compris, ou pour ne l'avoir pas admis, que les États-Unis auraient durci leurs positions et inventé la formule de l'endiguement. A cet égard, la contribution de l'historien Daniel Yergin est intéressante [1]. Elle attribue la détérioration des relations Est-Ouest à une succession de malentendus débouchant sur une escalade de la méfiance : méfiance soviétique, provoquée par l'arrêt unilatéral du prêt-bail (alors qu'il ne s'agissait que d'une application stricte de la loi) puis par l'intempestive déclaration du 14 novembre 1945 sur la coopération atomique; méfiance américaine qui procède, dans la crise de Trieste comme dans la guerre civile grecque, de l'ignorance et de la surestimation du rôle réel de Staline.

Peut-être convient-il de se rallier à la conception *réaliste*, qui insiste sur le caractère inévitable de la guerre froide. Celle-ci procéderait logiquement de la bipolarité, dès lors que deux systèmes antagonistes sont défendus « par deux puissances assez vastes, assez peuplées, assez confiantes dans la valeur de leurs croyances et de leurs armes pour se disputer la prépondérance mondiale [2] ». Elle procéderait aussi de l'inéluctable bipolarisation née de l'occupation respective d'une partie de l'Europe par les armées soviétique et américaine, dans le contexte de vide politique causé par l'effondrement de l'Axe et de ses satellites [3].

La consolidation des blocs

Dans l'escalade de la tension Est-Ouest, le coup de Prague, en février 1948, joue un rôle déterminant [4]. S'agissant d'un pays où la tradition libérale demeurait forte, et qui avait

1. D. Yergin, *la Paix saccagée (Shattered Peace)*, Paris, Balland, 1980.
2. A. Fontaine, *op. cit.*, t. I, p. 15.
3. Telle est l'appréciation d'historiens américains comme A. Schlesinger J^r, « Origins of the Cold War », *Foreign Affairs*, XLVI (1), oct. 1967, p. 22-52, ou L. Halle, *The Cold War as History*, New York, 1967. Telle est aussi la thèse de R. Aron développée dans *République impériale - les États-Unis dans le monde, 1945-1972*, Paris, Calmann-Lévy, 1973, en part. p. 43-44 et 63-71.
4. Sur le déroulement du coup de Prague, cf. *supra*.

symbolisé au cœur de l'Europe la persistance de l'esprit de Yalta, la satellisation de la Tchécoslovaquie déclenche chez les Occidentaux un phénomène de peur qui va accélérer le renforcement de leurs liens. Car le coup de Prague n'est pas qu'une opération, apparemment légale, de politique intérieure. La pression soviétique a été indéniable. Certes, l'Armée rouge a évacué le pays à la fin de 1945, mais on ne peut tenir l'arrivée à Prague du vice-ministre des Affaires étrangères Valentin Zorine comme uniquement liée, selon les termes de l'histoire officielle, à l'octroi d'une aide céréalière. La Tchécoslovaquie ne figurait pas dans le «partage» d'octobre 1944, et il n'entrait probablement pas dans les desseins de Staline de l'annexer au glacis soviétique [1]. Mais, depuis la coupure de l'Europe, le quadrilatère de Bohême présentait un intérêt stratégique trop évident pour qu'il ne soit incorporé dans le bloc oriental. Le comportement américain a au reste facilité les choses, tant les États-Unis ont multiplié les erreurs d'appréciation. Déjà, en 1945, leur inertie militaire avait laissé à l'Armée rouge le bénéfice d'apparaître comme la libératrice du pays. Deux ans plus tard, l'association de l'Allemagne au plan Marshall avait permis aux communistes d'exploiter habilement les ressentiments antiallemands de la population et de faire miroiter la générosité désintéressée de l'URSS. En faisant preuve d'un attentisme complet lors des journées de février, tout permet de penser que les États-Unis avaient abandonné la Tchécoslovaquie aux profits et pertes de la coupure Est-Ouest. Les réactions du général Marshall sont à cet égard caractéristiques, dans la mesure où le sort de la Tchécoslovaquie semble l'avoir moins intéressé que l'exploitation qui pouvait être faite de son annexion au camp socialiste [2].

Les retombées du coup de Prague sont considérables. Il ouvre, en effet, la voie à une double évolution qui s'étend de mars 1948 à octobre 1949, et dont les termes sont l'affirmation de la solidarité atlantique et la création des deux États allemands. Les interférences entre ces deux lignes d'événe-

1. En 1945, la Tchécoslovaquie aurait pu être transformée d'emblée en pays socialiste, le parti communiste disposant de l'appui de l'Armée rouge, de celui de la classe ouvrière et d'un solide appareil.

2. Cf. D. Yergin, *op. cit.*, p. 267.

ments sont constantes et seule la clarté de l'exposé oblige à les dissocier.

Dès le 22 janvier 1948, Bevin avait proposé (et c'est un geste qui marque une rupture avec les traditions les plus ancrées de la diplomatie britannique) la signature d'un pacte d'alliance avec la France et les trois pays du Benelux. L'offre est antérieure au coup de Prague, mais il n'est pas douteux que ce dernier ait accéléré la négociation. Le texte signé le 17 mars à l'issue de la conférence de Bruxelles n'est rien d'autre que l'extension au Benelux des mécanismes d'assistance prévus par le traité franco-britannique signé à Dunkerque un an plus tôt. Mais, outre que le pacte de Bruxelles pose les premiers jalons d'une coopération européenne organisée [1], l'Allemagne n'est plus l'unique agresseur potentiel. L'article 4 stipule, en effet, que l'assistance sera automatique en cas d' «agression armée en Europe». La connotation antisoviétique est donc très nette. Dès avant la signature du traité, Bevin, Bidault et le Belge Paul-Henri Spaak avaient manifesté l'intention de son élargissement à un pacte de sécurité atlantique. Truman y est favorable, peut-être depuis 1946, mais s'attend à de fortes réticences au Congrès. Celles-ci sont aisément levées par la tension qui se fait jour à Berlin, depuis que, le 31 mars, le maréchal Sokolovski a décidé de faire contrôler militairement les voies d'accès entre les zones occidentales de l'Allemagne et l'ancienne capitale. Soutenu par Marshall, le sénateur Vandenberg [2] fait adopter le 11 juin, par 64 voix contre 4, la célèbre «résolution» qui porte son nom, et qui autorise le président des États-Unis à nouer en temps de paix des alliances hors du continent américain. Cette rupture avec l'isolationnisme, ou ce qu'il pouvait en rester, n'est pas moins symbolique que celle opérée par une Angleterre qui accepte désormais de lier son sort à celui du continent européen.

Après les études préliminaires, des pourparlers très secrets

1. Le pacte de Bruxelles a créé, en effet, l'Union de l'Europe occidentale, dotée d'une structure institutionnelle politique et militaire. Mais celle-ci a été pratiquement vidée de sa substance, au moins provisoirement, par la création du pacte Atlantique et des instances qui vont en dériver.
2. Président de la commission des Affaires étrangères du Sénat, le républicain Vandenberg a été associé, avec Foster Dulles, à toutes les grandes décisions diplomatiques de l'administration démocrate depuis 1947.

s'engagent en décembre 1948 à Washington, associant les cinq du pacte de Bruxelles, les États-Unis et le Canada [1]. A cette date, les États-Unis assument déjà des responsabilités militaires en Europe avec le transfert de soixante «bombardiers atomiques» en Grande-Bretagne et la participation d'officiers américains aux travaux des instances militaires du pacte de Bruxelles. Les pourparlers ayant été étendus à cinq autres pays européens (Danemark, Norvège, Islande, Italie et Portugal), le pacte Atlantique est publié le 18 mars et solennellement signé à Washington le 4 avril 1949. Il est approuvé en juillet par le Sénat à une très large majorité, le déclenchement du blocus de Berlin ayant eu raison de bien des réticences. Pacte régional et défensif, comme l'autorise l'article 51 de la Charte des Nations unies, l'Alliance atlantique affirme la détermination des signataires à protéger, au besoin par la force, les pays qu'unit une même adhésion aux valeurs par la démocratie libérale [2]. Il distingue la *menace,* constatée par une au moins des parties contractantes et qui déclenche un mécanisme de consultation, de l'*agression,* qui doit entraîner l'assistance de tous. Mais l'article 5 n'oblige pas à une assistance militaire automatique. Chaque État conserve sa liberté d'appréciation et de participation à un éventuel conflit. Introduite pour apaiser les craintes des tenants de l'isolationnisme, cette réserve n'a cessé de susciter par la suite l'inquiétude des Européens sur la détermination de l'engagement américain. Pour l'heure, cette inquiétude est mal fondée. Malgré la vigueur des protestations soviétiques à l'annonce de la signature du pacte, les États-Unis admettent dès avril 1949 le principe d'une aide militaire à l'Europe, définitivement adoptée au Congrès en octobre. L'annonce par Truman, le 22 septembre, de l'explosion de la première bombe atomique soviétique a joué un rôle mobilisateur sur nombre de *congressmen* qui, à l'instar du sénateur démocrate Connally, étaient initialement peu disposés à assumer cette charge supplémentaire. Le déclenchement de la guerre de Corée, l'année suivante, conduira

1. Sur le détail de ces négociations, cf. P. Melandri, *l'Alliance atlantique,* Paris, Julliard, coll. «Archives», 1979.

2. A ce titre, l'adhésion du Portugal a posé quelques problèmes d'éthique politique. Mais le Portugal est un trop vieux client de l'Angleterre pour que la politique de l'un ne dicte le comportement de l'autre.

à doter l'Alliance d'une structure politique et militaire permanente. Il est à remarquer que si le pacte de Varsovie, véritable réplique de l'OTAN, n'a vu le jour qu'en 1955, l'URSS a conclu dès 1948 et 1949 tout un réseau de pactes bilatéraux qui dote ses satellites d'un système d'assistance comparable à celui du pacte Atlantique [1].

A la fois symbole et enjeu de l'antagonisme des blocs, l'Allemagne va constituer le premier théâtre d'envergure de la guerre froide. *Stricto sensu,* la responsabilité en incombe aux États-Unis, tant il est vrai que la restauration d'un État allemand limité aux trois zones occidentales contrevient de façon flagrante à l'esprit comme au contenu des accords de Potsdam. Une telle restauration découle de la logique de l'endiguement, puisque la zone soviétique est l'objet d'un processus de soviétisation accélérée. Elle découle aussi de cette conviction que le retour à « une Europe ordonnée et prospère exige la contribution économique d'une Allemagne stable et durable [2] ». L'association de l'Allemagne occidentale au plan Marshall, son intégration à l'OECE signifient à court terme l'abandon des réparations, mais aussi une révision complète de son statut politique. L'échec de la conférence de Londres ayant convaincu les Américains de l'impossibilité de tout accord avec l'URSS, ils décident de s'entendre directement avec la Grande-Bretagne et la France. De fait, les préventions de cette dernière tomberont rapidement grâce à la double monnaie d'échange que constituent l'Alliance atlantique et l'adhésion américaine à ses revendications sarroises.

Un premier pas est franchi en février 1948 quand est publiée la « charte de Francfort », qui prévoit pour la bizone un véritable gouvernement économique. La direction en est confiée au ministre-président de Bavière Ludwig Erhard, dont les Américains apprécient la compétence et les théories libérales. Le même jour s'ouvre à Londres une conférence à Trois qui, après une feinte attente de la délégation soviétique, rend

1. En 1950, ces pactes ont été étendus à la République démocratique allemande. Cf. le tableau complet *in* R.-J. Dupuy et M. Bettati, *le Pacte de Varsovie,* Paris, Colin, 1969, p. 59.
2. Directive « JCS 1779 » au général Lucius Clay, du 11 juillet 1947.

publique le 5 mars son intention de procéder à l'unification des trois zones occidentales. Au terme de négociations rendues laborieuses par les réticences françaises, le statut futur de cette trizone est arrêté, le 4 juin. Une Assemblée constituante, ou «Conseil parlementaire», élue selon des modalités laissées à la discrétion des différents Länder, sera convoquée pour le 1er septembre. Une autorité internationale de la Ruhr contrôlera les activités de cette région industrielle dont la France n'a pu obtenir ni le détachement ni une réelle internationalisation. La réforme monétaire (en fait préparée de longue date) étant considérée comme un préalable indispensable au relèvement économique, une Banque d'État est créée et une nouvelle monnaie, le deutsche mark, est introduite le 18 juin dans les trois zones occidentales puis dans les secteurs occidentaux de Berlin.

A toutes ces mesures, qui dérogent sans contexte au traitement unitaire de l'Allemagne prévu, en matière économique et financière, par les accords de Potsdam, et aux mesures de nature «atlantique» adoptées parallèlement, les Soviétiques vont répondre de manière graduelle, mais avec suffisamment de détermination pour accréditer en Occident la menace d'une nouvelle conflagration mondiale. Le 19 mars, le maréchal Sokolovski quitte avec fracas la réunion, à Berlin, du Conseil de contrôle pour protester contre la conférence de Londres. Le 31 mars, il décide de faire contrôler militairement les relations terrestres entre l'Allemagne occidentale et Berlin. Après avoir promulgué leur propre réforme monétaire, les Soviétiques procèdent, le 24 juin, à la fermeture complète du trafic terrestre et fluvial entre Berlin et les trois zones occidentales. Le 1er juillet, ils annoncent officiellement leur retrait de la Kommandantura quadripartite. Or, aux termes des accords du 12 septembre et du 14 novembre 1944 fixant le statut de Berlin, cette dernière est chargée de gérer conjointement l'administration du Grand Berlin. A l'accusation de violation des accords de Potsdam, les Occidentaux peuvent donc rétorquer par celle de rupture unilatérale du régime quadripartite.

Mais ces arguties juridiques pèsent peu au regard de la volonté des deux Grands d'imposer leurs vues. Dans l'esprit de Staline, le blocus de Berlin doit contrecarrer les plans allemands et atlantiques des Occidentaux, à tout le moins les contraindre à abandonner Berlin. Calcul erroné, car le blocus va au contraire accélérer la mise en place du dispositif atlantique et, dans la logique du *containment,* obliger les États-Unis à relever le défi à Berlin [1]. Après quelques jours de flottement, Truman décide de recourir à un pont aérien pour ravitailler la ville, et en confie la réalisation au général Wedemeyer, qui avait dirigé en Chine une opération du même type. Afin de délester Tempelhof et Gatow, la construction de l'aérodrome de Tegel, en secteur français, est entreprise fin juillet avec l'aide de la population berlinoise. Après des débuts modestes, le rythme des livraisons s'accélère, atteignant près de 13 000 tonnes par jour au printemps 1949, ce qui n'empêche pas la ville d'être soumise à un sévère rationnement, au reste très inégalement appliqué. Staline, qui ne croyait pas initialement au succès du pont aérien, doit se convaincre de l'inanité du blocus. Après une entrevue sans lendemain avec les ambassadeurs des trois puissances occidentales (août), puis une inutile saisine du Conseil de sécurité par les États-Unis (octobre), des conversations s'engagent à l'ONU entre les représentants américain et soviétique, Philip Jessup et Jacob Malik, qui aboutissent à l'accord du 4 mai 1949, confirmé le 23 par les quatre ministres des Affaires étrangères réunis à Paris. Cet accord prévoit la levée des restrictions imposées par les Soviétiques à la circulation vers Berlin et celle des mesures de rétorsion, bien modestes, prises par les alliés occidentaux. Sans être complète, la levée du blocus est effective dès le 12 mai. Mais ni le Conseil de contrôle ni la Kommandantura ne sont réouverts. Pendant douze ans, jusqu'à la construction du mur, Berlin sera une ville hybride, à la fois divisée avec ses deux municipalités concurrentes [2], et ouverte dans la mesure où la circulation intersectorale est demeurée partiellement libre.

Avec la fermeté montrée par Tito au lendemain du schisme

1. Sur le blocus de Berlin, cf. *Berlin, 1944-1972,* La Documentation française, nᵒˢ 135-136, août 1972, ainsi que Ch. Zorgbibe, *la Question de Berlin,* Paris, Colin, 1970.
2. A l'Est, Fritz Ebert, fils de l'ancien président de la République Friedrich Ebert ; à l'Ouest, le social-démocrate Werner Reuter, un ancien communiste qui a rompu avec le KPD en 1923, et comme tel très mal vu des Soviétiques.

yougoslave [1], le blocus de Berlin constitue le seul grave échec essuyé par Staline dans la soviétisation de l'Europe de l'Est. Cet échec encourage les Américains à progresser dans la voie de la restauration d'un État ouest-allemand. Signés quelques jours après le pacte Atlantique, les accords de Washington du 8 avril 1949 modifient substantiellement le régime d'occupation. Les trois gouvernements alliés, représentés désormais par des hauts-commissaires [2], conservent l'autorité suprême, un certain nombre de domaines réservés (démilitarisation, décartellisation, contrôle de la Ruhr, commerce extérieur, réfugiés…) ainsi que le pouvoir de réformer toute décision législative ou administrative prise par les autorités allemandes. Mais le nouvel État fédéral et les Länder reçoivent pleine autonomie pour gérer leurs affaires intérieures. Il est au reste prévu que le statut sera révisé dans un délai de dix-huit mois en vue d'étendre leurs compétences. Entre-temps, le Conseil parlementaire a élaboré successivement deux projets constitutionnels, dont le second est adopté et promulgué comme Loi fondamentale, le 23 mai 1949. Des élections ont lieu le 14 août, qui donnent une légère avance à la démocratie-chrétienne sur la social-démocratie. Après la désignation du libéral Theodor Heuss à la présidence de la République, Konrad Adenauer, ancien bourgmestre de Cologne et leader de la CDU, devient chancelier. En décembre, l'Allemagne fédérale est incluse dans l'organisation du plan Marshall.

Dans la zone soviétique, le maintien d'une Allemagne unitaire est au contraire ouvertement affirmé. Un «Congrès du peuple allemand pour l'unité» s'est tenu à Berlin en décembre 1947 avec des délégués des zones occidentales. Vivement encouragé par les autorités d'occupation, qui redoutent la partition de l'Allemagne, ce mouvement culmine en 1948 avec le centenaire de la révolution. Mais cette surenchère verbale ne doit pas masquer une évolution sensiblement parallèle à celle qui se produit à l'Ouest, à peine décalée dans le temps. A la création de la bizone répond en 1947 celle d'une «Conférence économique allemande», la réforme monétaire à

---

1. Cf. *supra*.
2. Ce seront John McCloy pour les États-Unis, le général Robertson pour la Grande-Bretagne, André François-Poncet pour la France.

l'Est suit de peu celle des Occidentaux, et la désignation d'un *Volksrat* constituant est bien le pendant du Conseil parlementaire. La différence essentielle vient de ce que, derrière un pluripartisme de façade, le SED, réformé en janvier 1949 sur le modèle soviétique, est ici le maître du jeu. Après une ultime campagne en faveur de l'unité allemande, le *Volksrat* adopte, le 5 octobre, une Constitution et se proclame, le 7, Parlement provisoire — date qui est considérée comme la naissance officielle de la République démocratique. Wilhelm Pieck est désigné comme président de la République et Otto Grotewohl, comme chef d'un gouvernement immédiatement reconnu par l'URSS et les démocraties populaires.

Initialement circonscrite à l'Europe, la guerre froide s'étend à l'Extrême-Orient avec la reprise de la guerre civile chinoise. Tout indique pourtant que celle-ci n'a été encouragée ni même souhaitée par les deux grandes puissances qui se sont attachées à faire persévérer l'esprit de Yalta. Du côté américain, où l'on mise depuis Roosevelt sur une Chine forte et unie, capable d'assurer ses responsabilités mondiales aux Nations unies, c'est avec conviction et, semble-t-il, avec sincérité que tout a été tenté pour maintenir des contacts réguliers entre les deux camps et parvenir, après la capitulation, à la formation d'un gouvernement de coalition. C'est ainsi qu'il faut comprendre les missions successives du vice-président Wallace (1942 et 1944), celle du général Hurley (1944-1945) et surtout la médiation du général Marshall, envoyé comme représentant personnel de Truman en octobre 1945. Marshall fut d'ailleurs bien près de réussir en obtenant la conclusion d'un cessez-le-feu, le 10 janvier 1946, et la réunion d'une Conférence politique consultative. Cette dernière étant parvenue à un accord assez général, des commissions mixtes présidées par des Américains sont même constituées pour procéder à la réunification administrative et militaire du pays. Quant à Staline, qui n'a cessé de nourrir méfiance et commisération pour les communistes chinois, c'est avec le gouvernement de Tchiang Kai-chek qu'il a fait signer l'accord sino-soviétique du 14 août 1945, traité d'alliance pour trente ans, qui reconnaît la souveraineté du gouvernement de Nankin moyennant certaines concessions chinoises conformes aux dispositions arrêtées à Yalta [1].

Sur le terrain, pourtant, la réalité est moins harmonieuse. Au lendemain de la capitulation japonaise, les Soviétiques mettent une mauvaise volonté évidente à laisser les troupes nationalistes réoccuper la Mandchourie et facilitent, à l'inverse, les mouvements de l'Armée rouge commandée par Lin Biao, la constitution de territoires libérés et la récupération par les communistes d'un abondant matériel de guerre. Attitude difficilement compatible avec l'accord du 14 août, qui peut s'expliquer par la volonté de créer entre la Chine et l'URSS une sorte de glacis nord-mandchourien à dominante communiste, ou par le désir de donner un soutien de façade aux communistes chinois dont Staline ne souhaite pas le succès. Parallèlement, c'est grâce au soutien logistique américain que les forces nationalistes parviennent à prendre de vitesse les communistes en Chine du Nord et à réoccuper les grands centres urbains (Shanghai, Nankin, Pékin, Tientsin) abandonnés par les Japonais. Cette émulation ne signifie pas d'emblée la rupture, et l'hostilité des deux grandes puissances à la reprise de la guerre civile permet la signature, entre les deux camps, des accords d'octobre 1945, de janvier et de juin 1946. Ceux-ci ne résistent pas pourtant à la méfiance réciproque que nourrissent communistes et nationalistes, et au désir affiché par Tchiang Kai-chek d'engager l'épreuve de force en une conjoncture qu'il estime favorable.

Convaincu depuis septembre 1946 de l'inanité de sa mission, Marshall se fait rappeler en janvier 1947 pour prendre la tête du Département d'État. Malgré sa bonne volonté, l'ambassadeur Leighton Stuart ne réussira pas mieux, la chute de la capitale communiste, Yanan, en mars 1947, confortant les nationalistes dans la voie de l'intransigeance. Sur le plan international, l'année 1947 est marquée, en Chine comme ailleurs, par un net raidissement américain. Le ton est donné par le rapport du général Wedemeyer, envoyé au mois d'août en mission d'information [2]. Tout en dressant honnêtement la

---

1. Cf. *supra*, p. 237, n. 1.
2. Wedemeyer avait été pendant la guerre commandant en chef américain en Chine. Mais, contrairement à son prédécesseur, le général Stilwell, il nourrissait la plus vive antipathie envers les communistes.

liste accablante des tares du système politique et militaire de Tchiang Kai-chek, il conclut néanmoins à la possibilité d'un redressement intérieur et à la nécessité d'empêcher la victoire du communisme par une importante assistance américaine. En faisant, bien à tort, du communisme chinois le vecteur de l'impérialisme soviétique en Asie, il conclut aussi à la nécessité de faire confiance au généralissime et à l'abandon de toute perspective d'un gouvernement de coalition. Truman ne va tenir que partiellement compte de ce rapport, persuadé que, compte tenu de la corruption généralisée régnant dans le camp nationaliste, l'aide américaine ne peut être distribuée qu'à fonds perdus. Soumis au Congrès en février 1948, le programme d'aide, devenu China Aid Act en avril, se trouve réduit en fait à une assistance économique de 570 millions de dollars. Mais à cette date, la cause de Tchiang Kai-chek est devenue critique, pour être franchement désespérée au début de 1949.

Entre 1945 et 1949, l'aide américaine n'aura été que de 2 milliards de dollars environ, dont la moitié seulement à des fins militaires. Aide bien modeste, et dont les communistes ont su de surcroît tirer doublement profit : en récupérant, par les voies les plus diverses, une partie du matériel alloué aux nationalistes, et en dénonçant efficacement la collusion du Guomindang et de l'impérialisme américain. Cet échec du *containment* fait ainsi le jeu de l'URSS, qui, remarquablement discrète sur la progression du communisme jusqu'au début de 1949, vole au secours de la victoire en accélérant ses fournitures d'armes. A peine proclamée la République populaire de Chine, Mao Zedong se rend à Moscou pour conclure les accords de février-mars 1950 qui concrétisent la nouvelle alliance sino-soviétique. Le refus américain d'éconduire la Chine nationaliste de son siège permanent au Conseil de sécurité n'interdit pas de penser que les États-Unis auraient pu, à plus ou moins court terme, procéder à la reconnaissance de la Chine populaire. Le déclenchement de la guerre de Corée, en juin 1950, va évidemment mettre fin à ces supputations. La Chine est entrée, au moins provisoirement, dans la logique des blocs.

Avec la signature du Pacte atlantique, la naissance des deux Allemagne, l'expérimentation réussie de la bombe A soviétique et la victoire du communisme en Chine, l'importance et la signification de l'année 1949 ne sont plus à démontrer. Elle consacre la division du monde, perceptible dès 1945 et acquise dès 1947, et voit l'organisation de deux blocs condamnés à l'antagonisme sans affrontement direct. A l'Ouest, le Pacte atlantique n'est encore qu'une structure assez rudimentaire qui ne prévoit pas, en cas d'agression, une assistance automatique. Mais la guerre de Corée, l'année suivante, aura pour effet de renforcer les institutions collectives de l'alliance et de lui donner ses prolongements militaires. Pour l'heure, l'irrigation des crédits Marshall *via* l'OECE, ainsi que les mesures de stabilisation financière, ont pour effet d'accélérer la reconstruction de l'Europe au mieux des intérêts américains. A l'Est, le schisme yougoslave n'a pu être réparé. Mais la multiplication des traités bilatéraux et la généralisation des sociétés mixtes renforcent la sujétion de l'URSS sur l'Europe centrale et orientale. Bien plus, les traités sino-soviétiques de 1950, signés du reste à la demande chinoise, s'inscrivent pour une part dans la tradition des traités inégaux [1]. Quelle que soit la méfiance réciproque des deux partenaires, l'URSS est à même d'imposer ses conditions.

L'année 1949 est aussi celle de la reconnaissance de l'indépendance indonésienne, après celle de l'Inde, du Pakistan, de Ceylan et de la Birmanie [2]. Ces cinq pays, futurs membres de la conférence de Colombo, s'assignent d'emblée la tâche de définir une politique extérieure indépendante des blocs. La guerre de Corée va leur fournir l'occasion d'une première démarche en ce sens. L'afro-asiatisme naît au même moment à l'ONU, avec des préoccupations analogues. Le mouvement

---

1. Certes, le traité d'amitié du 14 février 1950, en créant une alliance défensive, place les deux pays sur un pied d'égalité. Mais on a relevé avec justesse la modicité de l'aide économique soviétique (300 millions de dollars sur cinq ans) et les modalités sévères de remboursement. En outre, les traités sont muets sur les questions frontalières. Cf. F. Joyaux, *la Nouvelle Question d'Extrême-Orient. 1 : L'ère de la guerre froide (1945-1959)*, Paris, Payot, 1985, p. 141-146.
2. Pour des raisons de cohérence, l'ensemble de la décolonisation a été renvoyé aux tomes suivants de cet ouvrage.

qui engendrera Bandoeng et le non-alignement naît donc à l'heure de la consolidation des blocs. Mais quels qu'aient été ses succès, ou du moins son poids croissant dans les relations internationales, il n'est jamais parvenu à entamer sérieusement la bipolarisation issue de la Seconde Guerre mondiale.

Orientation bibliographique [1]

TOME II

IV. Les relations internationales entre les deux guerres sont dominées par les ouvrages de P. Renouvin, *Histoire des relations internationales*, Hachette, 1957-1958, t. VII, *De 1914 à 1929*, et t. VIII, *De 1929 à 1945*, et de J.-B. Duroselle, *Histoire diplomatique de 1919 à nos jours*, Dalloz, 1981, tous deux munis d'abondantes bibliographies. Pour la politique étrangère des différents États, on retiendra J.-B. Duroselle, *De Wilson à Roosevelt, Politique extérieure des États-Unis, 1913-1945*, Colin, 1960, J. Lévesque, *l'URSS et sa politique internationale de 1917 à nos jours*, Colin, 1980, J.-B. Duroselle, *la Décadence, 1932-1939, Politique étrangère de la France*, Éd. du Seuil, coll. «Points», 1983. Sur les relations entre grandes puissances, J. Bariéty et R. Poidevin, *les Relations franco-allemandes 1815-1975*, Colin, 1977, J.-B. Duroselle, *la France et les États-Unis*, Éd. du Seuil, 1976.

Sur la SDN, P. Gerbet, V.-Y. Ghebali et M.-R. Mouton, *les Palais de la paix*, Éd. Richelieu, 1976 ; sur la question du désarmement, M. Vaïsse, *Sécurité d'abord : la Politique française en matière de désarmement, 1930-1934*, Pedone, 1981. Sur quelques grandes crises internationales, H. Thomas, *Histoire de la guerre d'Espagne*, Le Livre de poche, 1971, 2 vol., H. Noguères, *Munich ou la Drôle de paix*, Laffont, 1963.

Les questions coloniales entre les deux guerres n'ont pas encore reçu un traitement d'ensemble. Cf. J.-L. Miège, *Expansion coloniale et Décolonisation de 1870 à nos jours*, PUF, coll. «Nouvelle Clio», 1973, H. Deschamps *et al.*, *Histoire générale de l'Afrique noire*, PUF, 1971, t. II, et J. Chesneaux, *l'Asie orientale aux XIXe et XXe siècles*, PUF, coll. «Nouvelle Clio», 1973. Pour l'Empire britannique, claire synthèse d'H. Grimal, *De l'Empire britannique au Commonwealth*, Colin, 1971. Pour l'Empire français, outre les précédents, Ch.-A. Julien, *l'Afrique du Nord en marche, Nationalisme*

---

1. Sauf indication contraire, les titres cités sont édités à Paris.

musulman et souveraineté française, Julliard, 1972, R. Girardet, *l'Idée coloniale en France de 1871 à 1962,* Le Livre de poche, coll. « Pluriel », 1979, J. Marseille, *Empire colonial et Capitalisme français, Histoire d'un divorce,* Albin Michel, 1984. L'éveil du nationalisme arabe et les premières tensions au Moyen-Orient sont traités par J.-P. Derriennic, *le Moyen-Orient au XXe siècle,* Colin, 1980.

L'historiographie française de la Seconde Guerre mondiale est dominée par H. Michel, *la Seconde Guerre mondiale,* PUF, coll. « Peuples et Civilisations », 1968-1969, t. I, *les Succès de l'Axe, 1939-1943,* et t. II, *la Victoire des Alliés, 1943-1945.* Se reporter aussi aux nombreux numéros spéciaux de la *Revue d'histoire de la Deuxième Guerre mondiale.* Pour la France, J.-P. Azéma, *De Munich à la Libération, 1938-1944,* Éd. du Seuil, coll. « Points », 1979, et J.-B. Duroselle, *l'Abîme, 1939-1945,* Imprimerie nationale, 1982, l'un et l'autre avec une importante bibliographie critique.

V. La reconstruction économique de l'après-guerre a surtout donné lieu à des travaux en langue anglaise, par exemple, R. Mayne, *The Recovery of Europe. From Devastation to Unity,* Londres, 1970, et A. Milward, *The Reconstruction of Western Europe : 1945-1951,* Londres, 1984. Pour les problèmes monétaires et financiers, R. Triffin, *Europe and the Money Muddle,* Londres-Oxford, 1957. En français, synthèse des travaux existants dans P. Léon, *Histoire économique et sociale du monde,* Colin, 1982, t. VI, *De 1947 à nos jours,* et M. Niveau, *Histoire des faits économiques contemporains,* Thémis, 1984.

Les mutations politiques font l'objet d'un exposé d'ensemble dans M. Crouzet *et al., le Monde depuis 1945,* PUF, coll. « Peuples et Civilisations », 1973, t. I. Les évolutions par pays sont abordées par D. Artaud et A. Kaspi, *Histoire des États-Unis,* Paris, Colin, 1974, et P. Melandri, *Histoire des États-Unis depuis 1865,* Nathan, 1984 ; M. Charlot, *l'Angleterre, 1945-1980,* Imprimerie nationale, 1981, et F.-Ch. Mougel, *Vie politique en Grande-Bretagne, 1945-1970,* SEDES, 1984 ; P. Milza et S. Berstein, *l'Italie contemporaine : des nationalistes aux Européens,* Colin, 1973. Pour la France, l'époque de la Libération est retracée par J. Dalloz, *la France de la Libération,* PUF, « QSJ » n° 2108, 1983, et F. Kupferman, *les Premiers Beaux Jours, 1944-1946,* Calmann-Lévy, 1985. Les premières années de la IVe République sont traitées par J.-P. Rioux, *la France de la IVe République,* Éd. du Seuil, coll. « Points », 1980, t. I, *l'Ardeur et la Nécessité, 1944-1952,* avec bibliographie exhaustive. Pour l'URSS et la Chine, se reporter aux ouvrages déjà cités. Ajouter F. Fejtö, *Histoire des démocraties populaires,* Éd. du Seuil, coll. « Points », 1979, t. I, *l'Ère de Staline, 1945-1953.*

On trouvera dans Ch. Zorgbibe, *le Monde depuis 1945,* PUF, «QSJ» n° 1865, 1980, une introduction brillante aux relations internationales. Les grandes conférences alliées sont traitées par A. Funk, *De Yalta à Potsdam,* Bruxelles, Éd. Complexe, 1982. La politique extérieure des grands États est exposée par P. Melandri, *la Politique extérieure des États-Unis de 1945 à nos jours,* PUF, 1982, J. Levesque, *op. cit.,* A. Grosser, *la IVe République et sa politique extérieure,* Colin, 1972. Pour le problème allemand, A. Grosser, *l'Allemagne de notre temps,* Le Livre de poche, coll. «Pluriel», 1978, et pour les premières tensions asiatiques, F. Joyaux, *la Nouvelle Question d'Extrême-Orient,* Payot, 1985, t. I, *l'Ère de la guerre froide, 1945-1959.* La genèse et les débuts de la guerre froide sont retracés par J. Laloy, *Entre guerres et paix, 1945-1965,* Plon, 1966, J.-B. Duroselle, *le Monde déchiré,* Éd. Richelieu, 1970, t. I, A. Fontaine, *Histoire de la guerre froide,* Éd. du Seuil, coll. «Points», 1983, t. I, et, malgré son évidente partialité, par Y. Durand, *Naissance de la guerre froide, 1944-1949,* Messidor-Temps actuels, 1984. Pour l'affirmation de la solidarité atlantique, A. Grosser, *les Occidentaux,* Éd. du Seuil, coll. «Points», 1982.

Index

Index par pays

Index des noms

Table

COMPOSITION : MAME À TOURS
IMPRESSION : BRODARD ET TAUPIN À LA FLÈCHE
DÉPÔT LÉGAL : FÉVRIER 1986. Nº 9103 (1508-5)

Collection Points

SÉRIE HISTOIRE

Nouvelle histoire de la France contemporaine

Collection Points

Collection Points

SÉRIE ÉCONOMIE

Collection Points

Collection Points

SÉRIE POLITIQUE

Collection Points

SÉRIE BIOGRAPHIE

Collection Points

Collection Points

SÉRIE POINT-VIRGULE

Collection Points

SÉRIE SCIENCES

dirigée par Jean-Marc Lévy-Leblond